风景这边

漾濞

政协云南省漾濞彝族自治县委员会 编

云南出版集团

云南人民出版社

图书在版编目（CIP）数据

风景这边　漾濞 / 政协云南省漾濞彝族自治县委员
会编. -- 昆明：云南人民出版社，2022.12
ISBN 978-7-222-21358-6

Ⅰ. ①风⋯ Ⅱ. ①政⋯ Ⅲ. ①散文集－中国－当代
Ⅳ. ①I267

中国版本图书馆CIP数据核字(2022)第235527号

出 品 人：赵石定
项目策划：马　非
责任编辑：范晓芬　何　娜
装帧设计：倪　蓉
责任校对：朱　颖
责任印制：窦雪松

风景这边　漾濞

政协云南省漾濞彝族自治县委员会　编

出　版　云南出版集团　云南人民出版社
发　行　云南人民出版社
社　址　昆明市环城西路609号
邮　编　650034
网　址　www.ynpph.com.cn
E-mail　ynrms@sina.com
开　本　720mm×1010mm　1/16
印　张　22.5
字　数　350千
版　次　2022年12月第1版
印　次　2022年12月第1次印刷
印　刷　昆明精妙印务有限公司
书　号　ISBN 978-7-222-21358-6
定　价　72.00元

云南人民出版社微信公众号

如需购买图书、反馈意见，请与我社联系

总编室：0871-64109126　发行部：0871-64108507　审校部：0871-64164626　印制部：0871-64191534

序

郑 明

　　云南人民出版社马非先生说，他们正在编辑一本由漾濞县政协组织当下省内外散文名家，走漾濞、看漾濞的散文随笔集《风景这边　漾濞》，邀我作序。我曾在滇西部队服役，也曾在省政协和省文联工作过，对漾濞有很深的了解，对本书的作者有深厚的情感，便欣然应允。

　　20世纪70年代，我从川中蜀地应征入伍到云南怒江边防部队，转眼间半个世纪过去了，我一直没有离开过云南。这，俨然成了我生命中不能割舍的第二故乡。我在部队和地方工作期间，不知多少次造访漾濞，也多次因工作原因到漾濞调研。

　　据史载，漾濞因境内有漾濞江而名。清道光《永昌府志》："碧溪江，一名神庄江，一名黑惠江。源出剑川，经赵睒绕点苍山之西，与漾水合流，会胜备与澜沧诸江入于南海，俗谓之漾濞江。"也就是说，借境而过的黑惠江即"漾水"，而"漾水"指的显然是西洱河。明《滇略》云："《水经》曰：黑谷之山洱水出焉，山在浪穹县北，泉涌起如株树，经玉案山前，绕郡而南，西出天桥点苍山后，是为濞水，与漾水合又西入于兰（今作'澜'）沧江又南入于海。"徐宏祖观点与之左，在此不加考证。我们只要说明漾濞县就是因漾水、濞水过境而名。这里不得不提一句：漾濞作为县治，与民国同庚，始于辛亥之1912年，是一个很年轻的县。

001

序

漾濞，作为茶马古道上一个重要驿站，是历史长河中无数流官、商旅、文人停脚休憩的小镇。1938年滇缅公路开通，它便承载起了中华民族抗战"血线"的历史使命，至今仍然是怒江、保山、德宏诸州市与内地陆上交通的重要节点。厚重的历史赋予了生活其间各民族坚强的个性，2021大地震不仅没让他们气馁，反而跟随祖国的前进步伐，很快发展起来，与全国人民一道，跨入了小康社会行列。我每次经过漾濞，也多次深入其间，小城的精致和秀美印象颇深，漾濞城乡变化让我感到欣喜。

《风景这边 漾濞》，多角度、多层次地解读了漾濞的山川人文和历史变迁。

总览全文，其作者既有享誉当下的名家巨擘，又不乏名不见经传却文思如涌泉的当地文人、作家。全书以"另眼相看""风景这边""岂曰无衣"三辑，分别为省外著名作家作品、云南著名作家作品和大理当地的作家作品。其中不乏著名散文家、《散文选刊》主编王剑冰，著名作家、山西省作协副主席、《山西文学》主编鲁顺民，以及中宣部"五个一工程"奖获得者张锐锋，中国作协骏马奖得主、贵州省文联副主席肖勤，"文学陕军"代表作家周瑄璞，以及秦岭、洁尘、袁远等，无不是著作等身、享誉四海的大家；著名作家、云南省作协副主席胡性能，一向以写小说见长，一篇《漾濞记》，既写得大气磅礴，又透着精致与细腻，读来荡气回肠；朱霄华的《漾濞纪行》，亦于清新淡雅的笔触间，润物无声地再一次引我进入了漾濞；而洁尘的《海拔2000米的云上村庄》，让人读来似梦似真，又仿佛进入了王羲之笔下"此地有崇山峻岭，茂林修竹，又有清流激湍，映带左右，引以为流觞曲水，列坐其次。虽无丝竹管弦之盛，一觞一咏，亦足以畅叙幽情"之境；漾濞，对远在西安的周瑄璞而言，是"在那遥远的地方"；在四川作家袁远的心目中，触动她的是这个小城的"诗"与"史"；老作家原因最难割舍的，是沿着天津作家秦岭那"弯弯的核桃路"而"镌刻在核桃上的一部历史";何松的《漾濞三题》以诗化境，道尽了一个文人与漾濞的纠葛。左中美、杨义龙、李达伟、杨建宇、陈迤君、字旭东、杨铠聿、邱润芬、龙丽萍、赵枝琴等本土作家，以饱蘸热情的如椽之笔，于文字间写就了一个个对漾濞的"情"和"爱"，其爱之切，远胜于"岂曰无衣，与子同袍"！

任何优秀的文学作品都有自己的生命和独特魅力，《风景这边　漾濞》魅力在哪？所承载的人文情怀有多深远？我们一起见证。

漾濞，风景这边独好！

是为序。

（作者系云南省文联原党组书记、主席）

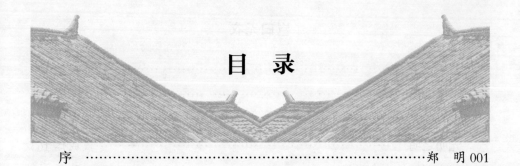

目　录

序 …………………………………………… 郑　明 001

另眼相看

海拔2000米的云上村庄 ……………………… 洁　尘 002

漾濞的性格 ……………………………………… 鲁顺民 005

弯弯的核桃路 …………………………………… 秦　岭 010

漾濞 ……………………………………………… 王剑冰 014

点苍山西有漾濞 ………………………………… 肖　勤 019

漾濞，一座小城的诗与史 ……………………… 袁　远 025

漾濞琐记 ………………………………………… 张锐锋 030

在那遥远的地方 ………………………………… 周瑄璞 038

风景这边

行走记 …………………………………………… 陈　泽 044

漾濞三题 ………………………………………… 何　松 052

漾濞记 …………………………………………… 胡性能 064

漾濞散记 ………………………………………… 胡正刚 073

走过漾濞 ………………………………………… 纳张元 085

云龙桥上的黄昏 ………………………………… 王　宁 090

漾濞在野 ………………………………………… 徐兴正 096

漾濞记 …………………………………………… 许文舟 102

亦奇亦绝白鸡㟪 ………………………………… 杨铠聿 119

漾濞二题 ·········· 原　因 125

漾濞纪行 ·········· 朱霄华 131

岂曰无衣

西坡记事 ·········· 茶庆军 140

小城漾濞 ·········· 常泽荣 157

岁月的光影 ·········· 陈迤君 161

光明之明 ·········· 段成仁 163

苍山西坡的生命肖像 ·········· 江静龙 172

苍山西面 ·········· 李达伟 178

诗意的漾濞 ·········· 李智红 185

梨花酿 ·········· 刘春花 196

小城梅雨 ·········· 龙丽萍 200

大理的那边 ·········· 马李和 202

行走在漾濞深处 ·········· 邱润芬 204

远方的客人请到风景这边独好的大美漾濞来 ·········· 王子荣 211

漾濞江的记忆 ·········· 杨纯柱 224

苍山西面是漾濞 ·········· 杨建宇 238

苍山西坡草木记 ·········· 杨木华 246

我在西坡等你 ·········· 杨晓洁 279

点苍西漾水滨 ·········· 杨义龙 284

小记三厂局 ·········· 姚　静 307

生命之诗 ·········· 赵建钧 316

石门关 ·········· 赵继梅 318

石门雄关 ·········· 赵利斌 322

白竹山：禅意悠远药草香 ·········· 赵枝琴 324

白竹山，那一片净土 ·········· 朱应旭 330

荞味里的乡愁 ·········· 字旭东 332

在云上 ·········· 左中美 338

另眼相看

海拔2000米的云上村庄

洁　尘

平时，和朋友们说起很想外出走一走逛一逛，如果没有特别的目的地要求的话，大家一般都会说，那就去趟云南吧。云南是国内旅行的首选之一，这一点是肯定的。早些年是昆明、大理、丽江，之后云南的旅游目的地越来越多，去腾冲、普洱、西双版纳的人越来越多。2022年6月，我有机会到了大

理州的漾濞县参加笔会，感觉又发现了一个好地方。

漾濞是彝族自治县，在大理的西边，距离大理市区仅有40公里。这是一个非常安静的小城，按2020年的第七次人口普查数据，漾濞县的人口不到10万。县城城区里的常住人口估计也就两万人左右。漾濞县与大理市共享苍山洱海，境内有漾濞江，地名因河名而得。

几天的笔会，走了一些地方，其中一个点是茶马古道滇藏线的一截，这条线从云南的普洱、思茅等为起点，经丽江、中甸、德钦、芒康、察雅、昌都入藏到达拉萨，然后转入尼泊尔、缅甸，最后到达印度。漾濞是茶马古道上的一个驿站，在县城的南边，顺着老街走上一段，就到达云龙桥，一座始建于明代成化年间的铁索桥，距今已有700多年的历史。茶马古道并非就是一条道，从始发开始，就如同毛细血管一般，一条条小路汇向大路。云龙桥这里就是一处汇集之地，必经之路。跟其他的遗存不一样的是，云龙桥与因它而生的小镇，还几乎保留了原生态，石板路依旧，行人和马可以走，汽车走不了。游逛在此，可以想象早年茶叶马帮穿梭而过的景象。路两边的民居和商家已经凋败了，小镇彻底沉入了历史的印记之中，相比很多开发了的古镇，从审美的角度来说，倒也别有意味。只是，这种意味想来不会长久，漾濞县会在某个时候把这里作为茶马古道一隅这张名片亮出来。

让外地人了解本地的一个便捷方式就是地方名片，名片的种类有胜景、遗存、名人、特产。

从我个人的角度说来，漾濞给我留下深刻印象的地方还不是云龙桥这处古迹遗存，而是一个叫作光明村的村庄，跟特产有关，但不止于特产。

被誉为云上村庄的光明村，位于苍山西坡，海拔2110米。漾濞县是著名的核桃产地，清代著作《滇海虞衡志》中说："核桃以漾濞江为上，壳薄可掐而破之。"自到了漾濞开始，每一处茶歇和饭后的小吃都有核桃，确实很好吃。在漾濞，茶点都是一盘核桃，一盘黄瓜。核桃多油，黄瓜解腻，这样的搭配很合理。跟成都茶馆的圈椅方桌不一样，漾濞的茶歇处都是矮桌和条凳，这说明漾濞喝茶只是注重于短暂停歇，估计这跟茶马古道的习俗有很大的关系，路途迢迢，紧赶慢赶，歇歇脚也可以了，哪有时间和闲心泡茶喝。

　　光明村是漾濞核桃的主产区，核桃的收入占人均年收入的65%。这些资料是在进入光明村之前就了解了的，待到达村口时，一条核桃路还是出乎意料地惊奇。这条路由深褐色的核桃壳铺成，两边核桃树低垂着青色的尚未成熟的果实，其景象殊为难得。旅行途上，奇观会让人满足和兴奋，这条核桃路虽然谈不上奇观，但其陌生化的感染力也有相当程度了，我和同行人一下就嗨了。

　　光明村现在已经是一个经过精心的规划并加以设施的村庄，它以核桃树为基础，以季节花卉为主题，在整个村庄的游览动线上建成了一个四季花园，沿途分布着各种民宿、餐馆，还有一些咖啡餐吧。6月正值夏季花园繁盛的时候，沿路绣球花蔚为大观，这种叫作"无尽夏"的绣球花，在粉、蓝、紫、红之间辗转反复铺衍重叠，给人以绵延不绝的温存慰藉。光明村的无尽夏，不知道是不是海拔的原因，生长得特别硕大蓬勃，而且空气质量好，花和叶都特别的干净水灵。旅途的有些时候，会因为一两个特别的触点，激发回访甚至安驻的念头。光明村就是这样，2000米海拔的苍山深处的树和果，还有始终清爽的空气，加上一路陪伴的无尽夏的柔媚，这些让我产生了住下来的念头。一般来说，旅途中产生的这种念头是很强烈的。

漾濞的性格

鲁顺民

入漾濞县之前，居然没有听过有这么个地方。

并没有为自己孤陋而感到惭愧，相反心安理得。因为除了不知道漾濞，云南一省还不知道不少县份。昆明称春城，古城有丽江，抽烟知道玉溪，饮茶知道普洱，所知并不多。还因为，包括云南、贵州、四川西南三省，我在地理的认识上从来就是一锅粥，或者情愿是一锅粥。一锅粥到什么程度呢？在版图概念里，就是扭成一块一个漩涡，扭来扭去，云贵川三省要形成明确的分界，实在是难。三个省在我的地图概念里，就是一本折叠起来的书，折起来是云贵川，展开又是云贵川，三个省互为镜像，互为印痕。此种糊涂印象，是前些年考察中国水电建设落下的病根。横断山，东西挤压，横断南北，峻岭崇山。三江并流，三江偏又分属不同水系，几条大江扭来折去自顾自奔赴大海而去，被一再分割的破碎地理观念却牢固地留在脑子里。仿佛是自己对西南的山川河流动过手脚似的，想想都骇人。

乘动车，由昆明往大理，再乘车，由大理往漾濞，见那奔腾的漾江和濞水合流，才安神下来。江在身边奔腾，山在远处矗立，云彩横在山间，心再不安就说不过去了。

不知道漾濞县，却知道漾濞江，当年考察西南水电建设做过功课，西南几条大江的源头、流程、走向、落差都有详细一本账。此漾濞江乃澜沧江的最大支流，与金沙江、澜沧江、怒江并称滇西四姐妹江，脚下的漾濞江水跳银溅玉奔流过来，复奔流而过，背景是点苍山皑皑雪峰。此山此水，一再证明脑子里固有的地图概念岂止没有错，简直精彩无比。

点苍山如书脊，它的东边就是著名的洱海，西边就是这奔腾不息的漾濞江

另眼相看

水，这不就是一本展开放在那里等待你去阅读的书么？将洱海做书的封面，是一种风格，将漾濞做封面，又是另外一种陈述，怎么读，从任何一页翻开，都应该是有趣的。洱海西出，终于漾濞江水会合起来，走不远，就是滚滚澜沧江水在等着接纳他们了。他们会合的地方，这本书的叙述才告一段落。

漾濞县，原来如此，原来如此精彩。

漾濞的山水不出所料的奇和美，同行的作家多，行走漾江濞水，看明代索桥，观漾濞老街，上云上康养村庄，处处流连，自有华章，不必再铺陈。事实上，因为陌生，每行一步的惊喜与惊奇构成庞大的信息流，如同横断山脉里的江河一样跳珠涌浪，让人目不暇接，要梳理出来，且是一项复杂的工程。若真要在笔端形成篇章，可能吗？

我们来漾濞，漾濞刚刚从2021年5月21日的地震中缓过劲来，分布在几个乡，包括县城灾后重建的新村已经投入使用，倒排工期的漾濞中学在漾江畔紧张施工，整个校园在新址已经初见规模，漾濞高铁站已经落成，单等着7月22日迎来第一列动车送来第一批客人。等等诸般，我们来，正好是地震后一年。灾后重建是阖县上下的重中之重，紧张忙碌的建筑工地时不时会扑入眼际。短短一年时间，蒙受地震灾害之后千疮百孔的城乡重新焕发生机，令人感慨。当年，因为参加过山西援建的茂县灾后重建，太知道灾后重建的艰辛与不易，站在工地边上，听机器轰鸣，看头戴安全帽的工人来来往往，想象他们流的汗水，他们付出的劳动。灾后重建，是一项大工程，是一项政治工程，更需要建设者付出比平常工作更多的智慧和擘画。

灾难光顾，苍生如何？大家踏在云彩之南的漾水濞江边上，任是谁都有一份牵念的。究竟陌生，牵念来得多少有些没着没落，身份仍是游客，意绪仍是流连。心里警然惕然，多年行走经验告诉自己，哪怕迎面来的事物怎样陌生，绝不可以轻易说，这跟自己没有关系！这样，期待就有了，悬念也就有了。

车轮碾过一道盘山公路，以为要沿路奔赴另外一个参观点，却不知道，此番行走恰恰就是目的本身。朋友告诉说，现在身处所在，就是当年的滇缅公路。

心下顿时一懔。

自己的警惕多么有道理。自以为那些萍水相逢的事物与自己并不相干，其实，山川风物，人事往来，绝不无缘无故，总有瓜葛纠缠的。这不，无意之中，与自己相干的历史已经簇拥过来了。

滇缅公路盘绕山间，在云雾缭绕的山间时隐时现，在漾濞的奇山异水之间显得其貌不扬平淡无奇，可是谁能忽略了这条普通公路，还有它承载的那一段悲壮历史？滇缅公路，这条两千多公里的国际大通道，和飞越青藏高原的"驼峰航线"，中国西南版图上这一陆一空国际大通道，比之苍山、洱海，更具有人文地理意义上的识别度，被称为一个民族在危亡之际的"精神长城"。

脚下踩着承载那段悲壮历史的公路，感觉一下子就不一样了。当年，抗战烽火燃起，云、贵、川百万健儿奔赴抗日前线，每一次重大战役，都有他们浴血拼杀的身影。抗战爆发，山西是抗日最前线，川军、黔军、滇军在表里山河的太行山、吕梁山、中条山留下一个又一个可歌可泣的英雄故事。其中中条山保卫战，12位中国将领牺牲，其中就有滇军老3军军长唐淮源和代军长寸性奇，滇军虎将寸性奇，数度突出重围，复又杀入重围，击毙日军少将，最后拔剑自尽，以身殉国，血染中条。在山西平陆、夏县、稷山县老百姓中，许多老人还记得寸性奇将军当年率部抗日挺进山西的情形。他们讲，寸将军率领的部队，装备最齐整，列队过境，军纪严明，秋毫无犯，人家那兵，个个都穿着皮鞋。

脚下的滇缅公路，将一段沉睡的历史推醒过来。盘旋在山间的这条普通的公路，水云环绕，林莽苍苍，漾濞江和点苍山的意义就凸显出来了。

最早了解滇缅公路，还是早年在大学时读过萧乾先生的《血肉筑成的滇缅公路》。想起来了，文中记述当年修筑滇缅公路的重点，居然就是在滇缅公路漾濞段。1937年，抗战爆发，男儿扛枪赴战场，滇缅公路工地的建设主力竟然以老人、妇女和儿童为主。当年，萧乾先生曾生动描述过这群筑路大军，他吃惊地看到路边的筑路工人，油然想起小时候在"罗汉堂"见过的那些悲悯怛恻牵念苍生的罗汉们。

另眼相看

千千万万的筑路罗汉们：秃疮脑袋上梳着小辫的，赤背戴草笠的，头上包巾、颈下拖着葫芦形瘿瘤的，捧着水烟筒的，盘坐捉虱的，扶着铁锹的，一个个站在路边，或蹲在山脚，定睛地望着。（嘿，悬崖上竟跑起汽车了，他们比坐车的还高兴！）罗汉们老到七八十，小到六七岁，没牙的老媪，花裤脚的闺女。当洋人的娃娃正在幼儿园拍沙土玩耍时，这些小罗汉们却赤了小脚板，滴着汗粒，吃力地抱了只簸箕往这些国防大道的公路上"添土"哪。

查漾濞县地图，发现以"铺"命名的地方特别密集。"铺"，乃近古时期陆路交通的重要节点，尤其在关山阻隔、重隘险要之地，以"铺"来命名的地方更多更密集。以"铺"命名的村庄，在我生活的长城边上比比皆是，他们在近古交通格局中，承担着补充给养、对接信息、迎来送往的重要功能。有的递铺村庄，地当交通要道，现在已经扩展为庞大的城市，有的则随交通改线，最后沦为荒村。滇缅公路在漾濞有63公里，126华里间，就有合江铺、鸡邑铺、驿前铺、柏木铺、秀岭铺、太平铺6个以铺命名的村庄或者集镇，两铺相隔平均20多华里，距离之短，让人咋舌。在经验里，由一个"铺"到另外一个"铺"，也即递铺的布点，与人工脚力与马匹行走的极限行程相关，以近古时代的交通条件论，"铺"与"铺"之间的相隔距离大致在40华里至50华里之间，而像漾濞这样相隔20华里，甚至更短的相间区间设置，还极少见。递铺密集布点，一是地理位置至为重要，补给必须充足充分。事实上，漾濞县境内许多以"铺"命名的村庄，曾是自汉唐而下，南方陆上古丝绸之路的重要节点，更是保证"茶马古道"畅通千年的重要保证。二是路途险要，路况极差。20世纪30年代，国外传教士行走古丝绸之路，曾领教过漾濞行路之难。漾濞，乃西南进入大理的重要关口，有些"铺"，一年之中有六个月因大雪封山而闭关，但仍有人铤而走险。平常之下，马道上的骡马行进自如，而人行则要费一番力气，骡马在前走，人在后面拽着尾巴艰难攀行。

总之，漾濞的路非同一般。蜀道之难，难于上青天。滇道之难，也不亚于蜀道。何况，滇缅公路修筑在国难当头的烽火岁月。

滇缅公路西起四十里桥，东迄顺濞桥，全长63公里，乃滇缅公路中非常重要的起始段和关键段，由漾濞县城到顺濞桥共36公里由当时的漾濞县负责修建。让人感慨的是，滇缅公路于1937年11月动工，到1938年8月31日通车，用了不到一年的时候。而漾濞段则仅用了半年时间，到1938年5月即全部竣工。漾濞人民和滇缅公路的数万名建筑大军一样，老人、妇孺是主力军，手里的工具其实就是平常耕田用的农具，他们凿山取路，开山辟径，创造了中国交通开发史上的一个大奇迹。滇缅公路被当作中华民族危亡之际的"精神长征"为全世界瞩目，而从科技进步的角度来考察，滇缅公路从勘测设计，到施工水平，以及建筑质量，也达到了中国公路建设的最高水平。国难当头，万众动员起来，公路由血肉筑成，每一公里延伸，每一道隧道打通，每一道桥梁通车，无不呈现着中国工程师的智慧与创造。

滇缅公路漾濞段的终端顺濞桥，在当时的规划里，被赋予了另一个具有时代气息的名字"胜必桥"。胜必桥，是一道横跨漾濞江的桁架钢桥，由两岸的混凝土桥墩相连。修筑桥墩，需要先行将大江半幅截流修筑围堰，将围堰里的江水抽干才能施工。在当时的生产条件下，围堰工程所用材料远不像后来用混凝土筑坝挡水，全部由木头、土石加固，洪水来袭，数度被冲垮，最大一次洪水到来的时候，几十个民工跳入江中手挽手阻挡恶浪，保护围堰不被冲垮，三十多人瞬间被大水冲走。

胜必桥，顺濞桥，国难当头的必胜决心，换来今天的祥和安宁，两个名字转换之间，互文见义，互为因果。今天，顺濞桥的桁架钢桥还在俯瞰万古奔腾的漾濞江昼夜不息流过，可还记得当年修筑的悲壮？

回望历史，荡气回肠。行走在漾濞山水间，望一眼河川里处处灾后重建、灾后复产的工地，还有为这些建设奔忙的干部、群众，当年的那段血与火、智慧与担当的历史复又重现，一切，就显得如此从容，如此日常起来。当年，滇缅公路漾濞段仅用了半年就全部建成，而今天灾后重建，也仅仅用了一年时间已经见到了成效，每当大灾大难来临，漾濞人书写的历史何其相似啊。这是山川赋予一个地域如此独特的性格吗？

弯弯的核桃路

秦　岭

　　路，是走出来的。可你走过核桃路吗？一条弯弯的核桃路。

　　我真是走过的，在被誉为大理"后花园"的漾濞——这是一个和核桃路一样让我备感陌生和诧异的县名。原想是一次苍山、洱海、蝴蝶泉的圆梦之旅，可是，当我沿着苍山西坡腹地的茶马古道探入这条核桃路时，蓦然发现，那梦，已走不出这条核桃路了。而漫漫岁月里那些曾经用步履丈量过的万水千山中的大路小路，和这条核桃路，是同一条路吗？

　　分明像是拐了个弯，在我人生的旅程上，一次奇妙的峰回路转。

　　一个核桃、两个核桃……一万个核桃、一百万个核桃……核桃路宽约三四米，密密匝匝的核桃像镌刻着美丽褶纹的鹅卵石一样，相依相偎，镶嵌如织，随山势坡形蜿蜒而上，恍如一条随风曼舞的金褐色丝带，在漫山遍野的核桃林中时隐时现，与两边传统和时尚兼蓄的竹楼客栈、梯状田园以及彝族、白族山寨构成了一幅生机盎然的水墨画。路旁葳蕤玲珑、曼妙有致的仙人掌、木槿、鸢尾、杜鹃和丁香，分明是一个个聪明伶俐的红楼裙钗，盈袖芳唇，私语绵绵，自信而又俏皮地打量着我这个初来乍到的"刘姥姥"。

　　这条"网红"路横空出世，不过是近些年的事，可漾濞人说："在这条路上，我们艰难跋涉了几百年、上千年。"放眼望去，但见漾江上下，千里濞山，核桃树、核桃林、核桃园已构成一种奇特的人间烟火。

　　想起出行前一位老者的提醒："我四十年前就听说过漾濞，那里穷山恶水，闭塞落后，有些山民一辈子没去过大理……"这句话，我走进漾濞的第一时间就得到了印证。在一家茶室听曲品茗时，年轻的彝族经理阿中立告诉我："我老家在苍山那边，当年……唉！我爷爷甭说去大理，连漾濞县城都没有来过。如果老人家还活着，我……"他眼眶潮湿，如带雨的云彩。

一滴泪——这是饱经风霜的男人才有的一滴清泪，足以蓄满不远处的洱海。

老者不会想到，我这次是通过高速公路进入漾濞的，而大（大理）瑞（瑞丽）高铁漾濞站也已经完工，即将迎来"漾濞时速"。在漾濞人眼里，无论高速公路、高速铁路还是"村村通"，其实都是一条一条的核桃路。栽核桃树，就是给日子铺路。从树上摘下来的，是金子；从地上捡起来的，也是金子。

人间，大路四方，却只有核桃路以生命通道的名义，把路演绎成了命运的行为艺术。脚下能感受到种子才有的生命律动和气息，而我自己仿佛又一次获得发芽和成长的机缘。发什么芽？核桃芽；长什么树？核桃树。那么，我是怎样一棵核桃树呢？阅人无数的核桃路一定感受到了我与众不同的分量。分量里，有我所有走过的路：平坦的、崎岖的；直的、弯的……蓦然，耳边传来一位小伙子的歌声：

> 核桃路上，有我成群的牛羊；
> 核桃路上，有我心爱的姑娘；
> 核桃路上，有我的梦和远方……

循声望去，只闻其声，不见其人，却见五六只红腹角雉、黑颈长尾雉在崖畔上且飞且停，且歌且舞，漂亮的长尾在空中绘出一缕缕绚丽的彩虹。一道道横向悬浮的山岚和云雾，袅袅婷婷，像银河玉带似的把群山、绿树、客栈、酒楼、花圃、鸟雀分隔在不同的画框里。移步换景，景从画出。一朵朵白云擦着头顶拂过，捎来一粒粒清凉、透明的太阳雨，而那雨，又拖着长长的、晶亮的光影，蹦蹦跳跳地跃入脚下的云朵里。核桃路仿佛被云朵托起，像传说中的飞毯，载我上升，再上升，升向无尽的高处。可无论高处有多高，也高不出峰峦叠翠中的核桃林。我想，刚才那悠扬、粗犷、豪放的歌声，一定是从云中传来的吧。一位彝家姑娘对我说："那是苗家小伙子在唱，他心中的姑娘很能干，把核桃营销到了越南。"

在一个叫鸡茨坪的地方，我不由感怀："这村庄，简直就在云上嘛！"

"你看，那是啥子？"彝家姑娘用手一指。

驻足，仰头，迎面是一棵虬枝苍劲、荫盖四围的千年古核桃树。树身悬匾，上书：云上村庄。

"哈哈哈……"我们心领神会地乐了。

"咩——咩——"几只正在吃草的山羊，也仿佛开怀而笑。

彝家姑娘突然问我："请告诉我，您见过这么多的核桃树吗？"

这样的问题，于我突然有了莫名其妙的难度。从大西北的旱地长大的我，自幼就攀爬过村头唯一的那棵核桃树。岁月清贫如洗，每当核桃树挂果，乡亲们就望眼欲穿。一家只能分到五六个，谁还舍得品尝呢？每次，我都要把属于自己的那个核桃两端打眼，中留一孔，用钩针剔除内瓤，内设竹轴，外配麻线和木片，制成一个通过抽拽麻线就可以像小小直升机一样飞转的玩具。每当"直升机"飞起来，我仿佛置身于梦中的一大片核桃林……可

我就是没想到，梦，就在这核桃路上。在云上村庄，光树龄两百年以上的古树就有六千多棵。许多古树盘根峭岩，枯枝突兀，可新发的枝丫上依然硕果累累，仿佛岁月的苍茫和现实的渴望在共同演绎一曲古老而时尚的歌谣。这是漾濞的歌，却能传到故乡的村头。

倏然，一棵完全枯死的古核桃树扑入我的眼帘：几人才能合围的树身早已被风刀霜剑掏空，却稳如磐石；粗粝的枝干脊骨嶙峋，空无一叶，却剑指苍穹，直插云霄。古树临死前，并未遭遇斧锯之殇，也未变成人类庭院中某个值得炫耀的木件。枝干上飘舞的一条条红色丝带，像大地之血，像苍天之魂。

这是古树的风骨，却更像漾濞人的一种眷恋。核桃木，素来有"硬木贵族"的美誉，是打制家具、雕廊筑槛的上品。漾濞人说："核桃树，在咱这里是有尊严的。"每年的九月七日，这里都要举办云南·大理漾濞核桃节，其中的一项重要活动，就是在一棵千年核桃树下，举行核桃祭祀和核桃开竿仪式。

那祭祀的锣鸣和开竿的回声，是人与自然的山鸣谷应。爱核桃的人，最懂。

在一家"云中"客栈，我品尝了"彝家三道蜜"之一的核桃蘸蜂蜜。那种香，那种甜，又一次把我拽进了童年记忆。故乡村头的那棵核桃树，原来可以成为乡愁的，它以玩具"直升机"的模样飞入我的思绪，伴我在核桃路上同行，每走一步，分明是把我往日的一串串脚印轻轻收起。

核桃路，弯又弯。拾级而上，越走越高，脚下已完全变成一片苍茫的云海。此刻，关注这里的海拔有多高、核桃路有多长真的不具意义。云海里留下我的叩问："真不知这核桃路是从天而降，还是由地而生？"

彝家姑娘说："你从哪里来，哪里就有路。"

漾　濞

王剑冰

一

第一次听说漾濞，名字多水，小城一定水气汪汪。果然来自一条江，就叫漾濞江。西洱河、顺濞河、吐鲁河、鸡街河，那么多的水都汇于漾濞江，漾濞江也就成了澜沧江在云南境内最大的支流。

漾濞江在漾濞古城周身绕了好大一个弯，似要将所有的恩爱都呵护于这座朝夕相处的小城。站在高处就会发现，小城在漾濞的臂弯中睡姿很美。你或许还不知道，这城这水，都在了大名鼎鼎的苍山之上，海拔差不多有1600米。

苍山是经过20亿年书写的地质之书，为了这个庄严的命名，造物主让山石轰鸣，汪洋退却，尘烟翻滚，天地炸裂。3000多年前的苍山崖画，让我听到石头的声音：葱茏的树木，生活的茅屋，动物的跳跃，人物的奔跑，一个个史前文化密码，告知这里早就有了人类的快乐表达。

进入漾濞，会进入茶马古道引出的秘密，领略民族历史的情怀。

你看，顺着苍山碧水走去，就有一个石门向我们敞开，那巨大而直立的石门，分明是一柄开天大斧，猛然砍削而成。

苍山生出柔润多姿的洱海，却也造就如此宏阔的山门。这是生之门，是山之花，是石之诗。

一道闪电炸过，完成它在石门最美的亮相。风走到这里，出现绝望的断裂，断裂的还有一团云，一半挂在崖下，一半飘去远方。崖端悬着几棵树，完全处在风口浪尖上。不知是哪只鸟，慌乱中把坚毅的种子吐在了岩缝间。

一些树叶子使劲儿张扬，无论怎样，都扬不到上边去。却有一只鸟，像蓝色的箭镞，从乱叶中射向天空，到了崖顶，鸟儿变成了红色，它浴在了一泓霞光里。

晚间，当山门落满月光的翅膀，你会发现造物主亿万年前的那次灵感，绝对如李白一般迸溅。七道云瀑飞流直下，沉厚雄浑，触目惊心。

一般的诗人都过不来，只有徐霞客会看到这种奇观，徐霞客要享尽最后的惊羡，才会回去幸福地闭眼。

一条茶马古道，在深深的峡谷下逶迤而出。没有这道石门峡谷，古道不知要盘绕多少山峰。还有古道边的金盏河，也会迷茫得不知所措。唐代，这里是吐蕃翻越苍山进入洱海区域的必经之地，也是唐军征讨的必由之路，竹林寺还有"唐标铁柱"的遗迹。至宋代，段思平统军经石门，翻越点苍山建立大理国，忽必烈仍走石门，灭了大理国。石门关就如打开的史书，书页哗哗作响。

响得最多的，是马帮汉子的吼唱与铜铃的叮当。沿着碎石铺就的古道走过石门，他们的远方更远，而走回石门，便走进了家乡。家乡的老屋也许不大，屋内的火塘一准烧得很旺。

细细长长的漾濞老街，犹如一道弯眉镶嵌在漾濞江一侧，卵石铺就的街道两旁，多数老建筑风骨犹存，坚守着漾濞曾经的兴盛。小城地处博南古道要冲，内连昆明、大理，外接永昌、保山直至南亚，70公里的驿道穿城而过，麦地、平坡、鸡邑铺、双涧、金牛、马厂、太平，一个个悦耳动听的地名，至今仍保留在沧桑的岁月中。

作为西南丝绸之路的重要驿站，老街接待过数不尽的马帮和商贾，一路辛劳的人们，走进一家家熟悉的客栈与小店，鼾声与酒香搅和在一起，歌谣与月光搅和在一起，构成漾濞老街的独特一景。小孩子学着马锅头在街上一边跑着一边唱：汉德广，开不宾，度博南，越兰津……

老街一直延伸到铁索桥头。幸存的明代云龙桥下，一江碧水还以昨天的方式，从吱吱作响的桥板下沧浪而过。

清代末期，一位在江边教书的老秀才，在秀岭山巅顿有感触，随口吟出"秀岭孤松东西南北风债主"，待续下去，搜尽枯肠再无好句。数年之后，云贵总督林则徐途经漾濞老桥，沿江远眺，即兴对出那个缺位多时的下联："漾江独石前后左右水冤家"。

站在高处放眼望去，古老的漾濞气质依然，真可谓百里漾江百里画，千年古道千年城。

二

打开苍山西坡的封面，就打开了绚烂的万亩杜鹃，如火的浪漫让你觉得，整个苍山都要被这热情点燃。再往里看，又看到葱茏百年千年的核桃林，便又感到，苍山还是苍山。漾濞人几乎家家种核桃，一百多万亩的核桃林，渲染了漫山遍野的苍绿。漾濞人言语间流露着那种自豪，他们说，我们这里是世界"核"心，中国"桃"源。

在漾濞，核桃的丰收就像中原麦子的丰收那样，充满喜庆。苍山这边的气候，适宜各样物种生长，2002年，漾濞雪山河滩发现的一块核桃古木，改写了核桃起源的历史。专家测定，早在2.6万年前，漾濞就有了核桃分布。也就是说，当公元前115年，张骞从西域带回胡桃种子的时候，华夏西南的漾濞江流域，核桃林已经繁华多年。

新春除夕，光明村最老的核桃树下，村民们摆上香案，燃起祭火，鸣金三点、法号三通，彝家"毕摩"开始向核桃神灵敬香、敬茶、敬酒。神圣的诵经过后，彝人围着核桃古树踏歌。"什么生来一树高，什么春来叶子青？什么开花一条心，什么结果满天星……"

万亩核桃园中隐藏着一个鸡犬相闻的村庄，门前活水潺湲，屋后鸟鸣清幽，核桃铺就的小路引出团团云霞，同炊烟缠绕在一起。

一段大木，竟是榨核桃油的木榨，经过多年实践的人们，把蒸制的核桃放入木槽，奋力用木槌锤打挤压，小槽里便有油水点点流出。泛着釉光的木槌又大又沉，要费很大气力，才能将它举起。

我看到了漾濞家家用过的核桃油灯，那细长的捻子上，总是晃动着一豆灯火以及灯火下的故事。漾濞人舍不得扔掉这些老玩意，时不时拿出来，给孩子讲那过去的事情。

你来漾濞，漾濞人不仅给你尝漾濞卷粉、苦荞粑粑，更会让你品尝那些带有核桃元素的美食，凉拌核桃花、核桃荷叶饼、核桃炖猪脚、核桃肉圆子、核桃八宝粥、核桃炖羊脑，还有核桃乳、核桃酒，走时给你带上核桃糖、核桃茶、核桃糕。

漾濞人性情耿直，他们给你敬酒，还要给你献歌，实际上是要你多喝、喝够。那种带点强迫性的豪爽，让你觉得，他们根本就没拿你当外人。你看，他们来了，一排的满杯端在手上，热情喊出胸腔：

　　阿表哥，倒酒喝，

　　阿表妹，倒酒喝，

　　喜欢不喜欢，也要喝。

　　喜欢了也要喝，

　　不喜欢也要喝，

　　管你喜欢不喜欢——也要喝！

三

漾濞江一弯弯地盘绕，滋润着石门周围的土地和生命。我看到了云中出没的"滇湎公路"。漾濞人告诉你，别小看这个地方，当年诸葛亮都带兵到了这里，"春日鞭牛，教夷人耕种"，"打牛坪"就是史上留下的地名。这里的人刚毅果敢，没有什么能难住他们。漾濞人口本就不多，抗战时期全县才三万多。可他们举全县之力，不到一年时间，就筑起滇缅公路漾濞段。竹林寺成了护桥的高炮阵地，禅地和正义构筑在一起。同茶马古道重合的滇湎公路是重要的国防线，其与万里长城一样，书写了民族的不朽篇章。

他们还会说，这里去年发生地震，震垮了许多房屋，却震不垮漾濞人的意志，他们以极快的速度，在那条古街的另一面，建起了漂亮的新家园，那么大一片，铺排出漾濞人的新生活。还有漂亮的漾濞中学，正在进行收尾工作。

想到那句石头开门的话语。石门与太阳一样永恒，第二天，黎明还会如约而至。

车子喘着粗气，在野岭间盘旋，盘上去就到了阿尼么。"阿尼"是鸟，"么"是没有，连鸟都没有的地方，可见有多贫瘠。现在呢？核桃树围拢的阿尼么，绿色的水田，白色或黄色的房子，穿着彩色服装的女子，成了展现农耕文明、石头梯田及风情民歌的精美山村。

山上的云跟山都有了感情，它们会长久地留在那里，不仔细看，你会觉得它们一动不动，就像大山的围巾。

每一个叶片都藏着露珠，也藏着鸟鸣，爱情在鸟儿的叫声中闪烁。漾濞女孩穿的漂亮衣裳，大都是自己做的，她们从七八岁学习刺绣，后来就为自己准备嫁衣，头巾、服装都要绣上美好的图案。彝族古老的婚俗中，就有"摆针线"的仪式，要把新娘子的灵巧展示出来。

我看见了火，彝人在石山前一代代地旋舞歌唱，释放他们的内心，诉说他们的冀望。谁在月光里唱：月光洒下来，晚风吹过来，翻过苍山来看妹，害怕妹不来，你是我的核桃花，你是我的爱……那略微带点沙哑的嗓音，将一个男儿真挚的内心释放在山野里。我想去看看究竟是怎样的一个人，还有，远处，会不会站着一个羞怯的姑娘。

我看到了核桃花，稻穗似的绿色花儿，自带着一种野气。苍山上下、村子周围开得到处都是。这一年比一年多、一年比一年盛的核桃花，让人想到核桃本身那种硬核与坚韧，那就是苍山的精髓，漾濞的气质。有了这种精髓和气质，才会山河为之称奇，日月为之惊羡。

点苍山西有漾濞

肖　勤

关于点苍山，很多人都知道，因为它的东面有迷人的大理——一个被喻为一生不能不去一次的地方。关于大理，它一直存在于我们传统又浪漫的侠义情怀中，那里有金庸笔下的段王爷和他的大理国，有绝妙的凌波微步和多情的翩翩公子，有下关风、上关花、苍山雪、洱海月，连起来就是"风花雪月"……如此，十八溪流十九峰的点苍山和"半月拖蓝"的洱海、风月无边的大理，组成一幅绝佳的美景画卷，站在连绵不绝的十九峰下，面向洱海，如同站在一壁净澈宁静的天地之镜和巍峨的天神之兵之间，那一刻，苍山悬玉带、洱海映凉月，俗世突然变得很远，世界如此大美，无声无言。

但点苍山西有什么呢？在山的那一面，在梦想之境的另一面。

绕过大理、绕过段王爷的城、绕过若干人梦寐以求的风花雪月，我怀揣着好奇来到点苍山西。

相比较繁花似锦的大理，点苍山西是寂寞而宁静的，山下有一座小小的城，说小，是真的小，全县域人口只有十万。

月华如水，浸染着小巧精致的街头，朦胧的街灯无声地延伸至远山脚下，一条叫雪山河的河流则从小城中穿城而过。不知为什么，站在苍茫一片的夜色里，看着黛青色的远山和静得不能再静的街道，我突然想起了那首诗——东风不来，三月的柳絮不飞，你的心如小小的寂寞的城……

于是便有了莫名的疼惜，在山的这一面。

小城的名字很特别，叫漾濞。孤陋寡闻的我不曾听说过，查了字典和县志，才知道这是一座建县虽晚但却历史悠久的古城，因为两千多年前的南方古丝绸之路便从这里穿境而过——在祖国壮丽富饶的土地上，这样的城和这般将风华隐藏在岁月长河中的地方有很多，五千年来，我们的祖先们在这片广袤的土地上繁衍生息，留下了太多精彩的传奇。所以，对于旅行者来说，每座城市都是一个惊喜，因为每座城市都有一段历史，有属于它独特又璀璨的光华。

小小的漾濞也是如此。

县城独特的名字来源于环绕它的两条河流，一条叫漾水，一条叫濞水。"濞"，东汉许慎编著的《说文解字》将其解释为"水暴至声"。古往今来，"濞"字所用极少，而与其他字组合成为一个专属的地理名字，独"漾濞"一名。和它的名字相似，历史上和地理位置上的漾濞也很独特。

从人口来看，漾濞无疑是一座小得不能再小的县城，但小城却承载、联结和见证了太多厚重的历史文化记忆，使得这座貌似无足轻重的城，在中华大地上留下了它独特而辉煌的印迹。

小城有大道。早在两千多年以前，一条横贯亚洲南部的古代国际大通道——南方丝绸之路就从漾濞穿行而过，漾濞由此而成为中国西南地区通往缅甸、印度的古代国际重镇和重要驿站，承担起欧亚民族文化和商贸交流的重要作用。这条路亦称"蜀身毒道"。"身毒"是古印度的别译，蜀身毒道起于四川成都，经大理、漾濞、保山通往印度，成为连接西方的民间商贸通道。古道将蜀锦、茶叶、竹杖等物品和中华文明传播到缅甸、印度等地，又将异域的琉璃、海贝等物品带回中国，实现了海内外贸易，也带来一次次文明之间的交流与融合。今天，在漾濞县境内，还完整地保留着这么一段古老商道，而南方丝绸之路唯一还存于世间并能够正常通行的古桥——云龙桥，也依然横跨在古城畔的漾江之上。走过县城小街，可见四五米宽的悠深古巷，两侧铺满一米余宽鹅卵石、中嵌两尺许青石，夕阳从侧面陈旧的瓦檐上斜照过来，映在斑驳的土墙上，没有马帮经过，却仿佛能听到马蹄叩响青石，嗒嗒去远方……顺着古老的驿道望去，有美丽的彝家女孩身着盛装笑意盈盈地站在云龙古桥桥头，数千年的岁月沧桑，终是安然在那一抹笑容里，国泰民安的含义，在这一刻瞬间有了更完美的领悟。古老的云龙桥由八根环环相扣的巨大铁链连接两端，铁链上铺木板以备通行，走在微微晃动的铁索桥上，从木板缝隙间望下去，滔滔漾水奔涌而下，令人感慨不已——河水如时光匆匆流去，桥却穿越千年守望光阴，见证着岁月。

关于路，有很多种暗喻和映照，每个人的心里都有一条刻骨铭心的路，不管是去往远方还是回归故里抑或是别的抵达，人如此，城亦如是。所以，在漾濞，除了这条联结文明和商贸的古老商道，我还看到了另一条路——那就是漾濞境内被喻为滇缅公路"血线36公里"路段。

如果说蜀身毒道记录和见证了中华文明向外传播的璀璨瑰丽，那么现存于漾濞县境内的滇缅公路展现在我们面前的，则是漾濞人民为世界反法西斯战争所贡献的民族力量。

闻名世界的滇缅公路在第二次世界大战中承担着重要的角色，又称昆瑞公路（昆明至瑞丽）、昆畹公路（昆明至畹町）、抗日公路等。这条公路的建成被喻为世界交通史上的奇迹，其建设之艰、劳作之险、工具之简、病疫之危、时间之紧，皆为罕见。然而，为了抢运中国在外购买的战略物资和国际援助物资，中国人民绝地奋起、舍生忘死，紧急修建了这条抗战输血通道，滇缅公路于1937年11月全线动工，全长1146公里，中国境内959公里，其中漾濞县境内有63公里。1940年6月，随着日军进占越南，滇越铁路中断后，竣工不久的滇缅公路便成为中国与外部世界联系的唯一运输通道，这条诞生于抗日战争烽火中的公路，是滇西各族人民用血肉筑成的国际通道。它的抢筑成功，有力还击了日本帝国主义三个月内灭亡中国的妄想，并成为维系中国和东南亚两大战区的纽带，大批援华物资如汽油、枪弹、轮胎、药品等源源不断运入中国，打破了日军的封锁战略。同时，中国也输出了大量偿还物资，如英国等世界各国所急需的钨、铜、锡等有色金属及桐油等，以全力支持世界各国反法西斯斗争。

时隔半个多世纪后，5月的一个清晨，站在寂静的滇缅公路上，我看到路畔绿意葱葱、崖下村庄安详。风缓缓吹来，仿佛在告诉我们当年这里是怎样的车流滚滚、硝烟弥漫。而现在我们所处的这个名叫太平的小乡以及我举目所及且更远更广阔的田野、山川和大地，皆是盛世太平。

因为地处僻远，所以很少有人知道今天的盛世太平里融筑了多少漾濞人民的血汗和生命。1938年，也是5月，63公里长的滇缅公路漾濞段全线完工，其中我们脚下所处的路段，则是其中被称为"血线36公里"的地方。当年这里山峭路窄、崖高壁陡、箐深沟狭，地势异常险峻，用工巨大，建设极其困难。而漾濞全县人口还不到三万，为了抢筑公路，漾濞县家家空灶、户户出工，除了没有劳动力的老人和病人，几乎全部都参加了修路，在工地上，随处可见父子、夫妻、母女甚至一家三代一同上工，彝族、汉族、白族、回族、苗族、傈僳族、傣族、德昂族等各族群众均义无反顾地拿起最原始的筑路工具，自带干粮和水，扛着病痛带着伤，披星戴月驻守工地，硬是贴着山岩抠着石缝，冒着九死一生的危险，用生命和血肉打通这条抗战输血通道。滇缅公路的抢筑成功极大地增强了民族凝聚力，提高了全民抗战的信心和决心，在当时严重失利的抗战形势下，它极大地鼓舞了国民士气，也让全世界看到了中国各族人民的伟大力量。这样的状况是侵略者不愿意看到的，为了摧毁滇缅公路，日军调集飞机对公路上的主要桥梁进行反复轰炸，滇西各族儿女则聚集所有力量进行反轰炸。在漾濞县城东侧的小山冈上，有个名叫竹林寺的古老寺院，它始建于明朝万历年间，滇缅公路修通前，竹林寺是蜀身毒道博南段的必经之所，过往商旅和文人墨客多在这里敬香礼佛、作赋小憩。然而，日军的轰炸打破了寺院数百年的平静，看着漾濞人民用血肉筑成的抗战通道不断被轰炸，目睹山河破碎、家园残缺，竹林寺这个佛门清静之地也毅然加入反法西斯斗争，漾濞人民在竹林寺前建起炮台，日夜对峙来袭的敌机。于是，紫竹与炮台、青灯与硝烟、钟磬声与炮火声相交织，在烽烟中书写出别样铿锵的抗战篇章。今天，清幽秀雅的竹林寺前，炮台旧址掩映在竹枝花草间，不细看几乎不可见，但民族大义和不屈气节却与天地正气一起在点苍山下浩然长存。

一个竹林寺，见证了中华民族抗战史，它是佛家道场，也是人心的道场、正义的道场。

从蜀身毒道到滇缅公路，漾濞经历了千年风雨沧桑，在滇之西，用它并不强大却异常坚韧的臂膀，撑起了两条举世闻名的大道。

如果只是回顾历史，也许讲述漾濞的故事到此就应该结束了，但漾濞的担当与奋进并没有终止在历史的卷轴里。新时期以来，漾濞各族儿女携手向前，在这片3500年前就长满核桃林的土地上昂扬奋发，旅游、文化、经济、乡村振兴纷纷迈向新征程，一度冷清的商旅古道再次焕发出勃勃生机。2020年，漾濞县成功退出贫困县序列，实现现行标准下农村贫困人口全部脱贫，全县核桃种植面积达107万亩，人均拥有核桃树超过100株，年产值近14亿元。一年一度的中国大理漾濞核桃节和天门石开等旷世奇观更是吸引了来自全国甚至世界各地的游客，点苍山西的杜鹃花开得更红更艳，漾濞人的致富新路越走越宽广，各民族交往交流交融的桥梁也越来越多。十年以来，漾濞各族群众团结前行，"一体"和"多元"的关系在雪山河和漾濞江畔得到了完美的彰显，彝族、汉族、傈族、白族等各族同胞像石榴籽一样紧紧抱在一起，各美其美、美人之美、美美与共。

漾濞有古道，但漾濞人不忘老路、开创新路。为了更进一步将少数民族群众带出大山、融入城市，漾濞开设了600公里苍山大环线国家步道，以大力推进大（理）漾（濞）一体化进程。同时，漾濞结合脱贫攻坚、民生保障和疫情防控、生态保护等工作，在对口帮扶城市和国家相关部委的关心和支持下，解决了很多过去没有解决的难题，干成了许多过去想干而没有干成的事情，这座古老又纯朴的城市在新时期焕发出了它更加耀眼的光芒。

然而，前进的路从来不是一帆风顺，2021年5月21日21时48分34秒，一场6.4级的地震突至漾濞，其震级之高、震源之浅、烈度之大、频次之多，属数十年之最，地震给刚刚完成脱贫攻坚成功出列的漾濞带来了极大重创，人口仅10万的漾濞县需要过渡性安置的受灾群众就达3万余人，面对地震后的满目疮痍，漾濞人再一次像当年抢筑滇缅公路一样披星戴月抢建家园。最令人感动的是，当时正值高考前夕，而全县共有37所学校严重受损，漾濞人夜以继日，克服各种困难，地震后仅一周就实现了全县陆续复学复课，更是仅用了一天一夜的时间就搭建起了安全牢固、设施完备、空调齐全的标准化高考考场……这一年夏天，数百名漾濞县高考考生在标准化板房考场内完成了他们人生中最难忘最特殊的一次考试，这场高考也被媒体喻为史上地震中最安全最温馨高考。也许多年以后，这些学子回到家乡，会含泪寻找当年板房考场所在的位置，致敬他们消逝的青春。但他们永远不会知道，为了那一场考试，有多少人数夜未眠奔劳不休，有多少车辆繁忙轰鸣昼夜不息。"一切为了未来"，漾濞人在新征程上再难不推、再苦不叫、再烦不怨。这样的漾濞，是为大担当。

地震后一年，2022年5月，我来到漾濞，走进苍山西镇灾后重建集中安置点，入目是宽广的道路、整齐的楼房，它们在蓝天白云间显得如此祥和漂亮，各族受灾同胞都有了新家——像这样设施完整的灾后安置点，全县还有17个。但与设施齐全的安置点截然相反的是县里相关部门的办公室和灾后恢复重建指挥部，它们依然还是简陋的防震棚。清晨，我顺着棚区走了一圈，看到棚板上悬挂着民房灾后恢复重建工作作战图和进度统计表，那长而烦冗的表格内装满了密密麻麻各不相同的数据，唯有最后完工率一栏却清一色是"100%"的字样，也许是板书人的心情很舒畅吧，那一竖排数据刚劲有力、肆意洒脱，显得无比清爽，让人一看就如释重负。

路过一间挂着汉彝双语标识牌的审计局办公室时，一个晒得黝黑的年轻人走出来，我问他防震棚工作起来感觉怎么样，他笑了，指指头顶说，太阳还没出来，等一会儿就知道了，这里面冬天冷死人、夏天蒸死人。

哦，我随口说，干嘛不先把机关单位的房子抢出来，我看民房、医院和学校都建好了。

"就是把那些全安置好了我们才最后安置。"年轻人很自然地回答，拿着资料走远了。

顺着他的背影看过去，前面是欢腾奔涌的雪山河和彩旗飘飞的建设工地。而我身后的防震棚里，则是若干和他一样不假思索地将自己摆在最后面的艰辛奔劳着的漾濞人，他们用汗水重建家园，用忠诚铸就辉煌。

离开漾濞那天，阳光正好，我看到点苍山上悬浮的白云随风飘向博南古道的方向，仿佛在眷念着什么，而雪山河则在我们脚下闪烁着晶莹的光芒，仿佛又是在期冀着什么——漾濞的新城老城正好以雪山河为界，站在6月的阳光里，站在河畔，看远山云雾翻涌如时空交错。这样的暗喻无疑是在告诉我们，寻过往，漾濞有古道；探未来，漾濞有新路……

漾濞，一座小城的诗与史

袁　远

山水之境

漾濞二字，字面上就荡漾着粼粼波光和神秘气息，引人遐思。漾濞既是一条江的名字——漾濞江，澜沧江第二大支流；也是一座城的名字——漾濞县，位于漾濞江流域中段、点苍山群峰西侧，境内山环水绕，风光绮丽秀美。

多年前我到过大理老城，那时完全不知与大理市比邻而居的漾濞城。这次到漾濞之前，我对这个所在依然一无所知。这是我的无知，也使得这次抵达漾濞，成为一次与她的惊喜相遇。

漾濞城，一个典型的山水小城，城不大，人不多，自然风光却是大手笔：雄山成列，流水如网。整个县域，山地面积超过百分之九十八，河流溪涧多达百余条。站在漾濞小城的任何一处看去，四面皆山，山似屏，云出岫，青山绿水的气息飘荡在空气中。这里的空气，因而有了几分别样的甘洌与灵动。

说到山水美景，石门关算得上漾濞景观的头牌，换句话，也可以说是此地风光的代表作。当年徐霞客进入漾濞地界，见到鬼斧神工的天然石门，大为叹赏，将它比作从云气里突显出的两片"青芙蓉"，对它的描述为"插天拔地，骈立对峙"，又云"其内崇峦叠映，云影出没，令人神跃"。

徐霞客一生游历颇广，所见奇观、秘境之多，可以说未有前人。这位中国历史上最著名的地理学家、探险家，对石门之奇，不吝用"令人神跃"来

描述，可见石门关的气势。

　　石门关赫然耸立于点苍山西麓。两片石壁，浑如刀劈斧削，壁高千仞，壁面平滑，端严对立，望之，真乃苍茫点苍山之天造大门也。大门开处，溪水涓涓；大门背后，峡谷深深。大自然的神奇诡谲，石门关堪当一例。由此关进入，可登上点苍山最高峰马龙峰。可惜我们此次行程太过匆忙，未得深入石门之后，领略峡谷雄峰之奇奥，仅与石门匆匆一晤。虽是一面之缘，也足以令人回味。

　　漾濞在山水的拥有量上得天独厚，依山傍水打造出的庄园、民宿，因而别有意趣，为山山水水的"颜值"更添魅力。我们到访一处音乐农庄，对"天人合一"的居所有了一次愉悦的切身体验。农庄倚山而建，房舍、庭院层次错落，并将天生巨石、山涧深壑、林木山色揽之入怀，妥妥的你中有我，我中有你。树木长在房间里，岩壁也长在房间里，一块巨大的灰白色蛋形天然石，从一个露天庭院的地面冒出，乍一看去，好似月球正从此处升起。还有令人惊奇的，一间会客厅和一面露台，皆悬空玻璃建筑，玻璃地面下万丈深渊，深渊里则草木葱茏。农庄对面，是另一座山，二山之间一水相隔，山景、水景、园景，相映成趣。

农庄主人是本地走出去的一位少数民族音乐人，返回家乡，造此农庄，故名"音乐农庄"。置身这样的农庄，令人不由得想到"诗意的栖居"。如果说山水即诗，一个山丰水富之地，便是诗意盎然的所在。

老城古道

多年前我爱背包旅行，去过不少小城。相比于大城市，小城总会带给我更多欢喜。很多小城有着一种特有的调子，热闹中带着安稳，喧嚣中潜藏沉静，那沉静安稳里，足以安放一座城的气定神闲。

漫步小城，是一种很舒适的体验。我总有一种感受，在小城行走，走着走着，就走入回忆，也恍如走回故乡。你可以边走边看，边看边想，似想非想，随时驻足，这种状态相当美好，不用赶路，没有目的，没有任务。这样散漫的行走，好比一场把自己还原的旅途，日常琐事、扰心杂念纷纷剥落，简直有点梦幻。

行走中，不期然你会迎面遇上一段旧城墙，一个老院子，一处漆水剥落的旧门扇。历史的风烟扑面而来。小城，总有办法留住她的历史和历史的痕迹，让怀旧的目光有迹可循。

漾濞老城，至今保留着原汁原味的本来面目，一条狭窄的弹石小街，小街两侧老旧民房夹道而立，明清时期的一些寺庙、祠堂等点缀其中。比起那些经过打造、面目一新的古城古镇，漾濞老城如同一帧未经P图的老照片。走在这样的老城中，你很可能不会觉得多么惊艳，但这里胜就胜在未经雕琢，朴素无华，以原始的姿态默默告诉你久远的故事。

如今的老城只是漾濞城的一部分，谦虚地静处一角，早先的城门、城墙，均已消失；当年人潮涌动、热闹非凡的街场赶集景象，也已不见。不过老城仍值得细品，尤其老城中千米长的弹石小街相当不一般，那是著名的"蜀身毒道"的一部分，今天被命名为"博南古道"。

蜀身毒道开通极早。据考证，早在公元前四世纪就已开通，是由四川成都，经云南昆明、大理、保山等地，通向缅甸、印度的一条国际通道。客商马帮借这条通道，频繁运送"出口""进口"的各种物资。这条穿山越岭的道路上的货运多靠马匹，因而此道又名"马背上的国际通道"。相关资料显示，漾濞境内的博南古道一线，曾有过18处驿铺，供过往马帮和客商歇脚、住宿。漾濞县在设县之前就是一个重要驿站和渡口，也就是说，在获得"正式身份"前，漾濞已然是个人烟鼎盛的热闹之地。

漾濞作为县城的历史其实不长，它设县在1912年，至今也就百余年时间，但漾濞的历史绝不仅仅这百多年。向时间深处凝望，我们不仅可以看到至今遗迹犹存的博南古道，这里还曾有过茶马古道、盐米古道等众多古道，可谓纵横交错，四通八达。时间再往前，早在新石器时代晚期，石门关一带就有人类活动，这是有著名的"苍山崖画"为证的。

有必要提一句云龙古桥。此桥悬于博南古道尽头，横跨漾濞江，桥身由八条铁索和木板构成。它初建于唐代，后经多次修葺，是蜀身毒道上现存唯一可通行的古桥。

见到古桥之前，我先看到它的照片，黄昏中的古桥神秘、宁静、古老，沉甸甸的沧桑感和故事感如风扑面。次日白天走上古桥，桥身悠悠晃晃，桥下流水汤汤。漫长时光里，多少马帮、客商穿桥而过，如今，嘚嘚马蹄、幢幢人影已成往事，而古桥仍在，流水长流。

核桃王国

漾濞山丰水富，植被自当丰饶。

进入漾濞境内，目之处处皆山，山上密密皆树。漾濞最具代表性、最令本地人骄傲的树，乃核桃树。

核桃，又名胡桃。我们的常识中，胡桃来源于西域。换句话说，它是外来品种。这次到了漾濞我才明白，有时候，常识是需要修正的。我国的核桃并非全是外来品种，据可靠的考证和测定，漾濞江流域乃核桃的发源地之一。远在公元前2世纪，当凿通中土与西域的西汉外交家张骞从西域带回胡桃种之时，漾濞一带已有大片的野生核桃树林茁壮生长。

地方古籍记载，唐宋以来，南诏大理地区的核桃就已然是大宗交易商品和贡品。到了清代，漾濞的核桃更是扬名四方。成书于清嘉庆年间、对云南地方风物多有记载的志书《滇海虞衡志》有言："核桃以漾濞江为上，壳薄可掐而破之。"

走进漾濞地界，方能真切领略此地核桃树的厉害，一是数量众多，品种繁多，有的山上漫山遍野皆核桃树；再是老树多见，上百年、数百年的老树不经意间就出现在你面前。核桃食品当然在本地美食中挑大梁，漾濞人待客的餐席和小吃，绝不会少了核桃的身影。

在一个叫"光明村"的村里，我们见到一株硕大的核桃树。它长于一个庭院中，横生的一条粗壮树枝几乎横过整个院子，整株大树苍劲青翠，风姿雄伟，为宅院平添一种沉稳、踏实又生机勃勃的韵调。核桃树长得如此壮观，可想而知它的心情是很欢愉的吧，也可想而知此地的阳光雨水多么饱足。这个村里，上百年的老核桃树不是一株两株，离开村子我才意识到自己的疏漏，该了解一下村里上百年的核桃树究竟多少？不知有人数过没有。

光明村又叫云上村，因地势高而得名。其村貌、景观犹如一个大花园，也是一个上佳的休闲之处。村里有露营地、咖啡吧，有大片的花海和移步换景的散步道，更有风貌不同的农家庭院。云上村的散步道相当特别，其中长达三四百米的一段由铁核桃铺就，名副其实的"核桃路"。所谓铁核桃，顾名思义，其质如铁，坚硬如石，用之铺路，甚有巧思。这一段路，观之，奇特，行之，有趣，略略硌脚。恰是这一点"硌"，使之成为有按摩功能的保健步道。

特意在网上查了一下核桃树，说，核桃树可作行道树、防护林；核桃木质地坚韧而有弹性，是工业中使用的上等材料，当然，用之打制的家具也是上等的。核桃壳可加工成工艺品。在漾濞，我们见到了核桃壳做成的工艺品，确实很别致。

另眼相看

漾 濞 琐 记

张锐锋

一

　　云层之上，从舷窗的方框里看见云的奇迹。它比任何想象更奇特、更诡异。宽大的机翼遮住了窥视人间的视线，只有云的各种梦幻般的造型，它有着各种怪兽的形象，有着各种仙山的形状，有着你能想到的一切一切。我在想，我将要到的漾濞是什么样子？我曾几次去过云南，也去过大理，但没有去过大理身旁的漾濞。就是漾濞这两个字都会引发无限联想——两个字，都是水流汹涌的样子。

二

　　从昆明转乘高速列车，又乘汽车辗转到了漾濞。小城建筑充满了彝族特色，几乎每一幢建筑上都有着彝族独特的色彩符号，黑黄红的主调，演奏着一个民族的生活旋律。傍晚沿着城边的雪山河滨河公园散步，倾听着雪山河的流水声，让人感受一种喧哗中的舒适闲逸的宁静。

　　谁能想到这里经历过一场大地震呢？从2021年5月21日20时56分开始，到5月22日8时，连续经历了几百次地震，最大震级达到6.4级。这次地震震级高、震源浅、烈度大、频次多，全县经济社会发展遭受重创。令人欣慰的是，从小震开始就引起了新任县委领导的警觉，县委、县政府以及乡镇干部组织全县乡亲们撤离到安全的地方，许多房屋倒塌，或者已经成为危房，但漾濞在这次大震中创造了零死亡的奇迹。

我们来到了漾濞一中的重建现场，满眼都是简易板房。参加2021年高考的学生就是在这样的板房中完成了各科考试。可以看见，一个全新的漾濞中学的主体工程已经完成了建设，这所20世纪40年代初创办的老牌中学将呈现新容。在这座彝城的另一边，用来安置受灾民众的新居也在很短的时间内完成，它外观设计考究，有着米黄色的彝族色调和现代时尚的建筑风格。据现场解说，地震发生之后，县委、县政府迅速锁定了民房恢复重建对象16686户，民房维修加固14609户，现已基本完工。为了能够让受灾民众早日住上新居，各级干部和建筑工人没有休息日，夜以继日地工作，用最短的时间建起了这些外观漂亮、结实耐用、面积适中、满足生活功用的实用性的住房。

三

漾濞老城。一座座老房子，石头铺设的路面，交错蜿蜒于漾江旁。四面青山环抱，南方丝绸之路的博南古道、茶马古道和漾云驿道在这里交汇。这里存在着时间累积的种种物质遗存，既有清真寺，也有天主教堂，既有老君殿和文殊院，也有财神庙和四川人建造的川主庙，以及大理人自己建造的太和宫。老城容纳各种信仰，也接受各种文化。它尊重各路神灵，也尊重四方来客。它把过去年代的商业繁华和生活场景，收藏到了一排排老旧的房舍之中。它的灵魂已经被筑造在每一块砖瓦之中，并经受了无数烈风的吹拂、无数迷雾的笼罩、无数暴雨的冲刷和淘洗，历史从这些旧建筑中闪现着静谧的幽辉。

这是一座来自过去年代的古城，让我们看到了从前的繁荣。看见了漾濞宽阔的文化胸襟，看见漾濞面对八方、敢于向前的勇气，它尊重和吸收各种繁荣的力量，包容各种不同的风俗习惯，将其纳入自己的怀抱，营造为和谐共生的繁华茂盛的历史景观。马店、客栈、商铺、铁匠铺以及从前的镇上人家的房舍，都讲述着从前的故事，多少事情在从前发生，多少往事还被铭刻在砖瓦上、街道上、河流的每一个波纹上、石头上以及旁边的群山和群山上的白云上，它每时每刻都给今天的人们带来无限的遐想。

漾濞将这处老城进行了保护修缮，对地震中损坏的房屋予以加固。在漾濞人看来，震灾固然是灾害，也给他们带来巨大的损害，但赋予他们一次重整旗鼓、重新规划和调整生活的一次机遇。要让灾害转化为机遇，让这座老城焕发出光辉。老城的中间是横跨漾江的铁索桥，它叫作云龙桥。这座桥有着优雅的古韵律，它两岸的桥头建有桥亭，以供往来行人歇脚和避雨，桥面的木板铺设在铁链悬索上。由于重力的作用，中间的桥面随着悬索弯曲下垂，形成了优美的悬链线。据说，它的架设来自彩虹的启示，因而有着苍虹落漾的美称。

这座桥乃是三条古道的交汇点或者说关键节点，从前的马帮、商旅行人必须通过这座桥走向他们的远方。人们在这里歇脚之后，从博南古道走向永平，从盐米古道通往云龙，从茶马古道进入剑川。来往的商客既从这里出发，又在这里汇集。如果有三个人在这里告别，约定归途中重聚，这里是最好的选点。这样的地理位置决定了漾濞古城的重要性，决定了它在昔日的繁荣兴盛。

由于整个老城在修葺改造之中，原来悬挂在桥亭两侧的对联被摘放到了桥亭的护栏上。这木质对联上写着——秀岭孤松东西南北风债主，漾江独石前后左右水冤家。这一对联既描述了四个方位的秀丽风光，也说出了漾江独石中流砥柱的不屈性格。孤松挺拔，飞云盖顶而蔚为壮观，江心巨石，经受着激流冲击而岿然不动。这充分说出了漾濞的激情、意志和面对困境而永不退缩的精神气质。

四

群山之间，一条蜿蜒曲折的公路通往残酷的记忆。就在抗日战争爆发前夕，中国已经预见到中日之间的战争不可避免，一旦战争爆发，中国军队将不可能守住东部沿海和内地平原地区，国民政府也必须退居西部。由于力量悬殊，卢沟桥事变之后，抗战全面开始，中国不仅失去了平原地区的大城市，也失去了沿海几乎所有的港口。武汉会战结束后，抗战进入了艰苦的相持阶段，战争物资的快速消耗，中国能否度过亡国的危机，将取决于能否获得充足的战略物资。

中国急需一条通往外界的安全通道，以便将海外华侨捐赠筹集的药品、棉纱、汽车，以及国民政府用紧缺的外汇购自国外的军火和其他军事物资运回国内。1937年秋冬之时，滇缅公路施工沿线的30个县、20余万民工，汇集到崇山峻岭之间的近千公里路段上。一条从云南连接缅甸中央铁路、贯通仰光港的长途公路开建了。

滇缅公路在漾濞境内有63公里。但这短短的63公里，漾濞老百姓付出了巨大的代价。在这一路段上，汇聚了最奇特的筑路大军，他们穿着蓝色土布的少数民族衣装，只有很少的壮劳力，更多的是老人、妇女和孩子。甚至孩子们带着自己家里的宠物：狗、鸡和鹦鹉。全县几乎所有能够动员的劳力都出动了，没有大型挖掘机械，一切都要依靠两只手，依靠粗糙食物提供的原始体能。挖掘土方所用的工具是最简单的，只有锄头、大锤和用来碾压路面的石头碾子。这些三四吨重的大碾子都是人们靠肩膀和双手，穿越丛林、翻山越岭而运抵施工现场的。尤其是上下坡的时候，石碾子不容易控制，它巨大的惯性经常挣脱了人的把控，有的来不及躲避的劳工被当场压死。

铺路需要石子。如果采石场在不远的地方，就会节省很多劳力，但人们往往需要到很远的地方寻找石料。大人和孩子都背着自家的背篓，到远处背运石料。而这些石料都是一锤锤敲打出来的，漫山遍野的空气中充满了叮叮当当的敲击声。遇到巨石的时候，就使用火药炸开，飞起的石头，经常击中筑路者，许多人死于这样的飞来横祸。

当时漾濞的人口不足三万人，但当时仍然动员征集民工近两万人次，出勤86万个工作日，完成土方量近56万方。全线几乎所有能够动用的劳动力都用作修路，每天上工人数不少于6000人。1938年5月，滇缅公路漾濞境内的63公里修建完工，仅仅用了半年时间，比全线贯通提前了3个月。国民漾濞政府受到了嘉奖，汉营乡乡长梅星斗获授一枚大勋章。1938年8月，滇缅公路全线竣工。

另眼相看

在筑路过程中，有很多人伤残和因事故和疾病死亡。仅仅在漾濞路段，就有一百多人伤残，27人死亡。可以说，这是一条由各民族人民用血肉雕刻出的群山通途。它穿过了中国最坚硬的群山以及最湍急的河流。它带走了众多的生命，它是中国抗击侵略的意志的结晶，是生与死之间结出的果实，是用热血和生命造就的民族生存的脐带，是顽强和不屈服的精神象征，它意味着一个民族在极端严酷的条件下爆发出的惊人力量……它是一个民族命运的转折线。

滇缅公路通车之后，漾濞人民争相前往观看。人们从来没见过汽车，质朴的当地彝族和各族同胞的背篓里装满了青草，以为这些汽车需要像牛一样喂养，需要每天吃草才可以奔跑。满载着战略物资和国际援华的军火器械的汽车终于来了，一辆接着一辆，汽车发动机的轰鸣，震撼着原本寂静的山峦和森林，车轮掀起了道路上的尘土，向着云端扩散。老百姓看着这几千年来从未见过的奇观，发出了一阵阵惊呼。

滇缅公路的筑成，极大鼓舞了抗战斗志，震惊了侵略者，也赢得了世界对中国抗战的同情和支持。抗战初期，中国几百万抗敌军队所需的武器装备，维持政府组织运行和经济运转的各种物资，以及迁往大后方的人们所要消耗的必需品……所有支撑抗战而国内无法生产的各种物资，都通过这一新筑的生命线源源不绝地运送。

重要的是，它改变了抗战的走向和进程。日军原本设想，依赖精良武器和现代装备很快就可以击败中国军队，迫使中国屈服。但滇缅公路在短期内的建成，打破了日军的物资封锁，让侵略者的速胜计划归于破产，也让中国军民在疲惫之中获得了喘息和重整之机。它重新唤起了抗战胜利的希望，重新唤起了中国军民反法西斯的决心和斗志，为抗战进入相持和反攻阶段以至于最后获胜，奠定了先决条件。

我们来到了这一通往历史的公路上。我在这段公路上漫步，就是在往昔的夯声、敲击石头声、嘈杂声……中徘徊。漾濞段的63公里，在今天看来，仅仅不足一个小时的车程，但它却跨越了十四年抗战的血肉历史，蜿蜒于云水山川之间，盘旋于悲痛、血泪、希望和骄傲之中，连通了中华民族的不屈灵魂。滇缅公路的修筑是世界奇迹，它改变了中国的命运，也和我们的每一个人密切相关。它是一条记忆之路，一条见证之路，一条连接世界之路，一条民族精神之路。沿线的老百姓用锄头、铁锤、石碾和背篓，埋葬了侵略者灭亡中国的白日梦。

五

乘车一路盘旋而上，位置缓缓升高，千山万岭已在俯视之中。沟壑纵横的大地，显现出了安详宁静的容颜。无数山松笼罩着群山，在一片绿色之中有着柔和神秘的、山峦与山峦交错的曲线。白云就在我们的头顶，一会儿我们也许要跃升于白云之上。很快就到了苍山海拔2000多米的高处，光明村出现了，这就是我们渴望看见的云上村庄。

这是一个彝族村庄，在距漾濞县城12公里的高处，居住着彝族、汉族、白族、傣族和傈僳族的三百多户人家，是一个多民族和谐共居的家园。从村边开始，我们踏上了核桃步道。这是一条用核桃铺设的千米步道，经过风吹雨淋的核桃路面，呈现出了发黑的颜色。它暗示着我们已经进入了一个云上的核桃之乡。

到处是核桃树，到处是核桃的形象。漫山遍野都是核桃树，整个村庄都罩在核桃树的树阴里。百年以上的古核桃树就有6000多棵，万亩核桃给这里的村民带来了富裕，云上村庄的独特景观为这里带来了一批批游客，旅游业开始兴盛。一个个巨大的树冠，遮住了天空。光明村是大理州第一批乡村振兴试点村，

村庄经过精心设计改造，已经成为一个风景独特的农家云上花园。村庄周围有上万亩连绵不尽的核桃树林，它提供闻名遐迩的核桃商品，还提供了充足的新鲜氧气和美好的生态环境。这几年，核桃产品的价格下滑，但光明村的稀缺环境和得天独厚的奇妙风光，成为旅游和度假休闲的新资源。核桃树不仅结出累累硕果，还结出了供我们观看和感受以及激发生活灵感的新财富。

另眼相看

　　这里有着巨大的核桃古树雕塑，它几乎可以乱真，每一个根须经络都毫发毕现。有着宽阔的草坪广场和乱石流水，也有着一个个碧水池塘和种植各种花卉的花圃，各种色彩散布于村庄四周。石头垒砌的、带有原始符号意义的各种雕塑作品，在形与意之中展示了艺术家的灵感。它似乎引领我们走到了一个不存在的乌托邦，它超越了现实，却集中呈现了大自然的精华。改造

后的农舍，既保持了原样的质朴，也采用彝族常用的米黄色调，强调了少数民族的生活内容和统一调性。一个个农家院落，坐落于无数核桃树之中，被奇花异草的美景环绕。很多游客在林间的小路上徜徉，感受着这里独具魅力的云上旋律。

封山育林之后，村民们组织了护山队，他们不断在山间巡查，偷猎动物和盗伐森林的行为销声匿迹了。曾经的荒地上长满了树木，野鸡、老熊和麂子常常闪现身影。他们知道了生态环境的价值，知道了自己生存其间的一切都是生活的一部分。这让我想到在漾濞核桃研究院看到的大型核桃镶嵌壁画——一幅模拟苍山崖画的远古生活图景。这一苍山崖画在漾濞境内的苍山半坡，海拔2070米。据说，绘有崖画的巨石卧于缓坡顶上，花岗岩质巨石上，矿物质混合了动物血的颜料，耐久而清晰，它绘制在宽19.9米、高6.25米的开阔面上。

苍山崖画用土黄色和赭红色线条绘制，可以辨析的形象有人、动物、树木和手模以及各种表意图像，其中有放牧、采集、狩猎、房屋等远古时代的生活图景。据一些专家初步推断，这些崖画产生于青铜时代，也许在更为古远史前时代。夺人眼目的是一群人围绕着一棵大树采集果实，画中的人物有着各种姿势。虽然人们不能辨认树木的种类以及果实的样貌，但人们依然推测，它可能是能够看到的最早的核桃采集场景。因为我们依据今天的一切，可以想象远古时代这里已经遍布核桃树，采集核桃已经成为先民繁衍生息的生存内容。

这样的生活内容仍然在今天存在。每年到了采收核桃的季节，村民们汇集到核桃树下，年轻人爬到高高的树枝上，用长长的竹竿击落果实，而老人、妇女、儿童在树下捡拾，这样的劳作既充满了艰苦，也充满了快乐。这是一幅用一代代人的基本生存事实保存下来的、可以与苍山崖画交相辉映的绝美图画，是这里各族人民和谐共处的象征性图像。今天，光明村既享受着现代文明带来的各种便利条件，也享受着大自然赋予的质朴的美好环境，他们用自己的双手不断创造美好的奇迹。

另眼相看

在那遥远的地方

周瑄璞

时常感叹祖国之大，那么多地方没有去过，那么多地名没有听说，比如远在云南大理的漾濞。这是我第一次听到这个县名。

县级是我国最普及最中坚力量的一个行政级别，大多有着深厚历史渊源和多样文化传承。一个再陌生的县，一旦走进，也会感受到浓郁的文化气息及深厚的历史渊源，总有一个你听过的典故与传说，总有一条河、一座山、几处美景，在某一个县里静静等待着你。县城一手接着农村，一手攀向城市，是一个亦城亦乡的所在，有着特定的文化符号与内涵呈现。漾濞，是祖国大地上两千分之一的所在，陌生而新奇，普通而独特，安静而努力地书写着中国核桃之乡的传说与新时代的创业故事。

这个新奇而独特的地名，让人过目不忘。观其名，思其义，定是与水有关。是的，因其处于漾濞江畔而得名，这也正像中国大多地名，居于山水之间，得乎山水之名。而濞，是水声浩大之意。望文生义，有一种诗与远的感应和期待。

去往漾濞之路，经由飞机、高铁、汽车，一程一程，重重山，层层水，条条路，将我从西北城市运送到遥远西南的苍山之畔。

这是一个群山环抱的地方，县内山区面积占到98.4%，也就是说，平地只有不到2%。设县历史不过百年有余（民国元年，漾濞设县，城名引为县名），可以想象她在过去千百年间的交通不便、信息不畅、山高路远、来访受限。勤劳倔强的漾濞人民就是在这样山重水复、困难叠加的环境中求生存，谋发展，一代一代前赴后继，谱写一曲壮丽的时代之歌，用实际行动书写着"幸福是奋斗出来的"时代箴言。

漾濞人民在近代史上值得书写的史诗首推修建滇缅公路。这条中华民族抗战史上的重要命脉，其中63公里是在漾濞境内。在当时生产力低下，生产工具单一，物质条件极其有限，作业环境异常艰苦的情况下，漾濞各族人民男女老少齐上阵，官民同心，忘我奋斗，风餐露宿，艰苦劳作，流血牺牲，在所不惜，用生命和鲜血铺就中华民族救亡图存的"生命线"，为滇缅公路的修建做出巨大贡献。这种艰苦奋斗的精神传统也深深驻扎在漾濞人民的血脉里，在各个时期的建设中漾濞人民不畏艰险，不怕困难。在2021年的震后建设中，继续发扬拼搏精神，在灾后重建中谱写了一曲抗震救灾的壮丽之歌。尤其是在5月21日地震校舍受损严重无法继续使用，而高考、中考在即的情况下，全县总动员，紧急搭建临时校舍，安排考场设置，使高考和中考按期正常进行，学子们在安全平静的环境中进行考试，这不得不说是新时代的漾濞精神，是滇缅公路修建精神的再一次发扬光大。

重大工程建设与震后重建，体现着漾濞人的顽强拼搏精神，而美好家园建设，也同样呈现出漾濞人民追求美好生活的不屈信念。

行走阿尼么，漫步云上村，我们真切感受着新时代新乡村的动人画卷。

阿尼么，彝族语中意为"鸟都没有的地方"，足以形容此处地理位置的偏远、行路交通的不便以及生活条件的艰苦恶劣。放眼望去，除了石头，这里一无所有，没有耕地，生活困难，缺少副业，更是奢谈致富。在之前的文艺作品中，在人们的概念里，这样的地方都是人们想尽一切办法逃离之处，尤其是年轻人，以走出此地到外面的世界去为最大理想。新时代以来，脱贫攻坚的战略号召，吸引年轻人回乡创业，改变家乡面貌。在前几年的热映电影《我和我的家乡》中，面对铺天盖地疯狂卷来的黄沙，老师给学生说："好好学习，将来把家乡建设好。"而不是从前的电影里"好好学习，离开这个地方"。观念的转变是新生活的开端，是社会风尚和人们思想的引导。是啊，生养我们的家乡故土，如果都以离开为目的，那谁来建设她，改变她？阿尼么自然村虽然不足200人，却山水秀丽，风景优美，发展乡村旅游和农副产品产业大有作为。曾经从这里走出去的青年李永康本在省城有很好的事业前途，但他毅然返回家乡，投资一千万元，建设阿尼么007艺术农庄。学业有成、见过诗与远方的青年才俊，踏遍千山行走万里，归来仍是少年，一颗赤子之心，只想带领乡村致富，带动大家转变观念，满怀热情地投身于家乡建设。充分利用现代网络，话"三农"，录视频，做民宿，制美食。穷乡僻壤变成了艺术范儿的网红乡村，往日一心逃离的人们也愿意留下来与他一起创业。时光见证艰苦劳作，山水记录点滴变化，青山不负有心人，美景回报热爱者。几年的付出有了收获，如今，行走在阿尼么的坡度石径小路，随处网红小店、怀旧客栈、现代设施洁净优雅，曲径通幽，引人流连。人们从四面八方来到这里，一时间流量和影响力惊人，往日劣势变为优势，真正做到了培树一个，带动一批。如今的阿尼么已经成为旅游热点、网红打卡地，鸟语花香，处处美景，石径小路，游人如织，观光休闲娱乐度假，三五成群寄情山水，村民文化生活丰富多彩。悠闲时光，阳光普照，万物生长，一派田园风光，一幅和谐美景。从"鸟都没有的地方"变成"石头带来的吉祥"，而创业的人风风火火，不曾停下追求的脚步，又要带领乡亲共同致富。

在山之巅，在云之畔，行走在核桃铺就的小路，来到鹅卵石小径，大大小小的石子被光阴和流水打磨得莹润欲透，几乎有了玉的特质。漫山遍野的核桃树，碧叶间点缀簇簇快要成熟的绿色果实，三三两两抱成一团，饱满而结实，吸足天地精华，耐心等待着最后一程时光。遮天蔽日大大小小的核桃树，将我们引到山顶的古老村庄。而漫步云上村，时时有种世外桃源之感。世上只有一种颜色，那就是深深浅浅浓淡相宜的绿，世上只有一种声音，那就是大自然的和谐之音。空气甜美，满目苍翠，流水潺潺，花香鸟语，农舍小院，优质民宿，行走坐卧，皆是悠然。乡愁主题、现代农业带动全村餐饮和旅游观光。随处可见百年核桃树，树冠如盖，浓荫沉沉，绿色蔓延，无边无际，静静地诉说着光阴的故事、历史的传说。小小核桃，从这里销往世界，为人民带来致富的希望。远处见青山，抬头是蓝天，脚下是草坪，耳畔是风语，一切犹如仙境，一时不知今夕是何年。核桃树的世界无边无际，核桃的传说在这里流传千年，还将世代讲述下去。

作为中国核桃之乡，核桃栽培历史悠久，核桃品种优质多样，形成了深厚丰富的核桃文化，造福着一代又一代漾濞人民。这里有核桃研究基地，这里有连接世界的销售网络。这里的核桃与北方的不同，它个头娇小，外壳沟壑深刻，核桃仁更是小巧灵秀，有着淡紫色的外衣，口味细腻香甜，令人食之难忘。我期待秋天到来，好尽快品尝今年的新核桃仁。

山重水复，路途迢迢，舟车劳顿，这不再是阻碍；在那遥远的地方，也不再是贫穷和闭塞的代名词。在乡村振兴的国家政策之下，绿水青山、甜美空气是无本之源，特色农业、优质产品是无尽宝藏，拼搏奉献、优良传统是致富保障，政策引领、全国关注是坚强后盾。风景秀美的山川大地，人与自然的和谐共生，个性鲜明的地方特色，正在不断输送和创造着物质财富和精神财富，脱贫攻坚、震后建设、产业发展、乡村振兴等各项工作环环相扣，相互促进。风景优美、资源丰富的漾濞，具有革命拼搏精神的漾濞，正在焕发新的生机，就要乘上即将开通的高铁，一日千里，与祖国建设共频共振，共同谱写新时代城乡建设的雄伟乐章。

短短两日，走马观花，蜻蜓点水，略有印象，怀着不舍与留恋，又要踏上归途。离去的车上，但见窗外路边人群熙攘，是一大片集市，当地村民携带各种土特产来此贸易。车上的我们大呼，哎呀呀，早知有此鲜活场面，宁可晚走半日也要观看，这才是真正的火热现实，鲜活生动的当地风情。且留一点小小遗憾，待下次再来涉足这热闹现场。对于初次相识的漾濞，内心里浅浅留恋，略略抱愧，你的真正美好我不曾全面领略，你的独特魅力我只是略知皮毛，所书所写，比起你的深厚过往和所取得的诸多成就，只是冰山之一角，九牛之一毛，管中之一窥。恰如初闻不知曲中意，但愿能有机会再赴漾濞，接近再听已是曲中人的那番境界。

另眼相看

风景这边

行 走 记

陈 泽

云上村

有人曾将云上村称作"世间最干净的地方"，不仅因为它位处绵延青山之上，距离天空最近，时常被云雾缭绕，被阳光抚慰，是传说之中仙子们婀娜起舞、吟诗弄月的至美之境；更在于到过这里的人们，在别梦依稀、吐故纳新之后，云上村的一草一木、一花一树，都是心灵的皈依之所，不染一丝尘埃，不带一缕浊气。所谓人间清欢，在云上，已不是一个概念，而是灵与肉的交融，不知不觉，无声无息，却无处不在，深入骨髓。

云上村的安静与纯粹、洒脱与飘逸相随洁净的空气、清澈的流水、绿色的阳光、啁啾的鸟鸣直抵心灵深处，令人瞬间茅塞顿开、温润如玉，释然复了然。唯其如是，更觉色彩纷呈、万千气象的生命不再自负张扬，变得舒展如风，旷达辽远，诗意芬芳。有人说，将"神奇美丽的大自然是最好的治愈系"这句话放在云上村，再贴切不过。想想也是，置身于一个被云雾孕育滋养、呵护有加的地方，自由而充满灵性，还有什么样的心结不能解开？又有什么样的惆怅哀怨不可以放下？我相信被云上村眷顾接纳的人们，会带着更多的善良挚爱加持他人，包容他人，道理其实很简单，治愈自己，去除藩篱芜杂，方能圆融尘世，享受彼此亲和友爱带来的幸福快乐。不是吗？

在云上村，目不暇接的核桃树成了有口皆碑、过目成诵的主角。核桃树龄从一百多年，到几百年，超千年，令人啧啧称奇，叹为观止，也成了云上村独树一帜的文化名片，鲜活可掬，却无以复制和替代，其与生俱来的荣耀和自豪独领风骚，不提往事越千年。对于云上村村民来说，一年四季浓荫匝地的核桃树为他们招财进宝，祈福纳祥，守着一棵核桃树晴耕雨织，领略风骚；经年富足，几代人也吃不完。在远道而来的客人眼中，每一棵核桃树仿佛是好友故交，或前世知音，在清风吹拂中，在阳光雨露下相见甚欢，执手而行，千言万语从头细说，不思量，自难忘。

核桃树是智慧的存在，亦是智慧的化身；饱经风雨剥蚀，依然磊落坦荡，刚正不阿；从不卑躬屈膝，阿谀逢迎；那些津津乐道、指点江山的人们，最终会在它们宠辱不惊、安之若素、淡定从容的形象面前安静下来，选择沉默，及至以敬畏之心、虔诚之状完成对自身精神的洗礼和境界的升华。事实上，也是遵从内心情感和意志的表现。真正的智者，此刻无不将千百年来生生不息的核桃树当作一面镜子，照见自己的卑微与渺小，甚而诸多的困惑与不堪。在反思和醒悟之余，不妨套用、拓展诗人舒婷的诗句，作为树的形象和云上村站在一起，迎接风雨寒潮，电闪雷鸣，却始终忠贞如初，生死不渝。

云龙桥

还没从对一栋百年老宅的回味中缓过神来，我已经走过云龙古桥，触摸到了依然活着的沧桑岁月、斑驳历史在脚下慢慢延伸，我怕我走得太快，会破坏铁链和木板固有的节奏和韵律；江风拂面，耳畔回荡着马帮悠然的铃声，赶马人清晰的面目一一浮现，像观看一部经典老电影，将我的记忆拉回时光深处，深陷其中无力自拔。曾经，我也是一个赶马人，风餐露宿、日夜兼程，跟着大人们追赶过月影星光，也曾迷失于驿路梨花，风云变幻；曾经千万次追问，到头来只为心中那道闪烁不灭的亮光和不曾褪色的梦想。云龙古桥告诉我，既然来了，就不该错过。人生之痛，就在于失之交臂，无法重来。

作为茶马古道不可或缺的存在，云龙桥创造了太多可歌可泣的历史，演绎了太多悲欢离合的曲目，谱写了太多辉煌灿烂的篇章，还有太多哀婉动人的故事在世间流传。或许，其中的很多东西，可以在志书或相关史料中找到，甚至在民间艺人或墨客乡贤客绘声绘色的叙述中，也能焕发出不一样的生机与活力，不一样的精彩俯拾皆是。

但现在，面对云龙古桥，我只有仰视和俯瞰，只有专注和虔诚，然后心无旁骛地触摸她的每一寸肌肤，感受她持续熨帖的温度，进入她丰富内敛的世界，和她一起同频共振，梦想成真；作为一介来去匆匆的过客，我更应该对她敞开心扉，毫不保留我的热情和真诚，我的执着和毅力，我相信被奔腾不息的流水见证，被两岸美丽的景致相映生辉，瞬间升华的感情便是永恒，日月从此可鉴。

天开石门

谁也不知道漾濞石门关的石门，是什么时候被苍天打开的？打开的情景何等震撼？也不知道为何要将封闭的石门打开，以至于惊扰了石门千万年如斯的好梦！让她长久沉睡多好，梦中，习惯了随心所欲，习惯了无欲则刚，不用粉墨登场、钻营苟且、瞻前顾后，"清水出芙蓉，天然去雕饰"，舒畅至哉，夫复何求！醒来，浑觉天上人间红尘滚滚、雁鸣黄沙，不见了古道老马，何事不纷扰？似是而非的景象，无处不芜杂！人间天上，连无所不能、手眼通天的神仙也看不透变幻无常的云与雾、雨与雪、风与月！梦中得不到的东西，在现实生活中也不一定左右逢源，如愿以偿。一枕清梦酣畅，可以让我们彼此安静，修行，悟道，自省，愉悦，与诗书唱和，互不打扰，多好！如果有顾盼与牵挂，眷恋与思念，那一定是情到深处，水到渠成，天撮之合之好事，当额手相庆，把酒临风，忘了今夕何夕！

苍天打开了石门，也让一切秘密进入了众生视野，像哥伦布发现新大陆一般地观赏、玩味、品尝、娱乐；被光与影聚焦、捕捉、记录、分享。久而久之，石门关的秘密被广泛传播，吸引了大江南北、五湖四海的游人前来一探究竟，一睹风采。最终，如旷世无双的石门洞开，自由驰骋，敞露心扉；惊奇于险峻孤绝的山峰，不想也不愿收回仰视敬畏的目光，肃然感叹至深；

也将身后的一泓清流渲染，剪影，融入，及至吸纳于心灵血脉，濯洗魂魄，荡涤尘垢，为的是"质本洁来还洁去"，不负了眼前大好河山，天地日月！于此，我和如织的游人看客浑然没了秘密，也不想、不愿再有秘密，抛却患得患失、浅尝辄止心理，忘情于无可超越的境界之中，无须青灯烛火，面壁思过，不用修炼造化，不求功德圆融，感觉已是布施大爱、广结善缘的神仙，遨游八极，俯瞰天下，颔首聆听那些否极泰来的好事，一桩接一桩，一件连一件，生生不息，无有止境。天开石门，只为人间少一些藩篱与困厄、阻挡与离散、纷争与缠斗、坎坷与磨难。景色至真，人性至美，山河无恙，天地同辉，我们更应该保持敬畏与博爱，和谐与友善，一统与大同，呵护这不可复制与再生的极地，这触手可掬的无上净土。痛快至哉，夫复何求！

滇缅老路

　　从昆明到楚雄，到大理，再到保山，最终入境缅甸，至今还保留有程度不同、饱经风雨沧桑、岁月剥蚀的滇缅老路。在中华民族全面抗战时期，滇缅老路又被称为"史迪威公路"，是云岭大地数十万老百姓用血肉之躯筑就、国内运送抗战物资的"生命线"、大通道，也是抵御倭寇入侵、拯救民族于危亡之境的最后一条防线，其发生在滇缅老路上的艰苦卓绝、悲壮惨烈、惊天地泣鬼神的抗战故事，一枚树叶，一块石头，一把泥土，一只铁镐，一捆绳索，一扇筛子，一辆推车，一双草鞋，一件蓑衣，一顶斗笠，一床薄被，一捧浊水，一滴血汗，一身伤痕，一口粗粮，还有爆闪的雷鸣、挥洒的雨丝、飞扬的白雪、肆虐的寒流、飘过的云朵，都深深记得，没有漠视与冷眼，消失与湮灭。滇缅老路的巨大牺牲和付出，与驰名中外的驼峰航线并驾齐驱，一同被载入史册，流芳千古，供人们发现挖掘、审视缅怀、凭吊祭奠；它活在人们的日常记忆之中，历久弥新，没齿难忘；它是一座功昭日月、熠熠生辉的耀眼丰碑，被崇山峻岭、峡谷河流拥簇、环绕、景仰、传颂；它的绵延与柔韧、顽强与不屈、勇毅与执着、光荣与豪迈，凝聚成了一种感召人心、鼓舞士气、激励奋进的磅礴精神；成为一种时代意志与品格被传承弘扬，焕发出不朽的光芒。

我和众人在滇缅老路上凝视、踟蹰、徘徊、流连、思考、回味，极力保持安静和沉默，我怕我的喧嚣与浮躁、浅薄与无知对她构成轻慢不敬乃至践踏伤害；她用她不事张扬、蔑视一切放荡不羁、颐指气使、评头论足的行为表现告诉我，安静和沉默才是最伟大也是最强劲的力量，穿透历史与时空，昭示未来；去留观自在，宠辱却不惊，睿智而广博，不可造次和征服。安静和沉默从来是一种"桃李不言，下自成蹊""不着一字尽得风流"的曼妙境界，超然自身，品味无处不在的丰富内涵。

今生今世，我会以属于我的方式与视野，表达我的思想感情，我的专注和大爱，致敬英雄一般存在的滇缅老路。在我心里，她永远不会有老态龙钟、风烛残年的时光；她的傲骨，她的脊梁，她的头颅，她的气节，她的忠贞，她的坚韧，她的不屈，她的伟大，她的庄严，是屹立于天地之间的不朽存在，巍峨凛然，气吞山河如虎，威震四面八方！

阿尼么农庄写意

阿尼么农庄，全称为漾濞阿尼么007农庄。阿尼么，彝族语，意为"鸟都没有的地方"。

明白了这么一层语境，并未冲淡我的好奇心理：一处"鸟都没有的地方"，究竟是什么模样和景象？又寓意怎样的内涵？抑或昭示着什么样的生命密码和玄机？在现场，我陷入无边的缄默之中，浑身充盈诗意，唯美又瑰丽，像面对李太白诗歌中纯粹至上的敬亭山，相看两不厌，独坐为领悟，此时无声胜有声。如此，又自觉不自觉地想到了柳宗元描绘《江雪》中的不朽诗句"千山鸟飞绝，万径人踪灭"的宏阔意境，在咏叹念天地之悠悠，发思古之幽情之余，我更喜欢面对现实的姹紫嫣红，绚丽多姿：站在高处的农庄之侧，能很好地俯瞰绵延群山，千顷沃野，纵横阡陌；抑或追随日夜奔腾、从不止息的大江长河，在云飞雾散间忘情于开阔与逼仄的山峰谷地；抑或隐没于炊烟袅袅的村落人家，听鸡鸣有无，看清流潺潺；陶醉于乡间小调、田园牧歌、民族之舞，淋漓酣畅不思归。做不到腹有诗书居有竹，小园香径常徘徊；不奢望男耕女织，举案齐眉，夫唱妇随，耳鬓厮磨，常年相守于斯；当半天或一晌午的陶渊明也好，无须采菊东篱下，随时随地可以悠然见青山，见世外桃源，见不期而遇的美好；融入渐行渐远渐无书的农耕文明，物我皆忘；用清流濯洗眼眸，荡涤身心；晨迎曙色，午享天光，暮浴红霞；不期沧海桑田，常以布衣简裳示人，粗茶淡饭果腹；在琴声古曲中适时移步高处，凭栏临风，看闲云野鹤，去留无意，宠辱不惊；须知宁静方能致远，淡泊便可明志；修身齐家，达观天下，知足常乐。"凡人之生，皆得天地之理以成性，得天地之气以成形。"正所谓"求仁则人悦"是也。想想一众呼风唤雨的神仙在寻常日子的点滴，大致亦应如是。

回眸漾濞江水

点苍山背乱峰堆，漾濞双流转百回。

云水万重山万里，一轮明月总追来。

——（清）阮元

　　"四围青山环抱，中间一水蜿蜒，漾濞江水如玉带，缓缓东流。"面对诗意盎然、情态可掬的漾濞江水，文人骚客的咏叹吟哦很有代入感和穿透力，一下子就征服了我，也让我变得敏锐明澈，陶醉于天然去雕饰的山水文章之中，怡然自得，通体灵秀。

　　水是生命之源，有水的地方就有灵性，就有繁花似锦、千娇百媚。在漾濞，我一度将心事赋予漾濞江如诗如画、自由欢快的流水，学会了在潺潺流水中释放自己，舒缓自己，忘却自己。浪花那么美，我相信，这是漾濞江水迎接我的热忱笑脸；做一个简单的人，纯粹的人，脱离低级趣味的人，不解风情的人，就从见到一朵浪花开始；流水蜿蜒曲折，婀娜曼妙，百态千姿尽显无限韵味，我何故不能满面春风，望云追月，投桃报李；眼前的阳光如此清朗柔和，让潺潺流水和两岸风光景致缱绻相伴，熠熠生辉，相映成趣；诗酒文章不趁此时，岂不是辜负了似水光阴，大好年华？

　　漾濞江水，不仅妩媚多情，还充满了诱人个性和独特气质。站在云龙古桥之上，面对哗哗流淌的一河清水，我将自己稀释，溶解，淡化，包括被岁月剥蚀的沧桑面目，一同让流水带走。我从不怀疑奔腾而去的流水是最好的利器，也相信温柔的人，一定被温柔以待；坚硬如石头的人，流水会将他冲刷得光鲜发亮，睿智威仪。流水诞生万物，是我们共同的造化与恩赐；我们长相膜拜，敬畏有加，只为让身心变得干净一些，再干净一些；目光从容一些，再从容一些。漾濞江水不争朝夕，无论晨昏，只顾风雨兼程，追随月路星光不回头，留下低吟浅唱的诗行供人们回味赏玩，时光浑然未央。

　　我相信，流过云龙桥的漾濞江水，比云龙桥更古老，更悠远，更沧桑，她孕育了人类智慧文明，也见证了一段又一段可歌可泣的历史岁月。我甚至相信，多少传奇动人的故事，多少风花雪月的篇章，因为桀骜不驯的漾濞江水被改写，被丰富和升华，更加光彩夺目、引人入胜，焕发出了不一样的生机与活力。

在云龙桥附近茶马老路一家老宅院的大门上，我看到了这样一副对联：一生戎马归田乐，半部书香继世长。不禁心生快慰，羡慕这一方洞天福地，人杰地灵。不是么，山水文章锦绣，书香继世长久，生活在沃野绿川、风光旖旎、田园牧歌、鸟语花香、远离尘世喧嚣的地方，朝迎晨曦，晚沐彩霞，聆听涛声依旧的漾濞江水，与袅袅雾霭烟岚紫气相伴，这不就是传说中的诗和远方吗？历史悠久，文化灿烂，必然人文蔚起，山水不与旧时同。做一个幸福之人，其实很简单，多看看大自然的和谐美好，悉心感受大自然的旷古之韵，不知不觉地，你会变得云淡风轻，宁静致远，闲适清心。不思量，自难忘！

漾濞三题

何 松

苍山及以西

2022年6月，我又来到了大理。在大理，抬头看到的就是苍山。

苍山，这是人类第三极的青藏高原不断向东南延伸的最后的绝唱。在云南西部，横断山峰峦如聚——梅里雪山、哈巴雪山、玉龙雪山、高黎贡山不断向东南涌去的最后一座四千米以上的高峰就是苍山。自苍山以东，中国的版图上再无四千米以上的山峰。

苍山南起下关，北至洱源县邓川镇，南北19座山峰连脊屏列45千米，东西宽约10千米。最高峰马龙峰海拔高达4122米，与西坡漾濞河谷相对高差为2562米。苍山的"苍"用得好，真的是"苍穹"之上的山，南北蜿蜒，莽莽百里，紫云载雪，四时银白。

很多次，从大理坝子上走过，我都仰视着它，但即便是在天气晴朗的日子，我也从没看清过它那巨大的身影，如诗人于坚所说："我被山的样子震惊。犹如在天空中看见基督的脸，看不清细节。"我弄不清群峰顶上那溶入苍穹之中的银白，是雪？是云？抑或是神的光芒？

在天气晴好的日子，我曾在临沧北部鲁史镇的高山上，凭肉眼看到过北方远处那一片银白的光芒，问人："此何处？"答曰："苍山。"民国年间，罗养儒先生在弥渡的定西岭头，见到"一排银笔插天"，问人道："此何处之雪山，胡于春夏季间犹能如此灿烂炫目？"答曰："此苍山十九峰之后一群雪山也，自远望之可见，近则为前列之高峰所蔽，故其真面目难见也，所谓苍山雪者即指此而言，非言隆冬苍山积雪也。斯言诚能解人之惑。"苍山，天生是那种需要人仰视的众山之王。

中国最早注意到人应"道法自然"，与自然和谐共处的智者老子在《道德经》中，就揭示了城市和水的关系："大国者下流，天下之牝，天下之交。"老子的意思是说，城市应处在江河之滨，有水的地方。有水则城兴，无水则城亡。在中国，山川灵秀，湖光山色，配合得如苍山洱海这般完美的确是少见，苍山从大理坝子雄奇崛起两千多米刺破苍穹，山是伟岸的山，而山脚横亘着柔情万种、浩浩渺渺、波光粼粼的一池洱海。"造化钟神秀"——苍山神奇，洱海秀丽，一山一湖，一阳一阴谓之道矣。昆明的滇池、西山；杭州的西湖、孤山；湖南的洞庭湖、君山都是山太小，高不过几百米的山，配上那么大的湖，是有些比例失调。而只有苍山这样的雄奇，才配得上洱海，它们简直就是自然造化的绝配。如果说苍山是大理之神，那么洱海就是大理之魂，苍山是伟丈夫，洱海是俏佳人，它们有着大理坝子肌肤相亲，苍山十八溪血脉相连。明代大诗人杨升庵面对"山则苍龙叠翠，海则半月拖蓝"的苍山洱海，喟然长叹："一望点苍，不觉神爽。"

苍山之东是视野开阔的大理坝子和洱海的一湾碧水，苍山之西则是群山叠翠，大江大河，气象万千的一派景象。那天，在苍山的西面，我们再次被两座数百米高的断崖峡谷所震撼。两扇巨大的石门异境开天，明代地理学家徐霞客描述它为"插天拔地，骈立对峙，其内崇峦叠映，云影出没"。这"天开石门"早已超越了人们以往对"门"的认知和经验，这样的门要怎样来写？实写肯定是不讨好的，只有来虚的，像两千多年前汉武帝第一次站在泰山面前一样，发出一连串的惊叹："高矣！极矣！大矣！特矣！壮矣！赫矣！感矣！"除了无尽的感慨，面对大自然这鬼斧神工的杰作，还能多说些什么。

苍洱大地上的人有福了。什么叫"造化钟神秀"？俯仰即是。

为漾水畔的顺宁民工招魂

2022年6月16日中午，我们重走了漾濞太平乡保存的一段二战时期抢修的滇缅公路的弹石路。山风吹来，松涛阵阵，这条蜿蜒的盘山公路就像一条灰褐色的带子，隐藏在绵延的群山之中。这一段路因承载了抗战期间中华民族的一段悲壮而厚重的历史，目前已被列为省级文物保护单位加以保护。"滇缅公路"是抗战时期的"血线"，抗战期间，在所有援华物资均被封锁的时候，这是唯一的国际大通道。

滇缅公路全长963千米，东起昆明，西至中缅边界的畹町。由昆明至下关410千米的一段，1935年已修通土路。由下关经漾濞、永平、保山、龙陵、潞西（芒市）至畹町，全线553千米的一段是1938年抗战之初抢修新建。滇缅公路在漾濞境内全长63公里，当年为了开凿这段绵延在高山深谷中的公路，仅有3206户、20863人口的漾濞县，竟征调了六千多名民工，漾濞人民付出了极大的代价。其中：下关至漾濞及由漾濞至永平的两段工程，若全由漾濞一县承担，任务较重，难以如期完工，势必会影响全局。经云南省政府决定：将下关至漾濞一段中的"自漾濞平坡下方圈桥起，经金牛镇、漾濞城至背阴箐

止，长18.24公里，路面宽7～9公尺"工程，分给了顺宁县（今凤庆县）负责承修。顺宁当时属蒙化第五行政区，与漾濞属同一行政区域。事实上，直到1956年，凤庆县才改属临沧地区。我20世纪70年代在云县乡下读小学时，许多老师就都是大理人。

在我父辈之中就有叫"样（漾）生"的人，在公历纪年还没普及的年代，"援漾那年"在顺宁乡间，甚至成了一个用来纪年的标志。查阅《顺宁府（县）志五部》，"援漾那年"顺宁县也就二万多户，十来万的人口，除老弱病残和儿童外，能外出的劳力也就三万左右，而这之中即有九千来人参与了这支援漾的民工队伍，占去了壮劳力的三分之一，几乎一半的家庭参与其中，"到漾濞挖路"，也因此成了民国年间顺宁人集体记忆中的大事件。这就是日裔美籍学者弗朗西斯·福山所说的："时代的每一粒尘埃，落在个人身上都是一座大山。"1937年12月，顺宁成立了"顺宁县助漾民工总队部"，总队之下，以区设大队，乡保设中小队。总队三次共征集民工8995名，组成修路大军。民工们各自携带行李、粮食、工具，于1938年1月18日，到达漾濞工地开工，历时一年零三个多月，至1939年5月6日，他们终于以血肉之躯铺就了滇缅公路上这段长达18.24千米的"血线"。

2022年的6月15日，"风景这边独好——中国文学名家云南漾濞采风活动"中，其他的作家都是乘飞机或动车自东而来，只有我和作家许文舟是开车北上前往，我想沿着84年前，前往漾濞筑路的父辈们走过的路看一看。我甚至还想拿上一瓶酒，到凤庆民工所修的这18.24千米的一段路上作一番祭奠。

在没有任何机械的条件下，顺宁筑路民工用锄头、粪箕等最原始的工具，在漾濞江旁的悬崖峭壁之上和深谷急流之中完成着这巨大的工程。冬天的夜晚，他们在高山的草棚中忍受着严寒霜冻，夏天，他们在河谷里忍受酷热和瘴疠的折磨，每天在吃不饱饭的情况下还要付出巨大的体力劳动。《凤庆文史资料》记："于1938年1月18日，凤庆民工步行8天到达工地。刚到工地就出工劳动，由于劳动时间过长，劳动强度过大生活十分艰苦，加之气候不适，生病死亡者与日俱增，勐习乡（今勐佑镇）派去民工279人，至11月患疟疾病达到114人，有的被抬送回家，有的死亡在工地上。邦平镇（今洛党不久，内助乏人，但他毅然领命，带队前往工地。他身边仅带随从一人，租得漾濞县城的一家普通客店住下，两人自炊，同吃一锣锅饭，常以当地卤腐佐餐。他每天早出晚归，来回走几十里山路，到各工段，督导施工，及时解决问题。他与民工们一道，不辞艰辛，长期坚持，推进工程建设。特别是工地上一度疟疾流行，在民工处于奄奄一息的危难关头之时，他立即采取有效措施，并发挥专长，以中医中药不分昼夜地大量施治，令各施工队服用"大锅药"加强防治，使重病者，转危为安。他从早到晚，整天忙碌在数千人驻扎的工地上，一面要防治疾病，一面要安排施工。他办事有方，宽严并用，大刀阔斧，具有魄力。他以古人"自反而不缩，虽亿万人，吾往矣"的名训自励。在他的带领下，顺宁民工，克服各种困难，如期完成了任务。《凤庆县志》载："郑士樵，凤山镇文庙街人，白族，毕业于大理第二中学，后任教。民国二十六至三十年，任滇缅公路顺宁民工总队长，率9000民工驻扎在漾濞江边。亲自购药材、设诊所、开方配药，及时治疗恶性疟疾、毒疮患者，保证工程进度。曾获省府嘉奖，授予二等金质奖章。"郑士樵生于1896年，1972年去世。

2022年6月16日上午，我们参观了与漾濞老城隔江相望的现代化的漾濞火车站，一个月后的7月22日10时40分，首趟大理至漾濞的复兴号动车驶入了这里。大瑞铁路大理至保山段建成通车，标志着漾濞从此进入了高铁时代。大瑞铁路在不久之后也将全线开通，至此，曾经在亚洲文明史及二战史上发挥过重要作用的博南古道及滇缅公路亦将湮没于历史的烟尘之中。

滇缅公路于1938年8月31日通车，震惊世界。当年，美国驻华大使詹森考察后发表谈话："滇缅路工程艰巨浩大，没有机械施工而全凭人力抢修，可同巴拿马运河的工程媲美。中国政府在短期内完成此艰巨工程……全赖沿途人民的艰苦耐劳精神，这种精神是全世界任何民族所不及的。"这是一条真正的"血线"，平均每公里，就有6个人献出了生命。按著名导演北野武先生的表述是"一公里路上，一个人死了这件事发生了6次"。

在此，请允许我以20世纪中国伟大的现代主义诗人穆旦的《森林之魅——祭胡康河谷上的白骨》一诗，来祭奠八十多年前死于滇缅公路漾濞江畔的那些民工的白骨，因为再没比这更合适的文字："在阴暗的树下，在急流的水边，逝去的六月和七月，在无人的山间，你们的身体还挣扎着想要回返，而无名的野花已在头上开满。那刻骨的饥饿，那山洪的冲击，那毒虫的啮咬和痛楚的夜晚，你们受不了要向人讲述，如今却是欣欣的树木把一切遗忘。过去的是你们对死的抗争，你们死去为了要活的人们的生存，那白热的纷争还没有停止，你们却在森林的周期内，不再听闻。静静的，在那被遗忘的山坡上，还下着密雨，还吹着细风，没有人知道历史曾在此走过，留下了英灵化入树干而滋生。"

《漾水竹枝词》里的漾濞

翻阅《漾濞彝族自治县志》，惊喜地发现清代赵州（今大理白族自治州大理市凤仪镇）诗人许宪留下的一组《漾水竹枝词》。所记为清乾隆年间漾濞一带的风土、人文及历史、地理文化等。

竹枝词是由古代巴蜀民歌演变过来的一种诗体。国宝熊猫的故乡多竹，民歌中早有"竹枝"，白居易诗中有："幽咽新芦管，凄凉古竹枝。"而将民歌变为文人创作诗体"竹枝词"的是唐代诗人刘禹锡。公元822年正月，刘禹锡任夔州刺史时，到建平（今巫山县）见民间联歌"竹枝"，吹短笛击鼓，边唱边舞，很受启发，便仿效民歌作《竹枝》九首，这之中最有名的当数"杨柳青青江水平，闻郎江上唱歌声。东边日出西边雨，道是无晴却有晴"这首。由于"竹枝词"具有鲜明的民间歌谣格调，又具有浓郁的生活气息，因而很受百姓的喜爱。

竹枝词在题材上以吟咏风土为主，具有鲜活的文化个性和浓厚的乡土气息，因而，对研究一个地方的人文地理及历史文化都具有重要的史料价值。有清一代，这种"志土风而详习尚"的民谣体诗歌更是得到了广泛的流行，很多地方都出现了自己的"竹枝词"。考察某个地方的"竹枝词"，往往都为外方人士所写，这概因一个人在一个地方待久了，便会产生审美疲劳，而对周围的一切也就熟视无睹，因而西谚有："待上一辈子的地方讲不上三句话，而待上三天的地方可讲上一辈子。""竹枝词"大多就是一个外地人到了某个地方感到新奇，兴奋中随手而作。《漾水竹枝词》，就是这位凤仪诗人，在18世纪中叶，沿着"博南古道"越过苍山来到漾水边上，速写下的几幅"风俗画"。

> 山腰石径带梯田，插稼农多野树边。
> 一曲山歌齐出口，清音嘹亮彻云天。

漾濞地处横断山南麓，境内群山绵延，大河奔腾，难得有一块平坝，人们世代就在倾斜的大山上耕耘、播种、收获。漾濞生态良好，森林覆盖率达83.97%（这真是让人吃惊的记录），因而山有多高，水有多高，梯田就有多高，漾濞人把水稻种到了云端，庄稼就生长在山野的林间树边。而山有多高、田有多高、人就有多高。"白云生处有人家"，很多人家的屋舍就建在山顶之上。漾濞邻县蒙化（今巍山）清代乾隆年间诗人陈翼叔所写"斜月低于树，远山高过天"的诗句，在这是写实的。

艰苦的劳作往往得有精神的支撑。快乐和幸福，一直是这块土地上的人们生生不息的追求向往。漾濞人喜唱喜跳，"好吃不如喜欢"，因而漾濞的歌舞资源无比丰富。漾濞歌谣包括了山野间即兴抒情的山歌、田间劳作的牛歌、婚恋中的情歌、"猜调"中互问互答的盘歌、抒发情感的叙事长调、敬酒祝福的酒歌、哄孩子的童谣、马帮汉子唱的赶马调及彝族、傈僳族、苗族的打歌调等。云南能找到的歌舞形式，在漾濞几乎都齐了。真是"一曲山歌齐出口，清音嘹亮彻云天"。

> 铁缆横江控巨桥，凭栏月下俯洪涛。
> 我来恐搅蛟龙梦，昨夜歌声不敢高。

漾濞上街镇南面的云龙桥是"博南古道"上至今唯一还有人马通行的古桥，是活着的文物。早在战国末年，西南地区的人们就在崇山峻岭、高山峡谷中踩出了一条由成都经云南到达东南亚、南亚的道路，这条路有几个名字："博南古道""蜀身毒道""南方丝绸之路"。这条古道比张骞通西域的北方"丝绸之路"还要早上两百多年。云龙桥是"博南古道"上必经的要道。桥体为铁链缆吊木结构，造型精美，气势恢宏。桥面为并列的8根铁链上铺木板而成，桥面宽3.2米，净跨39.3米，高出江面约13米，桥面两边各拉一铁链为扶手，两岸各设桥亭一间，供行人避雨歇脚。铁缆横江，巨桥飞架，诗人月下在桥上凭栏俯瞰漾水奔腾，不敢高声歌唱，生怕搅醒了河中蛟龙的美梦。全诗想象瑰丽，夸张巧妙，表达了对古代工匠造桥技术的惊叹。全诗语言朴素自然，无一生僻之字，却字字惊人，堪称"平字见奇"的佳作。

> 坂萝踏上武侯祠，三国人龙百代师。
>
> 拜罢称扬无一语，朗吟子美旧题诗。

诗人在漾水之畔感受到了诸葛亮对当地文化产生的深远影响，因而到飞凤山下拜访了武侯祠，拜罢无语，并以朗吟杜甫《蜀相》咏四川武侯祠诗句："丞相祠堂何处寻，锦官城外柏森森。映阶碧草自春色，隔叶黄鹂空好音。三顾频烦天下计，两朝开济老臣心。出师未捷身先死，长使英雄泪满襟。"向诸葛亮致敬。

诸葛亮于公元225年平定南中（云南）后，改益州郡为建宁郡，郡治由滇池县（今晋宁）移至味县（今曲靖），统管南中之地。自此汉文化在云南得到了广泛的传播。

在历史形象中，民间口碑记忆的力量总是强大的。今天，在云南少数民族地区，影响最大的历史人物就是诸葛亮，云南各地都有着很多关于诸葛亮的传说和故事。澜沧江流域的濮人后裔称孔明为阿祖阿公，祭祀延续至今。现今，居住版纳南糯山一带的少数民族，还把茶树称为"孔明树"，茶山为"孔明山"，甚至他们居住的房子也仿"孔明帽"建盖。每逢孔明的生日（7月16日）他们都要举行"茶祖会"，高悬"孔明灯"，载歌载舞，邀月品茶，以寄托对茶祖孔明的思念。

民间故事隐藏着民众情感的密码，云南众多关于诸葛亮的故事，体现的正是人们对先进汉文化的情感认同。诸葛亮作为汉文化的化身，受到云南众多民族的崇拜和热爱。

据清初冯甦在《滇考》中考证，诸葛亮南征七擒孟获之地，第三次即在今漾濞。孟获逃到佛光寨，诸葛亮从山后进军，遇毒泉，得苗药方解，破孟获……又放孟获南走庆甸……如此凡七次，从洱海之滨一直打到缅甸，才将孟获降伏。因而漾濞流传着许多与诸葛亮有关的民间故事和传说，最具代表性的有诸葛亮在打牛坪教当地人使用牛耕的故事。打牛坪位于太平乡平地村西南10千米处。《永昌府志》载："打牛坪，相传武侯南征，值立春日，鞭牛于此。"相传诸葛亮南征至此，见当地人刀耕火种很是辛苦，便"命士兵教民鞭牛以代刀耕"，故当地命名为"打牛坪"。关于"太平"名字的由来也和诸葛亮有关，相传诸葛亮率军南征，平定了南中，凯旋之际，对饱受战乱之苦的当地百姓说："如今夷汉一家，天下太平矣。"故得"太平"之名。太平乡还有汉营之地名，传闻诸葛亮曾率军屯兵于此。

诸葛亮作为三国时期的政治家、军事家，死后被蜀汉后主刘禅追谥为"忠武侯"，因此历史上尊称其祠庙为"武侯祠"。云南多地都建有武侯祠，如姚安烟萝山武侯祠、嵩明武侯祠等，其中保山太保山明代修建的武侯祠规模可和四川成都侯祠、南阳武侯祠、襄阳武侯祠等相比。漾濞也曾有过武侯祠，《永昌府文征》载："武侯祠，在（永平）县东，漾濞（云龙）桥西，乾隆十三年（1748）知县葛存庄新建。"另记"飞凤山，一名灵鹫山……清雍正年曾在山麓建有武侯祠。道光年间改建化平书院（后改称凤清书院）"。另《漾濞彝族自治县志》（2019版）"艺文附录二"中收录清代施士英《重修武侯祠等处建筑募引》一文，文中有"飞凤山下，早成卧龙之祠。喜鹊桥头，高筑魁星之阁"之句，这为飞凤山下曾建有武侯祠，并在一些年后改称凤清书院做了注脚。

八月山农获早收，约郎剥栗打核桃。

不愁栗壳伤奴手，翻怕桃皮染郎袍。

农历八月，农家开始了收获，这位农家女约郎君到山上收板栗打核桃，她不怕栗壳扎了手，却担心核桃青皮的汁液染上了郎君的衣服。这诗借一农妇之口写出，有生活的体验和细节，语言活泼、俊俏，充满着生活情趣，能让人会心一笑。

漾濞是中国的核桃之乡，漾江流域是世界核桃树的起源之地。2022年6月16日下午，我们在苍山西坡海拔两千多米的"云上村庄"——光明村，见识了目前世界上发现的最大一片核桃树林。时值初夏，上万株百年以上的古核桃树纷披绿衣，正以勃勃的生机，在见证、书写着一部人类核桃树的栽培史和核桃文化的历史，它们的存在给世人带来了一份意外的惊喜和感动。这万亩连片的古核桃林，对光明村人来说是寻常之事，而对外地人来说，这完全是惊爆眼球的存在。这些古核桃树依村附寨，守护在田间地头，闻得见人间的袅袅炊烟。

在广场的一角，我见到了光明村的核桃树王，它和我所想象的树王竟是如此的一致，高大、粗壮、虬曲，嶙峋奇崛、葱茏苍翠、绿荫如盖，从哪一个角度看去它都可单独构成风景。核桃树王在世界的这一隅，抱山冈之气势、秉天地之灵秀、沐日月之精华，一待就是千年，想着就让人心生崇敬。

这棵核桃王受得起人类的跪拜和所献的香火，并担得起伟大诗人屈原对一棵树的献辞：受命不迁，生南国兮。深固难徙，更壹志兮。绿叶素荣，纷其可喜兮……独立不迁，岂不可喜兮？深固难徙，廓其无求兮。苏世独立，横而不流兮……秉德无私，参天地兮……

这棵核桃树王为漾濞作为核桃的起源之地盖上了印证，而它并非孤证，距它不远的苍山岩画中，就有一幅岩画记录了三千多年前新石器时代，漾江流域先民们攀高摇竿敲打核桃和树下众人捡拾果实的场景。无独有偶，几乎产生于同一时期的沧源岩画中，人们也发现了两人在树上采摘树叶，树下站着一人在接树上人扔下叶子的画面。地处澜沧江流域的临沧是世界茶树的起源之地，因而沧源岩画中所采摘之树叶，经考证就是茶，今天生活于这一区域的佤族，还把茶当作民族的图腾。据民族学家研究考证，居住在云南西部的少数民族，在远古时期，均有采集习俗，他们认识的植物种类至少在千种以上。采集是他们食物的重要来源。在古代"书画同源"，先民们所创作的字、画都有着记事的功能，苍山岩画中的打核桃图和沧源岩画中的采茶图，都只能说是先民们"劳者歌其事"的杰作。

《漾水竹枝词》如民歌般纯朴、简洁，或展现山野农事记述对唱山歌的情景、或表现漾水江桥的精妙、或记录诸葛亮文化在漾水一带的影响及表达对诸葛亮的崇敬之情、或展现八月乡间收获板栗和打核桃的劳动场景，记录了一个时代、一个地方人的活法，有人、有景、有细节，处处透着人间的烟火味，犹如四幅小尺寸的浮世绘，清新、活泼、生动、可爱。

诗人许宪，字丹山，赵州人，生于1710年，卒年不考。性诚笃，幼嗜学，清乾隆庚子举人……设教飞来寺，一生授徒为业。工诗古文词，著述甚丰，有《丹山诗文集》留存。

得感谢这位凤仪诗人的"漾水之行"，为我们留下了二百多年前漾水之畔的一幅幅生动、鲜活的风俗写生画。

风景这边

镇）上马700人，开工20天就病倒300多人，死亡10余人，气息奄奄者不计其数。但是为了抗击倭寇，挽救国家，民工仍忍饥受饿，面对死亡的威胁，毫不动摇，坚持筑路。"《顺宁府（县）志五部》记："顺宁自全面抗战发动以后……荷戈前线壮烈牺牲之官长士兵亦复不少……一切人力、物力、财力之贡献不落人后。"

很难想象一支八千多人的衣衫褴褛的队伍拿着锄头、镢头、铁铲、扁担、箩筐，行走在昔日的"顺下线"上（从顺宁到下关的"茶马古道"。到漾濞则在巍山大仓分道，跨西洱河，经四十里桥、平坡、到漾濞县城），这是何等悲壮的场面……民工们用顽强的生命和坚忍的意志，筑起了一条中华民族通向抗战胜利的"希望之线""生命线"。翻阅凤庆发黄的志书，这群筑路大军中有两个令人难忘的身影依稀向我走来。

民工李光祖。1938年1月，李光祖奉召参加筑路，他带上家中唯一的口粮，将家里唯一的铁器工具——一把锄头抖脱，放到行李包里，他以锄把为挑担，挑起用棕皮缝制成的"棕搭子"和筑路大军一起上路。这个"棕搭子"是他劳动时的雨披和夜晚的垫盖。他留下妻子和两个不懂事的孩子，一去音讯全无。半年后，他随筑路大军返回。由于当时只修通毛路，尚待整修桥涵，撤工突然，没有发遣返的路费。从漾濞到顺宁七八天的路程，李光祖靠沿途乞讨返回。初夏，阴雨霏霏，道路崎岖，这位服役的民夫在返乡途中踽踽独行，又饥又渴。"行道迟迟，载渴载饥。我心伤悲，莫知我哀。"（《诗经·小雅·采薇》）他的情感和两千多年前《诗经》中这位戍边归乡的士兵又何其地相似。到家的第二天早上，他领着孩子来见父母。父母见他面黄肌瘦，有些浮肿，满带愁容，但见到他回来还是很高兴地问："你回来了？"他说："工地上十分艰苦，饭常常吃不饱，每天早出晚归，很难有休息日。"更惊险的是过漾濞江，遇上雨天江水暴涨，竹筏行到江心，一个大浪打来，竹筏连头翘起，全筏子的人十分惊恐。他由此落下了"心惊病"，紧拖慢拖，到1942年春末夏初，这位参加修筑滇缅公路的民工就死了，他去世时只有39岁。

滇缅公路顺宁民工总队长郑士樵。他奉命前往漾濞之时，正值其妻病故

漾 濞 记

胡性能

一

从滇西重镇大理继续往西，顺着西洱河行驶上二三十公里，公路边的一个路牌吸引了我的注意：漾濞。白底蓝字的这个地名让我困惑，因为其中的濞字我不认识，甚至从未见过，它在我的大脑字库以外，我只得猜测它的读音。有时，我们遇到不认识的字，通常采用读字读半边。形声字，特殊的造字法，的确在某些时候帮助我们缓解陌生字带来的尴尬。但这样的识字法有时又隐藏陷阱，令我们陷入被动。中国文字像一个迷宫，有时，同样一个字，在不同的环境里读不同的音，意义也千差万别，真不知道最初的文字创造者是基于怎样的考虑，将中国字弄得如此复杂。

漾濞这个地名，与中国的其他地名不一样，它含蓄、隐晦，意味深长，具有某种因陌生而产生的魔力，仿佛覆盖着薄纱的美人，神秘中隐藏着让人心动的向往。因为仅从字面，我始终无法一眼洞穿这个地名的含义，除非我是一位地名学家或者滇西地方史的爱好者。假使一个地名叫谷里、河边、海口，或者源上，这个地名的魅力就会大打折扣，因为我即使不抵达，凭它的字面含义，这个地名所包含的意思也能猜个八九不离十。但漾濞不一样，当我坐在汽车里看到这个路标，哪怕它只是一晃而逝，哪怕我乘坐的汽车已经驶过去了一百公里，它仍然在我的大脑中萦绕，让我感到好奇。这个地名，就像一枚石子落入平静水面后产生的涟漪，一直在扩散和荡漾。某一天，这种涟漪又会重新浮现在我的脑际，让漾濞这个地名在我黑暗的记忆中发出光亮，令我产生终有一天要抵达的愿望。

原本，混沌的大地，是因为对土地的命名，而逐渐清晰和有序的。不仅是地名，还有植物的名字，动物的名字，世界上万事万物被命名，世间的一切才变得井井有条。命名，让此处与彼处，此物与彼物区分开来。《创世纪》中说，起初的天地，空虚混沌，渊面黑暗。是因为有光，世界才清晰起来。但这个光，除了太阳光，我以为还有就是对万物的命名。没有命名，我们人类将无法从动物中脱颖而出，成为宇宙之精华，万物之灵长。

对大地进行命名，是我们人类对世界的独特贡献，相当于，我们在一个巨大的坐标上，标明了彼此的位置。有一些命名，借助一个参照物，直观而明了。比如说山东与山西、河南与河北、湖南与湖北、广东与广西，还有黑龙江、四川、海南岛……这是上苍的视角，宏阔、辽远，千里河山用方位来标记，一目了然。当然，更多的命名是从微观的人间视角，浅显易懂，比如三棵树、双柏、黑土坳、红石岩、黑石头、大湾、临水、板桥……人迹板桥霜，大地上沟壑纵横，此地与彼地往来不易，有时用一块结实的木板就可以解决。它们是桥梁的先祖，是后来某种建筑奇迹的源头，与人类最初的生活息息相关。因此板桥成为中国这块土地上使用得最频繁的地名，许多地方都有，它好懂，直接，不容易产生误读。这个地名相当于中国人名中的李刚、王勇或者刘强，大地上到处都是。西方有一些人名也是一用再用，比如约翰、丹尼、玛丽、艾丽丝……但还有一些地名，取名者绞尽脑汁，他们权衡、斟酌，考虑它的词义、含义、引申义。云南有一个县名叫"永胜"，最初的县名叫"永北"，它是永宁、北胜两个地名的综合，类似于安庆与徽州合称为安徽。可合称为"永北"后，有脑洞大开之人随即联想到"永远败北"，很是不吉，于是反其道而行之，将"永北"改为了"永胜"。因此你要是对这个县的历史不了解，这个县名就会让你一头雾水。

但这还不是最让人困惑的地名。有一些地名，声音悦耳，朗朗上口，但却让人不得要领，因为它们是原住民的发音记录。比如"格以头"是什么意思？也许精通彝语的人才会知道。在云南大地上，这样的地名比比皆是。法者、以古、瓜乌、尾嘴……彝语中它们各自有清晰的含义，但用汉语标注后，它们有如穿上了厚厚的盔甲，原初的含义变得模糊不清。

有如一个新生儿出生以后，取名是一件大事，也是一件令人头痛的事。孩子的未来，它的命运走向与人生可能，似乎都隐藏在一个名字里。所以中国的县名，历来都不简单，一些历史久远的县，从古至今，更换过不少名字，这足以说明人们对县名的看重。在中国的行政构架里，县是一个特殊的存在。《说文解字》里，县被解释为"天子畿内，县也"。中国历史上，最早创建"县"这一行政机构的，是楚国。但将"县"发扬光大的，则是秦国。秦统一六国后，建立了大一统的国家，全国分为36个郡，郡下设县，此后"县"作为一级行政单位，穿越时空与战乱，保留了下来。两千多年来，县是中国这块土地上最为稳定的行政单位。秦后的汉代，行政单位多了个州，变成了州、郡、县；到了唐代，把郡改为了府，县依然存在。到了明清，中央政府下面设省、府、县，新中国成立以后，我们采用的也是行政三级结构：省、地区（市）、县。所以，县在中国的政治文化生活中，一直扮演着极为重要的角色。今天的中国，同名的乡镇比比皆是，但县名却是唯一。我们寄信件，有时只需要写清楚县名，就能够收到。而我们追寻一个人的历史，谈到他的籍贯，往往也只具体到县，而忽略了它上面的省以及下面的乡镇。《聊斋志异》里讲了许多故事，在介绍人物时，常常会说到这人是何方人氏。比如："甘玉，字璧人，庐陵人。"庐陵是今天江西的吉安县，出过许多名人。翻开中国历史，小到平头百姓，大到皇族贵族，都是这样表述的。刘备，字玄德，涿郡涿县人；岳飞，字鹏举，相州汤阴人。

因此，对一个县的命名，就兹事体大，许多县的前世与今生，换过一个又一个的名字，常常是改朝换代，取一个新的名字，赋予新的含义。但无论怎样换，都代表着取名者良好的祝愿与寄望。所以，中国大地上，有许多地名看上去都吉祥安康，比如姚安、永善、安顺、富宁、吉首、延庆……简直数不胜数。但如果我们翻开这些如意地名的背后，没准能够看到隐藏着的一些难以言说的往昔。

但"漤濞"这个县名不一样。它是一个能指与所指都不甚清晰的一个地名，恰恰因为这样，我内心的好奇被激发，埋下了什么时候要去看看的愿望。人的一生中，会抵达许多地方，也会与另外的一些地方擦肩而过。我曾经在月夜乘坐汽车从公路上驶过，路旁有一些岔道泛着白光通向远方，像凝固的河流，消失在起伏的山峦背后。路口的指示牌，要么意味着一个乡镇，要么意味着一个村庄。擦肩而过，这是我与这些道路尽头的小镇或村庄一生中最近的距离。有许多地方，它们只存在地图上，而另外一些地方，也只出现在我的视野里，我只有机会远眺而终生不可能抵达。因为不是每一处风景都为你敞开怀抱，人毕竟不可能同时置身于不同的空间。一生中的两万余天，你在这个地方出现，就意味着在其他地方缺席。而"漾濞"，仅凭这个戴着面纱的地名，我就心怀向往，决心与这个地方有肌肤相亲，有一段时间的相守。

二

有了这个愿望，这块土地就算是我旅途上的故乡。我在去之前，会像了解一个即将走动的远方亲戚那样，打听它的前世与今生。就地理位置上来说，漾濞在苍山的背面，在喧哗和热闹的背面，鲜为人知。在滇西大地上，南北走向的苍山像一块巨大的屏风立于洱海的西侧，屏风的这一面视野开阔，是云南大地的一个历史舞台。苍山与洱海，还有两者之间的平整土地，曾孕育了大理国。今天，仍然有无数的旅行者慕名前来，观看这块土地上风花雪月的演出。三塔、崇圣寺、大理古城……人们在其间流连忘返，很少有人会动去苍山背面看看的念头。就像一场盛大的演出曲终人散，人们不会跑到后台去了解个究竟。然而中国几千年的历史，"后台"永远是出故事的地方。换句话说，前台的历史，很大程度上是被后台左右和决定。

事实上漾濞就是这样一个不可忽略的后台。如果时间往前追述，苍山洱海一带，曾经是唐王朝与吐蕃王朝的交汇之地。权力的交锋，文化的交融与渗透，民族的融合，都曾以大戏的方式在此上演。在苍山的背面，有两条河流，一条为"漾水"，一条为"濞水"，这两条河流的融汇仿佛充满了隐喻。吐蕃势力强大的时候，曾在二水交汇处筑城，漾濞古城就此诞生。为沟通东去的道路，吐蕃在漾濞江上建造铁索桥，借以通往苍山以东的洱海地区。据说，这座铁索桥曾是中国最早的铁索桥，甚至也是人类记载中最古老的铁索桥。历史书上记载，唐神龙三年，也即公元708年，唐朝大军与吐蕃大军在苍山背面大战，结果唐军大获全胜。为解除吐蕃对苍洱地区的袭扰，得胜后的唐军将领唐九徵将铁索桥拆毁，并将铁索铸成一根记载其功绩的铁柱，立于漾濞古城边的竹林寺。虽然今天这根铁柱已消逝在时间的大风中，但这件事在云南历史上很有名，足以占据云南文化史的一个章节。滇池边有一座大观楼，上面悬挂着孙髯翁所撰写的古今第一长联。上联写的是滇池周边的景致：五百里滇池，奔来眼底，披襟岸帻，喜茫茫空阔无边……下联写的是云南的历史：数千年往事，涌向心头，把酒凌虚，叹滚滚英雄何在……从汉代到元代的千余年时光，被孙髯翁概括为四句话："汉习楼船、唐标铁柱、宋挥玉斧、元跨革囊"。这些都是云南历史上绕不开的重要典故，而云南的唐代历史，就浓缩在"唐标铁柱"这四字里。

事实上，漾濞在云南历史上留下的痕迹远非只有"唐标铁柱"。作为南丝绸之路的要冲，漾濞虽然建县的历史不长，却一直沟通着中原文明、巴蜀文明与外界的交往。董孟雄与郭亚非合著的《云南地区对外贸易史》中谈及："在公元前322年建立的印度孔雀王朝的两部重要著作——《政事论》和《摩奴法典》中，就已有'丝'的记载。"而公元前5世纪，恺撒大帝身着丝绸盛装出现在王公贵族前，引起朝野震动。很显然，这些产自东方的丝绸，并非通过后来张骞开辟的丝绸之路抵达西方的，早在他出使西方之前，以成都为起点，经云南、缅甸、印度、阿富汗而抵达欧洲的"南丝绸之路"，就已沟通着民间的商贸往来。当时，从成都前往云南的道路有两条，一条是灵关道，一条是五尺道。两条道路在大理汇合后转向西南，经龙尾关，也就是今天的下关至博南。博南是如今大理的永平县，而漾濞恰好在下关与永平之间。

特殊的地理位置，决定了漾濞会在一定程度上影响中国的历史。苍山背面的石门关在漾濞境内，关内是一条宽约百米长达千余米的断崖峡谷，两侧石壁高耸，模样极像一道巨大的石门。数百年前的大旅行家徐霞客也曾慕名前往，并留下："露出青芙蓉两片，插天拔地，骈立对峙，其内崇峦叠映，云影出没，令人神跃"的文字。当年，大理政权固守在洱海边，山水相隔，元军一时难以攻克。面对高耸的苍山，元军首领忽必烈脑洞大开，竟然想出从石门关翻越苍山，这令人意外的一招险棋，令大理国的守军猝不及防，延续了数百年的大理地方政权就此谢幕。大理国既灭，云南作为一个行省，被纳入中原版图，也结束了唐宋以来，南诏国、大理国地方割据的历史。从那以后，云南的政治经济和文化中心，从洱海之滨的大理，移至滇池畔的昆明。

三

在云南，真正让漾濞广为人知的并非其时光深处的历史，而是它广为种植的一种坚果：核桃。大约六七年前有一个秋天，我在北京参加朋友的饭局，席间一位朋友问我，你们云南产核桃的那个县叫——？我告诉它叫漾濞。我怀疑他之所以不敢说出漾濞这个地名，是担心"濞"这个字的发音。的确，在中国的文献里，"濞"字用得特别少。《新华字典》里，对"濞"字的解释是：漾濞，地名，在云南省。除此之外，很少见到濞字的运用。人名中倒是还能够见到这个濞字。汉代的刘濞，乃刘邦的侄儿，曾被分封为吴王，历史上的"七国之乱"，他可是罪魁祸首。濞的本意，是水流汹涌而至所发出的声音。刘邦的侄儿取濞为名，又身为吴王，势必是要在中国历史上弄出点响声来的。

对于我的那位朋友来说，漾濞县就是核桃县。其实，以物产来对大地命名并非没有先例，云南用普洱取代过去的思茅就是个例证。相信再过一些年，思茅是什么意思，估计很少会有人晓得。但普洱不一样，随着普洱茶发烧友人数的持续增长，普洱这个地名将愈发地闻名遐迩。今天许多茶人张嘴就谈论冰岛、班章、贺开、勐库、大户撒、昔归……他们说的是茶名，同样也是地名。要不是这些地方所产的茶，那么在澜沧江两岸群山中隐匿的这些村庄永远不会为外人所知。可是今天，无论是置身北方京城的茶室，还是南

风景这边

国广东与深圳的茶肆，人们谈论这些产茶的村落，其口吻就像是谈论他们故乡的邻居。他们对这些村庄的地理、气候、植被、土壤、水质了如指掌，不少茶客还会千里迢迢赶来朝拜。在云南，许多地名真是可以被物产所取代。比如滇东北的彝良，以产天麻著称。其辖区内的小草坝，被中国药典明确标注为天麻的原产地。云南的其他地方，甚至中国的其他地方也产天麻，但它们的品质与彝良小草坝的天麻不可同日而语。圆润、丰腴、饱满，不仅是外形，小草坝所产的天麻所含的天麻素，也是其他地方难望项背的。此外还有文山的三七，说是云南产三七的地方，人们立即就知道指的是文山。不仅仅是云南，在中国的其他地方，也用一些特有的特产来标注。吉林的人参、中宁的枸杞、岭南的荔枝、西湖的龙井、高州的龙眼、容县的沙田柚、阳澄湖的大闸蟹……它们天赋各异，品质独特，选择这些地方作为原产地，是上苍着意的安排。因为从植物的角度来看，大地只是一个种植园，什么地方种植什么，什么环境有利于什么植物的生长，上苍其实早就做出了细致的规划。

所以，核桃作为漾濞最为著名的特产，说来也是上苍的旨意。曾经，20世纪80年代，有人在漾濞的平坡发现了一段古木，经过中科院考古研究所专业测定，竟然是生长于3500多年前的古核桃木。这比张骞公元前112年从西域带回胡桃种植的时间早得太多，联想起漾濞地处南丝绸之路的要冲，张骞带回来的胡桃种属于出口转内销也未必不可能。置身于漾濞，我发现其实就是置身于一个巨大的核桃园。在邻近石门关的云上村，我见到许多五百年、八百年、一千余年的核桃树，它们生机勃勃，以自身的生命力，印证了这块土地是它们最适宜生长的家园。在漾濞，这样植株巨大的核桃树比比皆是，有的冠幅占地数百平方米，盛果年头的产量，可达数万枚之多。

我以为，核桃也许是云南，甚至是中国种植面积最为广泛的坚果。它品种繁多，各具禀赋，绿色的外衣厚实，汁液有很强的浸染力，能够很好保护里面的果实。云南山区的核桃种植地，到了秋天，农民的双手像是镀上了一层黝黑的涂料，那是将核桃坚硬的果实从青衣里剥离出来的结果。有了这层绿色的青衣，核桃的果仁得以在硬壳里秘密成长。如果你是一个喜欢吃新鲜核桃的人，你会发现要吃到这种坚果相当麻烦，清除了绿色的外衣，里面是坚硬的壳，壳里的果仁外面还有一层薄薄的胞衣，感觉就像是打开俄罗斯套娃。而作为果仁最忠实的保护壳，有如人的性格一样，有的核桃外壳坚硬、固执、顽强，非得用铁质的锤头或石块才能砸开。也有一些品种的核桃，学会了生活中的妥协，其外壳甚至可以在人的手掌压力下裂开。

作为我们日常生活中最常见的坚果，我很奇怪为何核桃仁长得像人脑。所以当有人说记忆力不好，或者早生白发，就会有人建议多吃一些核桃。核桃补脑，这在中国饮食文化中似乎已经形成了共识。的确，人颅内大脑，与核桃的果仁在外形的确非常相似。我很好奇这种仿生学上的克隆，究竟出于上苍的什么动机，今天的人类并没有完全弄清。但植物的外形，的确隐藏着许多不为人知的生命密码。獐耳细辛作为一种草药，其使用的时间至少不下两千年。它有一个俗名叫"肝脏叶"，这种草药外形极似人的肝脏，上苍以它的形状，暗示了它所隐含的药性。这其实是人类与上苍彼此心领神会的契约，无论是东方还是西方，人们都学会了从植物的形态来猜测药性，并借此给药用植物命名。德国人雅克布·波姆只不过是市井街巷中一位不起眼的修鞋匠，可它在一次神秘的体验中，突然领会到上苍与造物的关系，有如神启，波姆脑洞大开，文思泉涌，竟然用一部著作来阐述上苍与人类达成的这份秘密合同。波姆坚信，上苍在造物时，一定将它的良苦用心标记在了植物的外形中。于是他宣称："万物的外在形态都显示出其内部和本质的性质，并体现了这种事物可能在哪些方面具有作用。"他坚信，哪怕是世间的俗人，也可以从世界的外在表象来推知万物的意图，并通过观察造物的形态、颜色和习性，来体会造物者的思想。

如果我们平心静气来看待波姆的发现，不能不说还是有几分道理。自然界里一些色彩鲜艳的昆虫，不仅通过外形，还通过其颜色来暗示各自的特质。比如说蛇，如果头呈三角形，尾部从肛门开始迅速收缩，那它往往是毒蛇。海洋里的许多生物，通过其颜色来对天敌进行某种警告。盾蝽是一种五颜六色的昆虫，它常常会用颜色来警示捕食者；杂草丛中的毒蛾，其幼虫上长有鲜艳的毒毛，如果鸟儿胆敢啄食，毒毛就会刺伤鸟儿口腔的黏膜，从而留下深刻的印象。受昆虫的启发，我们人类也学会用颜色来表示警告，红色

风景这边

表示禁止，黄色表示警告。回到人类，波姆的这一观点在东方也有不小的认同度。面由心生，我们常常从一个人的容貌，来判断他的内心。一个人走路的形态、交流时的眼神、坐姿等等外在的形态，的确会暴露这个人的内心。因此，我迷信核桃的健脑功能，每一年的夏末，当第一批新鲜核桃上市，我就是消费者，直至吃到市场上的鲜核桃绝迹，我会在留恋中，等待着新核桃上市的来年。

漾濞散记

——沿着驿道、河流和时光的旅程

胡正刚

杨慎笔下的漾濞

　　明嘉靖三年（1524）秋天，杨慎离开京城，赶赴云南永昌（今保山）戍边。在一首题为《恩遣戍滇纪行》的诗歌中，杨慎如此形容自己的谪边之行："赭衣裹病体，红尘蔽行车"。赭衣即囚衣，行车实为囚车。踏上充军之路前，杨慎被施以廷杖，病体未愈，旅途舟马劳顿，其艰辛苦楚的情形令人闻之鼻酸。戍滇途中，杨慎发出了"遥想生还成梦幻"的感慨。

　　去往永昌途中，杨慎逐日记述每天经过的驿亭里程，对川形势、气候物产也详加记录。抵达戍所后，将手稿辑为《滇程记》。在后记中，杨慎回顾了从京师到戍地的历程著述时的心境："余窜永昌，去都门，陆走万余三千里。买舟下江陵，乃登陆，鬐流弓折几万里而倍矣。江陵以西，山川益以遐，目益以旷，心益以悲。"江陵即如今的湖北荆州，是杨慎戍滇途中的水陆中转站。初抵江陵，杨慎心中就萌生了羁旅之悲，在江陵舍舟登陆后，漫长的南行途中，他的羁旅之悲随着里程的延续不断加深。

　　到云南后，杨慎在昆明稍作停留，随即起身西行。云南纳入明朝版图后，官方以漾濞境内的雪山河为界，分设样备巡检司和打牛坪巡检司，前者由蒙化府（府治在今大理巍山）管辖，后者属永昌府永平县。漾濞是杨慎进入永昌府辖区的第一站，进入漾濞，意味着他离戍地又近了一步，他的"目旷心悲"也加深加重了。

073

在《滇程记》中，他记述了途经漾濞的情形：下关八亭而达样备（即漾濞）……循涧行，巨石峭峨，鸣若轰霆……迩关有花桥，桥皆架木飞梯，横梐悬度，人上之慄。样备驿九亭而达打牛坪，途径横岭，其高侵云，缘箐以升。树多松，花多杜鹃，土人名映山红；鸟多鹦鹉，群飞蔽林，若朔方鸦然。又西为云龙桥，又西为大陆坡，相传武侯南征，驻师兹坪，辰值立春，鞭土牛以训夷，遂以名驿也。

杨慎关于漾濞的记述虽然简略，但为后人了解和感知那个时代的历史风貌和自然提供了珍贵的参照。

苍山的两个侧面

在云南戍边期间，杨慎先后十四次往返故乡四川新都与戍地之间，"鬓毛尽向风尘白，往复滇云十四回"。漾濞位于大理和保山之间，他每次离开或者返回戍地，漾濞都是必经之地。有一年，杨慎旅居榆城（今大理市），第二天就将启程赶赴戍地永昌，想到"浪迹苦难并，嘉会良易掷"，想到谪戍生涯与漫漫征途的艰辛孤苦，他彻夜难眠，作诗《遥夜吟》以抒胸臆，诗中有这样的句子：子有负俗累，予乃投荒人。

"投荒人"是杨慎对自己身份和命运的界定，当他以投荒人的口吻作诗时，他笔下的云南常常与这些词汇关联在一起：万里炎荒、炎隅、天隅、荒途、南荒、穷海、绝域、荒陲、瘴海……

杨慎虽然是戍卒，是投荒人，但在云南的大部分时间，他都保持着自由之身，四处行游，寻幽探胜，足迹遍及许多山水名胜。

1530年春天，杨慎与友人、大理文人李元阳同游苍山，苍山胜景杨慎叹为观止，他在《游点苍山记》中写道："一望点苍，不觉神爽飞越……余时如醉而醒，如梦而觉，如久卧而起作，然后知向者未尝见山水，而见自今始。"

在苍山东麓与洱海间畅游时，杨慎是一位才思敏捷、众人敬仰的文士；沿着苍山西麓赶路时，他则是孤苦的戍卒和投荒人，无暇顾及眼前的风景。

苍山横亘在苍洱胜景与瘴海荒途之间，也横亘在杨慎的生命里，苍山的两个侧面，犹如他两种截然不同的命运。杨慎用饱含深情的笔触描述了苍洱间的胜景，有关苍山西麓的笔墨却十分稀少。

石门山：寸土之地，可值千万

1553年春天——与杨慎同游苍山洱海之后三年，李元阳与友人雪屏赵中丞、史城杨江津相邀同游石门关，并作《石门山记》记述游迹。

李元阳三人从苍山东麓的大理城骑马出发，沿着西洱河前行，过天生桥后，天已昏黑，三人在漾濞境内的一座村舍中歇宿一夜。第二天中午，三人抵达山脚下的金牛屯。在游记中，李元阳如此形容石门关的雄奇险峻："两壁墙立，青苍万仞，有若门焉。余窥其中，万松参天，高岩蔽日，阴森窈窕。"山中的清幽景致甚至让他萌生了"绝粒之想"。同行的友人被石门关的景致深深吸引，感慨："使此景在淮阳吴越之间，当涂金碧以饰之。寸土之价，可值千万。而弃于荒莽，诚可惜哉。"

李元阳和友人游石门关时，需要提前一天从大理城出发，途中在村舍歇宿一晚，第二天中午才到达山脚下的金牛村。山中道路难行，"深十余里，窄处如铁硤，广处如桃源，两岸石苔，不可着足"。到山中探幽后，李元阳三人匆匆下山，黄昏时进入漾濞城，晚饭后打着火把赶了八九里山路，在尹氏村舍住宿。第二天，他们晨起赶路，薄暮时分才回到大理城。在古代，游历名山胜水，是一件耗时耗力的事，李元阳和友人都是当时的名士或官员，尚且如此周折，平民百姓游览石门关的艰难自是不难想象。

大自然的鬼斧神工，是馈赠给人们的宝藏。远在明朝时，人们就已经意识到石门关举世无双的价值，形容它"寸土之价，可值千万"。令人扼腕叹息的是，由于交通不便，攀登困难，在漫长的历史时期里，石门关"弃于荒莽"，如同一枚蒙尘的明珠，一直尘封在时光深处。

徐霞客的漾濞之行

1639年3月21日，徐霞客从下关赶往保山，途经漾濞境内的合江铺时，他实地踏勘当地水系，考证了"合江"地名的来历。人们通常认为，此地得名"合江"，是由于漾水和濞水两条江河在此交汇。通过实地踏勘，徐霞客得出推断，除漾水和濞水外，还有亨水桥下的溪流也汇合于此，因此"合江"是三江汇流，而不是两江。

离开合江铺后，徐霞客继续北行，途经金牛村的一座桥时，他看到桥畔的石碑上镌刻着一首题为《石门桥》的诗歌。当天天气阴沉，雨雾弥漫，数里之外的石门山隐身在云雾中，不见踪影。徐霞客毕生都在寻幽访胜，《石门桥》中描述的石门山景致激起了他的好奇心。他停驻路边，希望雨停雾散之后，能够一睹石门山的真容。幸好有这次停驻，否则徐霞客极有可能与石门关失之交臂。

徐霞客在山脚矫首东望，"忽云气迸坼，露出青芙蓉两片，插天拔地，骈立对峙，其内崇峦叠映，云影出没，令人神跃"。徐霞客被石门关的壮观景象所震撼，他决定到山中畅游后，再启程赶路。由于贪恋沿途风景，与他同行的一位僧人和顾仆已经超过了他两里路。徐霞客疾步追上旅伴，与他们一同折返金牛村。在山脚下，他遇到药师寺的一位僧人性严，性严热情好客，表示愿意当他的导游，并邀徐到山脚下的寺庙中歇宿。正值青蚕豆成熟的时节，性严到园中摘豆为菜，款待徐霞客。

饭后已是正午，石门山道路崎岖难行，荒草荆棘丛生，半天时间无法尽游，性严建议徐霞客在寺中歇息，第二天再上山游览。但壮景当前，徐霞客不甘心等到第二天，独自一人进山览胜。

到了山脚下，他看到"石门近在咫尺，上下逼凑，骈削万仞，相距不逾二丈，其顶两端如一，其根只容一水"。徐霞客是地理学家，一生好游名山大川，他深厚的山水之癖既是览胜，也是一种身体力行、带着实证精神的科学考察。经过实地踏勘后，徐霞客推测出石门山形成的地质原因："盖本一山外屏，直从其脊一刀中剖而成者。"石门山"两崖劈云削翠，高骈逼凑"，徐霞客感慨："真奇观也。"在山谷中，他近距离感受到石门山的高峻险绝，"虽猿攀鸟翥，不能度而入矣"。时已过午，太阳西沉，徐霞客无法再朝着山顶攀登，返回药师寺歇宿。

第二天清晨，性严准备了柴火、铁锅、蚕豆和米，让寺中的沙弥和顾仆背负着，与徐霞客一起进石门山游览。众人步行到山腰中的玉皇阁，性严为徐霞客指示了道路，介绍了山中几处胜景，徐独自一人进山游览；性严则和寺中沙弥、顾仆在玉皇阁生火做饭，等候徐霞客。

石门山道路难行，"丛篁覆道"，溪流密布，只能通过"缚木架巨石"搭建的简陋木桥横渡。山顶森林幽深，人迹罕至，野兽出没，在峰顶一片山火烧过的沙土地上，徐霞客看到老虎留下的清晰脚迹，"虎迹齿齿，印沙土间"。

徐霞客登山途中，阴雨不断，到了石门山顶后，云开雨散，视野开阔，往北可以远眺凤羽山、剑川路；远眺南面，漾水、濞水，以及通往大理府的道路清晰可见；往西看得到横岭连绵起伏的山脊。徐霞客根据位置推断，大理城和苍山清碧溪就在石门关山麓以东，由于峰高崖陡，重岭叠嶂，苍山东西两面是无法横穿的天堑。

游兴已尽，徐霞客冒雨下山，途中迷了路，听到性严的呼唤后才辨清玉皇阁的位置。与同伴汇合后，煮熟的饭已经冷了，他只得烧开水泡饭而食。

饭后，雨霁天晴，徐霞客到山中的花椒庵石洞游览，石洞环境清幽，山坞环绕，水石错落，他视这里为"栖真之地"。石门山和花椒庵石洞的景致触动了徐霞客内心柔软的情绪，他动念留在这里隐居，但又放不下云游四方的志向，只得带着遗憾"怅然而去"。当晚，徐霞客在药师寺续住。

徐霞客好游名山大川，足迹遍及大半个神州，见过的真山真水数不胜数，让他动了中止行程、择地而居念头的名胜却不多，石门关即是其一，由此不难想象石门关给徐霞客留下的深刻印象。

二十三日早晨，为答谢性严的盛情相待，徐霞客为他撰写了《玉皇阁募缘疏》，以襄助性严为修葺玉皇阁募捐化缘。用过午饭后，徐霞客辞别僧众，冒雨赶赴保山。性严身披毡衣，一直相送到漾濞驿，二人才依依惜别。

风景这边

途经漾濞街（今漾濞县老城）时，徐霞客观察到，这是一座夹街临水、居庐繁盛的小城。漾濞街北上游一里处有一座铁索桥，一座木架长桥在街西，两座桥都横跨漾濞江。为取近路，徐霞客在木桥东边买了米和蔬菜，渡过漾濞江继续西行。经过木桥时，他留意到江水浩荡，"倍于洱水"。当天，徐霞客经过白木铺、舍茶寺、横岭铺，在太平铺破败的驿楼上住宿。

游览漾濞石门关的这一年，徐霞客已经53岁，在古代，这个年龄已经是老年的前奏。常年的风餐露宿和艰辛行走，一点一滴透支着徐霞客的健康，他壮心依旧，独自一人攀登"虽猿攀鸟翥，不能度而入矣"的石门山时，还感慨自己的体力和精力超过同伴。但他内心可能已经意识到，疾病和死亡的阴影始终一路尾随着他，所以他说服自己打消了在石门关隐居的念头，义无反顾地踏上去往无尽远方的行程。

一年后，徐霞客结束了滇南的行程，赶往宾川鸡足山，应木知府之请，留居山中修《鸡足山志》。在鸡足山中，徐霞客突患疾病，双腿无法站立行走，木知府派人用竹舆，后舍舆登船，将他送回江苏江阴家中养病。1641年，徐霞客在家中病逝。

江山留胜迹，我辈复登临

李元阳游石门山时，石门山"弃于荒莽"，声名不显。80余年后，徐霞客途经漾濞时，这种情形并未有大改观——在与石门山偶遇之前，徐霞客未听说过它。

江山留胜迹，我辈复登临。如今，石门关这颗明珠上的灰尘已经擦净，迸射出璀璨光辉，山脚下游人如织，终日不绝。游客可以乘车直抵观景台，可以沿着玻璃栈道登高远眺，下山后就能吃上热乎乎的饭菜，住上舒适的房间，还能在山脚下的温泉洗涤风尘，与古人艰辛困顿的情形大相径庭。我无意对两种旅游方式进行对比，步履的快与慢，行迹的疾与徐，身心的舒适与躁动，表面看是个人的自然选择，实则是时代这个庞然大物对个体的映照与塑造。

历来风景清幽之处，大多出产奇珍，李元阳和友人游石门山时，在山崖上的石洞里小酌休息，洞中修行的道士给他们献上两盘美味的菜蔬，博学如李元阳，也不知菜肴的名称。我们在石门关山脚下的餐厅用餐，菜蔬均取自山野，清新可口。席间有一道黑色的甲虫，粗壮的身体张牙舞爪，显得狰狞可怖，掐头去尾之后，滋味却酥脆悠长。当地朋友介绍，这种甲虫名叫爬沙虫，捕自流经山谷的溪流中，它们对水质要求很高，苍山积雪融水是它们的家园。

美景在侧，美食入口，忍不住多喝了两杯。下山时，看到石门关的两扇石壁上缀满闪亮的灯光，石壁高耸入云，上面的星光一直延伸进幽蓝的夜幕中，与夜空中的星光交织辉映在一起，蒙眬醉眼望去，胸中顿生缥缈悠远之感——石崖上装置了彩灯，白天不显眼，夜晚却发出璀璨光芒，成为石门关又一道胜景。

乘观光车沿着狭窄的山路抵达石门关观景台，站在青绿澄澈的水池边，朝着两扇拔地而起的石壁远眺，然后收回视线，目光缓缓扫过高峻陡峭、耸入云端的山谷，遥想徐霞客当年曾只身一人冒雨登上猛虎出没的山顶，对他的钦佩之情油然而生。一个念头如流水一样流经脑海：如果徐霞客当年放弃对远方的执念，隐居于此，他的人生会是一种什么样的走向呢？

驿道上的漾濞

史志中如此记述漾濞："地连别属，境外一隅"，但"自汉永昌设郡，驿道先通，开化不后邻邑"。漾濞的文明进程和社会发展，与永昌郡的设立和博南驿道的开辟关联密切。

博南道是古代南方丝绸之路的一段，因穿越博南山而得名。自开辟以来，路线总体稳定延续，博南道漾濞段主要经过这些地点：离开下关后，依次是天生桥、四十里桥、合江、平坡、金牛、驿前铺、漾濞街、云龙桥、柏木铺、秀岭铺、太平铺、打牛坪，渡过顺濞桥后，进入永平县境内的黄连铺。漾濞境内的驿道沿线分布着"九关十八铺"，即九个关卡，十八个可供商旅住宿的驿铺，还设有白马哨、清水哨、后山哨等哨所。

博南道漾濞段又有"天威径"之名，在清代外地文人关于博南道漾濞的诗文中，"天威径"频频出现。

1762～1769年间，清朝与缅甸发生战争，与缅甸接壤的云南保山是战场的前沿阵地，赵文哲、王昶、赵翼、王文治等文人以不同的方式参与到这场战事。他们留居云南期间创作的诗文，有不少关于博南道和漾濞的记述。

乾隆三十三年（1768），在京师任职的赵文哲与王昶因故被贬去官职，为谋戴罪立功，两人同到征讨缅甸的清军中担任幕僚。

行军途中，赵文哲创作了数量众多的边塞诗和军旅诗，辑为《娵隅集》。集中有一首《天威径歌》，诗下有序：大理龙尾关以西，抵永平三百余里，石径崎岖，相传为武侯师行所经，志乘所谓"天威径"也。诗中的天威径，大部分路段都在漾濞境内。在诗作中，赵文哲如此形容这条道路："蜿蜒一径走博南，何似褒斜谷之口。谁将此径锡嘉名？丞相天威今不朽。"

赵翼是赵文哲、王昶的同乡友人，清缅战争发生时，赵翼在广西镇安任知府，清军将领看重他的才干，将他移调到军中效力。途经漾濞大觉寺时，赵翼创作了《题大觉寺》：漾濞南来箐益深，万松黑到最高层。马行危蹬蹄包铁，佛守荒庵面落金。怪石偻如奇鬼搏，古枫幻作老人吟。闻途空说天威径，何处遗踪访七擒？这首诗正文后，作者自注：自大理龙尾关至永平三百余里，传是武侯过师地，郡志谓之"天威径"。除了诗人身份外，赵翼还是一位功底深厚的史学家，他坚信武侯并未到过滇西，"七擒孟获"之事也是出于虚构，因此他认为天威径与武侯的关联是"闻途空说"。

在中国传统文化的语境中，传说与史实往往交织含混，你中有我，我中有你，无法彻底厘清。天威径虽然不一定是武侯开拓的，但却是一条真实存在的通道，人们把他与武侯联系在一起，传达出一种对武侯朴素而深刻的敬意。漾濞与永平之间的打牛坪、娘娘叫狗山的命名方式也与诸葛亮南征有关。

醉卧听江声

　　王昶是诗人，同时也兼及笔记散文创作，《滇行日录》是他记录云南交通状况、途程、邮驿体系的著述。王昶对漾濞和博南道的记述十分详细。清乾隆三十三年（1768）冬天，王昶从北京出发，次年正月十二日从下关过天生桥，经过合江铺时，"沿途柳丝垂垂，间以缃桃作花，风景绝佳，山趾流泉，时时淙潺界道"。时节才是正月，当地柳丝已经透出新绿，桃树也已经开花，由此不难想见漾濞地气和暖。

　　当天晚上，王昶在漾濞驿住宿，馆舍在漾濞边，江水"终夜有声，忽如风雷，忽如缫丝，忽如鼓瑟"。当地官员"以南酒黄柑见遗，独酌凄然，微醉乃寝"。十三日，王昶从漾濞驿出发，经双雁桥、大觉寺、太平铺、野牛坪、罗武山，在黄连铺住宿。十四日，过观音山、万松哨、天井铺、宝峰寺，抵达永平县。

　　这次漾濞之行两年后——1770年初，王昶从驻地保山赶赴昆明参议军事，返程途中，他专程绕道游览了鸡足山，然后从宾川返回永昌。二月初二，他在大雨中到达合江铺，"暮风寒甚，止一小楼，拥炉乃卧"。在合江铺住宿时，王昶创作了《宿合江段氏楼》四首绝句，第二首中，他写道："合江如玦复如环，溅雪跳珠下远滩。更和雨声来枕上，梦魂那得到长安？"雨夜宿江楼，连绵的江水声和雨声彻夜不息，王昶永夜不眠，让他的梦中还乡之旅成了空想。这首诗充溢着浓郁的羁旅之情。

　　二月初三日清晨，王昶从合江铺启程，抵达漾濞大觉寺时，他登高远望，大觉寺视野开阔，"点苍山色及博南云气，荡块心目"。当晚，他在黄连铺住宿，当地人送了他黄柑、南酒，王昶"破柑尝之，味酸甜似橙"。有趣的是，两年前在漾濞驿住宿时，当地官员以黄柑、南酒相赠，两年后在黄连铺歇宿，仍旧以黄柑、南酒消夜。旅途萧索枯寂，由此可见一斑。

　　清朝与缅甸间的战事接近尾声之际，四川大小金川地区发生叛乱，征缅军队离开云南，转战四川，王昶与赵文哲继续在军中效力。王昶仕途畅达，官至云南、江西布政使司，高寿辞世。

军旅生活困苦凶险，赵文哲既疲惫又厌倦，他多次在诗歌中抒发这种情绪。从征云南时，赵文哲创作了一组《秋日杂诗》，其中有这样的句子："征人莫讶归心折，倦马萧萧亦欲东""一尊浊酒愁先醉，和泪还沾旧战袍"。赵文哲渴望脱去战袍，解甲归田，但他没能完成这个心愿，1773年，赵文哲战死于四川小金县，享年49岁。

点苍南畔问星邮

赶赴滇缅边界途中，赵翼曾在漾濞合江铺住宿。他刚睡下，听闻京师来的官兵经过此地，当晚要在村中歇宿。已经安睡的赵翼起床出屋，把寓舍让给京兵居住，自己住到后山的破草棚中，并作诗记述这件事，诗题为《至合江铺已就宿矣，忽京兵来，乃移避于山后》："数间寓舍让京营，移就山家破草棚。人共马牛眠一屋，月随风雨涌三更。也知入市应安堵，自笑从军转避兵。信是健儿骁可畏，先令胆落到书生。"

这首诗虽然略带揶揄自嘲的语调，情绪却激昂饱满，体现出作者深厚的文学造诣，特别是"人共马牛眠一屋，月随风雨涌三更"，生动简练，让人有身临其境之感。

赵翼的诗歌如同日记，是他对行程和经历的真实记述。离开合江铺和漾濞驿后，赵翼在漾濞与永平之间的黄连铺住宿，作诗《夜宿黄连铺》："揽辔从军道阻修，点苍南畔问星邮。寒灯野戍三更火，积雨深山六月裘。地号黄连知苦到，人思黑睡向甜求。燎衣暂卸征鞍宿，一笑翻当蔗境求。"

作者受地名"黄连"的触动，延伸感受到现实生活中的苦楚。"寒灯野戍三更火，积雨深山六月裘"，写透了征人的艰辛与劳苦，为了缓解这种艰苦，他只能寄希望于从睡眠中获取一丝甘甜。数年的军旅生活，让赵翼心力交瘁，白发渐增。离开军营返回广西镇安知府任上后，他作诗《回镇安官舍》志行，"共言此去欣无恙，只是微添白发新"。

艰辛孤寂的军旅生活消磨了赵翼壮心，也让他厌倦了宦海沉浮。清缅战争结束后不久，赵翼辞官回乡，潜心投身学术和文学，终成一代大家。

"淡墨探花"的漾濞行迹

清乾隆二十九年（1764），王文治调离京城的翰林院，到云南临安府任知府。王文治书法和诗文均造诣深厚，因曾考中探花，平时习惯用淡墨挥毫写字，被人们称为"淡墨探花"，与"浓墨宰相"刘墉齐名。

翰林清贵，知府是实缺，王文治将自己官职的变动，视为帝王的恩赐。临安府治在今红河州建水县，这里物阜民丰，风光秀丽，儒学文化根深叶茂，素有"金临安银大理"之誉。府官公务繁重，但在临安期间，王文治不乏悠闲适意，不时出游赋诗。清缅战争激烈胶着时，虽然任职地不在边疆战区，他还是被委以征调押运军需粮饷的职务，护送粮饷赶赴前线。

阅读王文治途经漾濞期间创作的几首诗歌，不但可以感受他的诗歌风格和审美，也能感知他的精神世界，体会军旅生涯的艰辛劳顿。1767年，王文治押运粮草赶赴永昌军中，途经漾濞时，恰逢清明节令，他写了《蒙化道中清明》纪行："青山如梦晓烟轻，马上时闻谷鸟声。绝塞征人归未得，东风杨柳过清明。"

明清时期，漾濞西南区域由蒙化府所辖，诗题里的"蒙化道"，即博南路漾濞段。诗中的青山、晓烟、布谷、东风、杨柳等清明景物，与"绝塞征人归未得"相对，隐隐传达出作者对军旅生活的厌倦。从诗意推测，此时，辞官归乡的种子已在他心中萌生。

王文治任临安知府和征调军旅期间，创作了大量诗歌，辑为"南诏集"。编在《蒙化道中清明》之后的作品是《打牛坪》，创作于漾濞打牛坪。全诗四句："军兴原不碍春耕，渍种每每嫩绿生。好煞清明新火后，一番疏雨打牛

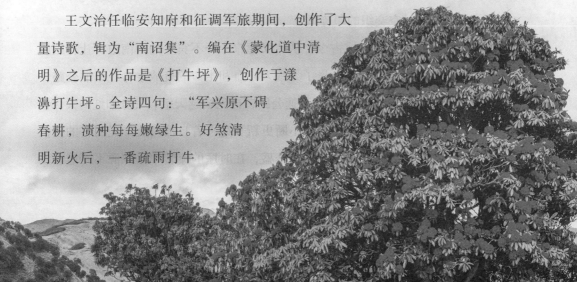

坪。"这首诗清新自然,描绘了一幅生机勃勃的"春耕图"。

《打牛坪》之后的诗歌是《永平旅店病卧》,从诗题即可知晓,作者经过长途跋涉到达永平之后,一病不起,卧居旅店养病。这首诗中有这样的句子:"于役经三月,孤征更万峰。拥衾朝见日,不寐夜闻钟。已有阴阳患,宁无憔悴容?"羁旅之苦溢于纸面。

结束了永昌的军务之后,王文治启程返回临安府,途经清华洞时,他进洞游览,作诗《自永昌归,再过清华洞》纪行:"艰难为外吏,辛苦向兵间。拙避时流竞,生从绝域还。清华真福地,碧水洗尘颜。欲炼灵飞术,先禳战血殷。"这首诗中,作者对战争的厌倦,对归隐的渴望显露无遗。返回临安府治不久,王文治称病辞官,返回故乡江苏丹徒闲居。主动弃绝仕途后,王文治一心致力于诗文和书法,文名留诸青史,被誉为"淡墨探花"。

古道新韵

作为大理和保山间的交通要道,旧时漾濞的形成和建构,使用了三种不同形质的素材:驿道、河流和时光。明清两朝的文人墨客对漾濞的书写,也大多围绕着这三个关键词。谪滇状元杨慎,壮游滇云的徐霞客,因参与战事往返于博南道上的赵文哲、赵翼、王昶、王文治,他们身体已经归于尘土,但他们仍旧活在诗文里,他们的脚步、身影、命运、悲喜,也依然留存在博南道和漾濞江时空交织的印迹里。

人事有代谢,往来成古今。从"汉德广,开不宾"的博南道,让行旅胆寒心悲的"天威径",到凝聚了无数人心血和生命的抗战生命线滇缅公路,横贯中国南部的320国道、杭瑞高速公路,再到横越天堑、气势如虹的大保铁路……时光深处的漾濞,一直在不断更新和完善着自己。犹如光明村的核桃古树,根深蒂固,枝干遒劲,花果繁盛,在时序的流转中,源源不断地焕发出崭新的生机和活力。

走 过 漾 濞

纳张元

大自然的鬼斧神刀随手一劈，滇西大地苍茫的群山被生生劈开一条幽深狭长的大裂谷，两座高山壁立千仞，高耸入云，东边是点苍山，西边是清水朗山。漾濞县城就静静地躺在峡谷底部。

秀岭梨花

一条古道穿过漾濞县城，沿着清水朗山蜿蜒而上，到了秀岭，并不登顶，而是头一甩，奔南而去。山顶便被人种满梨树，成为一个万亩梨园。

春回大地，万木复苏，秀岭的梨花开了，沉寂了一个冬天的秀岭突然热闹起来。最先闻讯赶来的是蜜蜂，这些从四面八方赶来的蜜蜂，有家养的，有野生的。那些黄褐色的，都是有居民身份证的家蜂，而那些黑褐色的，多是穴居岩缝或树洞的野蜂。它们匆匆忙忙地在一朵朵雪白的梨花间穿梭，抢收香甜的花粉。黄褐色的家蜂，动作娴熟而优雅，忙碌中仍不失绅士风度；黑褐色的野蜂，霸气十足，动作野蛮粗鲁，有些肆无忌惮、不顾吃相。无论家蜂还是野蜂，都浑身长满密毛，细长的双腿，被花粉裹成粗粗的粉腿，还贪心不足，利用浑身的密毛，给自己加重，连眼睫毛都沾满花粉时，它们才拖着一条条波浪形的飞行轨迹跟跄着回家去了。喜食蜜蜂的葫芦蜂也成群结队地赶来了，黄黑相间的条纹让人眼花缭乱，它们故意发出震耳欲聋的嗡嗡声吓唬蜜蜂，也自我壮胆，警告天敌，瞅准机会，冷不防叮上一只埋头苦干的蜜蜂，吹着得胜喇叭，一溜烟地飞走了。鸟儿们也呼朋唤友，到梨园来享

风景这边

用大餐，飞的爬的，硬的软的，各种虫子，目不暇接，让鸟儿们得了选择困难症。吃饱喝足，它们就在这里谈情说爱，争风吃醋，那些羽毛靓丽的雄鸟，在空中上下翻飞，用各种高难度的动作来展示自己的七彩羽毛。而天生一副好嗓子的雄鸟，就选一棵最高的梨树，站在树尖上，扯开嗓子，摇头晃脑地婉转歌唱。雌鸟们故作淑女状，表面漫不经心，实则边听煽情的歌声，边看空中矫健的身手，芳心大动，正在暗暗反复比较。那些穿着粗糙又没有一技之长的雄鸟，恼羞成怒，大打出手，耍横斗狠。等雨雀既不撩妹，也不炫技，只是清教徒似的在那里固执地呼唤："下雨——下雨——下雨——"还有一种不知名的鸟，天天在叫：找不见哥哥！野鸡则喜欢在梨树根脚刨一个坑，趴在那儿睡午觉，人走到它旁边快要踩到它，才扑棱棱飞起来，吓人一跳，它还要边飞边叫：闯祸闯祸闯祸！越发让人不快，口风不好，不吉利！梨园里还经常有婴儿的啼哭声传来，那是一种当地人叫娃娃鸡的鸟叫

声，但每次听起来，都让人误以为真有婴儿在哭。嘤嘤的蜜蜂声，嗡嗡马蜂叫，啾啾鸟鸣声，秀岭一片热闹。

洁白的梨花，本来静若处子，但只要一阵山风吹来，满园的梨花就会随风而起，在空中上下翻飞。薄薄的花瓣格外轻灵，有的像跳芭蕾一样在高空飞快旋转，在旋转中风情万种，秀婀娜多姿的曼妙身材，秀千娇百媚的容颜；有的在空中玩蹦极，一波三折缓缓下落，以慢动作穿过空气的厚度和时间的长度，发出清脆悦耳的碰撞声，就在即将撞击地面的瞬间，又随着一股激越的龙卷风冲天而起，一直冲上湛蓝的天空，什么也看不见。当你以为那些梨花就这样随风而去、消逝不见的时候，它们又像漫天飞舞的雪花，飘飘扬扬地洒落下来，落得越来越慢，有时就悬停在空中不动，后来还是极不情愿地往下落，在挣扎中轻轻着地，但却在赏花人的心里"咚"的一声砸了个大坑。梨花给人的印象都是洁白无瑕的、安静内敛的，没有想到秀岭的梨花

如此妖孽！

我惊讶于先人们超强的预见性，他们怎么就会预见到，这个地方将来会成为飞禽走兽秀恩爱、梨花秀妖娆的地方，所以，他们早早将这个地方命名为秀岭。其实，人也没有缺席，人也在秀。那条穿过漾濞县城，从秀岭蜿蜒而过的古道就是创造人间奇迹的滇缅公路，修筑于1937年12月至翌年8月，为了确保抗战物资的供给，云南20万军民，仅仅9个月时间，用血肉之躯筑成了这条1453公里的生命通道。这条古道秀的是民族精神，秀的是为了捍卫民族尊严而爆发出的人的惊人力量。

云上村庄

云上村庄，本来叫鸡茨坪，后来也曾叫过光明村。这个悠闲的村庄坐落在绵延百里的大理苍山西坡，古朴的房舍沿着山势在山间零星散落，村里村外长满了高大密集的核桃树。20年前，我第一次来到这个小村时，我不禁惊讶于它的过分低调，村庄离石门关不远，但多次到过石门关的我，却不知道石门关旁边还隐藏着这样一个世外桃源般的小村。

浓密的核桃树阴下，几头黄牛在悠闲地甩着尾巴，不慌不忙地啃吃嫩绿的青草；一群慵懒的笨猪散放在林中，有黑毛的，有黄毛的，也有花腰的，有的在酣睡，有的在拱地觅食，一窝肥头大耳的小猪，因为争宠，不时发出撒娇的抗议声；鸡们忙着在林间薅刨，一只火红的大公鸡迈着流氓步，围着母鸡打转，嘴里脏话连篇。阳光穿透浓密的核桃古树，透出一色古意盎然的村舍。木栅栏和石头砌成的围墙遮不住里面的花红果绿，庭院入景，田园入诗，人在画中。屋子的一侧是山，窗下是一丛丛茂盛的狗尾草，爬上草尖的牵牛花绽开了一朵朵小喇叭。一条清澈的溪水从村子中间潺潺流过，流下山坡，一直汇入漾濞江河谷。远处是云遮雾绕的山峰，时隐时现。一传十，十传百，这个小村突然热闹起来，旅游参观，避暑消夏的人络绎不绝。很多人家也开起了农家乐，远远就能闻到肉香、饭香、酒香，酒足饭饱以后，主人与客人一起载歌载舞。

后来，这个小村被一个旅游集团承包开发，改名叫云上村庄。那些牛啊猪啊的，统统关了起来，不能随便乱跑；村子里种植了很多牡丹、芍药、菊花，赤橙黄绿蓝靛紫，啥颜色都有，让人眼花缭乱，目不暇接；路也重新铺了，铺得很文艺，用核桃壳铺成很多图案。就连那些核桃树也在网上进行了拍卖。据说，买树的人，在大城市里坐在电脑前，就能看着别人帮自己打核桃。只是村子里很冷清，很少有游客，不知是村口的收费大门挡住了客人前进的脚步，还是没有烟火气的小村失去了对客人的吸引力。云上村庄，遥远而又缥缈，像月亮上一样冷清。

　　我还是喜欢原来的鸡茨坪，因为进入村子就像回家，不需要买门票。虽然村子里家畜乱窜，路也不光滑，更不文艺，但它接地气，有烟火味，你随时有生活在人间的踏实感。

风景这边

云龙桥上的黄昏

王　宁

　　黄昏时分，陌生的小城，偏于一隅遗世独立，有一种熟悉的、退回去的安静从容和亲切之感。时间走得太快了，迅疾向前，不容迟疑和思索，在漾濞，在苍山背面，大理的后花园，旧时光像是从平行宇宙里缓缓浮出，奔驰的一切慢下来，静下来，清冷下来，回归肉身。这样的感觉让人恍惚，不知今夕何夕。

　　我们想去漾濞江边看一看。漾是水面上起波纹，细浪起伏的样子，濞是水流的声音，"水暴至声"。漾和濞这两个汉字组合成一条河的名字，过目难忘。

　　"请问，漾濞江在哪点？"被拦下的路人听到我们的这句问路语，一时愕然，迟疑着，不知如何作答。怎么说得清呢，一条大河，在"哪点"？

　　蹦蹦车司机站在老城边一座钢筋水泥大桥的尽头，像是如约立马等候的武士，来给我们引路的神秘使者。国字脸，面色黑峻，哀牢国或是大理国的后裔。"老城边上，有古道，也有座老桥，下面就是漾濞江。"他用清冷的眼神把我们4个人扫了一遍，蹦出的每个字都像天雨落花，点点打在我们心上。

　　上车，快走啊。太阳就要下山了，还等什么？

　　于是，15元钱，10分钟的时间，一段摇摇晃晃颠簸转折的小路，我们穿越了。

　　博南古道，路面的石头被磨得光滑，闪着幽蓝色的光，马蹄印收藏在石头缝隙里，铁蹄踏路的清脆之声早已隐入滚滚尘烟。路上少有行人，临街的铺面和人家大多关门闭户，空旷得如同时光隧道，云龙桥就在隧道的尽头等着我们。

苍老的巨龙，被铁链锁在江上。又或者是在时间的深处往返自如的一条大船，悬浮在河面上，千百年来反复只有一句台词：渡过去，渡过去。

云龙桥，有史书记载的世界最古老铁索桥，也是西南古丝绸之路"博南古道"上，唯一幸存并且至今仍然在使用中的古桥。

云霞奔涌翻腾，从天边某处或者远山的那一边赶来，汇演一个黄昏的天幕辉煌。这是一个亘古如斯的黄昏，被我们遇见，就成为独有的一个。铅灰色的波涛被暗藏的风暴掀起来，又跌落下去，浪花卷着白得耀眼的边，在橙红色的晚霞辉映下恣意变幻，呈游龙，呈狮子，呈大象，呈肃穆的巨人之脸，呈柔软飘浮的羽毛，被不知从何而起又归落何处的风吹拂着，聚拢又消散，卷土重来又黯然退场，循环往复，潮起潮落，又终于平静下来。云在天，水在流，古桥在停泊，古道沿着视线的尽头隐入层层叠叠的山峦。

漾濞江是澜沧江最大的支流，地处古代南方丝绸之路要冲，这条被称为"蜀身毒道"的道路，在国内分三个部分：其一，从成都进入云南，有灵关道、朱提道、夜郎道三路，分别途经今天的西昌、昭通、毕节。其二，从云南到澜沧江东岸，必经楚雄、大理下关，沿博南山西行，称之为博南道。其三，西渡澜沧江后，再走永昌道、腾冲道，出境后入缅甸、泰国，到达印度，再从印度翻山越海抵达中亚。

大理是"蜀身毒道"的重要节点，这条古道从四川分几路延伸至云南后，都在大理汇合。而博南古道正是从大理到永平的一段，在澜沧江两岸交替穿梭，沿博南山蜿蜒前行，从公元前105年沿用至今。

古道上，桥很多。河面窄、水流急的峡谷里，多架藤桥，也有木桥、铁索桥以及俗称券桥的石拱桥。

云龙桥在博南古道的必经之路上。据《大唐新语》记载："时吐蕃以铁索跨漾水、濞水为桥，以通西洱河。"跨漾水的，就应当是这座云龙桥。

它位于漾濞县上街镇南，横跨漾濞江，桥体属于铁链缆吊木仓结构，桥面宽3米多，整座桥总长80多米，用8根手臂粗的铁链并列横拉，以绞盘固定在两边的石锁里，铁链之上铺设栗木板，桥面两边各拉一铁链作为扶手。

两岸的桥头有桥亭，楼头曾悬挂匾额，"铁锁云龙"，字迹来自民国时期的云南名人李根源。

西南丝绸之路滇西段，要跨越漾濞江，必经云龙桥。过桥后古驿道一条经大觉寺、秀岭铺、太平铺，过顺濞河到永平的黄连铺，另一条由西北过沙坡村、扎务所、石竹坡、白雾、施家村，进入云龙县地界。

在古代旅人的笔记里，这些地名关联着高山峻岭，陡坡急流，行路艰难，前途苍茫。也有古寺疏钟、驿路梅花、回望苍山雪的短暂抒情。"蜀身毒道"早于汉武帝打通丝绸之路的雄心，公元前4世纪甚至更早，这条路就已经存在了。据一些史学家推论，"蜀身毒道"的前身，也许是原始的北方人类南迁的通道。到汉武帝时期，他采纳张骞的建议，征服了西南夷。为进一步打通前往身毒国、大夏的道路，下令开凿博南山道。其实是把早已有之的民间通道开辟为官道，"汉德广，开不宾。渡博南，越兰津。渡兰仓，为他人"，这首流传于汉晋时期的《渡兰沧歌》所吟唱的，正是汉朝时期"西南丝绸之路"进一步得到拓展的壮举。劈石开路，遇水架桥，费尽移山心力，汉朝的统治范围跨越了澜沧江，在澜沧江以西设置了不韦、嶲唐两县，这些地方，过去曾是"哀牢夷"的地盘。

我们来时，桥已苍老。

穿蓝布中山装、戴蓝布帽子的老倌牵了两匹马从桥上慢慢走过，他的眼神落在桥中间加铺的一层木板上，有几块木板中间通了洞，可以看得见桥下的水流。

漏下去的，还有一起老去的时光和马蹄印迹，它繁华热闹的前尘往事。

河水在桥下驯服沉默，云龙桥也是一副不迎不拒的姿态，停留在时光的边缘。

有文字记载至少唐代已有的这座铁索桥，在元、明、清都曾经修葺过。

到20世纪60年代，洪水冲垮了云龙桥，是靠着扔手榴弹的方法把一根线从岸边射向对岸，又用这根线牵过更粗一些的绳索，再把铁链子绑到绳子上，重新架起来的。

这个黄昏，云龙桥上除了我们少有行人。暮色慢慢降落，灰紫色的薄雾让光线一点一点灰暗下来，鸟鸣声渐渐栖息在桥边的大树上。

河里有巨石突兀，黑黢黢的脊背，被激流、漩涡和风雷雨雪喂养得浑圆沉默，永恒地缄默。硬朗，结实，像古道和老桥一样值得信赖。时代在忙着翻篇，一去不复还，人往往后知后觉，石头变成一只与大地浑然一体的鹰，抬头望向远方，翅膀却隐没在石头里。

起风的山道边，高坡上有一片平缓的小树林，石桌子边坐着一个面目模糊的老者，嘴边烟头的一点红光明灭着，他用手摁住起身欲吠的狗，那狗呜呜地在喉咙里哼哼着，身子保持向前冲的姿势，最后一抹暮色落进他的眼睛里。

黄昏已尽。

桥指向远方，沿江，隐入山谷，被青草和苔痕覆盖，每一个春天开在山路边的桃花杏花李花梨花茶花，每一个寒冬寺院里的梅花依然暗香如故。人的行走在桥上没有留下任何痕迹，过桥，走向小道，身影越来越小，变成一个小小的黑点，变得比一株草的晃动更小。路总是伸向远方，河的对岸、山的那一边，一程山水接着又一程山水，脚步和人生总是重重叠叠，不变的总是人在旅途、千秋过客。

没有过去也没有未来，逝者如斯，一代代游客，握着门票黯然离去。

徐霞客1639年3月23日穿着草履经过云龙桥，那是春天山雨过后，"在街北上游一里，有铁索桥"。他的记述详尽、客观、波澜不兴，以一个游人、过客、考察者的潇洒姿态，略揽山川风貌和旅途烟霞。1895年6月20日，法国人亨利·奥尔良来到云龙桥上，后来，他在他的《云南游记——从东京湾到印度》一书里这样写过："20日，来到了漾濞河畔。这里河谷狭窄，树木茂盛，一条索桥横跨漾濞河，索桥上有八根铁索，两端固定在白色的桥墩上。桥头是一个小小的平台，一头石雕水牛便是唯一的守卫。"

他拍摄了云龙桥的照片，河中央确有突出的巨石，一头石牛横卧河中。

风景这边

亨利·奥尔良出生于法国王室奥尔良家族，是七月王朝国王路易·菲利普一世的曾孙，拥有摄影家、画家、作家、探险家、自然主义者等多个身份。他是最早进入中国西藏的欧洲人之一，在云南境内，他先后五次横渡澜沧江，两度取道怒江河谷，翻越了碧罗雪山和高黎贡山等龙盘虎踞的山系。

这位奥尔良王子在古道上的行程很壮观，不停地买骡子，丢失骡子，找骡子。也不停地打探别的探险队去否先于他们进入未知的领地，充斥着殖民色彩的冒险之旅是那个时代的风尚。人们从森林、峡谷、高山里的村庄走出来，牵着马，牵着骡子，驮着盐、铁、茶叶、布匹、核桃、板栗，在古道上往返。道路和人群像河流一样流淌，汇聚到一条真正的大河边上，河上就有了桥，从此岸渡向彼岸，又再次被不同的目的地牵引着，分道扬镳，流向各自的方向。探险家抵达的云龙桥，是一幅繁忙的、流动的、活的异域生活风情图，他在桥上看风景，百年之后，他的脚步也成为我们追忆的风景。

明嘉靖年间，杨慎在其著述《滇程记》中，也有经过云龙桥的记录。"样备驿九亭（白木、横岭、许东）而达打牛坪，途经横岭，其高侵云，缘箐以升，树多松，花多杜鹃（土人名映山红）。鸟多鹦鹉，群飞蔽林，若朔方鸦然。又西为云龙桥，又西为大陆坡，相传武侯南征驻师兹坪，辰值立春，鞭土牛以训夷，遂以名驿也。"

他提到了诸葛亮在云南的传说，他当然没有想到，几百年之后，他的"杨状元"之名，能够和诸葛亮一样，成为在云南大地留下传说最多的两位远道来客。

杨慎36岁时从宰相之子、堂堂状元的人生高处直接滑向流放一生的谷底，他的人生之舟转瞬就被命运掀翻了，只能随波逐流。嘉靖三年秋谪戍云南永昌卫，次年正月到达云南，从此在云南30多年，虽然中途也曾回过家乡，但流放的命运一直到死都没有改变，据说，杨慎病逝于嘉靖三十八年（1559）七月六日，时年72岁，死后就葬于博南山（后迁葬于四川新都老家）。

他一定是多次途经云龙桥的吧。刚到博南山贬谪之地的时候，他一路披枷而行，愁苦不堪，所写的诗句是"博南行商丛怨多，黄玺失手泪滂沱""天地侧身孤旅外，江湖短发乱兵前"。当命运的大浪席卷而来，打翻每个人赖以支撑的大船小舟时，无人可以端立潮头。这位京城的高富帅，政治漩涡中身不由己的学者、诗人，没想到在云南的人生之境豁然开朗。羁旅天南的流放者，感受到漫游天地之间的大意趣，

在云南的山水和友情中发现了人生真义，高蹈着自由的生命，策杖天地间，簪花过闹市，"一杯浊酒喜相逢"，他自我解禁了。

伟大的诗人总是能够在苦难和宿命之中，看到超越时代的、更加深长的东西，这也让他拥有乐天知命的性情，可以抵御命运的捉弄和无常。

流浪、迁徙、异乡人、流放者，云南的一部分历史是他们写就的。

博南山中有大片原生的山茶树，单瓣花，花型小，春天的时候，粉白色的山茶花在深林中悄然绽放，花满枝头。林深蔽日，青苔路滑，山花寂寞，鸟叫声声声惊心。

曾经在一个春天沿着枯寂的青石小路登上博南山的最高峰，在一处被称作丁当关的关隘里寻找到了当年杨慎的旧居。这是他被发配云南的最初流放地，也是他最后的死亡之地。

山茶花粉白色的花瓣在昏暗的林中小道边纷纷扬扬飘落下来，她们知道，他曾经来过。

所谓旧居其实不过是一间小小的夯土房而已，初来丁当关的时候，他大概就是一个守关的戍卒身份。如今虽然只剩下一小截土墙和一些掉落地上的砖瓦，残垣断壁，青苔枯藤而已，但让人吃惊的是仍然有附近山民香火祭拜的痕迹。

密林深处，还有人记得这是杨状元初来云南的地方。

他后期的诗作中，有"远梦似曾经此地，游子恍疑归故乡"之句，诗人在古道上行走，不仅沿着路径延伸的方向，他们的身边还有河流，头顶还有日月星辰在指明人生之路。

在清风明月、河流山谷间，他找到了自己。

杨慎晚年自号博南山人。

漾 濞 在 野

徐兴正

云南古代文化中心首先是古滇文化的昆明地区，其次是爨文化的曲靖地区，再次是南诏、大理文化的大理地区。

大理位于云南省中部。"大理"一名，曾为10至13世纪"大理国"这个著名的地方民族政权的"国名"，它沿袭了此前的国号"大礼"。而"大礼"这个小国，建立于公元859年，"都城"为"大厘城"，在今天的大理古城南40公里之外。"厘""礼""理"，在纳西语和彝语里，都是"鱼"的近音词，"大厘城"意为"大鱼城"。由"大厘"到"大礼"再到"大理"，从中可以看出汉文化对这个地方的深刻影响，赋予了推行礼治、大治大理的意思。大理国自937年建立，至1253年灭亡，与那个时期的其他政权相比，仅次于两宋，而长于辽、金和西夏。大理国的疆域，囊括了今天云南省全境和四川、贵州、广西的一部分，以及缅甸、老挝、越南、泰国的北部，版图之辽阔，与西夏政权不相上下。大理国版图如此辽阔，并非白手起家，在它之前，就有一个南诏国，其疆域范围也远远大于今天的云南省。据《新唐书·南诏传》记载，南诏国东部边界达贵州盘县、普安一带；东南地区与唐安南都护府接，约今中越边界；西部到达印度的摩伽陀国，约今印缅交界地区；西北与吐蕃接，永昌节度辖域西北，约今中缅印交界地区；南至老挝女王，开南节度辖区边界约抵今泰国北部南奔府，包括清迈地区；西南为镇西节度、丽水节度辖区，约今缅北掸邦一带；北部抵达益州，今大渡河界；东北扩张影响到黔州、巫州地域，大致约今重庆以南、湖南西南地区。

"诏"的意思，在彝语中就是"王"。唐朝初年，今洱海地区形成了若干个少数民族族群，这些族群皆以"诏"名之，叫作某某诏。其中，地域宽广、实力雄厚者，有六诏。由今彝族先民在今巍山一带建立的族群，叫"蒙舍诏"。这个蒙舍诏地处其他五诏之南，所以又叫"南诏"。南诏经过4代王近百年经营，势力崛起，成为最强大的一诏。南诏在唐王朝的支持下，于开元二十六年，即738年，统一六诏，建立南诏国。739年，南诏国将都城从巍山迁至大理。唐王朝曾于751年、754年，先后派遣8万、20万大军征剿南诏国。绵延50公里的莽莽苍山，阻挡了征剿大军的进攻。贸然翻越苍山的征剿大军，在强烈的抵抗和阻止之下，要么为不见天日的密林所吞没，要么在骤然降温的夜晚被冻死，以至于全军覆没，不知所终。794年，唐德宗派遣使者袁滋来到大理，册封南诏国，南诏国也自此归顺了唐朝。南诏国存世250多年，于902年灭亡，自始至终几乎等同于整个唐朝。之后，经过35年3个政权短暂而频繁的更替，建立了大理国。大理地区作为古代云南文化中心时间最长，直到1274年，元朝置云南行省，才将这个中心迁到昆明。

在存世500多年南诏、大理国文化时期，漾濞一地乃是国都之野外。

相对于南诏发源地和都城所在地来说，漾濞这种"在野"状态，确实别有意味。至少，野外更有草莽气息。草莽之本义，并非野蛮、愚昧，而是一种生态，一种长势。这种生态和长势，没有被那些上升为文化的东西所规制和管控，自然天成，生机勃勃。《漾濞彝族自治县志（1978～2015）》在概述中，就一言以蔽之，"漾濞，滇西山中的一方绿地"。县志所言"山中"，包括但不限于苍山。"（漾濞）在云南省西部、大理白族自治州中部，苍山之西。"

所以，漾濞之在野，不仅是在（南诏、大理）国都之野，而且还是在苍山之野。早在距今6000万年前，喜马拉雅造山运动形成了原始苍山。从那时候起，苍山便开始站起来。距今350万年，大理一带发生强烈的地质构造运动，底层断裂、下陷，形成洱海，苍山继续隆起，越来越高大。到距今10万年左右，苍山进入最后一次冰川期，经过冰川作用，苍山基本形成现在的地形。苍山属横断山系云岭山脉东支的南端，呈南北走向，是青藏高原向中国东部和南亚低地势地区过渡的转折点。苍山，乃是天长地久的依据之一。人类对苍山考察、调查、科研和探险由来已久。1287年，意大利旅行家马可·波罗来到大理，可能考察过苍山。1639年春天，明代地理学家、旅行家和探险家徐霞客游览、考察苍山清源洞、蝴蝶泉、上关花、清碧溪、感通寺、波罗岩、石门关等地，并在著名的《徐霞客游记》中作了记述。1880年，匈牙利探险家、地质学家拉乔斯·洛克齐本来计划从中国四川进入西藏考察，先后3次都失败了，沿蜀身毒道（四川通往印度古道）来到大理，遥望过苍山，将大理和苍山介绍到欧洲。1883年，法国传教士、植物学家迪拉维到苍山采集、研究植物，后来，把所采集的4000多份植物标本赠送给巴黎博物馆，后者如获至宝，其中约有1500种为新品。像迪拉维这样的植物学家，到苍山采集、研究植物的，还可以列出一长串名单，比如美国人约瑟夫·洛克1947年登上苍山采集、研究植物；在美国人约瑟夫·洛克之前，1919年，中国植物学家钟观光到苍山调查、采集植物，确定了苍山在植物科学研究上的世界意义。1981年，中英25位植物学家，进行苍山植物联合考察。1983年，日本东京大学教授阿部定夫到大理苍山考察杜鹃花，回国后发表《苍山，杜鹃花的故乡》重要学术论文。1932年，德国学者克瑞巧克勒来到云南大理，对苍山进行考察，这是苍山接受的第一次地质学考察。5年后，1937年，奥地利学者威斯曼考察苍山后，首次将苍山冰川地貌代表的冰川活动时期定名为大理冰川期。中国地质学家李四光对此表示认同，并将其与中国东部和欧洲阿尔卑斯地区冰川进行对比，确定其为中国第四纪末次冰期代表。1945年、1948年，中国古生物学奠基人，著名古生物学家、地层学家、地质学教育家孙云铸，西南联合大学地质地理气象学系毕业生、北京大学理科研究所地质学部研究生杨起，分别对洱海东岸向阳附近的奥陶系和挖色附近的志留系进行了详细研究，研究成果写进《早古生代中缅地槽的范围与特征》一文，认为云南西部和缅甸北部、西部的强烈褶皱造山带，在早生代为一狭长地槽，后来下古生界呈线形褶皱，岩浆频繁活动，具有优地槽的特征。2005年5月，苍山被批准建立为国家地质公园。2014年9月，苍山被列为世界地质公园。这座国家地质公园、世界地质公园，神龙见首不见尾，部分藏身于漾濞境内。县志记载："苍山西坡、富恒罗里密后山、龙潭白竹山、太平和顺漾濞交界的老和尚山等等，都是生态环境优越而又具有登山、科考、探险等多种价值的……"

苍山之野的漾濞有一道门通往苍山，这就是收录在县志里的"漾濞石门关"。叫它"苍山之门"也是可以的。

苍山之门其实是意会出来的。在漾濞境内的茫茫苍山，山峰之间还有山峰，某一座山峰退缩或者说回避一下，那儿出现一个缺口，就像一道门。"玄之又玄，众妙之门。"面向苍山，凝视苍山之门，苍山或许也会意会，仿佛就要为你开门了。这其中也可能隐含着一种文化心理，即在野者愿景还是那个中心。

然而，（南诏、大理）国都之野的漾濞，可能也存在一道反向的隐秘之门。

隐秘很容易理解，但为什么要说反向呢？在大理国300年时光中，22位国君就有8位避位为僧。这与此前和此后，不少皇帝御用一个替身出家当和尚完全不一样，他们将余生的光阴，直接、全部交到庙宇之中。佛教在何时、以何种方式传入云南，人们众说纷纭，但有两个历史事实，却很能说明问题：早在公元前4世纪，就有一条南方丝绸之路途经云南通往古印度，从那时候起，佛教可能会伴随着商品贸易进入云南；而在大理国始建之前，这里的地方政权所辖疆域到达中印度时期的摩伽陀国，佛教影响或许会扩大到云南。总之，国君们尊崇、信奉佛教，苍山"沿山寺宇极多，不可殚记"，大理国就是一个妙音佛国。被金庸写进武侠小说的那位大理国保定帝段正明，逊位为僧后和他的五位妃子到位于漾濞石门关附近的福国寺修行。公元13世纪中叶，大理国被元朝所灭，末代宰相高氏的公主出家到龙华寺，削发为尼。龙华寺位于今天与大理相邻的楚雄州姚安县境内，始建于唐代。高公主到此出家时，龙华寺历经了整整一个宋代。或许，他们并非遁入空门，而是穿过这道方向的隐秘之门，到了野外。

野外即天然，"故几于道"。

我到漾濞，身体旅行，灵魂游荡，这种感受愈发强烈和深刻。与那些残山剩水不同，漾濞还是天然的道场，大地还有安慰人心的力量，山川还有法力无边的气象。

野外长万物。

万物之中，核桃是漾濞之灵。县志记载："（漾濞）因盛产优质泡核桃而被誉为'中国核桃之乡'。"

我查到一些资料：中国核桃树分布范围较为广泛，在北纬21°~44°、东经75°~124°之间都有栽培。从海拔上看，中国各地核桃树分布情况不一，北方多栽培在海拔1000米以下的地方，秦岭以南多栽培在海拔500~1500米之间的地方，云南、贵州地区则多栽培在海拔1500~2000米范围内，而辽宁以南，由于冬季寒冷，多栽培在海拔500米以下的地方。与基本可以确定烟草是舶来品不同，中国核桃既有原产的，也有引进种植的。在河北的磁山文化遗址考古发现，中国至少在七千多年前就开始种植核桃树了。西晋张华著《博物志》记载，"张骞使西域，得还胡桃种"，说明核桃的引进种植要晚得多，是在西汉时期。漾濞是南方丝绸之路途经之地，而南方丝绸之路是中原文化对外交流较早的重要通道，后人以"丝绸"命名这条古道，主要是为了界定的方便，而非古道上只流通丝绸，茶叶也是流通的，那么，按理说，核桃树种也有可能流通吧。学者向达著、出版于1959年的《蛮书校注》则有这样的记载："蔓胡桃出南诏，大如扁螺，两隔，味如胡桃，或言蛮中藤子也。"这说明，在唐朝南诏国时期，大理已有核桃树，想必包括了在野外的漾濞。

至于核桃，核桃仁既为普通食用，也可保健用，还可药用。而在食用上，除了直接作为食品、加工成为副食品之外，还用于榨取食用油。明代李时珍著《本草纲目》之"果部"，介绍"胡桃"，释名羌桃、核桃，核桃仁气味甘、平、温、无毒，主治病症达12种之多，包括肾亏溢精，小便频数，石淋，痰喘嗽，老人喘嗽，齿不着力，赤痢不止，血崩不止，小肠气痛，一切痈肿，小儿头疮，火烧成疮。唐代孟诜著《食疗本草》则谓核桃仁"通经络气，润血脉，黑人髭发、毛落再生"。

泡核桃适合取核桃仁，而铁核桃也有大用。汉语喜欢引申、隐喻，核桃之"核"，与"和""合"谐音，而"和""合"二字则是难得的"好词"，和为贵，和谐，和平，和亲，和睦，和善……合作，合办，合适，合理，合心，合一，合欢……通过引申、隐喻，汉文化就让核桃承担起这些好词之义。汉文化既讲究抽象，又要求具体，因而，这种承担，必须以一定器物来落实。于是，基于形状、质地等因素，铁核桃被用于制作带有特定文化象征的器物。我查到一份资料，清代，乾隆皇帝曾命用铁核桃制作"驱邪呈祥""保佑平安"之物，摆放于神龛之上；1997年，香港回归祖国，中央政府馈赠香港特别行政区纪念品，其中也有铁核桃制品。即使这份资料与史实存在些许出入，但中国很早就使用铁核桃制作器物，主要不为满足实用之需，而是另有象征之意，却是不争的事实。现在，铁核桃制作的实用品、工艺品，诸如餐桌、办公桌、茶几、花瓶、烟灰缸、台灯、纸巾盒之类，早已形成一个大市场。

我有一友人，在圈内被戏称为"玩家"。我曾听其重申"文玩核桃"，玩的当然就是铁核桃。铁核桃玩家，一般将个头出众、形状不凡、质地过硬的铁核桃，一个，两个，三个，或者更多，玩弄于手掌之上，天长日久，汗水浸润，性情熏陶，灵气贯通，一直玩成"揉出来的古玩"，仍然继续玩。那些脱颖而出，有幸被选为玩物的铁核桃，一个身价几元、几十元、几百元、几千元不等。至于一个"揉出来的古玩"铁核桃，少说数百元，也有数千元的，甚至爆得数万元天价。中国其他地方的情况，我不甚了解，但在云南，玩铁核桃，确实也与玩花、玩石、玩玉一样，流行一时。那么，在漾濞，玩铁核桃，会不会像玩翡翠一样长盛不衰呢？这也是一种野趣。

漾 濞 记

许文舟

凤庆民工在漾濞

得知我要去漾濞参加采风活动，生活在大理的郑士樵孙女郑桐来电话，让我给他带点凤庆的滇红茶给她。电话刚挂，微信就接到了郑桐的转账。我不敢懈怠，郑桐喜欢滇红茶中一款老口感的，也就是1938年冯绍裘先生创制的滇红茶中最原始的滋味，已不多见了，好在滇红集团还有少量生产。找到销售科老鲁，他告诉我，每年郑桐都有这款茶的需求，所以特地保留着呢。说到郑桐，凤庆人很少知道，但说到他爷爷郑士樵凤庆上了年纪的人都十分清楚，就是这位家境殷实的从医者，却选择参加修筑滇缅公路，为抗战事业做出了重大的贡献。

1937年7月7日的卢沟桥事变，日本帝国主义向中国发动大规模侵略战争。接着在8月又进攻上海。从此，全国抗日战争正式打响。日本海军封锁了中国领海，切断了我国对外交通和国际援华物资供应，直接威胁着国家的存亡。在这严重关头，国民党交通部与云南省政府会商决定，修筑"滇缅公路"这条唯一的对外通道，以粉碎日本侵略者的阴谋。滇缅公路全长959.4公里，翻越云岭、怒山、高黎贡山等山脉；跨过漾濞江、澜沧江、怒江等湍急的江河和无数深谷激流，工程异常艰巨，须完成土方1989万立方米，石方187万立方米。广大民工在抗日宣传的鼓舞下，日夜奋战。在没有任何动力机械的条件下，筑路民工用双手和锄头、粪箕等简单的劳动工具，在悬崖峭壁之上和深谷激流之中，挖掘开路施工中，不仅要面临敌机轰炸的危险，还要忍饥受冻，在河谷里饱经酷热与瘴虐折磨，有的为筑路付出了宝贵的生命。

由下关经漾濞、永平、保山、龙陵、芒市至畹町的一段，全长553公里。全线都要勘测新建，工程任务艰巨。经云南省政府统筹，责成公路局集中全省拔尖技术人才，在保山设总工程处，采取统一指挥，分段包干，将要新筑的线路分为：1. 下关—漾濞；2. 漾濞—永平；3. 永平—保山；4. 保山—龙陵；5. 龙陵—芒市；6. 芒市至畹町等6个工程分段，以争取时效。滇缅公路下关至漾濞及由漾濞至永平的两段公路工程，若全由漾濞一县承担，任务较重，难如期完成，势必影响全局。据档案记录，当时漾濞人口较少，1935年共有人口29751人，其中男15440人，女14311人。修路中，当时省拨经费115万元（国币），征用民工1.8万人次，共出勤85.69万个工日，实作土方55.61万方。所有壮劳力和大部分老人、妇女都参加了修路。后经云南省政府决定，将下关至漾濞一段中的分给顺宁县负责承修。即"自漾濞平坡下方圈桥起，经金牛镇、漾濞城至背阴箐止。长18.24公里，路面宽7—9英尺的这段滇缅公路工程。"顺宁县政府接到省政府的调令，当即由县组织"顺宁县助漾民工总队部"，以郑士樵任总队长，负责指挥。以李立初、蒋绍韩二人为事务员，分工负责。总队之下，以区设大队，乡、保设中、小（分）队。第一区设3个大队（仿营级编制），由朱锦章、董楠才、李景和3人为大队长。第二区由吴正纲任大队长。第三区由李钟林任大队长。县政府建设局总揽行政与后勤等业务。

顺宁县总共三次共征集全县各族民工8995名，组成筑路工程大军。各自携带行李、粮食、工具，于1938年1月18日起，到达漾濞工地开工。至1939年5月6日止，历时一年零三月多，共做工日34.8万个（包括大量后勤人员的工日）。在规定的期限内，保质保量圆满完成任务。受到省政府及主管省公路局的表彰，总队长郑士樵获得二等金质奖章一枚。英雄并非皆有光环，更有铺路石子般的无名，野草落入秋风中的悄无声息。然而，正是默默无闻的承载与牺牲，才令中国的抗日救国的伟大事业有了奋进的力量。

郑士樵何许人也？通过多方查读馆藏资料获悉，郑士樵名显杨，号笑我生，白族，父郑得仁，号子安（原籍西昌），入赘大理杨氏。母名中和，后迁顺宁县城定居，生五男二女。郑士樵居长，天资聪明，幼入私塾。清宣统三年（1911）毕业于顺宁府立高等小学，考入大理第二中学，与后来成为著名翻译家的罗稷南等人同班。毕业回乡，历任初小教员，高小校长，县中、省中、昆中等文史教员；教育局督学，建设局副局长，粮政科长，驻保山滇军步八团少校秘书等职。在国家面临危难时刻，担任顺宁助漾民工总队长。

郑士樵奉委民工总队长之时，天有不测风云，爱妻王氏病故不久，家里有老有小需要照料，但他公而忘私，毅然受命，按时带领民工赶往漾濞工地，领受任务开工。郑士樵只带了一名随从，在漾濞县城租得一家普通的客店住下，既是办公的地方，也是饮食起居处。由于政府的补助迟迟不到位，郑士樵与手下的广大民工一样，生活时时处于饥饿半饥饿之中，他自己常以漾濞人做的卤腐佐餐。艰苦的生活条件下，郑士樵并不以为然，每天早出晚归，来回走几十里山路，到各段工区督导施工现场办公。

郑士樵不仅是指挥筑路的头，还是保障民工身心健康的良医。工地上一度流行疟疾、瘴气等危害，郑士樵以中医中药，深入基层为广大民工治病，同时普遍以大锅药的形式进行疾病预防工作。只要一有空闲，郑士樵就到漾濞山间寻找草药，按从医的家父传授的秘方与医术煎制药剂，保证了民工的健康。在他得知邻县工段疟疾流行之时，马上用自己平时备下的中草药提前预防，对防止病毒的流行起到了至关重要的作用，有效地促进了工程进度。即便采取了许多措施，许多民工还是为筑路付出了生命的代价。1943年下半年顺宁县7000名民工参加修路，步行8天到达工地，刚到工地就出工劳动，由于劳动时间过长，劳动强度过大，加上生活差等原因，生病死亡者与日俱增。勐习乡派去民工279人，至11月患虐疾病达114人，有的被抬送回家，有的死在了工地上。帮平镇上马700人，开工20天后就病倒300多人，死亡10余人，气息奄奄者不计其数。但是，为了抗日，挽救国家，民工们忍饥挨饿，面对死亡的威胁，毫不动摇，坚持将筑路任务圆满完成。

郑士樵曾任大理同乡会会长数年，组成理事会，下设管事，以原太和寺改称"太和会馆"。民国中期，顺宁茶叶贸易发达，各地客商来顺城开号设店者众，尤以大理白族同乡居多。如永昌祥、复春和等字号及许多工、商业者，来县城开设店铺的各种行业都有，应该说郑士樵充当了大理与顺宁的经济使者文化使者的身份。至于郑士樵成为名医，主要靠他自学。他在任教之余，向医书学，向家父学，终成名医。同时，郑士樵还是一名作家。除了写作，还精诗、联。他留给儿女传家的著作手稿有《笑我吟草》《笑我杂著》等。

由于史料记载有限，不能一一查找到每一位筑路中牺牲的民工，他们甚至连一个名字也没有留下，但英雄的事业永远不会被历史忘记。在查阅相关资料时，我记下了一位叫李光祖的民工。这个土生土长的顺宁人，家境贫寒，知道自己被抽调入筑路民工，义无反顾带上家中唯一的口粮，扛起家中唯一的一把锄头，留下爱妻和两个不懂事的孩子，和筑路大军踏上去漾濞的路。一去杳无音信，也没有回家探亲的可能，直到半年后筑路大军返回，才见到了日思夜想的家人。由于撤工很突然，没有领到归途路费，李光祖与他的民工兄弟们在八天返程的时间里，只能靠沿途乞讨或采摘野果充饥。在过漾濞江时，遇上雨天江水暴涨，竹筏行到江心，险些被巨浪吞噬。李光祖等不到解放就死了，死时只有39岁。

从顺宁征调的8995名筑路民工中，有的是父子同上工地，有的是夫妻、母女甚至是一家三代同上工地，可以说顺宁人是用血肉修筑出了滇缅公路漾濞段。正是由于在筑路过程中付出了巨大的代价，漾濞人对滇缅公路自然也就有了特别深厚的感触——云南省境内保存最为完好的一段37公里长老滇缅公路路段，现今就在漾濞境内。上个世纪60年代，部分参与过筑路的顺宁民工，曾回到过漾濞，有的是去祭拜死在工地上的亲人，有的则是去感恩，没有漾濞当地的支持，那将使得整个任务的完成更加困难。上个世纪80年代，我去鲁史采访了一位叫李小白的筑路民工，他听说我刚参加完漾濞采风活动，激动地拉着我的手说："漾濞有我很好的朋友，漾濞人太热情了！"老人告诉我，他因拉土扭伤了脚无法上工，是当地一位民工背着他找到了一位民间医生，给他治好了脚伤却又分文不要。遗憾的是，晚年的李小白无法行走，但他一直都记着漾濞那位姓左的医生。

没有任何施工机械，完全靠人工一锄一钻、一挑一篓地筑成的滇缅公路，工程艰巨，但只用了9个月就修成通车，在世界筑路史上也是一个奇迹。滇缅公路原本是为了抢运中国国民党政府在国外购买的和国际援助的战略物资而紧急修建的，随着日军进占越南，滇越铁路中断，滇缅公路竣工不久就成了中国与外部世界联系的唯一的运输通道。这是一条诞生于抗日战争烽火中的国际通道。这是一条滇西各族人民用血肉筑成的国际通道，滇缅公路在第二次世界大战中扮演着重要的角色。据《中华民国统计提纲》记载：滇缅公路三年运输物资45.2万吨，而当时所有的国际援助50多万吨，九成以上都由南侨机工运到中国。回望来时路，人们会记起滇缅公路一路承载的使命，就不会轻易忘掉筑路民工们的奉献。起初英国驻华大使馆参赞到工地考察，对计划一年时间修成的说法表示怀疑。公路于1938年8月31日通车，令世界震惊。英国《泰晤士报》撰文："只有中国才能在这样短时间，在战争环境内做得到。"美国总统罗斯福获悉滇缅公路通车的消息，特别电令当时驻会大使詹森，取道刚落成的滇缅公路视察回国报告。詹森回国后发表谈话："滇缅路工程浩大，可同巴拿马运河媲美，中国政府在短期内完成此艰巨工程……全赖沿途人民的艰苦耐劳精神，这种精神是全世界任何民族所不及。"

采风活动即将结束，漾濞县的有关部门特意安排作家们重走滇缅公路。一群作家让车子载着离开了县城，在逶迤的山路上行走，人们有说有笑，仿佛将去参观的不是抗战遗址而是一处风景。随着车子颠簸，恍惚间我似是看见正在劳动的筑路民工，他们面黄肌瘦，却仍然挥动着手头的工具，在悬崖绝壁上一寸一寸开凿着抗日的"血线"。

其实，作家们能看到的所谓的滇缅公路漾濞段，已经无法还原那些恢宏而壮烈的场景了，只有几尊雕塑与刻写在一块石头上的记录，诉述历史的过往。雕塑略嫌肥了些，食野菜干苦活的筑路民工哪有现在中年人的肚腩！返程途中，作家们一路上默然，与来时的气氛形成了极大的反差。我也沉浸在讲解员的故事里，雕塑里的那一张张年轻的面孔，就有我风庆的老乡。

在漾濞

一

清溪是苍山后背上流出来的，一路上，就只有跌坎与高坡，让它跌落与摔打。差不多应该叫砸了，从一处处高坎上砸下，形成无数瀑布，像是仙人挂上去的丝绸。那些密布在河谷的大大小小的石头，都被柔软的水磨去了棱角，柔软的水可以制服顽石，我懂，却不曾想到，石门关一河石头会被水打磨成那个样子。有些走着走着就不动了，石头也会扎根，而顺河望去，不是水在奔腾，而是一河床的石头在汹涌。此刻，我看到石头静默，袭人的凉若有若无，卸下我从漾江带来的燥热，瓮中之鸣，让我陡然一惊，回音缭绕的深谷，我仿佛看到徐霞客先生须发皓白，正在亭子里补充日记。

雨季还没有完全进驻苍山，水的声音依旧很轻，对着峡谷呐喊，回声有某种金属的质地。再一次仰视，让人吃惊的不是刀劈斧削过的石壁，是什么样的刀什么样的斧啊？把一座座山切得那样整齐。一定切过数刀，壁上的印痕完全可以说明，第一刀切下，是作了停顿，正好让野蜂筑巢，然后再发力，第二刀停顿处，形成小小的平台，马上就有野芭蕉安身立命。一滴雨如果落下，一定沿着石壁跑得累了，还不到谷底的，竟然有一些鸟，就喜欢整天在石门关里里外外跟风较劲。小道是沿峡谷铺设的，其实，先前也有野羊出没的路径，像细瘦的血管，怎么也伸不到绝壁上去。除了鸟与蜂，蝶与空气，能在绝壁上停顿的只有花香；除了云与雨，野草与荆棘，能在石门关上走动的，只有一个个黄昏与黎明。

拜访石门关，有两种走法，上玉皇阁，在绝顶处凌风俯视，只看到大地的远，看不到自己的渺小，因此，包括我，更多人喜欢从石门关正门入，逆流而上。此刻，我感到一种压抑，来自渐渐浓密的水声。凉风，从水面浮起，那是苍山的体温，拂面而来，牵衣离去。于回音缭绕中，一抹绸缎色的阳光打在悬崖上，那些奇崛而粗犷的石头，做着飞的准备，让我心旌摇荡。据说，灵药长在崖上，每年都有采药的山民试图攀越，差不多站到蓑草笼罩的小路，就都只想着打道回府了。此刻，深谷游弋着花的清芬，似在某个梦

风景这边

里。显然有过战争，或者一场武林高手的角逐，剑如雨下，着古装的男子带着红颜夺路而逃。想来，彼时的谷底一定血流成河，而现在我能看到的，是翠影叠姿的意趣山水。亭子里婉媚的女子，正翻动手机梳理着一路上采撷的风景，而头顶仍然霞光漫射。一行鸟丢下呢喃，小块的天让雨云密布。导游告诉我，雨季的时候进入石门关，就听不见自己说话的声音了，水声黑压压一片，如果人少，甚至会恐惧呢。我完全可以从那些被洪水冲得东倒西歪的石头身上，想象出大河奔流的情形。洪水中，从苍山搬运下来的石头在磕磕绊绊中，有些停了下来，有些随水远去。现在，我只能想象。我不管布谷鸟在崖上重演鸠占鹊巢的好戏，我不管这么陡峭的绝壁，阳光能不能爬稳。

如果还找不到妥帖的词，临摹下石门关雄姿，那么可借徐霞客游记一用。三百多年前的某一天，旅行家徐霞客来到寺中，与僧人谈及石门关，知道徐是远客，游历了那么多名山大川，便说：你都不来，神仙不敢早到。第一天，是徐霞客自己去的，石门关奇丽的造型，让他吃惊不小，心头总有诸多疑问。第二天他便约上僧人，再去造访石门关。游历了石门关，他同样是感叹，走过那么多地方，只有石门关让他变得渺茫。当日，除了感动，他没有动笔，只到后来数日，仍然念念不忘，于是才写道："因矫首东望，忽云气迸坼，露出青芙蓉两片，插地，骈立对峙，其内崇峦叠映，云影出没，令人神跃。"在徐老先生面前，我已找不出再比这贴切的词了，"青芙蓉两片"，那是对峙的两座山峰，在于云雾消散的时候闪亮登场，那不是石头，而是青色的芙蓉，刀削的绝壁，只容一水穿过。如果"光头强"剧组有机会看看石门关，那些熊出没的场景就不会那样平淡无奇了。

事实上，石头就是苍山两扇巨大的石门，而建造如此景观，恐怕只能扯到鬼劈神凿上了。有时，神不开心，便扯万丈浓雾，紧锁关口，就是鹰也无法识别穿越，更不用说人。雄性的石门关，却有软软的景留你驻足。一是松间明月，从谷口流泻，淋漓在绝壁，氤氲出一幅实景水墨画，在这块干净的画布上，品读，便读到石门关的妖与魅、灵与魂。二是苍山夕照。初升的太阳无论怎么切入，石门关均加以友好地拒绝。但夕辉，就能浸淫到石门关的每一根肋骨上。夕辉是上帝安排给众神晚餐的烛火，此时，幽兰微启朱唇，神开始诵读挂在苍山的天书。

石门关制造阴影、寒凉、迷与传说，让一条河从胯下穿过。一个雨季的洪水，足以让那些磐石人仰马翻。徐霞客先生游记里，我只读到明月银芒铺展，风为崖上的青草梳妆，我只读到，那朵始终逗留在崖上的美丽云朵，不是太轻，而是它长满翅膀。

二

赤裸着上身的先民，在磨制弩箭，阳光镀在箭头，然后趁月黑风高出去，山坡是被大风蹂躏的苦荞，山顶是浓云密雾，一声吼叫，夜都醒了三分，而先人，却还要在寒风中，蹲守。猎获归来，村里的美女都要出来迎接，烈酒与砍刀，又在红土飞扬处乱舞。这样的画面，浓缩在一块苍山的石头上，在苍山西镇一个叫吃水箐的半坡，向我展开三千多年前的先民，焦雷隐陷下，烟燎扑面的生活。

谁选择这样的石质，把采集的辛苦种了上去，虽然几近模糊，我仍然看到，那双女性的手，接触野果刹那的芬芳。那朵笑脸，甚至比熟透的野果还红。拉开的弓，有惊风斗雨之势。画面不是须臾之工，作者也不是一二人吧。为饥渴而斗，没有春日乘风以登的诗人。穿苍幽邃，先人以万物为神，还有什么心情观览山水。先人们懂惜墨如金的道理，不可能给三叶草安一个位置，让鸡飞蛋打这样的事上台面。狩猎是重要的事情，差不多都可以见得到比风跑得还快的赤足，在山坳间紧如密雨。同样，舞蹈的情节历历在目，也是这部崖画不可或缺的内容，历经多少风雨腌渍，我仍能读出舞者脚踝上的尘灰，眉宇里隐隐恐惧。

那不就是打牛坪吗？牛一脸不高兴，眼孔中挂着泪水，显然吃了主人的鞭子，听话的牛，最后跟着主人回到村子，接下来有铺天盖地的农活，当然，更多的时候，牛在苍山西坡慢步，那副回忆状的脸色，让我想到那些哲学大师，终其一生，也迈不过比牛脚印深的几步。依旧是箭在弦上的出发，那是生存的底气，必须有猎获的食物供给族人。火把舔破很厚的夜色，叫春的猎物正享受着高潮之后的梦眠，这时是最好的时机，刀与矛、叉与斧一起

109

风景这边

上阵，谁第一时间捕捉到这精彩的画面？没有錾与凿，怎样的书写，才能划破石头的硬？

生活的场景，离不开房屋，那些干栏式的居所，全依赖茂林修竹，防水的蓑衣草作为建材。当然，这概念性的记述，肯定没法读出法器与热烈不已的酒水，不能看见舞者有内容的眸子。一定有婴孩的初啼，母亲粗疏的小曲，这个家才像个样子。劳动与舞蹈，在先人那里是相辅相成的，又是谁，把劳动从繁重的体能活动中分离出来，上升到愉悦心灵的东西。因为收获，所以舞蹈，哪怕只是从户外弄到一只兔子，只是在树上摘到生涩的野果，舞蹈是庆贺，更是驱逐寂寞的招数，繁重劳动之后的补憩。女人奋拉着乳房，男人系着草叶的下身仍旧看得出自由的命根。

梭镖长矛箭戟是男人手中的武器，没有星布的村落，间或有洞穴可发安身。当现代人西装革履地站在崖画前，只能无奈地摸着自己臃赘的肚腩，不住地摇头。

我看到一棵核桃树，在秋天，一群人围着它采摘。彼时，有杜鹃眉来眼去，野谷的苦荞正分娩一场盛大的花期，男人举着竹竿，女人背着竹篮，一定有孩子在核桃树下嬉耍。这时，饱饮花蜜的蜂鸟，献出几句啁啾，天穹蓝得剔透，迟开的杜鹃花萼一瓣一瓣地舒展。这样的情景沿着苍山西坡下移，就是今天鸡茨坪人生活的一剪画面。谁最先发现了核桃？已无从考究，但据《蛮书校注》（作者为唐朝人）记录，"蔓胡桃出南昭，大如扁螺，两隔，味如胡桃，或言蛮中藤子也"。"大如扁螺"，说明果大；"两隔"说明可取半仁，核果比较泡，内隔不发达。这则史料说明，早在唐朝南昭国时期，大理一带已有个大、出仁容易的泡核桃出现。先人们以核桃充饥，他们收获核桃的方式与今人无差，崖画上的人群，围着核桃树，似是劳作，又像是为一树熟透的核桃起舞，带着烂漫的推理，想来彼时的先人，一定是为一棵丰收的泡核桃载歌载舞吧。

在这块宽19.9米、高8.25米的巨石上面，居然有遮蔽风雨的崖房，别看这简陋的一小片天空，保护了崖壁上的画，历经三千多年风雨，那些记录，读起来并不费劲。土黄色和赭红色的线条，像毕加索的信手拈来的手法，在长

5.6米、宽4米，总面积22.4平方米的空间里些酣畅淋漓。天马行空的线条，组合成无数个图案，尽管风化剥落及岩浆淋覆，我仍然看到那是人类的先祖，在点苍山西麓生活的脉络与轨迹。

历史已经翻到新的世纪，苍山崖画，掩卷，只有沉思。

三

云龙桥是茶马古道上重要的一扣。

印着马蹄的石头，就是最厚重的文字，说着从前。从前，那些从普洱等地启程的大马帮，本来可以直达下关，再沿北而上，聪明的商号老板眉头一皱，便掐算出从漾濞经过可省多少关税，于是作为副道，一条茶马古道便沿着漾濞江而行。拴马桩长出一季又一季的香蕈与木耳，马厩改做商铺，那些茶商或大户人家的门楣的浮雕，木质的花朵已经枯黄，但想象当年，一定是水滴的玉，辉光普照。守旧的老人守着比他们年纪还大的居所，仍然在这条小街里买米洗菜伺候花园，然后在老街上背着手或抱着水烟锅转悠。有时候，寂静的狗都不好意思嚷嚷，老人们听着茶杯里的水噬咬茶叶的声响，瞌睡一来，也就扯一小片阳光迷糊一阵子。等他们醒来，那顶严重变形的毡帽连同同样变形严重的脸已被过路的相机收走，他们不管，你愿意听，他们就讲大马帮的事，大马帮的故事比漾濞江有来头。

老街不乏殷实富裕的人家，全得益于茶马古道，得益于云龙桥。上查三代，都可以查到衣锦还乡的政要，但绝对没有浮华靡丽的豪奢之人，敢视朴实与节俭为异物。这是老街的规矩吧。更多的人家做着本小利薄的营生，把当地出产的烟草、药草、泡核桃掺和到交易中来。现在我能看到的是脱缝的墙体，移出门外沐风浴雨的蔽旧家具。那眼水井出于安全起见已被一把大锁看管，无法再从井里偷窥百年之前的星光与银月。放眼望去，是依然骑在老屋上的脊兽，是斜扯着身子随时想坍塌的牌坊。一些马正驮着货迎面走来，没有铃铛与响锣，也没有哄得老马听话的小调，这些马就在附近完成公路不便处的运输。它们应该是"转业"地方的大马帮后代。

小巷是老街的枝杈，伸到哪里，都连着这条街的一户户居民。与房主人不同的是那些拥挤在小院里的花卉，丝毫看不出来它们的小情小绪，应时开放，有拦都无法拦的决绝。有些花供在桌台，那是大户人家的闲适摆设，水烟筒立在一边（让我想到当年立在老爷身边的侍从），上等好茶不着一字便知道它的故乡在远方，显然是大马帮头送给主人的礼物，青花瓷碗里盛着蜂蜜与核桃，肯定是一种答谢。想象着客与主的寒暄与交流，一定有青涩的闺女，躲在绫罗帐中偷听，那些发生在茶马古道上的爱情故事。因此有许多这样大户人家看上去很乖巧的闺女与马锅头私奔，大户人家的老爷还在一个劲地惩办管家的时候，闺女的信就已回到府上了。爹，要怪就怪你让马锅头成为座上客，就怪那些骗人的故事吧。许多年后，这些事都成了漾濞作家左中美一本接一本书的内容，当她开始挖掘这些，就都把自己当成了那些向往外面世界的小小女子了。

这是六月，青草抓着雨的衣袂在瓦当上蔓延，干净的石头，也丛生出淡淡的苔藓。积满尘垢的油毛毡与石棉瓦随意堆放，方木椽子和铺排的瓦当，归落在断垣残壁脚下。推开虚掩的木门，一下子现出空阔的大院，同样是开得心花怒放的花朵，正一点点蚕食着满满当当的寂寥。陶罐朴拙的图案，青花上挑得很细的纹理，深褐色的窗花上，几只蜘蛛正吊臂练功。老屋弥漫着旧腐的气味，一顶蚊帐差不多全是烟尘。

以为没人，正准备转身，一个怪怪的声音传来，接着是小狗睡意蒙眬的乱吠。老人努力从一个海绵与弹簧均失去功能的沙发上起来，招呼我们坐下。说要泡家藏的普洱茶给我们喝。老人的普洱茶一定比他年纪还长几岁吧，那是他父亲留下来的，我们怎忍心喝下，于是婉拒。老式高八仙桌供着香炉、佛像、烛台，显然已很长时间没打理了，恐怕只有日头与月光轮番擦拭。老人是马锅头的后代，他说他能吃得下三斤米饭的爷爷，说他能喝下两斤白酒后还能把两百多斤驮子稳稳地端到马背上的父亲，说他家的马开凉时的警觉，有一次一伙强盗前来行窃，正解开茶叶口袋时，这匹马突然嘶叫，盗贼吓得屁滚尿流，逃得无影无踪。老人话很多，有种一吐为快的味道，说他爷爷娶回了二房，那绝对是错误的一件事，家里的奶奶安分守己，拉扯着七个儿女，这不，二房进门，家运开始衰败，管家带着丫鬟逃之夭夭，二房进门不到一年就被风湿纠缠不清。他父亲勉强撑起这个家，但到新中国成立前一年，一场大火烧掉了所有的房屋。老人脸上露出欣慰的笑容，这笑容一下舒张开了老人脸上缠得很深的皱纹，他说，要不是那场大火，他家早就是地主富农成分了。因此，他得感谢那场大火，听上去有点不近情理，但一想到大集体年代腥风血雨的阶级斗争，没有什么比地主成分更难受的了。老人的女儿都在外面工作，每年回来的次数并不多，老人习惯了自己过，他指指那只复又睡去的小狗，说没事有它呢。

老街与云龙桥联在一起，不可分割。当年为造这座桥，曾想过许多办法，要跨过性格倔强的漾濞江，找不到合适的桥墩点恐怕不行。仅名字，就有两个版本的传说。一说云龙桥基的地脉，是风水先生从云龙县的一支山脉牵赶下来的；另一说在该桥下游屡次修桥，均屡遭洪毁或火焚。后来，有一天清晨，人们见一带白云冉冉，凌空绵亘于漾水烟波之上，如蛰龙横江而卧，云舒霞卷，许久不散。村人以为天降云龙了，于是依江岩建该桥，故名云龙桥。

古老的云龙桥，连接起漾濞古驿，它是南方丝绸之路唯一幸存的一座桥索桥。每天仍然有来往于两岸的马帮，演绎着另一出神话。我离开的时候，看见一群人正在桥头祭祀，那些化为灰烬的碎屑在风中飘荡。他们与云龙桥有关，与茶马古道有关，马掌是这条路上环环相生的一扣，联结起一段让儿女备受煎熬的记忆。

就要返回住处，又看见刚才交流的那位老人家。走起路，才发现他背驼得厉害，他也看见我了，说有话说给我呢。就着街边堆着的石头，我与老人坐下来，他说他到过西藏，这一点必须给他记上。我掏出小本子，再问他什么时间去的西藏，他就语焉不详了。

在漾濞6.4级地震中，上街村、下街村及仁民街社区有800多户群众住房不同程度受损，其中近500户需要拆除重建。我们采风的金星新村安置点就是灾后重建规划建设的18个集中安置点之一，占地63亩，安置了72户居民。人们已陆续入住，开始新的生活。有些念旧的老人还会回到老街，在自家的老宅里坐坐。

风景这边

在光明村采访一位核桃老人

初冬的阳光洒在小院，与金色的苞谷搅到了一块。大门好像才拆除，显然要盖更雄伟的，堆放在一旁的青瓦与红砖上，侧卧着一道紫铜色门框。李小用老人坐在木凳上，身子稍往后倾斜，这样的角度刚好可以看见老人家眸光里的坚毅。老人一手拿捏着的两枚核桃，另一只手握着拐棍。拐棍经常手握的地方已经凹陷，像我父亲使过的锄把。在李小用家往东1公里，就是著名的古核桃林，400多棵500年左右的古核桃组成了一个庞大的群落，在光明村繁衍生息了千年。

李小用老人今年90岁了，仍然耳聪目明。得知我来自凤庆，李小用激动地扔下拐棍，就要站起来。李小用的女儿一舟告诉我，过去一说到凤庆，他就说要回去看看，年纪大了，说到凤庆，他就只知道流泪。李小用告诉我，他在凤庆做了7年嫁接泡核桃的活。我告诉他，凤庆县现在也是全国泡核桃大县，泡核桃产业发展得好，农民因为泡核桃脱贫致富，老人这才揩了揩眼角的泪花，再兴高采烈地说起他在凤庆的往事。

90岁的人了，却还如此精神，这让我感兴趣起他怎样的养生法，才能让他在这个高龄还如此精神。村主任说，老人每天都会走一段路在核桃园广场的石级上坐一阵，再到古核桃林里转悠，而每次回到家里手是不会空着的，要么拾一些柴火，要么打一抱猪菜。除了醒眼的几粒老年斑，李小用老人脸上仍然漾荡红润。说到养生，李小用老人捋了捋额际的黑发，像是有意让我先看他那头墨黑的头发一样，然后轻轻咳了一声说："像我一样的老人在光明村很多。"接着他就举例了，某人84岁了，还可以用嘴咬破核桃；某人与他一样翻了年就是90，开剥核桃只需手指轻轻一捏。答案仍未说出，估计老人懂得吊胃口吧。在一旁的村主任点头称是，说可以到村委会的宣传栏看那些高龄老人的情况。

李小用老人把两枚把玩得像镀了层蜡的核桃递到我手上，微笑盈盈地说："我的身体全仰仗这个干果，我们的幸福生活也是这个核桃带来的。"光明村那么多70岁以上的老人的长寿与古核桃是否有直接的关系没有证据，但确实是这些古核桃让光明村生活发生了可喜的变化。当然，已经是90高龄的老人了，光明村什么时候开始嫁接泡核桃，他已说不上来，但他清楚地记得，才14岁，父亲便带他到古核桃林取枝条学习嫁接泡核桃。岁月把什么都磨去了，唯独手上那些刀伤越来越突兀出来。

李小用老人一生可谓跌宕起伏，14岁时学会嫁接泡核桃，16岁派遣到邻村帮助嫁接泡核桃，由于成活率高，小小年纪就已与全劳动力同酬。1976年秋天，一个偶然的机会，让他凭一手好的嫁接泡核桃技术应邀到了凤庆县，在那里一干就是7年。

对于往事，李小用显然无法再有清晰的线索，怎么回忆还是厘不清起伏的过往。是啊，人的大脑不过是一颗放大版的核桃，你以为所有装进去的都可以随便领取？有些往事已经消解，有些过去已经断片。李小用老人尽管努力回忆，最后目光落到被嫁接刀削过无数遍的手指，就是那把刀一挥，青春飞扬到暮丝成雪，到头来最亲密的陪伴只是两枚核桃。场景的转移，时序的变迁，李小用把自己嫁接到每一个环节，但最终他还是回到光明村这一片古核桃林下，那些他从此处取下的枝条已在另一个纬度分蘖。他也说不清楚自己这一生嫁接过多少棵泡核桃了！想想，那时候的人淳朴啊，李小用知道自己被选中到凤庆支援泡核桃产业，二话不说就整理行李。老伴苦苦挽留，他无动于衷。当时大儿子才14岁，正是上学的年纪，还一个劲地为父亲的远行高兴呢，因为父亲每次回家，总要带点糖果。从家里出发到下关坐两天的车，除了行李，李小用带了几捆的核桃枝条，那时没有蜡封，没有先进的保鲜措施，为了保证枝条到湖北仍能成活，李小用想出了用棉布包裹的办法，一路上只要有水的地方，不管他有多渴，都得先给枝条添湿。

说到收入，李小用总感觉自己拿了太多而对国家贡献太少了。凤庆方面每天补助0.35元，其中0.25元上交生产队，作为记工分的条件，0.1元留做自己用，算是外出务工的补助吧。然而，让他自己想不到的是，一去就是7年。每年嫁接泡核桃最佳时间是两个月，余下的时间李小用用来对当地的技术员进行培训，同时他要负责起嫁接苗的后期管理工作。7年之后，当初到凤庆的第一批嫁接苗已经开始挂果，那些最先与他学习泡核桃嫁接的当地人也已出师，尽管凤庆方面还一再挽留，有家公司甚至开出很高的条件，让他入职，只要答应他的名字后面就是每月让人羡慕不已的固定工资。李小用还是想回老家光明村了。

当李小用挑着行李踏进家门，大儿子已长成21岁的大伙子，可是因为只有爱人一人挣工分，李小用到凤庆的7年，几乎每年都超支，得在年末分红时拿出钱来补上。不管怎么说，一家人见到李小用回到家里，再听说不走了的时候都十分高兴。特别是兄妹6人，纷纷从父亲挑箩里拿到属于自己的新衣服时，都觉得父亲好伟大啊！可是一想到李小用离家7年里家里发生的一切，李小用的爱人又都哭成了泪人。为了还上超支款，她除了完成生产队的劳动安排，还利用空闲时间给生产队编绳子，打柴卖，核桃收后总有一枚两枚被人遗落的泡核桃挂在树尖，她冒着危险学会了攀爬大树。好在，这时候，生产承包到户，家里分到了19棵泡核桃，勉强可以生活。回到村里的李小用依旧忙碌，特别是每年嫁接泡核桃季。直到82岁那年，老人才正式封刀，这时候他的徒子徒孙已不可胜数。

这是初冬，我到光明，所有的泡核桃都脱光了叶子，露出极具个性的枝权。那个穿红衣的女人一直在树下抻腰、压腿、吊臂，分明就把这绿风漾荡的一隅当自家阳台了，在这里接受时间一分一秒的打磨与推敲。有个小女孩坐在一棵古核桃树裸露在路边的根筋上，手里翻看着《诗经》，我不知道她读到桃花灼灼还是蒹葭满天，我感觉她已进入五千年前的一场场朴素而美好的婚恋现场，因为她的脸上始终有甜蜜与羞赧的红颜。当她抬起头，看着虬枝苍劲的古核桃那对正在交流的小鸟，我想起"爱人尚在，红唇饱满"这么一句诗，玩味之余，是韵味长足的咀嚼。古核桃林的位置比较独特，站在这里，便可俯瞰全村，默默东去的顺甸河，悄悄入云的山路。这里有原生态的人烟，将程序化的日子解绑，在古核桃树下铺开蓑衣，就会实现彻底地放松。

　　我手头有村支书送的资料，罗列了这片古核桃林的实际身高、树幅与胸径，不用怀疑古核桃林的历史地位。据史料记载：早在宋朝时，漾濞核桃就作为珍贵的礼品送进京城。当然，核桃也是有生命的，随着树龄的增加，有的古核桃冠枝严重萎缩，有的则主干空心，还有的侧根腐烂，它们都老了，专家们就是根据这些最终估测与研判得出这片古核桃相对合理的寿年。每一棵古核桃都有主人，由于价格连年攀升，主人们花在古核桃树上的精力也不小。树身早已刷了防虫药剂，白得耀眼，像穿着一条短裙。有人身手敏捷，在枝干间修理枯枝。

　　在光明村，我遇到了一位从昆明来的游客，他告诉我："漾濞让他心心念念的不是发达的交通与美到人伤心的苍山西坡山茶花，而是光明村的核桃林，这不仅是一枚普通的坚果，还是他与光明的故事。"原来，这位游客是位职业画家，5年前他曾到过光明的核桃林写生，结果那天遇见他有生以来最为狂暴的雷电天气，正当他在响雷声中显得非常紧张时，古核桃林旁边的一户人家热情地让他去避雨，而给他吃的就是核桃糖。大麦制作的糖浆，丝滑而甜，不燥火，生津和胃；炒好的核桃仁清香而极富营养，二者相拌，核桃变得更酥，糖浆显得更甜。这位游客走时，提出要购买一些带回昆明，结果那户人家送给了他几斤。现在，这位画家的公众平台，还挂着光明村核桃林

117

的画作，点开链接，是光明村逶迤的山路与好客的乡亲，是关于核桃林成片成片的记忆。

李小用的女儿一舟陪着我，在核桃林里转悠，每一棵古核桃树都有讲不完的故事。老故事渐渐成为传说，新故事却是一棵古核桃与时下的新民村人生活抹不掉的牵扯。差不多高中毕业，一舟就做起了核桃生意，说到光明古核桃，她除了感谢还是感谢，因为她只是一个收获者，前人，包括她父亲在内，都是栽树的人，创造的人。现在，光明村每年都有80多个会嫁接泡核桃的人远走他乡，到贵州、四川等地帮助嫁接泡核桃，增加收入。

光明村的泡核桃一部分进入市场，一部分当地消化，为了提效增值，今年在光明村开办了水洗泡核桃加工厂，一枚带皮的泡核桃进去出来几分钟间，就已经脱胎换骨，直接可以上包装了。漾濞老街子的榨油房，早已解放了传统榨油加工"石锤砸碎—筛选分离—铁锅水蒸提油沫—文火精炼"等方式，同样是一进一出之间，直接就有核桃油出来。

离开光明村时，李小用老人再次带我去古核桃林。此刻虽然没有绵密的叶子，但每一个枝头都已现出芽苞，那是一种埋伏，只等春风。在古核桃树下，李小用老人像个孩子，总是伸出双手这棵摸摸那棵摸摸，龟裂的核桃树皮也一定感觉得到老人的体温吧。风一吹，每棵核桃树的枝间都有笙一样的鸣咽，与路上环佩叮当的少女形成鲜明的对比。李小用老人一定想得很多很多，我料想他一定想到他仙逝的爱妻，那个给他做好吃的饭菜，能将男孩教育得淳朴善良，将女孩调教得贤淑温柔的女人，一定也会觉得遗憾，因为特殊年代的李小用总是聚少离多，没能享受到她满满的福分。

亦奇亦绝白鸡枞

杨铠聿

　　我出生在昆明，但父母都是正宗的云南漾濞县瓦厂乡人，如今外公、外婆、姨妈、舅舅及伯伯、叔叔、姑姑也都生活在漾濞。正因为如此，从小吃得最多、也最爱吃的漾濞特产，就是油鸡枞。每年亲戚炸了带给我们的油鸡枞不够吃，妈妈常常要去超市里买上一些。我在家里，几餐不见油鸡枞，就觉得饭菜寡淡无味；出省念大学之后，对"这一口"更是梦萦魂牵。

　　进大学两个星期后，在那个温暖如春的女大学生宿舍里，起初的拘谨、"矜持"一下子化为乌有，稚气未脱的舍友们一熟即"疯"，比较热闹的一件事就是分享家乡的土特产。我毫不犹豫地秀出漾濞的"宝贝"——油鸡枞，那是外婆亲手做了带给我的。姐妹们听说是鸡枞，起初反应平平。我把油鸡枞摆到大家面前时，舍友们好奇地看，就像看怪物一样。

　　"这鸡枞是鸡的什么部位？一根一片的，像些黄菜渣，能吃啊？"一位舍友怀疑道。我愣住了，强忍住笑，带着恶作剧的心理，皱着眉头说："味道跟臭豆腐差不多。"她们都说，那不吃。我就拿起筷子撩了一块，装作不情愿地放进嘴里，做出难吃的样子慢慢嚼。她们都呆呆地看着我，我忍不住"噗"地笑出了声。她们似乎发现被忽悠了，都用手抓起一丝或一块，翻来覆去看了看后，小心地放到嘴里。嚼了几下，大家都笑起来，有几个边笑边捶打我："这么香的东西，还说像臭豆腐！"没一会儿，连小鱼干似的辣椒也被抢干净，罐里只剩一些花椒籽和清亮的香油。

　　这时，姐妹们咂吧着嘴说："鸡枞到底是鸡的哪个部位呀？这么好吃！""对呀对呀！鸡的各种做法我都吃过，我没吃到过这个味儿啊！""我真的吃不出来。"

我卖着关子说："你们猜。"这下更热闹了，有的猜是鸡皮，有的猜是鸡肠子，有的猜是鸡胃，有的猜是鸡血，有的猜是鸡肺，还有一位猜是鸡毛，结果被坐在身边的舍友笑着捶了几下。

等大家闹够了，我慢吞吞地吐出几个字："这是一种野生菌。"她们带着惊愕的表情，有的问：那我们会不会中毒啊？有的说：听说云南每年都有人吃野生菌中毒的。我赶紧介绍："吃野生菌中毒的原因，主要是误食了毒菌，还有的是吃了没熟透的菌；吃无毒而且熟透的菌，就不会中毒。比如这鸡枞，不仅不会中毒，而且有'菌中之王'美称，味美营养高，好得很！""太神奇、太神秘了，你给我们讲讲啊！"姐妹们一边蹦蹦跳跳，一边催促我。幸好我从小到大每年都要回几次老家，多次跟着婶婶到山上采菌挖鸡枞，鸡枞的故事揣了一大堆，于是不慌不忙地给她们讲开了。

"先给你们说说鸡枞的种类。"我拉开阵势。

"哇，鸡枞还有多种？"她们问。

"是的，老家的鸡枞有好多种，都是野生菌中的上品。首先是黑鸡枞。这种鸡枞刚从土里钻出来的时候像一把收拢的伞，颜色黑黑的，头部尖尖的。出土后，它的身子慢慢舒展开，一天后变成一把小碗口大小的'伞'，颜色也变成灰黑色。它的秆高有20厘米左右，根入土10厘米左右，生长在鸡枞窝上。那鸡枞窝是黑色的小圆饼，有杯口大小，松松软软的，是大头黑蚂蚁建造的。那大头黑蚂蚁为灰黑色，个头跟一般蚂蚁差不多，只是头部特别大，嘴像一把大钳子。"我用两个手指比了个钳子的样子，"但它不会咬人，你们不用怕。采收黑鸡枞，用一根木棍即可，无须用锄头之类工具。这种鸡枞属于'群居'型，结伴而出，在山林里你只要找到一朵，就能在附近找到它的伙伴，少则几朵，多则好几十朵。黑鸡枞软糯鲜美，微微有的鸡肉的香味，不仅漾濞各地盛产，云南其他地方也有，是大家都熟知的美味。"我娓娓道来。

"那第二种呢？是不是该叫白鸡枞？"一位舍友迫不及待地问。

"第二种叫独鸡枞，也叫黄鸡枞。"我故意慢悠悠地说，"这种鸡枞形状与黑鸡枞相似，颜色为黄褐色。它最大的特点是喜欢'独居'，常以单独一朵出现，少有同一地方出几朵的。它的另一个显著特点是个头很大，据说有筛子那么大的，"——我比画了一下农村常用筛子的大小——"但我没见到过。我见过的独鸡枞有我的这个打饭盆这么大。它的味道也清香鲜甜，非常好吃。"

"刚才我们吃的是不是这种鸡枞？"

"别急。我再给你们说第三种鸡枞——那真是叫白鸡枞。这是我要重点介绍的。因为这种鸡枞在漾濞很多，在其他地方见得很少，可以说是真正的漾濞特产。这是一种最为特殊的野生菌。它生长的地方非常特别，也非常醒目，那就是鸡枞堆。没错，它只生在鸡枞堆上，鸡枞堆以外的地方绝对不可能出白鸡枞。"

见她们听得出神，我故意喝口水，摇头晃脑地说，"鸡枞堆，也叫蚂蚁堆，那是一种叫大头白蚂蚁的小生灵，用它们自己的唾液和上细泥一点点堆积而成的。这种大头白蚂蚁与大头黑蚂蚁形状相似，但个头更大一些，而且白白胖胖，样子很可爱。所以你要找白鸡枞，就要先找到鸡枞堆。鸡枞堆怎么找？你走在山林中，如果突然看到一堆与众不同的红土，那土堆可能有我们宿舍的卫生间大，也可能比我们这宿舍的三四倍还大；那土是黏黏的、软软的、泡泡的像发面一样，那很可能就是鸡枞堆了。因为鸡枞堆的土黏性特别好，听说老家过去没有石灰水泥，就常用那泥土拌上切碎的稻草糊墙，叫'上墙衣'，那样上的'墙衣'几十年都不会脱落，牢实得很。"

"别扯远了，说鸡枞。"舍友们又催。

"当然，找到鸡枞堆，也不是就能采到白鸡枞。有鸡枞堆只是'地利'，而且也不是所有的鸡枞堆都出白鸡枞；有的鸡枞堆会出鸡枞，甚至会一年出几拨，但有的鸡枞堆则不会出鸡枞。除了有鸡枞堆这'地利'，还得靠'天时'，那就是要夏天或秋天下过雨之后，特别经过电闪雷鸣的雨夜之后，白鸡枞常常会成批破土而出。那些刚出土的白鸡枞，像一个个戴了灰白色袖珍钢盔的小精灵，这里一朵，那里一朵，散在草丛中像调皮的小星星，一不留神还会被踩到脚下。这个时候采挖的鸡枞肉质鲜嫩、韧性好，味道鲜甜，很有嚼头。鸡枞出土一天之后，戴钢盔的灰白小骨朵就会变成碗口大小的白色小伞，鸡枞堆上白花花一片，别提多漂亮了。这时的鸡枞刚好成熟，肉质较脆、口感软滑，必须尽快采挖。否则它很快会被虫蛀，接着全部变质腐烂。"

"那赶快采收呀！要怎么采？"一个舍友嚷道。仿佛她面前就有一片白花花的令人心热的白鸡枞。

"采挖白鸡枞有讲究。"我有板有眼地说，"一般采菌包括采其他品种的鸡枞都不用锄头，顶多用根木棍轻刨就行，但采白鸡枞必须用条锄或镐头。因为白鸡枞的根都很长，一般有四五十厘米，特别长的有一米多，深深地扎在鸡枞堆中。所以要用条锄顺着根小心地挖，挖到底部，就可以看到鸡枞都是长在很多鸡枞窝上。那鸡枞窝像极了蜂巢，成饼状，有我们的洗脸盆大，褐色，比较松软，容易碎。鸡枞窝上有许多大头白蚂蚁在忙活，鸡枞窝是孕育鸡枞的核心地方，是这些'小可爱'用它们祖传的独门绝技做成的。采挖白鸡枞时千万不能弄坏鸡枞窝，更不能伤害大头白蚂蚁，否则这里来年就不出鸡枞了。所以老人们都说，要想年年吃鸡枞，得像养儿育女一样养好鸡枞堆、呵护鸡枞堆。挖白鸡枞，一般收获都很可观，有的一个鸡枞堆就能采挖一背篓。只是山上鸡枞堆不会很多，所以'总产量'比起黑鸡枞来说要少得多。"

"哦！那鸡枞的吃法有哪些？都做成这样的油鸡枞吗？"一个舍友咽着口水说。

"好，我再来给你们说说鸡枞的吃法。鸡枞的吃法很多，不论是黑鸡枞、独鸡枞还是白鸡枞，可以清炒、可以煮汤、可以油炸，样样都好吃。加青辣椒炒，味道鲜甜微辣，嫩滑清香。用火腿、腊肉等煮汤，则浓香无比，极逗你的舌尖。"

"那哪种做法最好吃？"两个舍友异口同声地问。

"以鸡枞为食材的各种美味中，油鸡枞最受人青睐。"

"那怎么做油鸡枞？"一位舍友摩拳擦掌，做出想学一招的样子。

"我没有做过油鸡枞，但我外婆是炸油鸡枞的高手。我多次看她炸油鸡埘，那整个过程像做一件艺术品，真是讲究极了。她做的油鸡埘，原料主要是白鸡埘，说是白鸡埘炸出来香味独特，更耐嚼。她先把白白胖胖的白鸡埘洗净，撕成小块，长的还切成手指长的小段，撒上少量的盐。然后在油锅中放上一些掐成段的干辣椒，用小火不断翻炒。等红彤彤的辣椒颜色变深但未糊之际，放一把干花椒进去，锅里立刻'哗'地泛起油花。接着放入剥好的蒜瓣，炒一两秒钟后，倒入鸡埘，加大火力，快速搅拌。起先响声如银瓶乍破，后声音慢慢减弱，'沙沙'似细流低吟。锅里先出现大量的水，改文火炸一段时间后，水不见了，白鸡埘在油中慢慢变黄。这时就要细心观察，待鸡埘熟透但还未干枯的时候，撒上少量茴香籽粉、草果粉，拌匀后迅速连油一起起锅。这样，鸡埘凉后，不枯不脆，软硬适中。如果你用筷子搛出一块放入口中，就会感觉先是一股油香气直扑舌尖；一嚼，鸡埘特有的鲜香味满嘴乱窜。同时还有点花椒的麻，辣椒的辣，大蒜、茴香、草果的香，都在口腔'大厅'中沸腾，就像一场宴会在那里举办，鸡埘的翩翩起舞带起辅料的伴舞，要多热烈有多热烈。把炸好的油鸡埘和油一起入罐密封，可以保存半年以上时间。外婆说，炸油鸡埘，最要紧、最难的是火候。火候掌握不好，炸枯了不好吃，炸不透不好保存，容易坏。油鸡埘不仅下酒下饭极爽，如果吃面条，在里面放上一两筷，那更是好吃得不要不要的。"

"呀，刚才我们吃的油鸡埘就是这样做出来的吧？"

"对啦，这就是我外婆用白鸡埘炸的。"我不无得意地说。

接着，我告诉她们，在我们云南漾濞彝族自治县，辖区面积中有98.4%是山区，在那些林密草深却风光各异的群山中，鸡埘等各种各样的野生菌一听到春雷春雨的召唤，便如精灵般从泥土中应声而出，你唱罢我登场，直到深秋才依依谢幕。其中许多野生菌不仅可食，而且营养、美味。这些"山野精灵"不仅饱了人们的口福，而且为当地经济发展、农民脱贫致富立了功。

"原来是这样啊！"舍友们都听得入了迷。油鸡埘的香味和鸡埘的故事，亦真亦奇亦绝，让她们久久品味。

"我们一定要到云南、到你老家漾濞去，到那片神奇、神秘的土地上，去看看各种野生菌，看看各种鸡埘特别是白鸡埘，你欢迎吧？"

风景这边

"欢迎，不仅我欢迎，漾濞人都会欢迎你们。他们纯朴厚道、热情好客，会用彝家人最高的礼节招待你们。"我心里充满自豪。

我不失时机地向她们"科普"道："这个鸡㙡的'㙡'电脑根本打不出来，现在大都统一写成一个'土'字，旁边加一个'从'字。鸡㙡在罗养儒的《纪我所知集》里，写为'㙡'，太难认，有些人图方便会直接写为'枞'，但极不准确。有关云南的鸡㙡、野生菌，在《徐霞客游记》和汪曾祺的《昆明的雨》中都有描述。姐妹们有兴趣可以去找来看看。"

"一定要看看。""太向往了。"舍友们都说。她们的眼神中充满期待。

漾濞二题

原　因

镌刻在核桃上的，是一部历史

山下绿潮滚动，山头林涛拍云。

核桃树，核桃树！十年的，二十年的，一百年的，四百年的……满眼的核桃树，卷起千重碧，掀起万重浪。

这里，核桃树汇聚成了一片海洋。

正是核桃挂果的季节。滴溜溜的青圆，暗藏着肥腴，在摇摆着的枝叶间闪现，仿佛星辰在阑珊夜色中眨眼。

等待着熟落，等待着破茧成蝶，等待着缤纷四溅。

我伸出手掌，接过了一颗去年的核桃。圆而不滑，浑身雨迹风痕、霜斑露渍。把它托在掌心，端详着，时间越长，越感觉分量的沉重。

那是一种几乎把我的手掌压得下垂的沉重。

不知为什么，渐渐，我感觉托在手里的，变成了一只青铜之鼎，上面密密麻麻刻满了古老的文字，字缝里秘藏着一个谜底。

"张骞使西域还，乃得胡桃种。"这是西晋张华《博物志》中的记载。长期以来，这句话都是国内关于核桃种植历史的权威认定。但是，1980年，在漾濞的雪山河畔，山洪冲刷出了一块古木，经中科院考古所测定，此为一块3000多年前的古核桃木。

原来，这里是核桃的一块重要原生地。

可以想象，1639年徐霞客游历漾濞时，如果没有在奇山险水的跋涉中

125

风景这边

过于专注甚或沉迷，其笔尖就不会仅为石门关等一众风物留下精彩描绘，而与核桃之盛擦肩而过了。如果他记写了核桃，那该是怎样一些让人动情的文字？

这一颗浑圆的、浑身沟壑的小小果实，就这样铃铛一般系在时光之马的脖颈上。马蹄橐橐如诉，脖上的铃，叮叮当当在漫长的静谧里轻轻摇响。

但记录终归不会缺席，也没有缺席。到了清代，乾隆年间中过进士的檀萃在《滇海虞衡志》中留下了这样的笔墨："核桃以漾濞江为上，壳薄可掐而破之。"

核桃为何会以漾濞为上？民间流传着一个传说：

从前有一位彝家姑娘名叫萨秘姆，她看着漾濞满山满坡的野核桃树想：树上的果果为什么铁一样坚硬？如果它壳薄如纸、肉厚如脂该有多好，那样就一定会给乡亲们带来更多的福禄。于是，她不辞辛劳，四处寻找这样的核桃树。可是，一年又一年，磨穿了一双又一双鞋子，她都没能如愿。一天，疲累已极的她在一棵核桃树下睡着了。梦中她听见彝人最崇拜的虎神说："你这样是永远找不到你要找的核桃树的。除非……""除非什么？"萨秘姆急切地问。"除非你愿意牺牲自己，和你身旁的核桃树合为一体。"姑娘先是一愣，接着毫不犹豫地点点头，说："我愿意！"她转身紧抱着核桃树不松手。一天过去了。十天过去了。一个月过去了。经过七七四十九天的风吹雨打太阳晒，姑娘融化为一泓液体，渗进了树干，流进了土里，被树根尽数吸收。

这棵核桃树越来越高大茂密了，结出的核桃也渐渐变成了姑娘期望中的泡核桃。山里人就以这棵树为母本，不断嫁接栽种，终使漾濞的山野泡核桃遍布。

人们把萨秘姆奉为核桃神。不难参悟，这神，其实就是漾濞人民心血和汗水的化身。正是千百年来人们孜孜不辍、箕裘相继地培育、改良，才使漾濞核桃成为上品。

镌刻在核桃上的，是一部历史，在漾濞。

有过衣衫褴褛的窘困吗？核桃可以成为一个羞涩的补丁；有过屋漏遭逢

连阴雨的凄苦吗？核桃可以成为一块薄小的挡板。在为柴米油盐酱醋茶而疲于奔命的日子里，核桃已成为上苍赠送给漾濞山乡的雪中炭。

明代的《南诏通记》载有大理国开国君主段思平"获商人遗以核桃一笼"之事。从那个时候起，不，一定更早，核桃就已经成为商品，走出了漾濞的山山岭岭。

一颗核桃换一个鸡蛋。一担核桃换十担米。在市场经济不断发育壮大的当今，核桃已经蝶变为山区的致富金果。

有人告诉我：姑娘出嫁，别处往往以玉镯、豪车陪嫁，而在今天的漾濞，嫁妆却往往是一园核桃树。

我脚下出现了一条三尺宽的步道。路面是黑褐色的，疙里疙瘩。踩上去，脚板心隐隐有一种颗粒感。那是能给有关穴位予舒坦按摩、具有保健功效的粗大颗粒。

低头一看，铺满路面的竟然是一颗又一颗的铁核桃。

在漾濞，核桃壳被制作成各色工艺品。切片、去果仁、干燥、定型、打磨、抛光、粘接，精雕细刻，制成笔筒、花瓶、台灯……古朴自然、玲珑剔透。

从某种意义上说，脚下的这条路也是一件颇有创意的工艺品，一件直接锲入大自然的工艺品。它缠卷在青山之腰，逶迤飘荡，最后隐没在一片核桃林里。

它是一则寓言，抑或一个象征？

沿着这条路往前走，山的那边，有村寨在核桃林中躲闪，有院落在核桃树下悄望，有农人站在核桃枝叶编织的清幽里，脸上挂着微笑。

村是别名"云上村"的光明村，屋为青瓦房，人是老查和老苏。

老查家院里的核桃树老态龙钟。它主干一分两权，一权挑白云为旗，直指蓝天；一权颤颤巍巍横过院心，下斜处，被老查用木柱支撑着，宛似挂了根拐杖。树下一溜儿排开几张松木方桌，朴素地陈列出山村迎客的意愿。

摆出来了：一碟碟紫衣核桃仁。琥珀一样的内质，奶酪一般的醇香。老查招呼客人坐下，用一把拇指大小的推刨，在核桃仁上推、推、推……片片薄得透明的雪花，悠悠飘落于满盛金色蜜水的瓷碗里。核桃刨花茶，是彝家

127

的盛情、山里人的问候。

老苏家院里的核桃树风华正茂。它树干粗壮，枝开叶散地撑起一把大伞，托起一汪暖阳，洒下一地清凉。你看那一围木栅栏从容地圈定了枝头跳动的鸟语，一缕淡蓝色炊烟从院西的偏房屋顶袅袅升向云端，仿佛谁轻挥着一方招客的丝绢。

青椒煸炒新鲜核桃仁、核桃花炒火腿、核桃炖羊脑、核桃仁荷叶饼……在这里，所有的山野之味都不离核桃香，十数种美馔佳肴与核桃结下不解之缘。一桌琳琅满目的核桃宴，是不可抵御的诱惑。

不是桃花源，胜似桃花源。几度相思寄，几度绮梦回。沿着这一条用核桃铺就的三尺步道，走来了多少思之若渴的倾慕、说走就走的急切、一睹为快的意愿、不枉此行的感慨，向着这个云上的村庄，世外的乐园。

这条路，缠卷在青山之腰，逶迤飘荡，最后隐没在一片浓绿里；这条路，发轫于荒蛮远古，经历着当下，然后蜿蜒地伸展向未来。

有一片亮丽霞光，濡染着它。

石门关的水

猜想当年徐霞客到石门关时，应该着实被它的雄奇险峻吓了一跳。因为他写下的一段精彩文字里，字缝里蹦跳而出的尽是惊讶之情。三百八十多年后的我，也情同此心。但我惊讶的是"变化"。从初识石门关到如今再次观览，无非十多年时间，曾经空落的石门外坡地，宾馆饭店错落，温泉浴池参差，时有游人流闪其间。坐环保电动车驶入关内，峡谷里泉潭更清澈，有游鱼翔集，飞瀑挂链，树影婆娑，美不胜收！摩天的悬崖上则增加了木石栈道、玻璃栈道，危乎壮哉！

一切已经远非昔日模样。睹新貌不忘旧颜，且把18年前的一篇短文作为对当年足迹的忆念。

"……忽云气迸坼，露出青芙蓉两片，插天拔地，骈立对峙，其内崇峦叠映，云影出没，令人神跃。"徐霞客写于明崇祯十二年（1639）的《滇游日记二十八》里，对滇西的漾濞石门关是这样进行勾画的。

他笔下的"青芙蓉"，就是此时矗立在我们眼前的两堵高耸入云的石山，它们不期而遇了，胸膛对着胸膛，相互打量着，一站就是几亿年。

巨石为门，险山当关，那景象是够雄奇的了。但隐藏在石门里的又是一方什么样的天地呢？沿着一条依傍着石崖的小路走进去，劈头盖脸而来的却是一片锵然的水声。

我历来认为，在所有音籁中，只有水声是不会使我们的听觉疲惫的乐曲。它细密如雨也好，澎湃似潮也罢，都能用天然的旋律和节奏，冲刷嘈杂，洗涤浮躁，带给我们清幽辽远的情思或者宏阔昂奋的襟怀。此时也就不由得敞开身心，满心欢喜地接纳这份大自然赠给我们的意外。

路有曲折起伏，带着金属质感的水声却从不停歇。或如千人鼓掌，或似村姑哼歌，又如轻雷隐隐，更像疾风入林。让人的情绪也随之发生变化。但千变万变，心中的那份清朗和沉静不变，这是因为水的声音也如同它的色调永远透明透亮。

不免左顾右盼寻找水色，却难见它的半点踪迹。放眼望去，只见窄窄一束阳光下，一河沟的青石野性张扬地错落着。核桃大、拳头大、冬瓜大、羊大、牛大、碾子大、房大、天井大……于是就想，这入耳的水声如果有形，大约就像这满河沟的石头了。

由于始终见不到水影，转而又怀疑这里根本就没有水，流淌着的只是挤挤挨挨的石头。否则，那激扬飞溅的声音怎么会这样铿锵有韵？然而定睛细看，虽然满河沟树荫花影乱摇，石头们却矜持得很，各自坚守着自己的位置寸步不移。

正在胡猜乱想，忽然看到石缝间一抹清泉的明眸闪亮了一下，目光想抓住它，脚下的路一转，留在视觉的掌心里的仍然只是一堆石头。

但我和一位当地的游人还是被那朵一闪而逝的白色花诱惑得纵身一跃，跳进河沟了。

129

风景这边

且踏着石头去寻觅那不断变换着旋律和节奏的音乐源头。

俯伏在一块龟背似的青石上，我扑哧一声笑了。原来，流水就在石缝间！她们把腰身约束得那么窈窕，鲜嫩得就像一把带露的青蔬。她们歌声飞扬、笑声四溅、欢快地奔跑着，却又不愿出头露面，招人耳目，把自己严严实实藏在石头间。她们尽量放低自己的姿态，冲出石门，径直去灌溉千亩良田。如果偶然泄漏出一朵浪花，那只是她们在青石背后躲闪不及露出的灵巧姿影。

这水，一定是和那些石头商量好了，一方面共同演奏气象万千的乐曲去抚慰人们的心，另一方面却又配合默契地用深藏不露的行止宣告着自己的珍贵和尊严。

所以要看清楚她，她要求你也成为河沟里一块青光莹莹的石头。

就这样，我和石头们厮混在一起了：或者从莹不藏针的清流里拣一枚纹络美丽的卵石把玩；或者把脚浸在流动的泉水里躺在一块青石板上看云。结果是，和石在一起也就和水在一起了，和水在一起也就和石在一起了。

咦，在这石门关里，石以自己的张扬成全了水的谦让，水以自己的歌声彰显了石的坚守。就在这样的刚柔相济中，他们显示出一种良善和睿智。

而在人迹罕至的河谷纵深处，那水终于也愿意显示她全部的魅力了。

是的，停停走走，冷不丁那水就在你面前聚成一个簸箕大的深潭。此潭清澈得可数点底部的碎石，却有云朵赶来漂洗自己的影子。云影越洗越白，潭水也就越来越蓝得像天空了。同行者告诉我，当地的一名乡村教师为她取了个名字：聚云潭。再往上走，整条河沟中，水潭竟有七个之多。一潭以整石为底，潭底有青苔招摇，水分深绿、浅绿、淡绿……层次丰富，名之碧波潭。一潭轻轻巧巧揽一纤纤细瀑入怀，名揽瀑潭。一潭撒满碎金般的日影，名亮潭。一潭水幽深而极寒凉，名清潭。锁雪潭把苍山马龙峰的雪影摄入潭中氤氲成了一幅画；映蕉潭隐入一片蕉林，蓄满潭的蕉影。

石门关的水就这样在七个潭中尽展风情、绽放美丽，赚取了一个又一个诗意盎然的名字。

同行者让我为石门关的水也取一个能概括其个性的名字。我说，"慧水"二字，对她也许算得上实至名归。

漾 濞 纪 行

朱霄华

一直很想去苍山的后面看看。过去，也曾去过大理很多次，但行程都止于苍山东面的洱海之滨，至于苍山的另一面，则始终云里雾里，讳莫如深。机会来了，出版社组织作家去漾濞采风。

从昆明乘高铁一路向西，3个小时后，出下关站，转乘县里派来的巴士。问此去目的地多远，司机回答：不远，也就30公里，三五十分钟即可到达。

长久以来，对苍山的另一面，我始终一无所知。山的那边是什么？旅游手册对此很少提及，即使偶有提及，也都是语焉不详，顾左右而言他，仿佛在保守一个天大的秘密似的。长途汽车，旅游航班，高铁，到苍山东面的大理这边就戛然而止了。点苍山，犹如一面巨大的屏障，将苍山以西尽数遮蔽，确实，在大多数旅游者看来，苍山是不可逾越的，苍山已然是云南古代大理国的尽头。但对这次旅行而言，苍山却仅仅是一个开始。

苍山的背后，是你期待的模样吗？

过西洱河，汽车沿320国道一路向西，不久，在天生桥附近驶入苍山南端的一个隘口。沿途无非是层峦叠嶂的群山。道路是通常所见的二级路，弯多，路窄，并不怎么好走。据说，这是几十年来通往苍山背面的唯一一条公路。峰回路转，汽车在山中拐过一个弯，又拐过一个弯，突然，一个巨大的广告牌横在公路的上方："欢迎您来到中国核桃之乡"。知道是到了漾濞县地界了。中国的地州县，凡行政区划边界入口处必有此物，其地理标识性比看旅游小册子管用。果然，路两边就漫无边际地涌出大片的核桃树，沿途景观为之一变。

　　这些核桃树，如果不仔细看，还以为是自然林木的一部分，以为是核桃自己从地里长出来的——"不然，"司机很自豪地告诉我们，"这些核桃树都是人工种植的。"还说，在漾濞，每个农村家庭都有几百棵核桃树，人均不下100棵。人均100棵核桃树？数量够惊人的。100棵核桃树，需要大约10亩的土地来种植。很快，汽车驶入漾濞县城。县城不大，四面皆山。这是一个山城。原来以为苍山的西面是一个大坝子，县城居中而坐，守望着大片的平畴，现在看来远不是这么回事。它大概可归入云南最小的山地县城一类。拿出手机百度漾濞，说这是一个彝族、白族、回族、汉族等十几个民族杂居的山地自治县，面积不大，人口仅10万左右。还说，漾濞县城是省级历史文化名城，著名的博南古道、滇缅公路均由此穿过。此外，大观楼长联里所说的唐标铁柱、滇西最古老的铁索桥也在这里。县里招呼我们下榻的地方是新县城里的一个宾馆。饭后，我们迫不及待地想一睹古城真容。往漾濞江的方向步行了一阵，见不到古城。向本地人打听，说还要继续往前走，要走到苍山脚下的江边才见得着。一辆摇头的士（三轮摩托出租车）从远处驶来，干脆招手拦下。司机很乐意载我们去，说可以把我们一直拉到江上的铁索桥，只是路难走，坐车上要抓紧，不然会被抖下来。大家面面相觑，不解司机何意。看看天色暗下来，就都乖乖上车，往江边疾驰而去。出新城，路上经过一座跨度很长的水泥桥。桥悬于深壑之上，壑深数十米，壑底乃是一条大河，河床颇空旷，惜水少。河中巨石甚众，大若斗牛，裸于河面。石皆光洁圆滑。由此可推知，过去这条大河里的水是极盛大的，且湍急。此壑及壑上之长桥，堪为漾濞县城之一特异景观。在别处的县城，是很难在城里见到这样的深壑及在深壑上建造大桥的。深壑对岸即古城。至此方知，漾濞县城乃以深壑为界，新城旧城自此一分为二，各自东西。摇头的士进入古城，驶离大路，拐了几个弯，一路颠簸着来到一段逼仄的五尺道上。道路夹在两排样貌古旧的店铺中间，均嵌以石块。石头还很新，看得出来，这条道不久前才重新修葺过。想必，这就是传说中的博南古道了。博南古道，也就是我们通常所说的古代南方陆上丝绸之路，汉典籍上称为"蜀身毒道"。蜀，四川。身毒，即古印度。据史料载，博南古道大约在公元前4世纪就已经开辟，但直到汉武帝时代才为人所知。汉武帝时，遣张骞出使西域，张骞在西域的集市上看见有人出售四川出产的邛杖和蜀锦，大为惊奇。四川的筇杖和蜀锦怎么会出现在离印度不远的西域呢？张骞推测，中国西南地区可能存在着一条由四川内地通往东南亚诸国并抵达印度的商路。据说，汉武帝听说后，曾派出五路人马寻找这条古道，但皆无功而返。后来，云南与中原的交往时断时续，这条商路便一直作为一个地理迷案隐身于历朝历代的国家典籍之中，"蜀身毒道"的线路图究竟该怎样画？具体经过哪些国家和地区？道路状况如何？中原人士一概不知。

打量着眼前这条经过整修的古道，再看看路两旁颇为萧条落寞的店铺，我总觉得少了一些重要的什么。据本地人讲，博南古道在漾濞县境内不少于一百里，但完整地留存下来的并不多，经过古城的这一段，即为其中之一。这一段古道，显然受到了过分的保护，已经看不到原始路面了。我觉得，对好不容易幸存下来的历史古迹，保护自然要保护，但保护也须遵循修旧如旧的原则，尤其是古道，只需保留其沧桑旧貌即可，不必画蛇添足，以新换旧。好在漾濞江上的铁索桥和桥头的桥亭还在。我在铁索桥上像个一千年前的古人一样来回走了几趟，感觉十分惬意。这是一座会动的腰身柔软的桥，上下起落的桥身微微颤动，走在上面如同在云端漫步。固定在桥面上的木板非常厚实，两边用于拉伸和承载桥身重量的铁索完全可信赖，用不着担心你一脚踩下去会跌下云端，跌到十多米下面的激流中去。

云龙桥所在的漾濞江一带风景极佳，流水汤汤，飞花溅玉；两岸古树遮天蔽日，好鸟不时来鸣；杨花浪柳，轻拂江面，青天在上，白云自在。听说过去漾濞江两岸到处是茂密的柿子树，每年霜降以后，山间河谷白雾升腾弥漫，硕果累累的柿子林经霜后一片火红，时隐时现，是难得的奇景。我们在桥上小憩，一抬头，就看见了一侧的苍山。在漾濞江这边与在洱海那边所见到的苍山不同，绵延百余里的苍山只是浑然的一匹，山势平缓，静穆高古，安卧在群山之中，如如不动，仿佛山体里面包着一团混沌之气，正在吐纳入定。苍山向东的一面则要喧嚣得多，百二山河，风月无边。风花雪月，总是让人想入非非。我觉得，苍山的那一边就像是一个热闹的大舞台，各种走马灯似的权力更迭，改朝换代，当真是冰火两重天。朋党、阴谋、诡道、是非、旅游、贸易、商业、斗争、追名逐利、各种小算计、攀比、地缘政治、腐儒、前途、功名，炙手可热……天地不仁，以万物为刍狗。有明一代以降，因为不断地在山腰上开山取石，点苍山很多地方都已经破气，山体碎裂，滑坡，伤痕累累，摇摇欲坠。过云龙桥，站在漾濞江对岸的点苍山西麓回看漾濞县城，新旧城明暗分明，知黑守白，安守本分。山城及拱卫在旁的群山，尽收眼底。漾濞古城多坐落在临江的这一带，漾濞江沿苍山谷底奔流而下，水袖轻舞，一衣带水，将鳞次栉比的古城老街区尽数揽入怀中。黛黑的人字形屋顶，远近高低，依地势铺展开去，如同一幅明人的市井水墨写意图。点苍山是一个屏障，将这边和那边隔开。六合之外，圣人存而不语。明代行者徐霞客当年曾经旅行到苍山以西的这一带，为我们留下了一段文字，寥寥几笔，将那个时代漾濞古城的山川形胜活脱脱勾出，堪称画龙点睛。"依东山西麓北行三里许，抵漾濞街，居庐夹街临水甚盛，有铁索桥北上流一里。"

想必当年徐霞客也如我们此刻这般，在漾濞江边暂驻行脚，在桥亭下小憩，于点苍脚下感悟造化神奇，久久不愿离开。

天色已渐渐暗下来。摩的司机已经催促了我们好几次。一行人再次爬上三轮摩托。夜晚的漾濞新城处处灯火，回望古城，万籁俱寂，夜色温柔。我们从徐霞客的明朝返回到当代。翌日，县里安排采风团到辖区内各处行走观光。行程匆忙，虽浮光掠影走马观花，但能记住的亮点也不少，有一些本地特有的景观物事，甚或可说是印象深刻，即便说是永生难忘也一点都不夸张。比如，漾濞的核桃。漾濞县以核桃最为知名，成片的核桃林、古老的核桃树自然要看，加工核桃的产业园区也是观光重点。其实，核桃树不必专程去某个地方看，因为漾濞境内到处都种满了核桃树，房前屋后，山上，平地，道路沿线，沟壑峭壁，街道，甚至连寺庙和人迹罕至的山麓，都种上了。我很怀疑在漾濞是否能找到一个看不见核桃树的地方。汽车行走在山间公路，左右上下，全是核桃树。我很想看到一片没有核桃树的树林。

有几次，在行驶的客车上，我指着对面苍绿的山，问接待员那是什么植物，结果每次的回复都是三个字：核桃树。她们说，上个世纪八九十年代，国家提倡退耕还林，漾濞县积极响应，结果没过几年，全县就到处都看得见核桃树了。开始的时候，还只是在田边地头种，在沟沟坎坎种，在山上种，后来大家觉得种核桃比种粮食划算，还省事，就把核桃树种到田地中间去了。再后来，又过了几年，漾濞人发现自己除了天天吃核桃，再也找不到别的什么可吃的了，这才又退林还耕，退树还粮，把种在地里的核桃树都挖了。负责领我们观光的接待员里有一个长相俊俏的姑娘，在县政协工作，看到我们都对漾濞故事感兴趣，就讲了一个笑话。她说，从前，有一个邻县姑娘喜欢上了我们漾濞的一个小伙，就跟家里人说要嫁到漾濞来，她的父母死活都不同意，苦口婆心地劝女儿，说，漾濞那个地方有什么好的？在漾濞那边走一圈，除了核桃树，别的就什么都没有了。嫁到漾濞去没饭吃，一辈子都只能吃核桃！末了，这姑娘说，"当然，这只是一个笑话，姑娘我姑妄言之，诸位且姑妄听之，当不得真。"

虽说这或许只是个笑话，但也说明漾濞核桃之多，算得上天下第一。其实，漾濞人种核桃，并不自今日始。我们去到苍山南麓一个叫云上村的山庄，这里的核桃树不单是多，品质好，还清一色都是大树，古树。村里人在每一棵大树上都钉上一面牌子，标上树的年龄，二三百年树龄的古树，粗略数了一下，就不下几十棵。据说，树龄在200年以上的核桃树约有6000多棵。位于村中央广场的那一棵，树龄1160年，比大理国的年代还早，其种子发芽的时间，堪与南诏国比肩齐寿。南诏国是大理国之前、与中原大唐相始终的一个云南古国，这就是说，漾濞一带，保守估计，早在唐代就开始种植核桃了，云上村的这棵千年核桃树即是活生生的物证。古树至今仍枝叶茂盛，仍在结果，树干根部苍古粗大，三四人方可合抱。远远望去，它比旁的活了二三百年的老树要道貌岸然。云上村一带成林成片的核桃树，很可能全是这棵古树的子孙后代。云上村不单有核桃古树。这是一个会让人想念的村庄。道路干净，整洁，井然有序。道旁矮墙全部用本地苍山上的自然原石砌成，上面长着青苔和仙人掌。村口的一条小径，用核桃铺地。古树遮天蔽日，花木四季常开。玫瑰园、月季园、薰衣草园、绣球花、核桃主题广场、草坪咖啡馆、帐篷野外露营基地、星罗棋布的民宿、酒店、农家乐……园林式的规划近乎完美，天人合一，又乡土又现代，是一个可以诗意地栖居的地方。以前，家家都有围墙，自顾自，小农经济，小家子气，后来撤掉围墙，天地突然就宽博了，来家里蹭明子的不再是邻居，而是天南地北带着银子来玩的人。以前以为世界要走出去才见得，原来也可以请到家里面来坐坐。不请，就来了，赶都赶不走。有的城里人来到这里，一住就是一周半月，赖着不走，说住在这里天天听鸟叫，天天看日落，想要登高望远，就爬到苍山的顶上去看雪，看那边的洱海。懒得动，就钻进温泉泡着。所谓的美丽乡村建设，我觉得云上村是一个样板，一个经典，但是这样的样板很难复制。云上村依托土生土长的核桃古树群、苍山西麓海拔1600~2200米的绝佳位置和绝美风光，仅数年就改头换面，把一个处在半山腰无人问津的传统村落推上了云端，带进了天堂，也走向了富裕。在农村经营高档酒店，这种事听起来像是一个神话，但确实如此。酒店里的环境布局、功能设施比城里的酒店还高级。村里几乎大多数人家都在自己家的屋居上建起了客栈和饭馆。去云上村观光住宿的外地人越来越多，旅游旺季，常常客满。来的人越多，云上村的名气就越大，它已经成为云南最著名的村子。敞开，包容，大气，讲究。

云上村本不叫云上村，它在漾濞行政区划手册上的名字叫光明村。这个名字很具中国特色，很有时代感，但也很俗，缺乏底蕴和诗意。光明村叫了几十年，可是这个处在苍山背面的村子却一直处在阴影中，以前没有电灯，晚上要点明子。给光明村带来光明的人是一个叫吉小冬的外地人。据说，苍山感通索道、洱海风情岛、漾濞石门关景区，全都出自此人的手笔。后来我在石门关见到这个能制造奇迹的中年男子，感觉其人儒雅，睿智，低调，待人谦和。一见之下，我立即对他产生好感。据说，当年光明村要脱贫奔小康，不知如何是好，于是村长找到了吉小冬，一谈就是三天三夜，末了，把这尊活菩萨请回来，当财神爷一样敬着。几年后，光明村摇身一变成了云上村。当然，这位财神爷也没少在光明村投钱。云上村从卖核桃到卖风景，多亏了吉小冬。我觉得，大理市没有将吉小冬纳为荣誉市民，云上村不妨请他做荣誉村长。在漾濞核桃研究院，有一个外形酷似一枚核桃的仿真建筑，里面陈列着上百个采自不同年代、不同品种，来自不同国家和地区的核桃标本。这些标本激起了我的好奇心。我在标本室陈列柜前挨个仔细看过去。

我从来没有见过这么多的核桃品种，它们长相各异，形状、体量、大小、轻重、肌理、勾纹、皮壳厚薄、颜色深浅，都不尽相同。我没有想到一枚小小的核桃也可以派生出如此之多的品种。我注意到，有一些标本年代久远，它们采自上个世纪五六十年代。几乎每一个年代都有其相对应的标本。从这些标本的收集范围和年代，可以看出漾濞县在核桃产业发展上是下了大功夫的。这一座核桃仿真建筑，我觉得不仅仅是一个标本室，完全称得上是一个核桃博物馆。在核桃研究院，还陈列着一截古核桃树的化石残骸，我用手摸了摸，肃然起敬。据检测，它来自三千年以前，深埋于苍山，被大水冲了出来，有人在漾濞江的河滩上发现了它。我认为它是漾濞，乃至中国核桃的始祖，并非普通的朽木。漾濞人说，本地核桃以海拔高度在一千七八百米处生长的紫皮核桃最为好吃。我在云上村吃了几枚，果然味道很好。这种核桃，皮壳脆、薄，果仁饱满，用手轻轻一捏，啪的一声，果仁就露出来。用苍山上出产的野蜂蜜蘸着吃，味道尤佳。紫皮核桃，我在别处没有吃过。从漾濞回到昆明，有一天夜里，我梦见了漾濞的核桃。漫山遍野的核桃树，把苍山以西的地面都罩住了。我觉得，漾濞也可以种点别的树，只种核桃，别的树是会有意见的。

风景这边

岂曰无衣

西坡记事

茶庆军

仔细想想，人的一生也真是够短暂的，一不小心，自己居然都已年过半百了。50多年里，除在外求学的7年（高中3年和大学4年），我从来都没有离开过漾濞。如果以一个县的概念来说，我一直生活在漾濞；如果就一座城市而言，我守望漾濞也已整整38个年头。我常想，如同法国著名画家保罗·高更在其代表作《我们从何处来？我们是谁？我们向何处去？》中所表现的那样："整个大地代表母亲，它孕育了一切生命，又终结了一切生命，使它们最终又回归到她的怀抱。"我的生命也终将回归到漾濞大地母亲的怀抱之中——至少今生今世，注定是这样。

1897年法国画坛上继印象主义之后产生重要影响的艺术革新者、与凡·高、塞尚并称后印象派三巨头的保罗·高更（1848～1903），在太平洋南部的塔希提岛上以最大的热情完成一幅宏伟的作品《我们从哪里来？我们是谁？我们向何处去？》。

讲座

"三十八年过去，弹指一挥间。"30多年来，出于工作需要，我曾在秘书岗位上写过不少介绍漾濞县情的材料；作为曾经的媒体记者，我曾经绞尽脑汁与广电和报社的同事们一起策划如何宣传漾濞、讲好漾濞故事；作为曾经的乡镇领导，我与班子成员一起谋划过如何发展漾濞的特色产业，助推脱贫攻坚和乡村振兴；作为16年的县级政策研究部门负责人，我曾经参与过县委政府系列重大课题的调研和重要文件、规划的起草；作为曾经的县彝学学会会长，我时刻琢磨着如何弘扬民族文化，促进彝县经济社会发展。

然而，在如此纷繁复杂而又充满挑战的工作中，最让我愉悦而又深感庆幸的是，作为县委理论学习宣讲团成员，我常被安排或邀请到党校、乡镇、机关和企事业单位做专题讲座。讲座的内容几乎是一个永恒不变的主题——"漾濞县情"，即使是贯彻上级重要会议精神的理论宣讲，也往往冠之以"谈谈如何结合漾濞实际贯彻落实"之类的定语。

使命在肩，责任重大。为了讲好每一节课，每次讲座前，我都要不遗余力地认真备课。为了不让大家感到枯燥，我在对县情进行分析，对全县发展机遇与挑战、发展思路、大政方针等进行讲述之前，总要花大量时间率先将漾濞的自然风光、历史文化、民族风情等渲染一番，而且往往一讲就是个把两个钟头，一讲起来就无法收场。为此，我常自嘲这叫"千呼万唤始出来，犹抱琵琶半遮面"。当然，从实际效果看，这样的讲法还是能起到"磨刀不误砍柴工"的效果的。至于像"旅游从业人员专题培训"之类的场合，讲起这些来，那就要自由得多。只要不跑题，你可以在漾濞的历史文化长河纵横驰骋，也可以在漾濞的大美山水之间信马由缰！每一节课，我总是那样的投入、那样的动情、那样的自我陶醉。同样，听课的同志们也都说很好听、很够味、很"过瘾"。

在说到漾濞特点的时候，我总喜欢用"一个美丽的布娃娃"来形容。我觉得从设县开始，漾濞就像是一个用五颜六色的边角"碎布"缝合而成的"布娃娃"，这个布娃娃因多彩而美丽。但透过这个"布娃娃"七彩斑斓的光环，我们应该理性地意识到：就一个独立完整的体制而言，漾濞没有童年；从共同体意识的层面讲，漾濞文化是碎片化的——至少曾经是支离破碎的。也正因如此，漾濞文化在呈现多元化特点的同时，显得内敛不足、主体缺失。受此影响，作为一个相对年轻的组合体，漾濞人曾一度缺乏凝聚力、向心力和共同奋斗的精神。这就需要我们高度重视文化的重组和共同意识的重构，早日让这个"布娃娃"不仅具有光鲜亮丽的外表，还要具有一颗完整而强大的内心（内核）。

分享总是如此的愉快，交流更是推心置腹。每一次讲座，时间总是过得很快，常常令我感到时间不够、余兴未尽。走下讲坛，常有学员问我：为什么能几十年如一日如此钟情于讲漾濞县情？为什么大家都喜欢听漾濞县情？答案其实非常简单，就一个字：爱！

"为什么我的眼里常含泪水？因为我对这片土地爱得深沉。"我们每个人，每个在漾濞学习、工作和生活的同志，都深爱着苍山西坡这片古老而又年轻的热土，都想更多地了解自己脚下的大地和头顶的天空，多认知一些自己民族的过往历史，知晓自己所处的境遇，明白今后努力的方向，以便更好地走向诗和远方。

净土

我不懂音乐，但从小喜欢听歌、唱歌。在我听过的影视剧插曲中，电视剧《木府风云》主题曲《净土》（原唱孙楠）是一首非常难得的歌曲。尤其歌词，不仅精炼含蓄，而且意境优美、意味深长。整首歌虽然在唱玉龙雪山、纳西民族，却不着半字，而是以虚幻的方式拉伸了时空距离，增添了历史的厚重感，令人在幽思中遐想，在缥缈中回味。歌中唱道：

传说中有一片净土

住着古老的民族

每个人能歌善舞

他们从不孤独

传说中有一座雪山

白云在山顶漂浮

一个梦反反复复

只想让你默默领悟

传说中有一片净土

在太阳的那边住

一颗心不再飘浮

只想回到梦中的小屋

传说中的净土

我们唯一的出路

曾经模糊的幸福

越来越清楚

　　每当听到这首歌，我都会有一种莫名的感动。你听，那生活在传说中"净土"上的"古老的"而"能歌善舞""从不孤独"的民族应该是哪个民族？你看，那传说中"白云在山顶漂浮"，反反复复做着一个只能让人"默默领悟"的"梦"的"雪山"可能是哪座山？你再想，"传说中有一片净土，在太阳的那边住"，这唱的不正是咱们漾濞么？

　　彝族—苍山—漾濞，漾濞—彝族—苍山——在优美的旋律之中放飞梦想，尽情陶醉，这是一种怎样的幸福啊！而今天，在绿色发展理念的指引下，"传说中的净土"已成为"我们唯一的出路"，这种"曾经模糊的幸福"真的已"越来越清楚"！

山

　　提起苍山，我曾经骄傲不已。早在大学时代，我就曾在昆明大观公园大门口的地摊上买了好几张电影《五朵金花》的人物照片，偷偷躲在蚊帐里一遍又一遍地看着傻想：那个"走遍苍山找金花"、在山洞里英雄救美、在蝴蝶泉边以刀定情的小伙为什么是剑川的白族阿鹏，而不是漾濞的彝族阿苤呢？唉，也许是中了歌德"哪个少男不善钟情"的魔咒，我开始有了少年维特般的烦恼。而这种"莫若柳絮"的烦恼的背景永远是故乡遥远的苍山、洱海、石门关……

大学时代正是谈恋爱的季节，即便上世纪80年代依然如此。而当时，如果有女生突然问起你哪里人时，自己总是带有几分自豪地回答："大理的！"看到对方眼睛突然一亮，自己脑海里便立刻浮现出苍山、洱海、蝴蝶泉来。那是一种何等充足，甚至带有几分自负的底气呀！于是，每逢元旦，我都会买很多《大理风光明信片》，整封整封地寄给在省外读书的同学，想让他们也可以自豪地在同学面前显摆显摆我们巍峨的苍山和秀丽的洱海。

或许是初中时代的我还过于幼小，而苍山过于高大的缘故，我对从西坡看苍山的印象总有些模糊——三个年头加起来的关于苍山的记忆，甚至还没有小时候随姥姥到长寿村小姨家串门时第一次在百里之遥的富恒大山上看到白雪皑皑的苍山那么深刻。到了高中，我在东坡看了三年的苍山，看得很仔细、很认真——可以说作为"西坡之子"的我对苍山的记忆大都来自东坡。这不单因为在东坡看"山则苍龙叠翠，海则半月拖蓝""一望点苍，不觉神爽"，还因为在"山的那一边"有我无穷无尽的思念——山背后是我的母校、同学，更深处有我日思夜念的亲人。

当我再次回到漾濞，在漾濞安家立业时，我开始学会用心用情用脑来关注苍山、感受苍山了：那是南诏五岳之首的圣山，是一座大理人民心中的丰碑！"大理好风光，世界共分享。"如果没有苍山的雄险奇秀，大理的山河将黯然失色；如果没有了苍山，洱海将成为另一朵望穿秋水的"望夫云"。作为同样是苍山脚下的漾濞生民，从创作苍山崖画的祖先到已全面实现小康的我们，祖祖辈辈靠苍山滋养哺育，世世代代以苍山为骄傲。

"苍山不墨千秋画""苍峰独立众山尊""苍山跌翠云无梯"……学中文的我，时常默念着这些动人的诗句，翘首凝望云里雾里的苍山，心潮澎湃、神思飞扬。我的手机里装满了苍山的四时景致：有春天里苍山为屏、漾江水萦绕、油菜花着色、古城装点的"碧水绕东城"画扇；有日出日落、云卷云舒中的苍山雪景；有天开石门、铁索云龙、百丈岩桥、苍虹落漾、马尾飞瀑之类数不尽的西坡风光；还有光明云上村庄的核桃神树、李家庄金灿灿的苹果。每当夏秋之际，在下乡途中，在阳光之下，突然抬头望见绵延数十里飘逸在苍山西坡半山腰的玉带云时，我也会情不自禁地整出几句像"玉带云里核桃香"之类的歪诗来。当我在某个寒冷的早晨，推开窗户，口吐白雾，凝望着一轮红日从点苍山顶冉冉升起，把万丈光芒射向漾江两岸，把温暖送到炊烟袅袅的千门万户；疑惑当我行走在上下班的路上，看到整座苍山在冬日正午的阳光照射下折射出耀眼的光芒，让年轻的漾濞县城熠熠生辉、充满温暖；或者在某个黄昏，当我漫步于雪山河公园的人行步道上，看到火红的夕阳将平日里蜿蜒起伏的苍龙镀成一条金光闪闪的天龙的时候，我真想对站在比我高近400公尺的洱海之滨，同样在仰望苍山的不知是谁的你说："冬季到西坡来看雪！"

然而，当改革开放的大潮奔涌而来的时候，当西部大开发的号角吹响的时候，当脱贫攻坚和乡村振兴的战役打响的时候，我慢慢对苍山有了一种新的认识：正是这座"高千余仞，盘亘百余里，介龙首、龙尾两关之间，前襟榆江（即洱海），碧浪万顷，背环漾水，连络如带，亦曰灵鹫山，有十九峰，环列向内，如弛弓然"的大山、这座被形容为"阴岩犹覆太古雪，白石一化三千秋"的高耸入云的大山，彻底挡住了从东方吹向漾濞的强劲而有力的"下关风"；也正是这座山把漾濞变成了"西部的西部"，把漾濞变成了名副其实的"背阴坡"！

每当想到这里，我便想起古老的彝族《哭嫁调》中那些令人撕心裂肺的哭诉来："月亮不照弯拐路，太阳不照背阴坡；姑娘嫁到背阴坡，不作晒干活腌干……"

这一切，能怨苍山么？不能！我们只能面对现实，打破有形的制约，避实就虚、趋利避害，强抓机遇、奋发图强！为此，我们需要告诉远方的朋友：半壁苍山在漾濞，西坡风光更迷人。我们需要向上级呼吁：东坡加西坡才是一座完整而稳固的苍山；苍山西坡无论在地理气候条件、自然风光方面，还是民族文化、旅游资源、特色产业等方面都与东坡有明显的差异性和强烈的互补性，为其他县份所不可替代；只要将苍山东西部统筹谋划、融入发展、一体发展，必将成为双向互动的新的经济增长极。同时我们需不断优化营商环境，并向广大客商发出诚挚的邀请：把目光转向西坡！

其实，我们早就在做这样的努力并已获得不菲的成绩。为了能让"藏在深闺"的彝家美女不被"活腌干"，我们"比武招亲"举全县之力举办"中国·大理·漾濞核桃节"；我们举行各式各样的宣传推介活动使漾濞核桃声名远扬，漾濞各族群情振奋，像石榴子一样紧紧地抱在了一起；为了打破发展瓶颈，我们不断加大基础设施建设力度，同时借船出海"走出去"、腾笼换鸟"请进来"，不断深化改革、扩大开放；为了加快县域经济发展，我们下大力气提升漾濞核桃等传统特色产业，大力发展旅游等新兴产业。"青山遮不住，毕竟东流水。"随着一系列国家重大战略的实施，西坡已不再寂寞，西坡正焕发出勃勃生机。

"杨家有女初长成，养在深闺人未识。天生丽质难自弃，一朝选在君王侧。回头一笑百媚生，六宫粉黛无颜色。"我们完全有理由坚信，随着大瑞铁路和大漾云兰高速公路的相继开通，随着旅游业的不断提升和核桃产业的不断转型升级，随着乡村振兴战略的全面实施和"5·21"地震恢复重建圆满结束，漾濞这片绿色宝地将凭借强大的后发优势和内生动力，焕发出更加迷人的光彩！

最后，还是让我们用舒婷的诗表达对伟大苍山的致敬吧：

> ……
> 我们分担寒潮、风雷、
> 霹雳；我们共享雾霭、
> 流岚、虹霓。
> 仿佛永远分离，却又终身相依。
> 这才是伟大的爱情，坚贞就在这里：
> 爱——不仅爱你伟岸的身躯，
> 也爱你坚持的位置，足下的土地。

核桃

　　考古是对历史的重建。考古可以让一个民族的历史变得更加通透明亮，有利于了解历史的每一个脚印和文化，对现实和社会的发展都有很好的启迪意义。历史文献记载缺失的内容，往往会因为无数的考古资料与科学研究变得丰满起来。那些通过出土遗迹和文物而还原的，因岁月流逝而风化腐蚀掉的细节，不仅向我们讲述着历史长河里的风云故事，还帮助我们校正一些历史性的错误认知。

　　20世纪80年代中期以来，漾濞收获了三项具有里程碑意义的民族文化成果：第一项是1980年核桃古木的出土，第二项是1994年"漾濞苍山古崖画"的发现，第三项是2012年《彝族毕摩经典译注·丧葬经·漾濞卷》（第85、86卷）的出版发行。这三大成果的获得，一下拉近了我们与漾濞史前文化的距离，使漾濞史前文明不再虚无缥缈，变得不仅看得见、摸得着，还有血有肉、带有温度。其中，"漾濞核桃古木"的出土更是具有颠覆性的意义。

　　长期以来，只要提到"核桃"，解释只有简单的一句话："核桃，古称胡桃。"这一曾经成为定论性的"权威"解释源于西晋张华《博物志》，书中记载："张骞使西域还，乃得胡桃种。"于是，人们一致认为中国核桃物种的来源为西汉时期从西域引进。即使是近代《中国果树分类学》也仍引用此说："我国普遍栽培的核桃，原产于南部和亚洲西部。大约在汉朝，张骞出使西域，把核桃引入我国。因此，有胡桃之名。"

　　1980年，科技工作者在云南省漾濞彝族自治县高发村境内发现一段核桃阴沉木，经中科院古生物研究所碳-14同位素树龄测定，这段核桃木距今已3325±75年，即生长于公元前1375±75年之间。据此可确定，漾濞核桃已有3500多年的栽培历史了。这一重大考古发现彻底推翻了中国核桃"外来说"，改写了我国核桃起源的历史。科学的论据充分证明：早在张骞出使西域前1000多年，漾濞境内就已有核桃生长；漾濞是世界核桃的原产地之一，是我国核桃的重要原产地，是当之无愧的"中国核桃之乡"！

　　其实，新的考古发现还在不断改写着漾濞以及漾濞核桃的历史。据最新消息，2002年经中国科学院考古研究所对一块发现于云南省大理州漾濞县雪山河河滩的核桃古木的测定表明，早在2.6万年前漾濞苍山西坡就已有核桃分布，漾濞是无可争议的中国核桃原产地。

几乎与此同时，20世纪90年代的另外一项重大考古发现，也同样证明了漾濞核桃历史的悠久。在1994年发现于金牛村后山的漾濞苍山古崖画中，有一幅"采摘图"，所描绘的场面极似当今漾濞山区群众打核桃的情景，很多专家因此断言，古崖画中先民采摘的果实应该就是核桃。若果真如此，则苍山古崖画从另一个侧面为我们证明，早在距今3000多年前的新石器时代，位于苍山西坡的漾濞江流域就已有大量核桃生长。漾濞核桃不仅"古已有之"，而且"古已用（采）之"。

值得一提的是，在近年来开展漾濞核桃产业发展对外交流与合作的过程中，我们发现了一个十分奇特的现象：只要有彝族的地方必有核桃。或者更直接地说，云南核桃的主产区都在彝族聚居区。不论是大理的漾濞、永平，楚雄的大姚，还是保山的昌宁，临沧的凤庆，云南境内几乎所有"核桃之乡"都在彝族人口相对集中的地区。就连宾川拉乌、祥云米甸这样汉族人口密集的彝族山区，仍然有一个被誉为"中国核桃谷"的核桃主产区。

"是彝族带来了核桃，还是彝族寻着核桃走？""核桃和彝族究竟谁先来谁后到？"这些如同"究竟是鸡生蛋还是蛋生鸡"一样的问题，至今仍是我们挥之不去的未解之谜。

崖画

如果说核桃古木的发现还只能证明漾濞已具备了古人类生存条件，那么苍山西坡古崖画的发现，使苍漾大地一下被激活了！因为崖画是漾濞大地上的先民生活的最原始、最真实的写照，更是漾濞曾经是苍洱地区文化重要发祥地的最鲜活、最有力的见证。苍山崖画也因此被誉为"苍洱文化之源"。

苍山崖画（已定名为"漾濞苍山古崖画"）位于漾濞彝族自治县苍山西镇金牛村东南方向约距三公里外的点苍山半坡吃水箐，当地海拔2070米。

1994年被发现，1998年被列为云南省重点文物保护单位。崖画绘在一块硕大的花岗岩巨石上。巨石一端埋于山腹中，另一端向外平行伸出数丈后形成一个顶部有较宽檐口的垂直断崖，断崖切面高8.25米，上部宽8.7米，下部宽19.9米，相对平整。由于整个崖壁远观似一张戴着草帽的人脸，从正面看又像个棺材头，当地村民便形象地称之为"草帽人"或"棺材石"，而崖画所在的地方则被当地人称为"仙人下棋处"。一说崖画上方石脊平坦，视野开阔，传说曾有仙人来此对垒博弈下棋，故名；一说很早以前当地村民山上砍柴、采药和放牧时就曾看到崖壁上有一些奇奇怪怪的图案，其中那些横七竖八的"线条"（多为手指印）和成行成列的"棋子"（实为人物构图），很像人们下棋时画的棋盘和棋子（小木棍），知凡人不可能在高高的崖壁上悬空下棋，便疑是有仙人所为，故名。两种说法中，后者不仅更为真实可信，而且还说明长期生活在崖画附近的当地群众不可能不知道崖画的存在，只是他们一直都不知道那到底是个什么东西，只感觉这个地方有些神秘罢了。据说，崖画的发现者金牛村的罗光明医生也是根据当地村民的引领才寻到崖画的。

漾濞苍山古崖画是迄今为止大理州境内发现的唯一一处古崖画，其构图之集中、完整，在国内崖画中也实属罕见。整个崖画有效画面长5.6米、宽4米，总面积约22.4平方米。崖画分别以土黄色和赭红色颜料绘制，明显有"双层壁画"痕迹，应该成画于两个不同时期。其中土黄色图案在下层，还能够清晰识别的仅为一些大小不一的手掌印和相互勾连的指纹印，其余除个别人形图案外，更多图案已十分模糊，无从辨认。而以赭红色颜料绘制的图案相对清晰，部分图案的色彩甚至可以用"历久弥新"来形容。这部分图案也因此也成为崖画的主体。整个崖画的构图可分为上下两大部分：上部偏右为一头体型硕大的卧牛图（约占整个画面的1/4）。卧牛后半身因岩石剥落而残缺，但前半身较为完整，双耳直立，犄角高挑，翘首远望，不论卧姿还是神态都极似北京颐和园的铜牛。下部为比较密集的场景图。场景图有祭祀、采摘狩猎（或曰迁徙）等场面组成，能清晰分辨的图形有210个左右，包括人物、动物、手掌印等，其中人形图像最为丰富，体量最大的人形图案高38厘米，小的8厘米。另外还有树形、屋舍形、火堆形图案。

关于漾濞苍山古崖画描绘的内容，自发现至今，县内外专家、学者关注度一直很高，发表的论文也很多。大家对崖画的成画年代（约3000年前的新石器时代晚期）无更多异议，但对崖画描绘的内容看法颇多，争议较大，观点莫衷一是。主要原因在于漾濞苍山古崖画所描绘的内容十分丰富，表现的场面也极其繁杂。

根据专家研究，古代崖画一般出现在三种地方：一是居所，二是祭祀场所，三是墓地或祖灵安放地。据我们对崖画的反复观察，结合对《漾濞彝族毕摩经》的研究，我们认为，漾濞苍山古崖画所在应该是一个祖灵安放兼祭祀场所的地方。崖画反映的内容应该是在安放逝去的祖灵（骨灰）时举行盛大的祭祀仪式，并在没有文字的情况下，以图解的方式"吟诵"祭文（《丧葬经》），一来为逝者"指路"，二来给生者以教诲。依此，崖画应该是按照一定的逻辑关系，以"连环画"式的"图说"表达方式，描绘了四个祖先活动场景图，向参与祭祀或送葬的部落成员（族人）讲述自己祖先迁徙的历史和繁衍生息的故事，同时演绎祭祀的礼仪。

场景一为"采摘（放牧）图"，位于居中位置的上方。该场景构图相对独立，画面清晰，形象生动。截至目前，多数研究者都认为，这是一幅典型的采摘放牧图。持此说者如大理学院的许斌老师，图解为：画面的左边是一株较高的树形图；一条树形曲线，周围是被排列得均等的圆点与树形相连。在旁边自上而下画有10个人形，像在树上行走。图像形态生动，极富有想象力。右边描绘了20个动物图像，形态安静，靠前的一个体量较大，无细节刻画，只在树下的一只动物头上画有向上的双耳。动物四周都画有人形，把动物围在中间，看似放牧的场景。认为此场景为"采摘放牧图"的专家、学者大多同时倾向于图中的"树"就是漾濞核桃，整个场景描述的是采摘核桃果实并在树下放牧。

对此图描绘的内容，笔者曾先后提出两种不同的观点。

起初，我曾提出这应该是一个典型的"狩猎图"，整幅图较为完整地反映了一个狩猎场景。图左侧看似"树枝"的线条，应该是一张大网，树枝末梢像"果实"的实心圆点，应该是用来固定大网的石头或树墩（就像现代人支帐篷的固定桩一样），而站在石墩旁边像"采摘果子"的人，应该是张开大网后负责蹲守的猎手。这是一种叫作"下排杆"的古老围猎方式，专门用于围捕大型动物或成群的动物。这种捕猎方法直到上世纪五六十年代，还广泛流行于滇西一些少数民族之中。支撑这种观点最有力的证据，是在这张"大网"的右侧还有一半不可分割的图案——图中有许多人分列在两侧，正以"围追堵截"的方式追赶着一群大小不一、种类各异的动物往网内奔跑——整幅图相互联系，有机统一，密不可分。硬是将图一分为二、毫无关联的认识是错误的；人们在采摘果实时，硬将一些动物强行往"树"下赶，更是不符合日常生活逻辑。

此观点曾在2005年参加由县政协组织的"大理学院专家探访苍山西坡古崖画"活动过程中，与张锡禄教授等专家学者做过探讨与交流。

近年来，通过对《漾濞彝族毕摩经·丧葬经·指路经》的研究，我突然产生了另一种观点：这应该是一幅"迁徙图"，是给亡灵"指路"时为其追溯自己迁徙的历史及线路，或为其回顾来时的路（迁徙路线），方便其原路返回祖地，因此也可以将此图称为"指路图"。图中许老师所谓的"树"，应该是一座山或一条河（江）。若为山，则"树枝"及"圆圈"可能分别表示山间溪流和水潭；若为河（江），则"圆圈"为皮囊，"树枝"为牵引绳索。而所谓"围猎"（放牧）则为"随畜迁徙"。整个场景与下面将要提到的两个场景一起讲述，应该是当初部落如何繁衍而来，后来如何因为疾病、战争或自然灾害被迫"跋山涉水"迁徙到漾濞的历程。在祭师（毕摩）的主持下，祖灵将被指引（叮嘱）回到祖地。最后，全体族人在新的家园（房屋、厩舍）面前举行了隆重的祭祀仪式，载歌载舞祈求上苍和祖灵庇佑部落人丁繁荣、五谷丰登、六畜兴旺。

由于这是刚刚提出的观点，还没有来得及求教于权威专家学者。但我个人觉得，把两个在同一地区发现和收集整理的文物与古籍放到一起来研究的做法是正确的，因为它们所指的路径是完全一致的——那就是彝族（彝区）的祭祀。

场景二为"繁衍图"，位于"采摘图"正下方。整个场景被圈在一条由新旧（红、黄）指印连接而成的闭环虚线圈内，形成了一幅相对独立的长瓜形图画。圆圈内同时布有许多"双层作画"形成的新旧（鲜红、淡黄）掌印及指纹印，另有人物图像10余个。从其中一人似抱一婴、旁立一人，另有一女性呈半躺姿及有多人呈"三足"状直立等情况看，该部分内容疑在讲述人类（部族）繁衍的故事。

场景三为"生息图"，主图居场景二右侧，与"繁衍图"以虚线（指纹线）为界，局部延伸至场景二下方起。该场景虽也自成单元，但画面构图复杂，场面杂乱。图中除仍有红黄双重掌印、指纹之外，所绘大小人形图多达40余人，大者身形魁梧，小者不及大者之腿脚，且密密麻麻分散各处，似在分别从事不同的劳作。图正中燃有两堆大火，火堆周围有一线圈半封闭形围着，紧挨火堆的地上躺着几个人，似已死去，正待火化。火堆旁的线圈内站立着几个身材高大之人，似在主持火葬仪式。距离火堆稍远处有一些大小不一的人，似在并肩歌舞。此图根据内容，可称为"生息图"，即全景式反映人类成长、生产、生活及死亡（包括死后的火化仪式）。

场景四居整个崖画左侧。整个画面应与前面三个场景相连，憾右侧相邻部分及左侧少部分图案因被崖顶渗漏的雨水侵蚀而无法辨认，但剩余残图仍基本保留完整，对主体的解读影响不大。整组图自上而下垂直分布，顶端绘有一小一大两个图案，均分别用椭圆形线圈环绕。上图相对较小，为一大象形动物，四周画有点状围栏，应为木栅栏。下图为一房屋形建筑，屋顶状如鱼形，支撑有六根柱子，应为干栏式建筑。房屋四周同样画有点状围栏，外围再圈以指纹印虚线圆圈。两个图案结合起来分析，应该为"人畜分离"的居家建筑，反映出当时的人们以将部分捕获的动物驯化成了家畜进行圈养。接下来是一个祭祀场面：房屋建筑下方是崖画中体量最高的人形之一，头上似顶着兽头或面具，下身画有三只脚，双手各拎一物，似倒提着的婴儿，又似鸡、兔之类。身后有三个较淡的黄色人形，应为早期所画。最下部是由30多个组成的舞蹈的人形，分五行整齐排列。向上画面最上部是一个动物图像，头部拴有一根绳索拉向画面右边，四周画有点状的围栏。接着是明确的房屋图像，看上去是一种架在木桩上的房屋。在画面右上角，有一人形，明显描画有男性生殖器。看上去应是连向右部画面内容的人形，可惜这部分已被岩浆毁坏。从画面内容来看，这一部分表现的是一个典型的祭祀场景，我们可将其称为"祭祀图"。

尽管时至今日，我们对苍山古崖画的研究还仍然在路上。但有一点是可以肯定的，那就是崖画所展示的内容不仅具有丰富性，而且具有明显的故事性和系统的思想性。这恰恰是苍山崖画的重要价值和特殊意义所在。如果我们把这些故事用一定的逻辑关系联系起来，那么它们表达的思想可以是由祭师或毕摩在祭祀场所为逝去的亡灵"指路"，让他们能够找到"来时的路"，回到祖灵之地；也可以是部落首领或氏族长老向他们的族人讲述一个"我们从哪里来？我们是谁？我们到哪里去？"的故事。崖画中一个个看似分散的场景，其实密切相关、互为因果。一个3000多年前的原始部落族群，居然已具有如此强烈的自我意识（觉悟），并已基本形成了自己原始而独特的宇宙观，这在同时代的崖画或其他文化中是十分所罕见的。

可以想见，当我们的先民们从遥远的金沙江畔，或古老的哀牢山中、或洱海之滨，追逐着野兽、赶着牛羊跋山涉水，翻越点苍山或渡过漾濞江，迁徙到漾濞江畔、石门关口的金牛一带时，他们被这里优越的自然生存条件吸引了。凭借着这里丰富的自然气候条件，他们定居了下来，并逐步实现了由游牧文明向农耕文明的转变，过上了安居乐业的生活。为了感恩上苍、感念为他们带来稳定生活的生灵，信仰多神崇拜的他们把牛奉为神灵，高高画在祖灵地的石崖之上顶礼膜拜；为了祈求祖先灵魂的庇佑，他们面对家园（或为祖灵擘画的"灵魂家园"），举行盛大的祭祀活动；为了不忘来时的路，他们把自己繁衍生息的故事（从出生到死去、从火化到灵魂回归祖地）以及迁徙路线刻画在崖画之上，以便每逢祭祀的时候缅怀先人、教育后代。

毕摩经

"毕摩"是彝语音译，"毕"为念诵之意，"摩"是长者的意思，毕摩指的是彝族社会中念诵经书的长者或是有知识的长者。彝族是一个具有悠久历史文化的古老民族，在彝族发展的历史过程中，毕摩掌握着彝族的文字，负责撰写和传抄包括礼俗、哲学、天文、历史、医药、农药、工艺等内容的典籍。毕摩和彝族人民共同创造和传承了以经书、法具和仪式为载体，以祖先崇拜和鬼神信仰为核心，以诵经和祭祀行为为主要手段，以牺牲用物为媒介，同时涵盖了彝族的哲学、宗教、伦理道德、天文历法、历史地理、伦理道德、风俗礼制、医药等知识的毕摩文化。毕摩文化自产生以来，在彝族社会道德教育、文化传承、发展医药、规范习俗等方面发挥着十分重要的作用，对彝族人民的生产生活有着深远的影响。

2005年，楚雄彝族自治州发起"整理一百部彝族毕摩经"民族文化抢救活动，为积极响应这一号召，根据大理白族自治州彝学学会的安排，由漾濞彝族自治县彝学学会负责"大理彝族毕摩经·西部卷"的收集整理。2006年8月至2009年7月，漾濞彝族自治县彝学学会经过长达4年多的努力，共整理出丧葬经和日常祭祀经48个约140万字，编为丧葬祭祀经两卷、日常祭祀经一卷，超额完成了整理工作。至2012年，楚雄州《彝族毕摩经典译注》106卷编译工作任务已圆满完成，正式印刷出版90卷。漾濞彝族丧葬祭祀经两卷成功入选"百部彝族毕摩经"，被编入《彝族毕摩经典译注·丧葬经·漾濞卷》（第85、86卷）公开出版发行。

《彝族毕摩经典译注·丧葬经·漾濞卷》的成功收集整理，是我县历史以来抢救与保护民族历史文化过程中最成功最典型的成功案例。在此，我们应该衷心感谢左尚祥老人及其家族的无私精神和倾心付出，同时要为收集整理《彝族毕摩经典译注·丧葬经·漾濞卷》付出辛勤汗水的杨世昌老师、杨茂虞老师、张思彦老师、崔绍文老师，以及县彝学学会的同志们点赞！

《彝族毕摩经典译注·丧葬经·漾濞卷》（第85、86卷）出自云南漾濞彝族自治县南部白竹山区瓦厂乡蛇马村老毕摩左尚祥吟诵的口碑经。白竹山北望点苍，南眺哀牢，幅员百里，四面环水。1922年，左尚祥老毕摩就出生在这古老而神奇的彝乡。他16岁从师龙潭乡富厂山背后常氏祖师学经习礼，21岁出师行毕，为人祈福纳吉60余载，名传远近。编译者一行趋前采录时，年届84岁的左老仍思维敏捷，诵经如流。训解经文，每有请教，他融民族历史、风俗习尚娓娓道来，听着让人仿佛徜徉于古老彝族文化长廊一般，令人倍加敬仰。

漾濞彝族，但凡丧亡都要请毕摩前来主持仪式，诵经祷祝。人们通宵歌舞，祭送亡灵愉悦而顺利地回到滇西彝族祖灵山——点苍山和列祖列宗团聚。无一例外地要在院中搭建青棚祭奠亡灵；亡者将要去另一个世界，要造天造地给亡灵，好让他拥有自己的一片天地；要祭祈日月神赐给亡灵光明和温暖；要一一追寻先祖居住过的每一座城池给亡者，以便往来；要授毕杖给亡者，用杖去赎回原本属于自己的土地；要分置四季给亡者，以利应时而作。不仅如此，还要殷殷叮咛般追溯"雕刻日月""创始街市""抬日立日""悟嗯出世""古兹攀亲""君毕相分离"等人类的每一段历程给亡者，大有毋忘历史之意。

在滇西彝族民间，传说阿玉是远古君毕兼身的妣祖。她用自己的树叶围裙遮挡烈日，拯救万物。左尚祥家毕祖坛上现仍供奉着一件树叶编制而成的围裙。一年一度热闹非凡的"二月八"山会说是源于她的生日。像阿玉一样被人们奉若神明而顶礼膜拜的远古人物如妣祖务司士，红河源主人桑玛、创造狩猎技术的阿拉以及毛人悟嗯等一一活现在经文中，让人有如古今近晤一般。

此次收集的经文前大部为热丧祭经，后《草吊经》为冷丧祭经。热丧经由《遇丧》《造天造地》《祭祀日月》《搭棚》《谢棚》《雕刻日月》《创始街市》《抬日立日》《悟嗯出世》《祭献猎神》《授杖》《追城》《君毕相分离》《奉赠粮畜》《古兹攀亲》《分置四季》《指路》《归祖》等40多个仪式上念诵的经构成。冷丧祭经除亡者和棺木以草人纸棺替代，亡者称为"草魂亡父"或"草魂亡母"外，其他和热丧祭礼仪相同。

通观全经，从某种意义上看，假如说搭棚祭亡是重演人类曾经"构木为巢、搭棚为居"的原始一幕，那么，给悟嗯剪去周身的毛演绎的应是"人猿相揖别"那意义非凡的一刻了；假如说人类开天辟地于滇滓鸿蒙而"造天造地"，那么，祭丧必祭猎神，则应是念念不忘于那茹毛饮血的狩猎时代了；假如"古兹攀亲"折射的是人类由群婚向对偶婚的演变，那么，"分置四

155

季"一定是在昭示着人类一路筚路蓝缕、艰难跋涉，终于踏入了认识并自觉顺应四季变化而依序耕牧的文明时代了。若果如其然，人们大行祭祀之风，慷慨而虔诚地祀飨神灵，不止祈赐福禄，也不只是纯粹地祭送亡灵回归祖地而求生殁俱安、阴阳同昌，更重要的是确保亡灵顺利、成功地回到祖先发祥的历史起点，和先祖们一起去守望文明的源头，荫庇后人一代接一代地去开创更能光大先祖功业的美好前程，恐怕这才是滇西彝族祭丧奠亡的终结理念所在。

起源于原始社会的祭祀作为一种精神和美好愿望的寄托，深深刻印在人们的脑海里，并不断演绎成一系列宗教仪式沿传了下来。有道是"莫嫌言语诛离陋，水木根源见太初"。不妨让我们去有如雪山河底石画般瑰奇神秘的漾濞经中去探访先祖，也许博南古道上能追寻到他们的足迹；苍山上、洱海边能觅见他们的身影；丛林幽谷中传出的马铃声中能聆听到他们的余音……

不幸的是，经书采录结束后的第三个月，左老毕摩辞世归祖去了。但我们相信，他继承下来的古经即将付梓成书，可留传后人了，左老地下有知他也会感到欣幸的。

小 城 漾 濞

常泽荣

漾濞，袖珍玲珑、依山傍水、风景秀丽。唐初为"乌蛮六诏"之一，至今史逾千载。厚重历史与彝族文化在这里交融交汇。漾濞自古以来是大理通往永昌的必经重镇，曾经多少马帮商贾从这里络绎往返，多少军旅将士从这里策马而过。漾濞的一水一江一城都有其独特的魅力风韵，民俗风情、山水风光、特色饮食等多元文化包罗共融，是一个千祥云集待势腾飞的小城。

如今的漾濞城分为新旧两大部分，雪山河以东是新开发的区域，这里街道整齐宽敞，高楼林立，店铺繁多，是一派欣欣向荣的发展景象。雪山河以西是老城区，至今依然十分热闹，还是集市的中心。要说老城，单单指沿漾濞江绵延的那条老街，漾濞人都叫它"小街"。

小街旧貌如初，沧桑斑驳的痕迹，令过往的岁月记忆犹新。这里是博南古道在漾濞境内保存完好的一段，是漾濞历史悠久的见证，"地连别寓，境处一隅，诚以苍山分灵，漾水毓秀"，被誉为"山城水国"，是博南古道和茶马古道的重要驿站，现保存较为完整的遗址，古街两旁楼台铺面横列，中段"太和宫"至来龙巷口较大规模的铺面有"七格铺"，沿街多为客商经营；过街楼上段较大规模铺面有"江西铺"。东端是一集市贸易街场，名"云集场"，寓"万商云集"之意。从留存下来的房屋店铺可以想象，小街从前是何等的繁华。

如今很多老屋已经破旧，许多已经没有人居住，墙壁上的苔痕、房头的茅草、破烂的门窗，留下只有冷清和寂寥，紧闭的大门关住了满院的春秋，还有一些野花在墙角、屋檐下、侧沟里绽放，给人以些许的温暖。这一条小街承载着漾濞历史的分量，那些踏过岁月的痕迹，在坑坑洼洼的石板上留下了影子，马帮的铃铛依旧在耳边回响，一声声赶马吆喝的声音仿佛擦身而过，在高低起伏的老街走过。

这里是漾濞县城的起源地，代表着漾濞发展的厚重历史和人文景象，汪家巷、周家巷、来龙巷、卖牛巷……这些一条条的巷道就是一个个时间长河里的记忆，几许时光，被定格在斑驳的院墙上，那些琐碎的片段串起古城的所有故事，在这里默默地守候着每一天灿烂的阳光。

苍虹落漾，江流有声。云龙桥连接漾濞两岸，是博南古道和茶马古道的必经之地。历经沧桑岁月，古桥上一副对联依然清晰："秀岭孤松东南西北风债主，漾江独石前后左右水冤家。"据说这副对联还有个故事呢，说一个读书人当年路过云龙桥时，随兴作出了"秀岭孤松东南西北风债主"的上联，他冥思苦想许久，就是没有对出下联，只好抱憾而去。后来林则徐路过这里，他看到书生写下的上联，就看了看远处的秀岭，稍加思索就作出下联"漾江独石前后左右水冤家"。这样就成就了完整的一副对联，也给后人们留下文化寻思的念想。

云龙桥的两端各有一座桥门，飞檐斗拱琉璃瓦顶，彩画栩栩如生。桥面由铁索连环木板铺成。博南古道和茶马古道的交叉口有一眼古井，井沿用石头砌成，供所有过往的马帮和过客解渴，而今井内依旧清水盛满，可供人们继续饮用。镇河神龟供在亭里，让泛滥的河水永不伤害这里的老百姓，风雨

飘摇后依旧守候在这里。

茶马古道6号院是最古老、最具有代表性的老院子，蕴藏着几分古旧和沧桑，流经多少风雨飘摇的日子。这里曾是过往马帮的歇息之地，保存完整的大门上对联清晰可见，一副对联道出了主人的愿景，"一生戎马归田乐，半部书香继世长"。这里曾经是商贾交流、货物流通的重要栈旅。

下街，是回民居住的村落，一条街把村子分为上、下两个片区，以前是通往县城的主干道，那个时候马车非常多，路边买卖东西的人也多，每次通过都要费很多时间，这里也是漾濞县城的重要组成部分。

漾濞城虽然不大，但聚居着13个民族，自古以来各民族团结协助，互相包容共处，是一个和谐共融的小城。

中华民族艰苦卓绝的抗日战争深深铭刻在每个中国人的记忆里，人们不会忘记有一条滇西各族人民用血肉筑成的公路——滇缅公路。滇缅公路曾支撑着中国抗日战场全部战备物资以及大后方的经济供应。滇缅公路从漾濞穿境而过。滇缅公路漾濞段全长63千米，东起四十里桥，西至顺濞桥，贯穿整个漾濞县境，漾濞修建的37千米是滇缅公路的重要起始段与关键段，这一段路段山高坡陡、越过大山大河，修路十分艰难。参加修路的有老人、妇女、孩子、父子、夫妻。他们用一双双手把这条公路开凿出来，有着这样的顺口溜："漾濞有个石窝铺，为打日本修车路，锄头挖断千千把，撮箕抬烂万万数。"用汗水和艰辛铺筑了一条生命的通道，付出了不畏困难和勇于牺牲自

我的精神，是漾濞人民用血肉修筑一条抗战之路，在修路过程中付出了巨大的代价，因此，漾濞人民对滇缅公路有着特别深厚的情感。

一寸山河一寸血，滇缅公路，人民之路，英雄之路。这条抗日战争后方补给路，历史不会忘记，民族不会忘记，漾濞人民更不会忘记。

一河分东西，两城相对望。雪山河上先后修建了三座大桥，它们把县城东西连接贯通，河两岸来往非常方便。雪山河河水清澈见底，泉水从苍山顺势而下，如同一条雪白的带子舞动着。沿河修建的滨河公园是县城休闲的中心，融现代设计与自然景观为一体、融山水与人文为一体。

通过一座座桥梁，漾濞城的范围逐渐向外延展，变得开阔起来。核桃广场是漾濞城地标式建筑，也是人们休闲娱乐的一个处所。广场上呈环状立着十根石柱，这是彝族古历法"十兽历"，广场中央是核桃女神萨密姆雕塑，特别的显眼。广场周围的建筑物都是彝族传统式样，一幢幢，一栋栋，整齐排列着，别具一格，彰显着彝族风情，让人耳目一新。

飞凤展翅，皇庄昂首，飞凤山是县城的一道绿色屏障，似一只飞翔的凤凰，向着县城飞来。与之呼应的是皇庄，皇庄似一条长龙俯卧在县城右边，从东边望去龙凤呈祥，一派吉祥景象。

雪山河日夜在县城流淌，清澈的河水泛起雪白的水花，从苍山流下，丰盈着两岸的稻田，这是一条流动的旋律，给人以清新与愉悦，一些不知名的野花开在河岸，随风起舞，芬芳在视野之外，此刻，花不语，流水却懂。

小城有三千多年的核桃历史、有抗战的滇缅公路、有苍洱文化之源的崖画、有天开石门的石门关，还有苍山杜鹃园、李家庄苹果园、光明的核桃园、秀岭的梨园、大浪坝茶园……大自然赋予的厚爱，将是小城未来发展新的方向。

千年古道千年城，百里漾江百里画。漾濞是中国核桃的第一故乡、商旅古道的重要节点、生态宜居的灵秀之地、民族和谐的幸福家园。时代将赋予漾濞这座小城新的使命，漾濞的明天一定会更加美好、一定会更加富足、一定会更加和谐。

岁月的光影

陈迤君

　　苍山西坡苍凉而沉寂，草帽石旁的土地已荒芜，溪涧已干涸，只剩时间和风在流淌。三千年前那些鲜活的往事就在这巨石上沉睡。当石前的树林被伐去，一些赭黄的意向扑面而来，猝不及防，千年前沧桑的影像蓦然地漫洇，清晰而又迷离，迷离而又清晰。

　　时光早已远去，那些吹拂过古人的风还在巨石旁回响；描绘的手早已化为尘埃，他们腕底溢出的画面却正静穆地与我面对。

　　舞蹈的少女。在朝阳美丽群山的清晨，抑或是流霞装饰天空的黄昏，那水儿依旧款款东流的河畔，少女的舞姿如山茶花般绽放，婀娜、自然、妩媚，风情万种。三千年前，是谁窥见了少女妙曼的舞动，陶醉了胸怀。岁月模糊了一切，少女的舞蹈，是为心上人的目光吗？

　　高大的果树。叶已落尽，枝干伟岸地挺立，枝头铺陈的果实，如一支明快的曲子，袅袅娜娜地流淌着秋天雍容成熟的乐章。人们忙着采摘果实，收获的季节正在灿烂的阳光里摇曳。

　　雄健的牛。头高昂而硬朗，弧形的角从容地与苍穹对望，舒缓的步态似乎踏出坚实的声响。目光掠过，人只有牛角般大小，民居和树木

161

低矮而模糊。在那些以石为器的古老岁月里，牛是生活的伙伴，还是民族的图腾？

牧歌在响。青青的草地松软而肥沃，蓝蓝的天空渺远而晴朗。风吹草低，牛羊散淡，如星子随意洒落在青草间，忽隐忽现。最可人的是那些牧童，那仰头的似乎正在吟唱，那飞奔的正在追赶离群的羊儿，还有的在悠闲地欣赏天边的流云。牧歌的回响穿透时空，歌声弥漫出的童趣与散漫，一如我儿时放牧的回忆。

狂欢的夜。也许是节日，也许部落正为一对恋人举行婚礼。当月光朦胧，湿漉漉的篝火温暖夜空，族长用鸡鸭祭过神灵，一场盛大的欢乐开始漫延。芦笙响起，人们手挽手，摩肩接踵，踩着统一的步伐，在蛙鼓烘托的晚风里尽情地舞蹈。

他们是谁？是些什么样的人，把生活的断章隐藏在这大山皱褶的岩石上，千年见证的只有丰收和欢乐的往事，不见战争、苦难和仇恨的踪影。这片六诏的剑梳理过、吐蕃的矛铿锵过、元世祖的铁骑狂奔过的土地，在那久远的年代，是个怎样祥和的世外桃源？画手又是什么样的人，在那个开满山花的午后，漫不经心地挥毫，只轻轻几笔，便牵住了三千年的光阴。让我与古人有了这次美丽的相遇，只淡淡地面对，便在纷乱的心头生长了一片清绿的宁静。梦境并非都在梦里，历史很长，岁月很长，我们的存在只不过是短短的一瞬。

目光离开画面，山脚核桃林中徐起的炊烟、飞驰的轿车、牧归的牛羊，还有夕阳的余晖向我涌来……

崖画等待在它的石壁上，等待它的声音在风中传响，等待它和谐的气息弥漫到大地上。

光 明 之 明

段成仁

光明村。

这个名字进入耳朵，应该是在十几年前。不知从什么时候起，那个藏在苍山西坡褶皱里的村子，因其让人费解的"光明"之名，在我心头产下一只卵，并孵化出一只不安分的蠕虫。十多年来，这蠕虫一直在心里爬爬停停。都说时间会让人淡忘一切，可这些年来，蠕虫却在心里头越长越壮实，其长久的生命力让人惊讶——那个小村庄究竟有何魔力，让我一直挂牵，这么多年都放不下？

念叨的时间久了，竟有所发现。

其一，在经验中，一个村子的命名大多是用名词来完成吧，如某某庄、某某屯、某某寨。这"某某"的位置，往往由名词盘踞着。这名词一般是最能彰显这村子特质的某种事物的名称，听者一听，大略能从村名中了解这个村子的特征，村子的内质基本可以确定了。比如，某个村庄叫"赵庄"，或是因为这个庄子里的绝大部分人家都姓"赵"，或是庄子上有过一户姓赵的大户人家，这庄子在赵姓人家的提携护佑下，得以生存、绵延并发扬光大，其命运与一户人家相随相融。人们一说"赵庄"，听者脑海中浮现的，就是那个坐落在某片土地上的绝大部分居民都姓赵的村庄，或者就是那个被一户赵姓人家"统治"了多年的村庄。除了具体的由房屋、道路、街巷等组成的具体化的村庄，还有笼罩在这个村庄上空的赵姓人家的影响力，以及赵姓人家用岁月和统治力酝酿而成的气场，成为这个村庄的特质。这种特质从这个"赵"字里面散发出来，铺天盖地，排不开，抹不去，褪不掉，烙印在与之

163

相关的事物的骨髓里。

而光明村，以形容词性较重的"光明"一词来命名，耐人寻味。第一次听到这个名字的时候，我愣了那么一瞬间。

光明，最为浅见的意思是光亮、明亮。《荀子·王霸》："《诗》云：'如霜雪之将将，如日月之光明。'"汉班固《东都赋》："是以皇城之内，宫室光明，阙庭神丽。"《古今小说·木绵庵郑虎臣发迹》："一日，理宗皇帝游苑，登凤凰山，至夜望见西湖内灯火辉煌，一片光明。"鲁迅在《彷徨·祝福》里也用了："我回到四叔的书房里时，瓦楞上已经雪白，房里也映得较光明。"以上例子均证明了"光明"一词最为常见的用法——用作形容词。除外，光明一词还有"照耀、辉映""光大、显扬""荣耀、光彩""昌明盛大""磊落、坦白""正义的、有希望的"等意思，前两个偏向动词性，后四个则完完全全是形容词了。另外，人体有一穴位名为"光明"，位于踝上五寸处，但我估计，一个人体穴位应该与一个村子的命名没多大关系——所以，各种符合逻辑的或是风马牛不相及的推理不断地在脑海中出现——难道，那是一个散发着光明的村庄？难道那个村庄时常被亮光照耀？还是那个村庄发展前景好，前途一片光明？……各种揣测，各种猜想，时时充斥在我的脑海里，都因为不能亲自到现场了解而得不到确切的答案。

这样的猜测与向往，是蠕虫生命力的源头之一。

其二，传闻说，光明村核桃多。我出生的村庄也出产核桃，不乏核桃年收入逾十万元的大户，对于核桃的多，已有了一种先入为主的认识。所以，暗藏在内心深处的那种叫作"攀比"的人类的天性时时在作怪：光明村核桃多到何种程度，有我老家那么多吗？这是我一直都想弄明白的。

除却不好的东西，好的事物在数量上表现出"多"的特性，是一件令人愉快的事情。上天赋予云南出产核桃的优秀天赋，全省有16个州市124个县市区出产核桃，其中，漾濞是优秀当中的优秀，多年来，漾濞核桃闯出了不小的名气，若论功劳，光明村的贡献应该排在首位。近几年来，漾濞县每年都在核桃成熟的季节举办"核桃节"，邀请八方宾客共同体验和分享核桃丰收的喜悦。光明村的鸡茨坪是"核桃节"的重头戏——"祭树神"的举办地，所以，我应该有充分的理由关注光明村了吧：那里的居民因为有了核桃，一定很富足吧？家家户户都有大片大片的核桃林吧？每到秋天，家家户户都仓满库盈了吧？居民们家家户户都住着宽敞明亮的小洋楼吧？真想亲眼见见。

这样的猜测与向往，是蠕虫生命力的源头之二。

幸好，后来终于有机会去光明了。

那是在2015年深秋，漾濞县文联邀请州文联的作家老师到漾濞县，为漾濞、永平、巍山三县写作爱好者上写作课，上课地点就在光明村的核心区——鸡茨坪。而我有幸参加，所以，多年的光明之期终得成行。

路上的激动自不必说。培训课上，一心只想赶快寻到一个答案的我，竟然对珍贵的学习机会都不管不顾了。州文联的老师们侃侃而谈，来自三个县的作家们也在班上交流心得，可我总是分心。在我到达鸡茨坪之后，心中那只蠕虫变得异常活跃，不停地在胸口乱窜。身处光明村内部的我，心痒难耐。鸡茨坪的核桃树、民居、石墙、竹丛织成一张细密的网，罩住我，隔绝我对更远处的探查。在圆桌式的课堂上，我东张西望，目光多次穿透砖墙的孔洞，穿透院门，越过屋顶，四处搜索，以期找到一些有用的信息，填筑我这么多年来对光明村无尽想象而开拓的那个空间。

终于下课，来不及多想，就一头扎进鸡茨坪的内部。

但凡对某件事情太过期待，当知晓其结果、面对其真相的时候，往往会有遗憾。光明村就是这样。沿着鸡茨坪的村内道路绕了半天，沸腾了十余年的热情，被眼前的平凡一度一度地降下来，雕塑了十多年的希冀，被脚下的普通一刀一刀削走。平平常常的水泥路上，散落着核桃树叶，路两旁，是高高低低的石墙，石墙外，是我最熟悉的核桃树。核桃树林里，数十户人家的普通民居零散地安放在核桃树下，一声不响。

光明村何以以"光明"为名？"光明"之名何以远播四方？我在村子里转悠半天，却始终没有遇到答案。

茫然地沿着村内水泥路走了一圈，茫然地回到上课的地方，心不在焉地听作家老师们聊天。我确实没能迅速地从希冀到失落的巨大反差中回过神来。

"光明这地方好，安静！"

在杂乱的聊天中，突然有一句从中跳脱出来，清晰可闻。

抬头搜寻了一圈，未能确认是哪位说的，内心却被这略带慵懒的声音中的"安静"二字狠狠地撞击了一下。

我才想起，刚才在村子里走了半天，仅仅遇到了两个六七岁的小孩子，还有一位用竹耙扫核桃落叶的老大妈。另外，在一个有一排木栅栏的农家院子外，停着一辆越野车，院子里，似有三五外来之人在喝茶、说话。

细细回想一下，鸡茨坪确实是太安静了。

忽然意识到，自己注意的方向可能偏了。我一定是错过什么了。

我错过了什么呢？思绪回到刚才走过的村庄，越来越多的信息汇聚过来，全都指向了两个字：安静。

顿悟似的，立马起身，独自一人又往村子深处走去。想再去看看，自己刚刚是遗漏了什么，或者说，我想再去验证一下，那种我之前没注意到的，以及那位不知名的老师说的"安静"。

经验证明，当人的意识特别地注意某种事物的某方面特性时，这种特性就会被放大。当我再次走在鸡茨坪的水泥路上时，安静就从无处不在的安静中渐渐现出原形来，实质化，包围着我，阻止我的脚步，让它慢下来，捋顺我的呼吸，让它平静下来。

核桃树是安静的。

当时没有风，我走过去的时候，衣袖似乎带起了几缕风，但又轻易地凝固在周围的安静里了。核桃树站在农家院子外、石墙根、空地上，一株接一株，一排接一排，密密麻麻，层层叠叠，覆盖着整个鸡茨坪。每一株看上去都有上百年，甚至数百年，体型巨大，主干遒劲而老成，周身千疮百孔，枝杈懒懒散散，老气横秋的老树桩上，顶着几个老气横秋的枝杈，仿佛有无数段时光被禁锢在里面，不想动弹，看不出树枝有再往外延伸和生长的想法。

那时已是深秋，核桃树们刚刚生产完毕，我没有听见它们因阵痛而呻吟的余音，也没有听见它们诉说生产的艰辛，它们只是静静地看着树根旁被主人遗漏了的核桃果，以及满地的核桃树叶，听任它们的命运，不发一言。

就像它们给鸡茨坪的居民们提供了数百年的核桃果，却从未宣扬自己的功劳一样。

密密匝匝的枝杈间，除了残留的一些褐色的树叶，仅剩几声梦游般的蝉鸣，没传出多远，就被深秋锁住了喉咙，此外，就只剩下无尽的寥落。树枝外面，是深秋的苍山和湛蓝的天，天上不时有白色云朵飘过，核桃树看见了这些，但它们仍然一动不动，任云流霞长。

鸡茨坪里的那些古老的核桃树，是公认的光明村的标签，它们安静下来，整个光明村就能安静下来。

与核桃树相比，路边的石墙更是如雕塑一般安静。

矮矮地，两三尺高，时断时续，顺着路边，曲曲折折，向下一个看不见的拐弯处延伸而去。农家随意堆砌，齐整与凹凸不平都是随意的，却无心插柳柳成荫，不经意间竟造出了上等艺术品。青苔也来凑热闹，颜色刚好，潮湿度刚好，茂盛的程度也刚好，与石墙的苍老与沉默、随意与随性高度契合，将艺术的意境提高了好几个档次。

猜了半天，也猜不透主人的心思，砌这些石墙，是设置人家与人家之间的界限吗？不像，有几处石墙完全坍塌、消失许多年了，却看不出主人有修复的打算，有不知名的爬藤密密地覆盖在石墙坍塌处，又是一件天然的艺术品。是用来防范牲畜的吗？也不像，一二尺的高度也拦不住大牲畜们。石墙里头的空地上，零散地有几头黄牛在那里啃秋草。周边有一群鸡在觅食，悄无声息地，偶尔有公鸡一声打鸣，又把鸡茨坪的安静撕开一道巨大的口子。

鸡茨坪的石墙，是安静的琴弦，以安静为拨片，弹奏出的，也是一道道安静的音符，这一道道安静的音符，组成了宁静的华章。

宁静的鸡茨坪，温养了宁静的居民。

那两个六七岁的小家伙出现的时候，我正在用手机对着一堵附满青苔以及细小蕨类植物的石墙拍照。两个小家伙一前一后，从一扇大门里面冒出来，慢悠悠地向我这边摇过来。我将手机对准两个小家伙乱拍一通。看见我拍照，小家伙们停下来，静静地看着我。见我放下手机，小家伙们又继续前进，走到路边的竹丛旁，从草丛中采摘一些叶子，采好后，又往回走，消失在大门后。自始至终，两个小家伙没有言语，没有笑声，没有沟通与交流。

拿出手机翻看刚拍的照片，稍大一点的女孩留着笔直的中分齐肩发，红色夹克，黑白横格子齐膝筒裙，裙脚印有一只白兔，脚杆纤细，脚上一双白色胶鞋。最显眼的，是那双直视着镜头的眼睛，平静而幽深，像是藏在石缝中的两小汪干净而清澈的水。另一个是小男孩，稍稍靠后，从小女孩肩头后露出大半个头，单眼皮，眼神跟小女孩的一般无二，也是两小汪干净而清澈的水。他们身后，有青翠的竹丛，有长满青苔的石墙，有乳白色的枯竹叶。

这样的孩童让人感到陌生。

我所熟悉的孩童是欢笑着的，蹦跳着的，撒着娇的，哭闹着的，酣睡着的，而照片里的这两个小家伙，与周围的石墙、草丛、落叶融为一体，安安静静，无声无息。

用竹耙扫核桃树叶的大妈也是不声不响。看见大妈时，我问大妈："收集落叶是用来生火，还是垫牛圈？"大妈说："不是，就堆在树根，做肥料。"大妈说话时，手中的竹耙并没有停下来。仅仅就一句，说完这一句，大妈抿起了嘴，嘴角有着淡淡的微笑。我就站在旁边看，竹耙所过之处，枯叶沙沙作响，厚厚的一层叶子就被捋成一堆又一堆，堆在树根周围。被核桃树枝筛过的阳光斑斑点点，落在地上，也落在大妈覆有一层油汗的脸上，古铜色的脸忽明时暗，但那淡淡的笑容却一直明明的，如雕刻一般，不惊不变。

村民们为什么会是这个样子？或者说，是什么促成了他们这样的一种存在状态？莫非就是养育、护佑着他们的光明村本身？难道是光明村将自己的亿万年来一贯的宁静，充分地融入山水草木之中，又在村民们的血液中埋下了宁静的种子，经天长日久的酝酿，培育出了宁静的果实，让宁静的气质得以代代传承？所以，就连孩子们的童年，在她宁静的怀抱的温养下，也是如此地宁静？

我想，这样的猜测可能比较接近事实了。不然，山脚的城市里，有无数休闲之地，无数装修精致的好去处，坐在农家乐院子里的那几个外来之人何必大费周章，舍近求远，来到这藏在苍山西坡褶皱中的鸡茨坪喝茶？

或许，在城市里，在那些精致的地方，或许刚好少了一种叫"宁静"的东西，而在光明村，刚好有这种稀缺的东西。

我为之前的浮在表面感到羞愧，也为自己能迅速觉悟而感到庆幸。光明村，它的安静，它的沉默不言，不仅不是某种性格的极端，反而是最接近人类精神的最佳存在状态——宁静。

外部世界，大多因喧嚣而混沌，因混沌而蒙蔽，因蒙蔽而暗淡。而光明村，因宁静而清澈，因清澈而透亮，因透亮而光明。

至此，我心头的那块石头终于落了地，那只不安分的蠕虫也终于消停了。光明之名，是准确的，是实诚的。没有牵强与附会，没有雕琢，更没有修饰，名与实，已为一体，无分无别。

自那以后，或陪家人出行，或跟随调研团队考察调研，我又数次去到光明村，去到鸡茨坪。虽然去的缘由五花八门，但其实我内心是澄明的，知道自己是冲着什么去的。

追求身心的宁静，一直都是浮躁空虚的现代人的一种理想。哪怕是能让身心暂时得到放松一刻、安静一刻的地方，便蜂拥而去。

一传十，十传百。近年来，发现鸡茨坪是个安静的好去处的人越来越多，去的人也越来越多。当地党委、政府发现光明村的潜力后，便将光明村作为实施乡村振兴战略的试点来打造，投入大量人力物力，来改善光明村的基础设施条件。去了的朋友回来都说，光明村的鸡茨坪变化很大。我心中挂记，便思量着挤时间去一趟。

愿望终于达成，2019年7月，我又一次去了鸡茨坪。以往数次去鸡茨坪，大都是走马观花，浮光掠影，匆匆而去又匆匆而回。这次去鸡茨坪，我足足在鸡茨坪待了两天。这样的际遇，让我有了宽松的时间，来感受鸡茨坪。

鸡茨坪果然变了，变得几乎让人认不出来了。而且，它还拥有了另一个名字：云上村庄。

准确地说，鸡茨坪一下子多出了很多东西：高档的"景漾别院"酒店，独具特色的民宿，精致的小品，修剪齐整的草坪以及草坪上的帐篷营地，精心砌成的石头墙，青色的石板路，开满各种鲜花的花圃，情趣别致的咖啡

169

屋，外形做成核桃树根和核桃果模样、内部装修高档的卫生间……

很显然，为了打造乡村振兴试点，自然基础条件优厚的鸡茨坪迎来了商业开发的机遇。对于这样的变化，我为鸡茨坪的居民们感到高兴的同时，其实心里是有些担忧的。

在商业开发的铁蹄下，鸡茨坪还能像往日一样安静？扫落叶的大妈的笑容还会不会像雕塑一样，平淡而宁静？孩子们的眼神会不会一直那么干净而清澈？公鸡的打鸣声会不会还是那样清亮而悠长？牛儿们还能不能悠闲地在空地上啃草？

事实证明，我的担忧是多余的。

鸡茨坪的安静是一株把根扎得很深的大树，安静是鸡茨坪的天性，不轻易移改。最近多出来的那些东西，只是它的外衣，我能感受到，它的内心，依然一片安宁。

特别是在雨季，鸡茨坪，越发安静。

刚到达的时候，看到村庄入口上有一个牌匾，上面有"云上村庄"四个字。当时，我只是看到四个字，但在后面的两天两夜里，我体会到了这四个字里含有的重重的分量。在雨中，鸡茨坪那如梦如幻的世界、如诗如画的情景告诉我，"云上村庄"这个名字，不但没有给人突兀的感觉，反而觉得很贴切，甚至觉得"此名本天成，妙口偶得之"。

两天两夜里，我在核桃神树下，听它缓慢的心跳和呼吸，在修整一新的草坪上看孩童嬉戏、追逐，在花圃里的花丛中看花和蝴蝶，在石墙根看青苔生长，看蜗牛爬过一片核桃树的枯叶，在咖啡屋喝苦咖啡，看窗外的青草疯长，在老查家的院子里呆坐，在景漾别院的游泳池边拍白云、拍鸽子、拍彩虹，在静夜里听窗下那只蛐蛐的低吟，在高处看雨雾飘过来抱住鸡茨坪又离开鸡茨坪，在玉皇阁的悬崖边上淋雨，看流云……整个村庄或云蒸雾裹，封锁喧嚣入侵，或云带飘飘，似有神仙眷顾。晨光中，稀稀落落的三五游客偶尔出现在石墙一端，随意散漫地遛达，又在我不注意的时候，消失在石墙的另一头。树荫下，一张桌子，一壶茶，有三五人，边喝茶，边说话，边打盹。暮霞里，那几户农家乐的主人惬意地忙碌着，在准备满是泥土味的农家菜，还收拾好了干净的客房，迎接游逛的客人归来。

还好，两天两夜的接触后，光明还是心中的光明，鸡茨坪还是心中的鸡茨坪。那些孩童的笑声还在，那位老大妈的笑容还在，石墙、鸡鸣声依然还在，核桃树神还在，鸡茨坪的宁静，一直还在。光明，还是那个宁静的光明。

最近一次去，是在2022年的6月份。受云南人民出版社、漾濞县政协的邀请，我参加了为期两天的"风景这边独好——中国文学名家云南漾濞采风活动"，其中一个采风点，就是光明村的"云上村庄"鸡茨坪。

带着去见多年不见的老朋友的想法，我再一次走进光明村，走进"云上村庄"，走进鸡茨坪。我们沿着新修建好的核桃果步道，一直走到老查家，在他家吃了蜂蜜醮核桃仁和苦荞粑粑，我又看见了那些古核桃树，看见了那棵核桃树神，看见那些绣球花，以及在花间嬉戏的孩童，看到了那间咖啡屋，以及咖啡屋外草地上的那些帐篷……几年不见，鸡茨坪的样貌又改变了很多，但唯一没变的，还是它的安静，它还是那个让你低头与苔藓、石墙对话，抬头与白云、山风交流的鸡茨坪，还是那个让你能在浮躁空虚的世界里找到平静和安宁的鸡茨坪，还是那可以让你回归自然、找到真我的鸡茨坪。

有意思的是，我每次离开鸡茨坪，几乎都是在黄昏时分。每每这时，我都能感到从鸡茨坪深处传来的一些动静，我知道，那是村里的那株核桃神树，又在黑暗中睁开眼睛，开始守护夜幕下的鸡茨坪了。

岂曰无衣

苍山西坡的生命肖像

江静龙

一

"在没有西伯利亚的地方，人们把城市之外的大地一概视为流放地。"于坚的想法让我一震，原来我一直都居住在流放地。

"流放地"的表述引起了我的联想，苍山西坡的这片汪洋花海，是放逐野性的地域，还是安放心灵的地方？流放是一个有贬义色彩的词条，多少给人壅蔽之感，但这恰恰给了我进一步深入的勇气。大地莽莽，人微如草芥，在杂草丛生荆棘重重的地域，每行一步都需要莫大的勇气，这就是这个世界建立起的秩序，而此地是无序的，凌乱而庞杂的西坡腹地，又一次迎来了流放者。

来西坡之前，我作了种种推测，只是一直没想到流放地。人一旦进入这片地域，一些关于辽远与苍茫的感觉便如影随形，让人顿时高大起来。

在西坡腹地行走时，我感到万分舒坦，人一旦处于某片高地眺望远方，就会有这样的感觉。我远望着群山，群山无序，河流无序，林木无序，云雾无序，一切都处于无序状态，我的心也处于一种无序状态，这种无序让我迷恋，是一种脱缰的自由状态。在这个时节，众多的人冒着山高谷深路险的危险抵达这片大地，个中缘由大多如我辈一般，要在这群山之巅嚎上一嗓子，让心底的浊气随着这一嗓子倾泻而出吧！

我试图用文字为它们建立秩序，我一直在做着这种努力，其实我们自己都是无序的。我们散行其中，在苍山看来，我们与一颗砂石无异，我们只是嘈杂其中的一群动物，羊或者牛。世界是以一棵树的形式建立起来的，历史、生活、家族、文学、城市、流放地都有它自己的根源和枝叶，它们有着独立或者相对独立的渊源，根系庞大纠缠，我们散行皆源于对美的摄取喜好。我的眼前是一棵树，一棵伞状的杜鹃花，在它的背后，是一片，我暂时以它为中心进行叙述。曾经有着一群画家，在这里用笔和墨，以一棵树及树下的牧童、村野为素材，集结成一本名为《画境漾江》的画册，在这本画册里，我关注的不是花，而更多的是花下那些人的生活状态，此刻我也一样关注着这里的生存和毁灭——逝者的生存，生者的毁灭。生命的延展是活的册页，苦难、忧愁、欣喜通过生活细节表现出来，而我看到生活是一群羊争抢着放羊少年手中的牧草，一群羊从山里回家来，回到乡村，回到圈里，如此反复。生活就是不断地重复。笑容的重复。苦难的重复。一些枯树还站着，一些枯树横躺在地，一些树木枯了一半，还发出嫩红。

一棵杜鹃，伫立在这片草地中央，孤零零地站成火炬，在它身后，是无数株杜鹃，正在接力绽放。此刻，我眼中的树只有杜鹃，杜鹃将在这片地域成为中心，我眼中的中心。风景一旦有了中心，魅力也就有了爆点，一切就会变为有序。眼前的这棵树，需要我仔细端详，需要更多的人仔细端详。它为何在这里？我们围着这棵中心的杜鹃花树，大声谈论着花的层次、花的态势，树的群体性、独立性，野趣也随着这片山野传递。突然间想到一句话：放浪于形骸之外。试想在我们工作生活的世界，有几个人能够从容洒脱地大声呼喊？到这里，在这里，我们对着一片山野大叫，不是叫，是吼，当着一棵树评头论足，难道不是幸福？是的，最真实的生活莫过于此。

杜鹃树干给我以豹的观感，我真实地看到一群豹子蔚然成荫。杜鹃树皮与松树皮有近似之处，只是略显松软，有法式小面包的触觉，色调不一形成豹子的斑纹，沿着树的纹理，思绪在这树间流淌，流光轻轻洒落，形成一条明暗交错的线条，着眼处的花和枝都被阳光点燃，哪怕是含苞的骨朵，都赢来诸多的赞誉和目光。暗处的花自有一番姿态，它们在阴凉中，激发更多的色素和勇气，与暗影对抗，与大地对视，与光线对峙，显得更为深厚，人大概也是这样，在逆境中成长起来的人面对苦难时会更从容，更容易赢得肯

173

定的。

二

我在肯定自己的想法的同时，又不断质疑。在苦难中泡出的人除了坚强，还有强烈的自卑和自尊，一不小心有可能会走向思维的极端。树木不一样，树木达到一定的高度，就会有一些自然的力量比如风比如雪比如灾害来告诉它，不能再长，人一旦走入极端，往往就会失常。

树木的"向上"只是它本身的生存状态，而不是它的精神世界。树木的世界是立体的。树木一旦倒下，它的世界将被重新建构。我们眼里的树木都是一个状态：向上。向上就是树木的存在方式。我们的旅途，大致就是树木的生存形态的表象。路在山间旋转向上，车头向上，人仰面朝天，这些情形明显地存在于沿途之中。我们用行走的方式描画着树的生存状态，其实描画的还是我们自己的存在。我之所以不断否定自己的想法是因为对这世界认识太过浅薄，太过单一，很容易被眼前的事物带向另外的方向，很有见风使舵的嫌疑，我的认识就像在爬树，爬一截歇一下看一眼，再爬再歇再看，有时会攀着分叉的树枝往边上走，发现危险后才回头，最终不断向上，不断看远。

树木的精神世界太丰富，如果要想真正了解它，只有成为一棵树。而人是不可能成为树的，因此，树木的内心我只能通过一些表象来窥视。从目前来看，我视界的中心就是杜鹃，苍山西坡腹地的大树杜鹃，这种杜鹃生存的海拔范围大致在2000～2500米左右，物种被限定在一定的海拔区域内，总显得狭隘，人也一样，被圈囿在一个不大的圈子里，视界肯定不宽。而这片杜鹃，在西坡创造了奇迹，肆意成一片花海，将仅有的这点资源演绎成惊叹。放眼而看，一种铺叠的气势犹如排比的文辞，声势浩大，一片艳红。

行走中我一直在想，在过去的那么多年里，为什么在这世居彝族的村寨周围，唯有这些杜鹃能免遭斧斤之祸？细看整片杜鹃大地，松树、栎树、冬瓜树等几近绝迹，在旅游并不发达的过去，人们肯定无此远见而刻意保留，这无心或是有意之举，成就了今天的"苍山西坡大花园"。据当地人讲述，此树枝干曲折，质软，易蛀虫，不宜用于建筑，作柴薪火不烈，烟大，人类活在现实中，生活并非每天都有美景，也许正是因为这树毫无用处的原因，这些树才得以一年年存留下来，大概也有"驴粪蛋表面光"的不屑之意在里面吧！大花园的杜鹃，开在当地人的审美之外，却开进更多外乡人的期待里。

于是我猜：过去的某一段时光里，在看到周围的林木被斧斫刀砍的时候，杜鹃肯定也有过焦急，也肯定有被砍折了臂膀的，但它们也窃喜着，不管怎样，活着才是最值得骄傲的。杜鹃以茕茕孑立的姿态长于这片山野，向下以驳杂的根系紧紧号着大地的脉动，同时不断扩大着自己的势力，漫山遍野发展党羽，那些后起的林木再无法与之争锋。

三

随着山的拔高，空气冷冽起来，爬山带来的热感被这冷冽消解了。我渐渐发现，在这枝干上出现了厚厚的苔藓。

苔藓附着在枝干上形成特异的风景，在友人世伟的镜头下，我发现了一只缘木攀爬的大熊，在采食花蜜。这毕竟是可遇不可求的机缘，随着光影的变换，熊一会黑一会绿，姿势却一直没变，明星一般任凭我们相机的抚摸。在这只熊的启发下，很多人包括我开始关注这些翠绿色的藓类植物。在我的印象里，苔藓一般只在常年流水的潮湿地方生存，在这苍山之巅无水可依的杜鹃枝干上，竟然也有苔藓。再细细一看，苔藓的绿竟是永恒的绿，手摸上去，那些脆弱的苔藓便随着触动碎落一地，原来是干的。树衣，友人说。多么恰当的称呼！虽然与我们作为食材的树衣截然不同，可杜鹃树干上的苔藓提供了温暖的思考，是的，是温暖，在冷冽之中的自然庇护。

苔藓也有不同的色调。表面翠绿如葱，冉冉袅袅如烟，翠绿之下略显黑，有着泥土的气息和面相，给人以肥沃之感，与枝干接触的部分，丝丝缕缕紧缠，如胶似漆，想一把揪下来还有一定的难度，生命的力量在这枝头绽

175

岂曰无衣

开，我好似看到了万千的蛇游移于这片灿烂中。苔藓死寂的表面给我更深层次的东西，它们不朽，这么柔弱的生命一直没有化为飞灰定有其存在的理由！它们是如何从水下世界登上枝头与花争宠的？一种事物从阴暗走向阳光，这种对立的环境是需要勇气的。

我暗自在想，有点想当然的意味在里面，这种想是无据可查的。每到冬季，苍山负雪，朔风凛冽，目力所及均为苍白掩盖，杜鹃秃枝败叶成了孤家寡人，不免枝头睡雪，空山寂寂徒余风声。严寒下，雪衣渐重，再被严寒所迫，这雪便长上了枝头，雪下，一些类似苔藓的生命依附树皮的营养和积雪的水分，积蓄力量，待春阳初放，便破冰而出，从容而妩媚地妖娆一阵子，但这毕竟是个水性之物，水分一干便随之枯萎，那些来不及褪去的翠绿，终只能空留遗憾，等待下一场夏雨了。

之所以我们误以为是熊的那团树衣，有着风尘的味道，有着倦土的气息，不知蓄积了多少时光的尘埃，才在几枝瘦干上成为巨大一摞，这"熊"摸起来就有点凉意在其中，树的意象在枝头成为活的标本。

四

山间矮草丛生，形成一些小型的零星草甸，我们好似走进了草长莺飞的高原腹地。

草甸多位于林木稀疏处，山的向阳面，草与灌木林分界处，形成山脊，阴阳两界风景各异，我们被峡谷的风推着，渐渐爬上了西坡高地。此地已是大花园的边界线了，杜鹃的脚步到此止步，其他林木也到此止步，只有爱美的我们，还不停歇，翻越一个台地，又一个新高地在前方，我们不断地超越，殊不知还是未能登临绝顶，只能到这生命的边界线凭空眺望，俯视整片花海。

从这往下看，原来能看清的一棵棵、一朵朵红花全变成一片淡红，花的颜色在辽远的天幕中仿似过了水的油画，滴滴淌淌的颜料在山间到处倾泻，又好像有个纵火的狂徒，拿着火把这山头点一下，那山头点一下，于是整个苍山都好像被点燃一般。三月的杜鹃正当艳丽时，而在高地一看，我们只能惊叹这片花确实远比镜头下的一朵花、一树花更令人震惊。

如果单看花，艳丽不若牡丹，清雅莫过于莲。而西坡的花，你只有立于高地去看，才能看到花的极致，才能赏到花的气势。看花，还要有地域的衬托和看花的心情。我所要表达的是脚下的这片草甸，草甸在赏花中实有衬托作用，这就是大自然的秩序，任何事物的存在都有其存在的寓意，我们不是常说红花还要绿叶配吗。

草，比树爬得更高，更懂得谦卑。它们柔弱纤细毫不张扬，它们的身体禁不起任何一个动物的签名，而它们更懂得如何利用自己的弱势，去看更为辽远的风景。在友人的众多图片中，我还是比较欣赏那些以草甸为背景的景致，花的红与草的黄，花的艳与草的枯两相比对，一种忧伤的美艳仿佛一泓清泉，缓缓滑过心头，爬上眉头。是的，单纯的看花总让人易忘，花也好，人也罢，结伴而行于山间，总会有些故事的吧！

伫立于西坡高地，我十足像个将军一般，指点江山挥斥方遒，览尽西坡风光，穷尽思绪的极限，在我的后面，一座座山绵延起伏纵情铺展，漾起丝绸一般的光泽，万千的杜鹃纠结成林，形成一面留恋的墙，我想我是醉了，或许，这只是山之一角，花海一束。但在云贵高原深处，杜鹃花便是有一个叫漾濞的小城发出的春光请柬！

来吧，为一地灿然景色！

来吧，燃一山花事等你！

177

苍 山 西 面

李达伟

一

　　那是在苍山西坡。山坡上只剩下小宝和我两个人，别的人早已涌入那些燃烧着的杜鹃丛中。正是杜鹃花开得绚烂的季节，一地的落红，美得让人惊诧。不多的高山草甸上，有着一些马，一些牛羊，它们往往常年在山上，羊群亦如此。我有着多年放牧的经验，曾经我就是在类似眼前这样的世界里放牧，往往就是我一个人，依靠着那些牛羊来消解可能与不可能的孤独。我们突然发现，除了我们两个而外，还有人，一个放牧的老人，羊毡子铺在地上，人侧卧，抽着旱烟。我们都在想，在苍山中，还有着多少那样的老人。我们可能定睛细视，就会发现更多的老人。我总觉得，与那个老人之间，必然要发生什么了，至少会有一些对话。

　　那时我们成了苍山褶皱处的一部分。我们便是褶皱的一条很细的线或点。再次出现在苍山西坡。我已经多次出现在苍山西坡，并在苍山西坡与一些我所熟悉与不熟悉的世界相遇。那个世界的世界里的一些东西，在这个西坡出现，至少是眼前的自然，眼前自然之内的生命，以及生活在这片自然中的人，与那个世界的世界太相似了。那时，我特别渴望能有一些人出现，我想与他们谈谈，或者是听他们谈谈。如果是一个牧人，从草甸上缓缓起身，揉着眼睛，同样缓缓地跟你说：我们谈谈苍山西坡吧。（我所希望的讲述方式，如果真在那里出现的话，那将是一件特别奇妙的事情，果然有人开口了，果然有人起身，虽然不是从草甸上，而是在一个大石头上起身，身下铺着的是羊毛毡，他的烟斗在石头上磕了几下，然后他开始说，就让我们谈谈苍山西坡的杜鹃吧，其实那时的苍山西坡没有任何杜鹃的开放，杜鹃同样变得枯索。他说自己在那些杜鹃上看到了生命的一些形态，那些虬曲的枝干，那些起皱的树皮，那些稍显干燥的树叶，都在暗示着生命的什么，他说自己说不出来，但内心深处总感觉着与那些杜鹃树之间有了一种内在的和谐与平衡。那个人真说过这样的话吗）那时水冷草枯。干枯的草甸上有着一些牛马。松树底下是厚厚的松针。在面对着那些牛马时，我们依然习惯的是与它们进行着一些必要的对视，但它们只是把头抬起来，朝我们望了只是一眼之后，就继续低下头啃食着那些青草。我想象着它们在杜鹃花开得很盛的季节，啃食着一些杜鹃花。（这会是真的，又有可能不是）那时，我们面对的是纯粹的自然。那时，其实我们面对的并不是纯粹的自然，因为人的出现，那个牧羊人，还有那些牛马，这些都让苍山西坡有了不一样的感觉。这与我放牧的日子不一样，我放牧的世界里很少会有人出现，还很难会有陌生人出现。而在这里，此刻，至少我出现了，并与老人之间有了一些关于自然的对话。我们谈论到了自然的繁复感，自然的繁衍，色彩的繁衍，以及想象世界里那些色调的繁衍。红色的杜鹃，不只是红色的杜鹃，这时，杜鹃花的颜色消失，但这并不代表它们就不在，它们会在一些季节里重新出现，我们可以期待一些色彩的重复出现。杜鹃是很多人在遇见他时所无法避开的一个话题，很多人出现在苍山西坡，也往往是因为那些开得绚烂的杜鹃，杜鹃的种类在那里分布，在苍山西坡，我们所面对的更多是大树杜鹃。在苍山的另外一面，让人印象深刻的是黄杜鹃，一大片一大片黄杜鹃的开放，那同样是一种渗入内心深处的黄颜色，那同样是一种纯粹且干净的色彩。在苍山上，我们面对的便是纯净的色彩，以及纯净的色彩背后纯净的自然，以及很有可能纯净的人。我们都想成为纯净的人，至少我是，但在很多时间里，却很难。厚厚的松针，躺在上面，不刺人，松软光滑，那些松针是纯净的。放牧的老人，已经随着羊群，从我们的目光里消失，又没有消失。

　　离开苍山西坡。但依然在苍山中。色彩开始发生变化。杜鹃花已经败落。色彩变成了白色。世界变得单一，成了白色的苍山，落日也成了白色

苍田无衣

的，当太阳从苍山上坠落时，苍山的黄昏也是白色的。那时，你就在苍山下的那个村落里，参加一个葬礼。你在白色的黄昏中进入那个村落，苍山上又刚刚下了一场雪。那几天，苍山上总是在下雪。苍山上总是有雪。那是关于一个有雪的梦。那是关于一个白色的梦。从那时开始，我们暂时从葬礼的悲痛忧伤氛围中抽身，沿着河流走了一段路，那是用河流的声音铺就的路，鹅卵石，就是源自那条河流，路上还有着树的影子，一些古老的树木。在白色的凌晨中逝去的人被抬往苍山中，那种悲伤带来的压迫感朝苍山以及往苍山走的人群倾斜，我们看到了因沉重的悲伤只能被人扶着走的友人，朝着苍山的方向大声喊着自己父亲的名字，那是喊魂，要让父亲记住回家的路。就在那时，苍山上的白色越加显眼刺目，那时忧伤就是白色的。白色在那时不再是那种我所熟悉的色彩，那时朋友和送丧的队伍，同样也覆上了一层我们所不熟识的色调，他们一下子全变老了，那些抬棺的人全部变成了老者，颤颤巍巍的人群。我真在苍山下的某个村落里看到了这样的人群，给人的感觉真是生命力的一种落寞与颓败。在那些抬棺人里，我看到了另外一个友人，他还很年轻，他从苍山下的那座城市里回来，就是回来抬棺，为了帮一下那些抬棺的老者。他说，有很多次，自己是抬棺人群中唯一年轻的。他说，你想想那样的情景：一群老人气喘吁吁地抬着棺材入山，走在人群前面吹唢呐的老人时断时续地吹奏着唢呐。

二

作为记者的小宝问我想去苍山西坡什么样的村落时，我顿了顿，说最想去的还是他多次跟我说的那个制作火草布的村落。那个村落的人，在六七月份，去山上采集火草的叶子，在清澈的河流里清洗，撕下火草叶背面的白色绒衣，然后捻线，放在房檐风干，纺织成布，再做成衣服。在那个村，到现在还穿着那种用火草布做的民族服饰。我想看那个制作的缓慢过程，我还想去看看那些制作火草布的人。小宝说现在肯定是去不了那个村子，那个村子很远，至少要在那里住一晚，有些东西的保留背后就是遥远的空间与目光。

有一天，在雪山河边，我无意间见到了那个村落里的人。他就是一个会制作火草布的人，没有我想象中的老，看着还很年轻，他还会上刀山下火海。一些特殊日子里，他会和一些人在他们村表演上刀山下火海，他们用舌头舔了舔炽热的火炭，他们赤着脚踩入了彤红的火塘，他们光着脚爬上了锋利的刀架。我还不曾亲眼见过那种表演，那是苍山中隐秘的不可言说和解释的部分。而在大部分的日子里，这个村落与其他村落一样普通，那些殊异的部分被隐藏起来。

小宝说那就去河西村，那里有苍山西坡唯一还在用着的磨坊。河谷中的磨坊，那是苍山中随时被露出外面的部分。我们来到了河西村。磨坊河边的水磨坊，许久未用。磨坊里，残留着一些黄豆，已经潮湿，一些嫩芽正探出来。潮湿的世界里，粮食的气息、植物的气息有点淡薄。与我想象中，磨盘一直转动着的情形不同。刚饮过酒，一身酒味的人，不断努力着，但水磨纹丝不动，整条磨坊河的流水，似乎已经带不动几十年的老磨。屋顶上面落满碾磨出来在空中飘扬，又坠落下来的面粉。一直以为磨坊的时代早已成为过去，在看到磨坊那一刻，竟有那个时代还未远走的恍惚。磨坊的时代，在苍山中，同样已经成为过去。那些流量变小的河流，已经带不动一个上面落满了时间之灰的磨坊。

磨坊河同样带不动那颗很轻的核桃。在等着小宝去找人打开磨坊的间隙里，我来到磨坊河边，被洪水冲刷的河床很宽，流淌着的溪流很小。一颗核桃出现，那是完全可能会被忽略的核桃。那是众多不被人收的核桃之一，在那些有着众多核桃树的村落里，因为核桃价格低，众多的核桃挂在树上没人打。核桃有些落到地上，有些竟挂在树干上干掉，很长时间挂于树梢，它们变得越发轻，轻得风都无法把它们吹落。当我这样以为时，现实轻轻地打了一下我的眼睛。那个核桃在我的目睹下，被风轻轻摇晃了一下，落入河中，壳剥落，核桃在水流的漩涡里打转，一直在重复着。河流有着让核桃以及其他物事重复的力量。河流的一些东西，正慢慢发生变化，那个世界的一些东西也在慢慢发生变化。一些东西在减化，像此刻磨坊的数量。

那个醉醺醺的人说水磨坊是在二十多年前从别处买过来的，以此反推，河流应该是经过了至少一次或几次重新的命名？在那之前的很多年里，在这条磨坊河上，一定还是有着一些磨坊。在我的记忆中，苍山中的很多河流上都曾有着水磨坊，一条河流上可能就有无数的水磨坊。一些人背着麦子出现了。一些人背着面粉离开了。一些磨坊便不再转动了。看着眼前酒还未散之人的无力疲惫，以及磨坊始终不动的静态，"唯一还使用"，似乎也停留在了过往的某个时刻上。一些水磨坊被洪水冲走，一些被废弃，彻底从苍山中消失。

只是为了一个水磨坊，而出现在了那里。理由简单而纯粹。有时，我在苍山中的行走就是这样。我们都意识到了即便怎么努力，也不能再使磨坊转动起来了，便停了下来，他不再像一开始那样冷淡，突然变得很热情。他跟我们谈了很多，从石磨开始，到他父亲，再到他。在他看来，对于他家而不是河西村，石磨变得无比重要。石磨确实转动不起来了，我们都多少有些颓丧疲惫，石磨变得不再重要，存在的意义开始消解。

离开河西村，时间还不算晚，小宝说，我们还可以去雪山河看看。那是与河西村不同的方向。磨坊河和雪山河之间，又有着一些相似的东西。在苍山中，我们会发现一些很相似的河流。我们出现在岩桥上，风一吹，岩桥轻轻晃动，近百米，还是近几十米的下面，就是雪山河。岩桥边的那些庄稼地，出现了一些裂缝。过桥，是岩边村。我们暂时没有时间去岩边村。雪山河边，烤酒的人说自己可以喝下两公斤白酒。燃烧的火，扑鼻的酒香，我把自己的身影放入火焰之内。雨季里苍山中会有很多蚂蟥，一些人为了蚂蟥，带了一瓶白酒进山。雨季我们要进山的话，要先喝点酒。那个说自己能饮下两公斤白酒的人说，自己有次进山喝得醉醺醺的，蚂蟥就不敢近身。

三

那是属于苍山或个人的浪漫。一个人都可以打歌。那时，以为会缺失的生机出现，或者是在回来，或者它们一直都在。在这之前，我们在苍山西坡的村落里很多时候所见的都是一群人在打歌，众人参与，有时还有篝火，喧闹的世界，人们在那样的情景下尽情释放着自己，自己在那样的情景下尽情享受着快乐。在苍山西坡，我们习惯了以这样热闹的方式，却不曾想过还将会遇到在这之前就没有想过的在相对安静中进行的打歌。

那同样是苍山西坡的某个村落里，我们真很少见到一个人就可以打跳的。我们在去往雪山河的路上，他们跟我说起了那个一个人都可以打歌的村寨，我们同行的作家杨木华一个人曾出现在那个村落，他出现在那里，就是为了"一个人的打歌"。在他们的讲述中，我对于这样的世界开始很向往，毕竟这与我的常识是不一样的，这也是我们在习惯了那些喧闹之外的另外一种属于个人的喧闹。在苍山西坡，一个人在那里跳舞，独舞的意味浓烈。出现在了那个村寨，现实之一种。有人就在我们前面打跳，自己唱着些什么，用自己的语言，彝族语言（据说那些语言很简单，无非与自己的生活日常有关），但因为这种语言与自己熟悉的白族话不同，我在听着那种语言的过程中，竟进入了一个奇异的世界里，那只能是语言的陌生所可能抵达的陌生，以及一种奇妙的误读。那时，我不用去关心语言。其实，我又怎么能轻易忽略那些语言呢。即便那些与我所说的白族话基本不同的语言，虽然都是白族话，虽然都是同一种语言，但在苍山中，因为小的山河村落的切割，就让它们有了一些细微或明显的差别。在苍山中，即便是白族话，它们于我时而清晰时而模糊，在那个世界里述说着什么。语言背后，我们遇见了一些独属于这个世界的生活方式，甲马，对歌，鬼街（鬼与世人的节日，更多是鬼的影子，更多是灵魂的影子，许多人说在这个民族近乎狂欢的节日里，你会碰到很多已经逝去的人）……

远离孤独的舞蹈。沉醉于近乎虚幻中的舞蹈。极简主义的舞蹈。这是我们对于那种舞蹈的认识。这也是我们在面对着那种舞蹈时，所会有的最为合理的解释。有些时候，在苍山中，很多的东西都变得不再那么合理。那些不合理的

岂曰无衣

东西，不断冲击着你的内心，让你的内心在面对着那种情境之时，会有着对于世界产生新的认识的感觉。同时，在各种解读面前，它又马上以悖论的方式出现，让人不知所措。在苍山中，我慢慢放弃了那些放任的臆测。在苍山中，那种看似孤独的舞蹈，其实并不孤独。那个跳舞的人说，自己是在与苍山中的那些树木共舞，你们看到那些树木在舞蹈了吗？我望向了树木，树木静止不动。那是给自然之神跳动的舞蹈。一些人这样说。那时现实与我们所希望的似乎完成了平衡。苍山西坡的火塘边，火塘的火焰渐渐暗下去，我们在火塘边开始感觉到了睡意，但其中有人并不希望我们会睡去，他到外面的星空下向星星借了一抱柴火，房间再次亮了起来。我们看到了有个跳舞的影子。跳舞的人，真实的身影却看不见。那时，不只是我一个人看到了那样的情景，我也不敢跟人说起自己看到了一个跳舞的影子。当我还在犹疑时，有人把我拉了起来，我们一起跳舞，跳起那个白日里我们所看到的一个人的舞蹈。它成了一个群体的舞蹈。当自己也能成为舞蹈的一部分后，再感觉不到那是一个呈现孤独的舞蹈。

苍山西坡的这一晚，我们所感受到的便是世界的多重纬度。在众人尽情舞蹈时，特别是在其中一夜，打歌是在夜空之下，那夜繁星璀璨，那夜，我们忘却了在苍山中还有一些属于孤独与忧伤的舞蹈。那夜，我说不清楚是否有着一些孤独的影子也混入了我们中间，我们只能见到他们的影子而见不到肉身。那一夜，有着各种思绪复杂的人，同样有着各种单纯的人，我们面对着的是同一个火塘，不一样的火塘，同一个夜空，又是不一样的夜空。那一夜，我并没有梦到自己在苍山中孤独地跳起那个简单的舞蹈。是我回到了苍山下的这座城里，在一座城中，人的孤独感越发浓烈之时，我竟然梦见了自己出现在苍山西坡的一个村落里，不是那些我所熟悉的村落里，笨拙地跳着那个舞蹈，一步，两步，七步结束，然后重复，然后开始慢慢有了变化。

诗意的漾濞

李智红

漾濞，县名，东与大理、巍山毗邻，西与永平、云龙接壤，南交昌宁，北连洱源，花山水城，翠谷碧川，世为我十万彝胞休养生息之风水宝地，素有"中国核桃之乡"盛誉，亦是"省级历史文化名城"。

——题记

诗意，在漾濞的山水间生长

每年的春天，至少有怀抱五种以上花色，十种以上靓丽的杜鹃，都会开始在苍山西坡，在漾濞的山野沟壑间，开始她一年一度的燃烧，一年一度的灿烂。一年一度的红肥绿瘦，风情万种；一年一度的花团锦簇，争奇斗艳。

每年，总会有源起自漾濞雪山河谷的一缕小南风，选择在一年一度的阳春三月，翻越过苍山之巅，穿越过大理坝子，把这个令人心情舒畅的好消息，告诉给我。

这缕源起于漾濞的小南风，丝绸一样柔软，棉絮一样轻盈。

她是来自苍山西坡的小南风，她是来自苍山西坡万亩杜鹃花海的小南风。她带来了百花的请柬，带来了韶光的邀约，带来了春天的问候，更带来了大美漾濞最诗意的召唤与牵引。

一年一度，仿佛云龙桥头一岁枯荣一次的黑麦草，我的牵挂也再次萌芽。一年一度，恍若官房坪村一年酸甜一回的野杨梅，我的情绪，又开始无比兴奋。

这是来自漾濞的，最鲜活也最诗意得魅惑，她总是让我魂牵梦绕，心花怒放。

岩田无衣

在我纷繁的记忆里，漾濞作为大理的后花园，一年四季，诗意始终在场。不是么，你瞧，这漾濞的山，就是静态的诗。这漾濞的水，就是动态的诗。这漾濞的万千性灵，就是生机盎然的诗。这漾濞的芸芸众生，就是美美与共的诗。

诗意始终在场，在漾濞灵息吹拂的风里，在漾濞润物细无声的雨里，在漾濞滋长万物的黑土里，在漾濞涵养生命的好水里。

天开石门，那是道法自然的大诗；地生嘉禾，那是四季轮回的真诗；驿道蜿蜒，那是历史文明的古诗；村歌寨舞，那是众生太平的美诗。

飘逸的云霓，让沉默如金的石门，也诗心萌动。
朦胧的烟柳，让安之若素的漾江，也诗情奔涌。
多彩的民俗，让朴实无华的山寨，也诗兴勃发。
清凉的鸟语，让苍茫浩瀚的林海，也诗意盎然。

在云上的村庄，我曾目睹过一树树以"光明"标注的核桃，以累垂的硕果，把诗意的笑容，装饰得荞麦花一样纯净。在漾江两岸那些幽深的河谷，我曾感受过一个个以"家园"命名的寨子，以亘古的和美，把诗意的生活，打理得水起风生。在雪山河畔，我曾目睹过半杯陈酿的荞酒，便泥醉了一个诗人的前世今生；在安南农家，一盏平素的清茶，便淡泊了我的爱恨情仇；在一棵核桃树的浓荫下，有很多人都学会了把一生的梦想与牵绊，诗意地安放；在一朵杜鹃花诗意的落红里，有很多人都找到了灵魂的钥匙，触摸到了心灵的门栓，解开了生锈的心结。

诗意的在场，让古老的漾濞，一天天返老还童。在场的诗意，让年轻的漾濞，一年年神采奕奕。

漾江的诗性

在丽江玉龙县九河乡白汉场的罗凤山，有一个活力四射的泉眼，那就是漾江最初的源头。

漾江，她在无拘无束地抵达漾濞之前，还有一个更为响亮的名字：黑惠江。

据顺宁府（今凤庆）《方舆纪要》卷118所载：黑惠江"即样备江也。亦曰漾濞江，又名黑惠江。在府东北百十里。自蒙化府流入境，东南混流百里，至泮山下，合于澜沧江"。

漾江是澜沧江第二大支流，也是澜沧江在云南境内最大的支流。漾江全长334公里，江与金沙江、澜沧江、怒江，合称为中国滇西高原的四姐妹江。

漾江自古就有"一水跨三府"之称，即流经古代的丽江府，大理府，永昌府。干冬季漾江虽不像金沙江、澜沧江、怒江另外"三渎"般深沉狂暴，但每逢七八月雨季，亦不逊高原大江之本色。她时而满川红涛、时而一江雪浪；时而如霹雳轰鸣，时而若万琴争发。以摧枯拉朽之势，移山填海之姿，奔湍在莽莽的横断山脉云岑中。

南诏国作为公元八世纪在唐王朝鼎力支持下崛起于云南一带的古代地方政权，他的六世王异牟寻也学着中原王朝的做法，于唐德宗兴元元年册封漾江为"四渎"之一（以黑惠江代漾江之名。）据《礼记·王制》载，古代的天子都有祭祀天下名山大川的传统，即祭祀五岳与四渎。《史记·殷本纪》载："东为江，北为济，西为河，南为淮，四渎已修，万民乃有居。"唐代始称大淮为东渎，大江为南渎，大河为西渎，大济为北渎。金、明等代袭之。由此可见，漾江在南诏国主异牟寻的心中，地位是多么的重要。

据当地老者说，过去漾濞江两岸，长满野柿子林。每值八、九月间，柿子盛熟，像燃烧的火焰，映红了漾江两岸的青山碧水，故漾江又名柿子河。

作为澜沧江的第二大支流，漾江在漫长而曲折的流程里，她从诞生到成长再到奔腾浩荡，漾濞，是她最温暖的一个驿站。

据说，我们只要用心去倾听她的流淌，就能够知道春天在滇西行进的方向。

据说，我们只要用手触摸一下她的"额头"，就能感知到整个漾江河谷花开花落的讯息，就能感知到漾江两岸嘉禾的生长时令的变幻。

据说，那些知道它叫柿子河人，都已经在蹉跎的岁月中，一茬接一茬安静地老去，成了百年老火塘边一个隐秘的传说。

据说，每当漾江两岸的杜鹃花，火焰一样熊熊燃烧的季节，就会有一朵五色的祥云，沿着蜿蜒曲折的河谷，缥缥缈缈一路向北，聚结成剑川石宝山之巅一道吉祥的佛光。

据说，每一个用心热爱过她的漾濞人，都有漾江最倔强的涛声在血液里，在生命里浩荡。作为一种特殊的DNA，漾江的脾性或者秉性，终将被漾濞人世代传承，直至地老天荒。

裂变的阿尼么

阿尼么自然村地处县城东北部点苍山西麓，隶属于云南省大理白族自治州漾濞彝族自治县平坡镇向阳行政村，世居彝、汉两个民族。阿尼么的称谓出自彝语，意为"鸟都没有的地方"或"鸟不歇脚的地方"，以此形容曾经生活条件的恶劣与艰苦。

阿尼么与苍山西坡的石门关隔河相望，平均海拔1600米，辖区面积1.47平方千米。

在当地人的叙说里，阿尼么是苦水里泡大的，以前整个村庄除了生长石头和无根云朵，就只生长苦荞、洋芋、苞谷以及核桃树和水马桑。全村30户人家，120人，就像是苦涩的山毛薯一样，散落在石头窝里，日出而作，日落而息，周而复始，波澜不惊。

在苍山西坡，在漾江两岸，其实像阿尼么这样的寨子，就如同老比摩当年随手撒下的苦荞籽，比比皆是。她曾经的日常，就是偏僻，就是贫穷，就是苦难。她曾经的形象，是用嶙峋的石块堆砌而成的，是北杀猪刀一样锋利的山风劫掠过的，是一块又一块不规则的，瘦骨嶙峋的火山地拼装起来的，是哀怨的山歌，盐渍的泪水，没日没夜地腌制过，浸淫过的。

在阿尼么，石头无处不在，石头遍地丛生，仿佛天底下所有石头的形态，你都可以在阿尼么找到。多少年了，阿尼么，风来过，雨来过，泥石流来过……如果不是乡村振兴的鼓点，正好擂中了她的心脏，如果不是返乡创业的好儿郎，那个会唱调子的李永康带着他闯荡世界的伤痕和梦想，带着他的音乐，他的沧桑，他的风尘仆仆，他的故土情结回到这永远的老家，阿尼么，也许还要再默默无闻一些时候。

阿尼么迎来裂变，契机是李永康和他的伙伴们。当这一群充满想法的年轻人把希望赋予了富集的石头，当阿尼么人最终学会了从石头的内部掏出梦想，一辆用石头垒砌的"老爷车"，云ANM007，作为一个艺术农庄的标志性"建筑"，便开始运载着一个古老的传说 在通往春天的道路上奔驰。一把石头垒砌的"吉他"，便开始破壁而出，把春天的音符挥洒成了满野浪漫的山花。一群灵动的鸟儿，也仿佛受到了李永康们的感召，纷纷从遥远的山外飞来，在一棵棵古老的核桃树、柿子树、李子树、麻栎树、水冬瓜树上生儿育女，呼朋引伴。

当下的阿尼么，阳光明亮，云朵洁白。一年四季充满抒情，频繁接近音乐和生生不息的春天。森林在山坳里茂盛，庄稼在黑土里成长。炽烈的苦荞酒，在古旧的陶坛里沉醉。浑厚的彝族调，在错落的寨子里飞扬。甚至，那块天大地大的，让人念念不忘的巨石，也开出了"花朵"，被一弯月牙儿追赶着，在许多人的梦里，幽香缠绵。

当下的阿尼么，只适宜于相思，只适宜于幸福，只适宜于阳光的普照月光的皎洁，只适宜于歌唱或者舞蹈，只适宜于一半人间烟火，一半诗和远方。

在阿尼么，007，那是她的"灵魂"和"诗眼"。庄主李永康和他的团队，用奇思妙想，用起伏跌宕的音符，用就地取材的石块，垒砌出一个梦幻般的艺术农庄。这个不一样的农庄，被许多大大小小的果树，和鸟不歇脚的古老箴言，严严实实地包裹着，就像是一笼造型独特的粽子，既安置了当地人乡村振兴的梦境，也可以收留任何一个陌生访客日渐稀薄的诗意惬意以及饥渴的睡眠。

一条用自由散漫的石块随意铺筑的小径，迂回盘曲。小径两边是任意葱绿着的野草，任意斑斓着的花朵，任意簇拥着的野花与虫鸣。就像是寨子里美丽而勤劳的彝女，在春天里织下的一根腰带。

下榻007的当夜，我便浮想联翩。我曾联想到会有一只妖精，她有着青丘的血统，她衣袂飘飘，她身姿妙曼，驾着银子般的月光，悄然莅临。午夜两点，书生写诗，妖精弹琴，一盏书灯，忽明忽暗。那是一种怎样的惬意啊，阿尼么配得上这人世间所有的美好与神秘。

夜色笼罩，阿尼么的静不是一般的静，那是一种种可以称作清寂的静。月光把一只猫头鹰的呼唤，投映到起伏跌宕的地面上，显现出一种罕见的诡异和斑驳。斯时斯夜，仿佛还有一尊看不见的神，在那一块小山一样盘卧着的巨石上，跳着神秘的舞蹈。

刹那间，红尘那么远。回过头，宦海那么深。即使再不舍，我也得把自己清空，就像山庄门前那一口孤独的老石臼，让月光或者夜色，让诗意的想象或禅意的闲适，一点点填满，直至长出青苔。

如果庄主李永康允许，我一定要带走那一块巨石的沧桑，收留那一阙陌生的虫鸣。甚至还要把那小半片来自石门关的云霓，也安放进空空如也的行囊，回到下关，用它圆梦。

放心，我绝不带走阿尼么的阳光，阿尼么的春色，阿尼么的歌声和快乐，还有她钻石一样珍贵的静谧。这些美好的事物，就留给那些赶赴007的陌生人吧，他们的梦境太荒凉了，需要清洗，需要深耕细作，然后种上几棵绿色的核桃树、苹果树、李子树，甚至一片苦荞、几陇玉米，哪怕安放上几块阿尼么个性鲜明的石头，也行。

等春天再次选定盛开的花朵，等秋天再次捧出饱满的果实，我一定还会回来，那个时候，如果古琴台前的水池依旧空着，我一定征询李永康的允许，在里面种上半塘荷花。

云龙桥

如果你有机会到访漾濞，一定要匀出一点时间，去拜谒一座古桥，它叫云龙桥，就横跨于漾江的碧波之上，由粗壮的铁链牵引着，把陈旧的历史与魔幻的现实链扣一样纽结在一起，让一条驰名中外的丝绸古道，穿透岁月厚重的尘埃，穿透肆无忌惮的谎言和跌宕起伏的风雨，在唐标铁柱的漾江之上，由东向西，继续书写着古老的传奇。

云龙桥为东西走向，两岸并列着8条长链，上铺桥板；桥面全长40米，宽3.2米，高12.7米，桥墩设有桥亭。据明成化年间由大理喜州迁至云龙的董氏家谱考证，该桥建于明成化年之后，约为明弘治年间，即公元1488年至1505年间。云龙桥在杨慎的《滇程记》和《徐霞客游记》中均有记述。另据《永昌府志》记载，该桥于清康熙十三年（1674）以及光绪三年（1870），分别由提督诺穆图和腾越总兵蒋宗汉重修过。

云龙桥是南方丝绸之路博南古道路段之上唯一幸存的古桥，也是中国现存的最古老的铁索吊桥。它栗木铺就的晃晃悠悠的桥面，更换了一茬又一茬。上面，曾经蹒跚过明朝的军队，清朝的商贾，民国的马帮。曾运载过一匹匹华丽的丝绸，一驮驮高贵的瓷器，一坨坨雪白的盐巴以及走夷方的赶马人怀抱的希望与绝望。当然，还有一些爱与守望的传说，在此岸和彼岸的夜话中，长久地滞留。由于它们过于悲怆，我必须选择忽略，就像桥头那棵沉默不语的古榕树，千百次忽略那来来往往的离合与悲欢。

当我仔细检视着桥头的石板路上那深深浅浅的，被青苔和淤泥覆盖的蹄印与屦痕，恍惚中，我仿佛又看见了那一拨拨远来的马帮、旅人，他们正在桥头的马店打尖安歇。

老树昏鸦，西风瘦马。当此岸的柴门收敛起远来的狗吠，当彼岸的木窗收敛起明灭的灯烛，当秀岭那一年一度粲然绽放的梨花，又在某个闺阁女子的梦境里，挥洒下纷纷扬扬的白雪，夜半的风，微凉，依旧有守更的人，就着西斜的冷月在仔细地拾掇着由于长途的颠簸，显得有些松散的行李。他们，将赶在茅店的鸡声叫醒酣睡的曙色之前，继续整装出发，然后义无反顾地跋涉在遥远而又艰辛的丝绸古道之上。

这是古镇所历经的六百多年中，又一个普通而安详的日子，古老的南方丝绸之路，在云龙桥头稍事停顿之后，又从容而倔强地延伸向远方。

苍山西坡的性灵

一方水土养一方人，栖居于漾濞的彝族人、汉族人、白族人，千百年来便一直保持着亲仁善邻、兼收并蓄、海纳百川的胸襟，他们与大自然共存共荣，与天地万物和谐相处，他们崇信万物有灵，崇尚天人合一，道法自然。而"道法自然"的这个道，就是对自然的崇拜，对生命的敬畏，对天地的感恩，对性灵的守护。

在漾濞，在苍山西坡，整个大自然就是一个庞大的"性灵"系统。

在漾濞民间存续了几千年的"性灵"，有一半以上都被认为是居住在茂盛的森林里，陡峭的悬崖上，飘浮的云朵内，幽暗的岩洞中。甚至是居住在一棵树的根部，一朵花的蕊心，一块石头的背面，一根老迈的木头纵横交错的暗纹内部。

溪水中有性灵，龙潭里有性灵，草丛中有性灵，青苔下有性灵，白雪覆盖的黑色峰峦下，更是栖居着数量众多的性灵。

在漾江，在雪山河，在石门关，在阿尼么，在昼夜流淌的溪水或翡翠一样葱茏着的大地上，性灵无处不在，性灵始终在场，性灵有时可能是安南村的一朵山花，可能是桑不老村的一棵古树，可能是雪山河的一缕雾气，可能是石门关的一片云霓，甚至可能是阿尼么的一只乌鸦，可能是一条麦地村的一条翠蛇，可能是老虎箐的一只豺狗，可能是马鹿塘的一头麂子，也有可能只是玉皇阁路道两边的一只蝴蝶，一条柴虫，抑或雪山河的泉水中一簇清浅的苔痕，富恒乡的林莽中的一片飘飞的落叶。

在漾濞，你或许看不到性灵的存在，但你能够感觉到性灵的存在。你的感觉只是偶然的，不经常的，但在漾濞，性灵的存在是必然的，是恒久的，是不可言说的。

当你孤独地伫立在苍山西坡一片暖和的阳光下，抑或一片迷蒙的雾雨中的时候，你首先会感觉到你比一只蚂蚁还要渺小，比一只鹌鹑还要恐惧。这个时候，你突然就会感觉到性灵的存在，你的四周开始有性灵在奔跑，有性灵在飞翔，有性灵在张望，有性灵在歌唱，甚至有性灵在睡眠，你都能够感觉到。

尤其是当你置身在石门关之上那缥缈的云朵中时，你会明显地感觉到性灵就在你的周围，就在你的左边或者右边，就在你的前边或者后边，甚至有可能就在你的头顶，抑或你的脚下，他们正在舞蹈，正在聚会，正在饮宴，正在游乐，也可能正在晾晒花朵，正在翻弄烟岚，正在挥洒阳光，正在播种云雨。因此，置身于苍山西坡的任何一个角落，你无论平时多么狂野，多么张扬，多么富有，多么威严，多么不可一世，多么目空一切，你绝对不敢大声地喧哗，大步地走路，大胆地僭越，甚至大口地呼吸。

有性灵在，你就是一个卑微的凡夫俗子，你就是一个渺小的蝼蚁蚍蜉，你就是一粒尘埃，甚至还有可能什么都不是。

事实上，在漾濞，在苍山的众山之间，这种独特的，已经上升到灵魂层面的体验，我们许多人都曾经有过，我有过，于坚有过，海男有过，雷平阳有过，野夫、树才、叶永青、奚志农、潘洗尘和中国台湾人韩湘林、美国人林登，也都有过。据我推测，那些年迈的樵夫，憨厚的牧人，慵懒的石匠，剽悍的猎手，也曾经偶尔有过。

在苍山西坡，性灵比夜空中的星斗还多，比一年一度无由头无节制地盛开的杜鹃花的品种还多，西坡有多少花朵，多少树木，多少飞禽走兽，多少山谷村寨，就会有多少性灵。西坡的性灵，与洱海周边，与苍山东坡，与十九峰顶的性灵，并没有什么本质的不同，他们甚至就同属于一个家支，一个系统，一个阵营，一个序列，只不过西坡的性灵，守护的是漾濞的土地，保佑的是漾濞的生灵，享受的是漾濞的香火，承应的是漾濞的人情。

一个彝族老毕摩（祭师）告诉我，苍山西坡的性灵，大多都居住在石门关的云封雾锁里，居住在光明村的老树古木中，居住在马鹿塘和安南村的姹紫嫣红里。譬如说，那些古老的性灵，一般都居住在一株上了年岁的大叶杜鹃庇护着的一块巨石上。而性情孤僻的性灵，则居住在一棵老麻栗树被岁月蚀空的树洞中。年轻的性灵，则喜欢群居于疏朗的林地，幽深的峡谷，缤纷的花地。更多的性灵，则居住在那些百年核桃树的根部，居住在古老寨子的后山或者寨子中最大的黄莲树下。山有山的性灵，水有水的性灵，寨有寨的性灵，家有家的性灵，财神，门神，灶神，井神，厕神，床神，喜神，火神，酒神，茶神，都是性灵。房梁上有性灵，屋檐下有性灵，天井中有性灵，花圃内有性灵。即使最见多识广的老毕摩，也说不清楚在苍山西坡的这块土地上，到底有多少性灵存在，他只是告诉我有很多很多，比一个寨子收获的苦荞籽还多，比一条黄牛身上的毛发还多，比寨子里的白眉老祖银色的胡须还多。

　　除了经常与性灵进行沟通交流的老毕摩，没有更多的人能够叫出这些种类繁多的性灵的名字，而且大部分的性灵甚至根本就没有名字，他们就是性灵，就叫作性灵，他们以性灵的本身而存在。他们只为自然而存在，只为信仰而存在，只为某一块地而存在，只为某一座山而存在，只为某一沟泉水而存在，只为某一棵古树而存在，只为个古老的寨子古老的部落而存在，甚至只为某个具体的人，譬如寨子中那个垂垂老矣的"毕摩"（祭师）而存在。

　　我是彝族，在苍山西坡的漾濞这片大地块上生活的，也大多是彝族。我们同属于南诏时代一个古老的腊罗拔部落，属于37部中人口最为众多的一个

家支。作为滇西这片大地块上共同的土著后裔，我们的血是相融的，我们的心是相通的，我们的敬仰的性灵和我们所敬畏的自然，也是相同的。

我的父亲也是一个闻名的"毕摩"，他常常代表族人与性灵沟通，转达族人的祈愿，寻求性灵的庇佑。大到整个部族的风调雨顺，小到某个孩童的禳灾解劫，都需要父亲通过一种神秘的祭祀仪式，与某一个"性灵"寻求和解，寻求共识。父亲经常代表整个部族或者部族中的某个人，与"性灵"达成某种协议，甚至签订某种"契约"。

父亲经常对我说，大多数的性灵，都是公平公正的，他会尽量满足人们的合理诉求和欲望，以达到人与性灵之间和睦与平衡。父亲还说，性灵界也像人界一样，人界有好人也有坏人，性灵界也是。坏的性灵被统称为"邪神"，他们纵容人间的贪婪和邪恶，释放动乱、瘟疫、病痛，但他们只是众多性灵之中的极少数，从来都不是"主流"。作为一种注定的劫数，这些邪神也会偶尔得势，在某个时段作祟人间，胡作非为，但并不会长久。

在苍山西坡，还有另外一些性灵，他们大部分居住在石门关的溪谷间，岩洞内，危崖上，云霭中。这是老毕摩在吃了三两苦荞老烧，酒意微醺之后，悄悄告诉我的。

漾濞，一块有性灵居住的土地，一个有性灵看守的家园。这里的每一座山峦，每一条峡谷，每一片云彩，每一片森林，每一个坝子，每一个寨子，甚至每一家人，每一棵树，每一朵花，每一丛草，每一颗露珠，每一滴雨水，都有性灵在护佑。在这里，性灵和人类比邻而居，和谐共荣。性灵和原住民的关系，是邻里关系，是宗亲关系，是甚至是长幼关系，是弟兄姊妹关系。我坚信，只要我们心中一直保存着对大地的尊重，对自然的敬畏，对劳动的热爱，对希望的追求，对幸福的向往，我们的家园我们的村庄和大地，就会永远平安吉祥。

梨 花 酿

刘春花

　　车子在蜿蜒的滇缅公路上行驶着，直奔秀岭梨园而去。离秀岭梨园还有一段距离，就见到公路两旁的松树、栎树中夹杂着的梨树上零星开着些洁白的梨花，车里的人都忍不住探出头先睹为快。

　　快到梨园时，前方白茫茫的大片梨花，像雪一样堆满山坡。车里赞叹声一片，都按捺不住激动的心情。车子一停稳，大伙儿就蜂拥而下，奔进梨园。

　　站在秀岭村委会空旷的院场上，环顾四周，梨树一棵连着一棵，一片连着一片，相互簇拥着。这一棵棵梨树，像是从地下冒出来的一股股喷泉，而雪白的梨花，是源源不断的浪花，在阳光的映照下，在春风的吹拂下，跳跃着、舞动着，洁白如雪，银光闪闪。

　　我们走在梨花的海洋中，只见在虬曲的梨树枝条上，梨花静静地开放着，纯白的花瓣环抱着鹅黄色的细绒花蕊，恰到好处地点缀着白色的花瓣。梨花的白，白得纯净，白得惊艳，真有"占断天下白，压尽人间花"的气势。蜜蜂在花间飞舞，让满园的梨花变得灵动起来，也为蜂农能采收到丰足的蜂蜜而忙碌着。枝条上的梨花有的低垂着脸颊，羞涩地藏起盛开的花朵；有的挺直了花枝，骄傲地冲着你微笑；有的却像调皮的孩子，躲在新长出的嫩芽后面，偷窥着你。微风吹拂，满树雪白的梨花轻轻摇动，宛如身着缟素的玉女翩翩起舞。洁白的花朵歌唱着祈盼，待到碧绿的叶子装点着果园，小小的果实挂满枝头时，也挂满了农家人的欢笑。

　　沉浸在花海之间，这无瑕的洁白滋润着双眼，浸染着我们的灵魂；空气中氤氲着淡淡的香甜气息，花香溢满心扉，令人迷醉；飘落的梨花瓣扫去心中的尘埃，心灵也变得纯净清凉。身旁有一群文友做伴，谈论着喜爱的话题，在花间相互拍照、合影，大家都笑得像枝头的花儿一样。

在梨园里遇到了许多熟悉的和陌生的面孔，大家都为赴这场春天的盛宴而来。驻足停留在花丛中最久的要数摄影爱好者，他们不断摆弄着手里的相机，在不同的角度、不同的场景中按下快门。在花间嬉戏的小孩和漫步在花丛中漂亮的女子，成了摄影师们镜头里最好的点缀，他们用镜头留下了这春天的美好。

身处在梨花飘香的园子里，鼻子已经嗅到了金秋时节梨儿熟透了的味道。记得上一次来这里，是和同事一起来秀玲村委会做档案指导。在村委会的办公楼上，往窗外一看，整个梨园尽收眼底，梨树上挂满了金灿灿的玉香梨。看着在认真学习、虚心请教的小伙子，我在心里想，在这样的地方工作是幸福、惬意的，春天可以赏花，夏天如同避暑，秋天有吃不完的梨，冬天能与雪共舞。也许，正因为看到了这独特的优势，才把村委会搬迁至此。其中一个村干部说，这里即将开发建设亲子主题生态公园，开发的项目听起来十分诱人，他说得眉飞色舞。看着他信心满满的表情，我的心里也充满无限期待，深信秀岭的明天定会更加美好。

正陶醉在秀岭梨园的花海间，同伴就呼唤着到上车的时间了。坐上车，继续在滇缅路上前行。一路听永平文联张继强主席讲述修筑滇缅公路的历史故事。"我们脚下的这条滇缅公路是在1937年底，为抢运战略物资而开始紧急修建的，公路沿线二十余万各族民众，历时九个月，依靠双手创造了撼动世界的人间奇迹。随着日军进占越南，滇越铁路中断，滇缅公路竣工不久就成为中国与外界联系的唯一运输通道。这是一条滇西各族人民用血肉筑成的国际通道，滇缅公路被称为'抗战生命线'，也被称为'血线'。从下关至畹町五百五十七点八公里的滇缅公路西段，平均每公里就有五六名劳工献出了他们宝贵的生命……"

车子抵达小尖山滇缅公路遗址，为保留滇缅公路原貌，铭记历史，这一路段至今仍是土路。车路上方是巨大的岩石峭壁，下方是万丈悬崖，弯腰伸长脖子都见不到底，可见当时修路劳工历经的艰辛和凶险。小尖山崖子是滇缅公路漾濞境内最惊险的路段，据参加修建公路的在世老人回忆，在挖这段不足百米的路段时，就有近百人献出了他们宝贵的生命，有坠崖死亡的，有爆破死亡的，有土石方塌陷死亡的，有疾病死亡的。在国家危难时刻，大家都忙着修路救国，来不及料理遇难者的后事，只能草草掩埋或曝尸荒野。公路边竖着的"滇缅公路遗址"石碑旁，是一巨大的石碾子，当年就是这样笨重的石碾子充当压路机。看着眼前的大石碾子，我似乎看到几十名老老少少的民工使足了全身的力气反复来回推拉着石碾子压平路面，旁边还有监工用皮鞭抽打着使不上力气的民工。这样的场景让人不忍继续往下想，在国难当头，民族危亡时刻，他们忍受着饥饿和伤痛，将泪水和血一滴一滴铺洒在这条公路上。1939年，著名作家萧乾在《大公报》上发表通讯中说道："如果你有机会到这里旅行，你别忘了听听车轮下面咯吱咯吱的声响，那是为这条公路捐躯者的白骨，是构成历史必不可少的原料。"在时间的长河与历史的烟云中，修筑滇缅公路的祖辈们的身影渐行渐远，他们身后的滇缅公路是一座深深镌刻在大地上的英雄纪念碑，值得我们永远铭记。

离开小尖山，原路返回，经过太平乡政府，从滇缅路上分岔，车子左弯

右拐到达"八达听夏"农家山庄。一条鹅卵石铺成的小路贯穿村子，路两旁是绿油油的麦地，整齐划一的麦苗在风的指挥下舞动着，荡出一层层麦浪。在山庄的下方，又遇见一片正在怒放的梨花，虽然少了秀岭千亩梨园的气势，但枝头梨花似乎要比秀岭的开得更多一些，我们来得正是时候，还没看够，没拍够的可以继续。

看见宏观老师在群里发的梨花下拍的美女梦雪的照片，没能在秀岭梨园见到梦雪的木华老师在这里弥补了他的遗憾。梨园里，一群拿着"长枪短炮"的摄影师或站或蹲，或俯身或仰头，对着梦雪拍个不停。只听见相机的咔嚓声和赞美声。着一身紫粉色针织衫和长裙的梦雪，身材娇小，长发飞扬，水灵灵的眼睛似乎会说话。她时而手持梨花，时而舞动着长裙，一颦一笑，一低头一回眸，每一个动作和眼神都是最好的图景。梦雪指着对面的山坡，说那就是她的老家。开满梨花的山坡孕育出一个个梨花般的女子。

山庄里的菜肴都出自农家的圈舍、田间地头和山野，有放养的土鸡、腊肉、蕨菜、白花、梨花等。最让我记忆深刻的是炒梨花，也就是在这里，我才知道原来梨花是可以用来做成美食的，刚刚欣赏到让人如痴如醉的梨花美景，接着就在舌尖感受梨花的美味，是从视觉到味觉的完美过渡。席间轻抿一口酒，少了平日里喝酒的灼烧感，口感清冽、醇和，唇齿间回味无穷，甘甜中似乎散发着梨花的香味，以为被花熏醉了。"这里的梨树栽种得多，又卖不上好价钱，一斤梨批发价只是七八角，老百姓就在梨身上动脑子，总要想出一条致富门路。试着把成熟的梨酿成酒，让大家惊喜的是梨变成梨酒后，口感还特别好，价钱也比梨翻了几十倍。我们现在只是试着做，正准备大规模推广。"太平乡党委书记介绍道。

屋外，一枝枝梨花随风摇曳，薄如蝉翼的花瓣轻轻飘落到泥土里，风带进了一股股清香，浸入酒里，耐人回味。

岁月的车轮碾过一个个春夏秋冬，流年的轮回送走了无数晨起暮落。任时光如何变幻，在三厂局，傈僳族女子的勤劳和质朴依旧，傈僳族男子的勇敢和执着不变。生活在这里的村民，留存着历史的痕迹，延续着祖先的习俗，传承着祖辈的技艺。男耕女织，牧羊种地，过着属于他们的自在日子。

小 城 梅 雨

龙丽萍

一江萦绕，群山环抱，漾濞小城就坐落在青山碧水间。

水蕴秋波，风涵眉黛，小城漾濞恰似那眉间的一点美人痣。

六七月正值梅雨季节，这时节如同那川剧的变脸一般，时而阳光明媚，时而阴云密布，时而暴雨如注，时而细雨飘飞。如果你也和我一样身在小城，那一定懂得小城梅雨的缠绵悱恻，更熟知小城雨景的水墨诗意。

古时称梅雨为"黄梅雨"，汉代就有记录黄梅雨的谚语；晋代更有"夏至之雨，名曰黄梅雨"的记载；到了唐宋时期，更是将这梅雨季节融进了亘古的诗句之中。梅雨时节的漾濞小城，也别具诗意。如凤山雨霁，便是《漾濞彝族自治县志》所载的"漾川八景"之一。夏雨霁，风初静，行走在梅雨时节的漾濞小城，任由思维的触角恣意延伸，感知纵横的时光和点滴的情意，便觉得一切都像是安排好的样子。

"黄梅时节家家雨，青草池塘处处蛙。"这句脍炙人口的梅雨诗，生动细致地描写了梅雨季节的典型景致——家家户户笼罩在蒙蒙烟雨中，池塘边的青青草丛里传出阵阵蛙鸣……这个时候，最惬意的事，莫过于去小城附近的皇庄坡上走一走，看新插的秧苗在薄雾中绽绿，看路边的青竹在细雨中拔节，看娇艳的水仙在石缝间绽放，看黄口孩童在树下嬉戏；偶尔，一只蜻蜓从肩头掠过，羽翼震颤，随着那漂浮的云朵，消失在湛蓝的天际……

几场梅雨，几卷荷风，目光所及之处都已是烟水迷离，让人想起"水映新荷凝玉露，风吹紫燕聚檐头"。这个季节，许多人都在打探关于荷的消息，以及荷在黄昏浮动中的神秘幽香。小城附近，如河西坝子、淮安村旁、皇庄山头……总有那么几塘荷，顺时应节如约盛开，引得人们茶余饭后欣然奔赴、尽兴观赏，甚是满足和欢喜。于是便也明白：生活，一半是诗意，一半是烟火，每个人都是在诗意烟火中安享人生。

梅子成熟的时节，雨总是下个不停，如烟如雾、如泣如诉、如怨如慕，整个小城就被云烟雨雾笼罩着，恰似"一川烟草，满城风絮，梅子黄时雨"的意境。这个季节的飞凤山，也是四季中最美的时节，或鹅黄、或黛绿的树林宛如一块巨大的幕布，迎着风、裹着雨，一波一波荡漾着，波澜壮阔，势不可挡。随着天气放晴，雨势渐弱，柔和的阳光从云层间渗透下来，与飘洒的雨丝相映生辉，宛若斑斓的彩练，又像五彩的纱巾，在山头萦绕、飘扬。人生的路，其实也就与或纱或幕披覆的飞凤山一般，不可能每一程都会守得云开，但只要心盛阳光、自持有度，用平和的心态去接纳世事的悲喜，不论晴天或雨日，都记得给自己的内心留一方素白，便可活出生命的从容与风雅。

暮色向晚，雨后的小城透出些许潮湿的气息，沁人心脾。霓虹初上，雪山河上的三座大桥，在夜岚中舒展着璀璨的臂弯，迎接每一个晚归的行人。走在大桥上，凉风习习，原本闷热的空气顿时变得格外清爽，浮躁一天的心也逐渐平息。依稀听见路过的人群中，有人说风是咸的，也有人说风是甜的。我想，咸甜之味，都取决于当时的心境，你对生活的向往是什么，就会努力活成什么样子，一切事物的美与丑，都源于自己的内心。

"连雨不知春去，一晴方觉夏深。"人的中年如同一年中的梅雨季节，淅淅沥沥衔接着炙热的夏和清凉的秋。很多时候，我们总是以为历经人生匆匆聚散，品尝过尘世间种种烟火，应该承担起岁月带给我们的沧桑。可流年分明安然无恙，而山石草木也毫发无伤。只有记忆，在细雨中越发清瘦单薄。不得不承认，有些事是真的越来越淡了，有些人是真的越来越远了。可我们还是希望，青梅煮好的茶水还是当年的味道，而我们要等的人，也一定还会再来！

山水皆有灵，万物都有境。如果此刻，你也在小城，那你肯定能感受到雨中的廊桥古道、青瓦白墙，宛如一幅水墨诗画。如果此时，你也在小城，那你可以领略到梅雨的细、软、愁、绵，宛如似水流年里的一声轻叹……

大理的那边

——故乡印象略记

马李和

大理的那边是苍山，苍山的那边是漾濞。

漾濞境内几乎都是大山，我从小至今都生活在大山的滋养里；大山的中间是一座很小的城，我从小至今都生活在小城的环抱里。早过不惑之年的我，离开故乡总共不过四年的时间，四年里我感到不适应，我总时时想念大山，想念小城，想念漾濞，我是一个"家乡宝"。

漾濞的山很大，但是不野蛮，有生气；目之所及，满眼都是绿的。山

里的人家，房前屋后都可以种出蔬菜和水果来；家禽饲养是最方便节省的，"鸡鸭成群晚不收"，且看它自己在地里找吃食。我想，绿树成荫与鸡鸭成群大概就是纯生态的样子吧。到大山里寻亲访友可是考验肚量和酒量的事，"莫笑农家腊酒浑，丰年留客足鸡豚"，这可不是说山里的人家多么富有，而是那里的生活很纯，是为了品味生活而生活的，好客也是山里人的生活。漾濞在苍山的西面，这可就占了大自然的便宜。苍山西坡冬天的雪、春天的花都是一幅天然的画；白雪皑皑、山花烂漫同样是"苍山不墨千秋画"的经典乐章。在苍山的环抱下，独特的气候、地貌孕育出了闻名遐迩的"漾濞核桃"和景致奇绝的"漾濞石门关"。到漾濞品核桃、游石门关，就如同到北京爬长城、吃烤鸭一样。这两者都是大山对漾濞的恩赐。

漾濞的城很小，但是像我这种生活懒散的人便喜欢这种小。早晨出门，慢悠悠地走在街上，先吃一张夜里就惦着的卷粉（用优质大米做成的地方特色小吃），午饭就来碗温汤鸡肉米线；街头拐角来自四乡八寨山头、地里新鲜的瓜果蔬菜就是晚饭桌上的下饭菜——漾濞的小吃很多，我是爱吃的人，却叫不全他们的名。漾濞是少有的没有公共车的县城，在两条河流串绕的小城里，无论家住城东还是城西，出门散几步路便可到河边，河边有桥，桥边有古道，闲坐下来，尽可使身心安适。漾濞县城没有大理那么多的古香古色，但却比她多了许多的闲适。漾濞人上街，可能一半时间都用在打招呼上面，因为遍街都是熟识的人和熟悉的面孔。两个熟人站在街边，相互间可以"陈芝麻烂谷子"地播撒个把钟头，"家丑不可外扬"的观念似乎没有太多的根植在这里，这里感受不到都市里的冷漠和孤独。

在南方丝绸之路上漾濞是个小小的驿站，在滇缅公路上漾濞是个小小的县城，漾濞像祖国母亲怀里的一个小孩似的，通过古道、公路吮吸着母亲的乳汁，一天天长大。今年7月22日大（理）瑞（丽）高铁（大理至保山段）正式通车，漾濞是个小小的过境站，坐上动车直达漾濞成为现实。我想，在发展的快车道上，小漾濞终将实现大梦想。

我爱漾濞，试想谁不爱自己的家乡呢；我说不出爱她什么，但我想我永远不会离开她了，像孩子不愿离开母亲一样。

203

行走在漾濞深处

邱润芬

沿溪行，山河静寂

向上，沿着一条苍山西坡的河谷，逆流行走。轻柔的山风，携带着新鲜的水汽和草叶的芬芳，阵阵扑面。阳光斜射，照亮了幽深狭长的河谷，两岸的峭壁光影交错，或明或暗。苍劲黝黑的老树上，一茬一茬翠绿的新叶随风摇摆，叶片周围泛出一圈暖黄色的光晕。阳光落在河面上，河水清澈见底，晶莹的水花跌宕起伏，闪亮着粼粼的光。

"嗷——嗷——"春天到了，石蛙就在洞里闷声闷气地叫着，也许在上边河道拐弯的那根横木下，也许是在下面深潭边的那块大石头底下，又或许就在浅水湾的那一堆石旮旯里。"嗷——嗷——"是爱的呼唤，不急不缓，不紧不慢，似在等待，似在期许，又似在有意无意地回应。"嗷——嗷——嗷——"一声又一声，此起彼伏，如阵阵春雷，回响在宁静的山谷里。

鸟儿蹿出林子，掠过水面，顺着河道起伏飞翔，似是石蛙寻偶的侦察员、通讯员，叽叽喳喳地上下联络着。清凌凌的河水，蜿蜒流淌在静静的山谷里，滚过石坎，溅起水花，跌落峡谷，坠成瀑布。一道又一道的瀑布，似雨、似雾、似纱，似仙气飘飘的衣袂，似山雨山风的舞者，姿态各异，形象万千。

石头是怪异的，大小不一、形状各异，方不方，圆不圆，看起来却疏密有致，与谷中的风景相得益彰。有的石头上覆盖着绿色的苔藓，像披着蓑衣、戴着斗笠的垂钓者；有的洁净如洗，在绿荫下、在花草中，形成天然的

石床、石桌、石椅、石凳。有的自上而下是从深黑到灰白的渐变。河中的石头颜色更加绚丽，出水的部分是灰白的、青黑的、墨绿的、金黄的，入水的部分是橘红的、油绿的、黝黑的。水里的沙石也有白的、灰的、绿的、黑的、红的、黄的，琳琅满目。阳光照射着河面，一只只黑亮亮的小蝌蚪，在浅水滩里嬉戏玩耍。

活泼可爱的孩童奔向小河，捡起一个个小石头扔进河水里，溅起一串串水花。他们采来一片片树叶，说是小船，放到河面上，顺流而下，又挽起裤管，小心翼翼地踏入河水里。冰冰凉凉的河水，激发出一阵又一阵惊奇的笑声。

一群鸭子也迈着八字步，摇头晃脑地来到了小河边，伸长脖子，汲上几口甘甜的河水，又潜进水里，酣畅地游上几圈，再立起身子，用力扇动翅膀抖落水珠，然后一边觅食，一边自在游玩。

一群山羊来到小河边，伸长脖子，低下头子，小心翼翼地喝水，再以河中的石头为跳板，一蹦一跳，慢条斯理地过了河。

一群黄牛来了，迫不及待地把嘴伸进水里，咕咚咕咚地将一个个小水球

205

岂曰无衣

裹圆后，从腮帮子滚过又长又粗的大脖子，再滚进肚腹里，撑开了圆鼓鼓的大肚子，最后懒洋洋地蹚过小河。小牛把身子紧贴着老牛，亦步亦趋。

放牛的人啊，远远地站在高处，放养着一谷山情水意。

是哪条河呢？喏！金盏河、上邑河、紫阳河、茂石江河、雪山河等苍山西坡的大小河流都在呢。

还有金盏河中的老鹰岩、仙人桥、三叠水，上邑河中的大竹坪瀑布、冰瀑，雪山河的断桥等，许许多多令人惊叹的人间奇景。

入丛林，百宝汇集

钻进林子里，泥土松软，落叶金黄。看古木参天，风姿绰约，看花开花落，落英缤纷，看新叶催陈叶，层林尽染。

白竹山上，乔木、灌木、草本、藤本云云汇集。一入密林便不知身在何方，到处都是树木、到处都是枝叶，相隔四五米便已看不清身影，掉队两三分钟便已听不见同伴的脚步声。传说山中有虎，曾经匪患不断，古战壕的遗迹还在。我慌乱地跟着行人的足迹向前走，一不小心就被树疙瘩吸引了，被大朵大朵的映山红吸引了，被一个个奇特的树洞吸引了。忘了有虎，忘了可能出现又最为惧怕的大蛇。

躺在绵软的落叶层上，把镜头对准那棵直插云霄的大树。大树笑我太小，小小的镜头哪装得下它宏大的身躯，况且还有它膝前围绕的万千子孙。山风在笑，树木在笑，花草在笑，笑得老树咧开了嘴，笑得花草弯下了腰。我连忙钻过去想要捂住老树笑着的大口，另一个树洞又睁开了眼，眉眼依旧含笑。我把镜头推进深邃的树眼里，璀璨星河里，传来一段古老悠长的记忆，是马帮经过，遗失的铜铃滚到了松树上，与树上的松果融为一体，已经长满长长的绿苔。

苏东坡的后人在这里安下了家，人才济济，文官辈出。山上的歌舞从未间断过，彝族的、苗族的、傈僳族的，狂野的、奔放的、自然的，是爱恋、是倾诉、是祈祷、是祝福。庙中的香火一直旺盛着，是人们对自然的敬畏、感恩、尊崇、顺应，是对亲人的祈福，也是对生活的期许，还有为实现目标而不懈努力的坚韧。

雨水过后，蘑菇从大山深处，一棵棵腐朽的木杆上长了出来，一串串，一排排。地上还有一朵又一朵的青头菌、奶浆菌、牛肝菌、鸡油菌和松茸，与树头菜、金雀花、龙爪菜等成为山珍，丰富着人们的味蕾。药材也不少哇，清热解毒的倒钩刺、野坝蒿、龙胆草、灯盏细辛、过路黄到处都是，止咳的半夏，消肿止痛的重楼，以及黄连、三棵针、党参、川芎、盘龙七、马鞭梢、炸把叶、九里光等治疗头疼脑热、腹痛腹泻、跌打损伤或是皮肤疾病的药材都有，只要你略识一二，就不用即使山高路远，大病小痛都要急着往医院赶。

各村各寨，总有人识得药材。小时候皮肤上起疹子，阿妈经常用豆瓣香、炸把叶、马蹄香和九里光熬水给我们泡澡。腹泻的时候，腿脚不便的奶奶让我去屋后的山脚挖翻白叶。我挖了拿回来给奶奶看，错了又重挖，对了就拿回来熬水喝，比去医院打针方便得多。消化不良的时候，挖几棵犁头尖，煨一小碗水喝喝就好了。被刀划开了口，用石灰草止血比用青蒿快。嗓子疼的时候，采上几片五朵云的叶子，洗净，塞在嘴里嚼碎，咽下，立马清凉、舒适，回家再熬一碗过路黄、灯盏细辛，加点姜片，总是有用的。深山草药奇多，只要知道药性药理，随便采几种还是能解决个大病小痛的。

除了丰富的食材药材，山中还有许多宝贝的动物，譬如黑熊、野猪、麂子、岩羊，又譬如山鸡、野兔、松鼠。还有各种各样不知名的小鸟隐秘在大山深处，自然繁衍生息。

走山巅，登高望远

在办公室里闷久了，总想出去走走。

想念五月天里，那漫山遍野的杜鹃盛会。它像一幅幅不断延展的画卷，从洱海边上的大理坝子，一直到铺展到漾濞江边的小山村。那些高山深处紫得似梦、粉得娇俏的红棕杜鹃、山光杜鹃、碎米杜鹃，白得洁净、白得淡然的光蕊杜鹃，还有黄得爽朗、黄得暖人的乳黄杜鹃，连绵到山脚。红得热烈、红得飒爽，满山遍野的马樱花，间或着姿态各异的花草树木，虫鱼鸟兽，还真是山河壮丽，气贯如虹。我想像风一样自由，来来回回，穿梭在花间林隙，快速地扫视着苍山的每一片林土。还想像苍鹰一般展翅飞翔，从东飞到西，从南飞向北，一遍又一遍，细细端详画卷中的一花一树、一兽一鸟，甚至一颗石头、一片落叶、一撮黑土。

可是我不会飞，只能躬身向着大地，在苍山对面的山头，向着山顶的方向，一步一步向上挪。每向前一步，所处的高度都在上升。向着目标，路线就更加清晰，尽管汗水淋漓，气喘吁吁，可登高望远、一览众山的境地诱惑着我，也就不那么疲累了。山风阵阵而来，御风而行，战胜自我，征服山峰，昂扬漫步在苍山之巅，即可喜看这风景秀丽的大好河山。

那些年，在鸡冠山、毡帽山、紧风口、莲花峰上，我曾远远地眺望着脉地小镇，眺望着漾濞小城，眺望着山那边朦朦胧胧的大理坝子，以及连着大理坝子的洱海，还眺望那一层又一层，绵延不绝的山峰。我曾经感慨山的宽宏、博大，想把自己也化作一座山峰，像山一样伟岸、宽广，一样坚韧，矢志不渝。

偏偏单从锻炼身体这事儿上讲，我是一个懒人，很少运动，走几步路都带喘，靠自己的脚步去丈量高山实属不易。我只能把每一次登山，都当作最后一次，每一次都累得半死，乃至全身上下会疼上个把星期。可一有机会，我还是宁可让躯体再受折磨，也要让身心贴近大地，走在大山的深处，看那些千奇百怪的树木，使劲地吸上几口新鲜空气，以此驱散心中的郁气。

当然，我免不了还会顺手拍几张山间野影，记录目之所及的地方。许是那空旷的原野、苍茫的雪域、广袤的山峦，许是倾盆大雨下的映山红、虬枝峥嵘的棵棵老树、娇俏动人的各色杜鹃，又许是一根藤、一道水、一座小桥、一棵小草。还有同我一起登山的人，他们靓丽的身影与绿色的原野形成好一幅人与自然的和谐美景。且看，一根登山杖在手，就仿佛是一个个仗剑走天涯的侠客，站在山顶山更高，走在山腰山更广，穿过花丛，就成了一群飞鸟、舞蝶，化成彼此眼中最美的风景。喏！你在前头看着风景，看风景的人在身后看着你。

多年之后回首，青山依旧在，几度夕阳红。

进农家，乡愁安放

在外漂泊的时间长了，总会想家，想找一个地方安放乡愁，阿尼么艺术农庄，或许就是这样的一个地方。

那大片大片的核桃林，是每个漾濞人心中的乡愁，回到核桃树下，就回到了家。

那大棵大棵的榕树，是记忆中的村庄，虽然不是咱村头的那棵，但是跟村头的那棵一样高大繁茂。

还有那些大个大个的石头，如家乡的那些石头一般，那么光洁，那么温润，是大人饭后拉家常的聚集地，也是孩童玩耍的乐园。

走进阿尼么艺术农庄，犹如走进了一座石头的城堡，古朴又现代，简约又艺术，处处是诗画，又处处是生活。

就说那轮月亮吧，明明挂在山顶，又离你很近，伸手即可触摸，和你的身影一同倒映在水里，如梦如幻。

又说那一塘金黄的麦穗吧，明明应该长在地里，却活生生地长在了舞台中央，是群演、是背景，也是舞者、是主角，是人们对土地的深深眷恋。

再看那一间间石头屋子，明明是小时候在山中避雨的岩洞，却安置上了厚重的木床、挡风的玻璃、明亮的灯光，还有那些很久很久以前，你用的家伙什儿。躺在温暖的石屋里，不用再担心石壁上会淌水，也不用担心被风雨浸湿，还可以做上一个很长很长的梦。梦中牵着马，驮着茶叶，从对面的鸡邑铺缓缓走过，走过马厂坝子，走过云龙桥，来到了柏木铺。解下马鞍，烧锅锣锅饭，温杯小酒，双腿一蜷，靠在热乎乎的火塘边，舒服地窝上一晚。

醒来，是阿尼么的清晨。

羊群出了圈房，叮叮当当的铃声响过门前的小路，响过屋后的山墙，去到那两棵大榕树下的山坡上吃草。牧童骑在马背上，跟着牛羊，用横笛吹奏着一曲曲自编的歌谣。

在阿尼么住下的客人醒了，洗漱过后，开始整理晚间随意放置的乐器，架子鼓、小提琴、古琴、电吉他……练耳视唱、校音调琴，然后随意地唱曲儿，随意地演奏，再来一场整齐划一的演出。歌声穿过密密的核桃林，沿着大漾云高速公路，传到永平，传到剑川，传到很远很远的地方。

厨堂里飘出了农家腊肉的香味儿，擅厨的阿妈烹了一桌地道的农家菜，腊肉土鸡炖蘑菇、凉拌树花菜核桃仁、水焖香肠、蜂蜜糍粑、椒香洋芋、蘸水青菜、手磨豆花脑。灶膛上，蒸着一甄甜软的荞面疙瘩饭，饭面上，搁着一碗农家自制的香辣腌生。红红的腌生周围，是一圈圈开了花的大白馒头。

俏皮的小侄女，穿着大红色的格格装，溜进了厨堂，抱住奶奶的双腿，撒着小娇。

书吧里，右边桌前戴黑边眼镜的男子，端起桌上的咖啡，慢慢地抿了一口。合上书本，起身，从旁边一排排的录音盒中，找了一碟小虎队的歌，轻轻地放进了80年代的双卡老式录音机里。走到窗前，透过落地的玻璃窗，气定神闲地看着远山，听着喇叭里响起《蝴蝶飞呀》：

> 我把岁月慢慢编织一幅画，梦是蝴蝶的翅膀，年轻是飞翔的天堂/放开风筝的长线，把爱画在岁月的脸上，……蝴蝶飞呀！就像童年在风里跑……蝴蝶飞呀！飞向未来的城堡，打开梦想的天窗，让那成长更快更美好……

远方的客人请到风景这边独好的大美漾濞来

王子荣

远方的客人请到风景这边独好的大美漾濞来。我在世界屋脊的屋檐下，著名的世界自然和文化遗产"三江并流"的臂弯里等你一起览胜大美漾濞。

在横亘亚洲内陆250万平方公里广袤的青藏高原上，兀立托起的喜马拉雅山脉，因其主峰珠穆朗玛海拔8848.86米，高冠地球之巅而被誉为世界屋脊。其腰下平均海拔4000米以上的喜马拉雅山脉，从西向东绵延数千公里之遥，又向南转折到大理点苍山即戛然而止。因为过了点苍山十九峰中第一峰斜阳峰下的西洱河，其南面就再也没有海拔3000米以上的高山了。从此平均海拔2000米的云贵高原就由西洱河南起，并向东南亚延伸，一直延展到东南亚的中低谷坝地带。也因此，著名的洱海出水口西洱河在不远处与漾濞江交汇流入澜沧江，再汇集伊洛瓦底江而终归太平洋。于是西洱河和漾濞江便成了青藏高原和云贵高原的界流。

你一定知道，被称为与毛泽东主席生前有莫逆之交的中国人民的老朋友埃德加·斯诺。他曾于1936年7月到延安采访过毛泽东主席，并撰写出版了轰动世界的《红星照耀中国》即后来再版时的《西行漫记》。但你就不一定知道实际上时年26岁的埃德加·斯诺，早于1931年春节期间就来到大理、来到漾濞，并留下了珍贵的文字记载。斯诺才情横溢文采斐然，以西方青年热烈奔放而独有的天性深情述写了见到大理的印象："一切是那么辉煌灿烂，比平时见到的更加耀眼。我想这大概是因为我刚从静谧的暗红色的群山中走来，就看到这阳光灿烂的一切，才产生这种感觉的吧。一刹那之前，我还在树阴密布的河谷中，在昏暗的山坡上，走了一程又一程，还以为此生此世再

211

也走不完了。突然之间，不透明的面纱被摘下，你和天神竟靠得这么近，像在清晰的梦境中一样，你睁大眼睛，看着娇艳的阳光像春风化雨似地恣情地撒落下来，巍峨壮丽，崇高而带一点可怖，比富士神山还要高，披着在热带的阳光下映着红色的、终年积雪的斗篷；峰峦不止一个，而是十几个，一个更高过一个，一直到最后。在激烈的狂喜中，好像被狂风卷起来似的，出现了三英里高的顶峰。这就是点苍山，这就是大理的雪山。我们已经来到了'世界屋脊的屋檐下'了。"（摘录于斯诺《马帮旅行》）。毕业于美国密苏里大学新闻学院的埃德加·斯诺不但是世界著名记者，同样也是著名的作家。当他一下子见到大理和漾濞东西同倚共属的点苍山后心灵为之一震，蓦然心之所至，立马灵思逸飞，文辞神来，惊呼"我们已经来到世界屋脊的屋檐下了"。为大理漾濞共有共倚的点苍山授予了极具科学和形象、生动准确而精彩的定位，留下了永恒独有的地理命题。

　　这实在是分别坐落在世界屋脊屋檐点苍山东西两坡下的大理、漾濞两市县的科学地理之甚幸，文化地理之甚幸，历史地理之甚幸。同样地，闻名于

世界的金沙江、怒江、澜沧江，如同发源于青藏高原的三胞胎兄弟，从西向东数千公里千回百折，在滇西形成了世界地理绝无仅有的"三江并流"的神奇景观。因此在2002年被联合国公布为世界著名的自然和文化遗产。大理作为全国唯一三江并流纵贯其境的自治州又何其之甚幸。而地处点苍山中心腹地的漾濞，犹如大自然妙手安放在三江并流臂弯里一块硕大的天然翡翠，坐拥着绿水青山的金山银山，这就是大美漾濞，风景这边独好！

因了斯诺对漾濞、大理共倚的点苍山"世界屋脊屋檐"的地理科学命题，因了横卧在世界自然和文化遗产"三江并流"绿水青山的环绕，更因了新中国诞生以来党中央、省、州、县党委，国务院、省、州、县政府的保护建设，漾濞各族人民热爱家乡的共同努力；大美漾濞1982年11月就被省人民政府公布为第一批全省22个自然保护区之一。同样地，1982年11月，苍山洱海风景区内的漾濞由国务院公布为第一批26个国家重点风景名胜区之一。1983年10月，漾濞境内苍山西坡的石门关被省人民政府公布为第二批风景名胜区。1984年4月，漾濞县境内的百里苍山西坡被国务院公布为国家级44个自然保护区之一。2006年，国家建设部将漾濞西坡在内的点苍山公布为首批中国自然与文化遗产和国家地质公园。

我国古代圣贤大哉孔子在圣典《论语·雍也篇》中说："智者乐水，仁者乐山；知者动，仁者静；知者乐，仁者寿。"用今天的话说就是：智慧的人喜爱水，仁义的人喜爱山。抑或是说，智慧的人，阅尽世象万物亲近美水即可悠然淡泊；仁义的人到了名山之后可以泰然宁静，境界崇高。远方的客人，当你从白描的纸本中读到"世界屋脊屋檐下"的大美漾濞，世界文化和自然遗产、中国首批自然与文化遗产，国家第一批翡翠般的漾濞国家级风景名胜区，国家级自然保护区，国家地质公园，世界闻名的大理石的故乡，连圣人孔子都劝人应前往的名山胜地，怎能教人不前来。远方的客人，我在风景这边独好的大美漾濞等您一起览胜。您不来，苍山不老。

远方的客人请到风景这边独好的大美漾濞来，我在漾濞江畔的"苍山崖画"前等您一起猜想古人。

举世闻名的点苍山十九峰犹如十九条青龙，横卧在其东麓烟波浩渺白帆

岂曰无衣

　　三千的250里洱海畔，山水间镶嵌着国家第一批24座历史文化名城之一的千年古都大理。而在古雪神云玉带缠腰的苍山十九峰西坡，却是碧浪雪涛流入澜沧的漾濞江，百里苍山环抱的大理后花园——国务院第一批公布的26个国家级风景名胜区和44个国家级自然保护区漾濞；同样地，其间亦映带坐落着云南省政府第一批公布的省级历史文化名城——漾濞古城。

　　大自然用神奇的妙笔泼墨，把点苍山东西两面区间山水林石、城郭田陌绘制成一幅巨大无比的风花雪月天然山水画卷，千百年来吸引了不可胜数的天下游客纷至沓来而流连忘返。然而，当您走近饱览这巨大无比的山水画卷，而被大理天然的风花雪月迷醉倾倒后才知晓，大理、漾濞人津津乐道"言必称希腊"而自诩的，却是自古受朝廷敕封"文献名邦"和国务院第一批公布为"国家历史文化名城"的美誉。

　　钩沉典籍，"文献"一词最早见于西周时《论语·八佾篇第三》孔子与学生子夏的对话，然语焉不详。一直到宋代，大理学家朱熹才对"文献名邦"命题的内涵有了明确的表述，即："文者，典籍也，献者，贤才也！"用今天的话说，就是能冠以"文献名邦"的州郡必须在历史上皮藏充盈的文化典籍，曾有众多的名流贤达群体、文化巨子的咸集。固此，分倚点苍山东西坡的大理、漾濞果然实至名归，无愧"文献名邦"的荣膺。然而，由于历史上的政治动乱、兵燹，特别是1382年明军大将傅友德、蓝玉、沐英率部袭破大理后，对大理的历史文化经典进行了几近毁灭性的破坏。据大理清代大学者师范在所著《滇系·沐英传》中的记载，明军遵循反动统治阶级关于"欲灭其国，必先灭其史"的恶毒手法，不但"手破天荒"，野蛮地捣毁了大理元明以前的古城和帝王陵，并将"文献名邦"大理的"在官之典籍，在民之简册，皆付之一炬"。加之元、明、清三代的政治动乱，以致大理众多典籍失传。有些鸿篇巨制流落海外，有些散落在民间，而使文献名邦大理典籍不足以致缺憾。

　　好在重要的史迹往往在不经意的地方和不经意的时间出现。这也契合了列宁关于"只要是金子就一定会闪光，时间掩不住厚土不能埋"的经典论断。譬如说石破天惊的漾濞苍山崖画的发现即如是。漾水涌来新诗卷，苍山捧出古画图。历史注定此时、此地，由此人不经意地揭开了点苍山西坡漾濞神秘而久违的苍山崖画的面纱。从此改写了大理绘画历史乃至中国抑或是东西亚核桃文明源流的肇始。这其中有时光的偶然也有历史的必然。且先让我们将历史的年轮回溯到1994年10月的某一天，漾濞县苍山西镇一位叫罗光明的乡村医生，或许是冥冥之中得到祖先神灵的叩示，他在邻近形似"草帽人"的巨大石壁上发现了一处崖画。历史注定要记住罗光明这位乡村的有识之士，他不愧为山村少数民族中较有文化的年轻人。因他有一定的历史文物观念，遂当即通过乡、县、州主管文化的领导和职能部门，将这一发现及时上报到省文化厅下属的云南省文物管理研究所。省文化厅文物考古专家随即赶赴漾濞苍山西坡，经测查，苍山崖画距著名的苍山西坡石门关约3公里，崖画所在巨石高8.2米，顶部宽8.7米，下沿宽18米，约110平方米，崖画绘在正面的石壁上，现存崖画面积约60平尺，分布在高4米、宽约5.5米的范围，绘画所用颜料是就地取材的矿物赭石。虽经千年风雨自然剥蚀，仍比贺兰山崖画和沧源崖画、怒江崖画较显明晰。经省考古专家察看测实，综合分析，认为是"距今约3000年前新石器晚期，较早于沧源崖画的苍洱先民文化遗迹"。漾濞苍山崖画一经考古专家科学命题，这个惊天发现的消息便不胫而传，一举名传天下知。当时我是州委宣传部的文化教育科长，惊悉后，心向往之然却不能至。

年历再翻到1996年7月，也是机缘际合，我到州文化局出任主管文物、博物、图书的副局长，同时兼任自治州人民政府文物管理委员会常务副主任（主任系主管文化教育卫生的副州长）。按工作职责范围，漾濞苍山崖画也是我职责所系的"一亩三分地"，但因参与组织建州40年庆典的大型文艺活动后，便由州委抽调赴剑川县任州委乡村建设工作队队长而"向往久之，仍未能达"，但苍山崖画的心结一直思之有系。

1998年秋，知悉云南省人民政府拟公布第五批重点文物保护单位。州文化局为争取更多州文物保护单位升格"省保"而做积极认真的资料准备。作为主管文物的主要责任人的职责所系，遵循"耳听为虚，眼见为实"的古训，我便和州文管所张灿磊所长以及州文管所北大考古系毕业、具有发掘领

岩田无衣

队资质的杨德文研究员，跟随省文化厅主管文物的徐发苍厅长，在从云龙县考察完通津桥、顺荡火葬墓群，永平县金光寺、永国寺后，来到漾濞江畔苍山西坡石门关附近，察看心仪已久的苍山崖画。近前观之，真是百闻不如一见，不禁让人眼前一亮。只见形如草帽状下的天然巨壁豁然在目，由矿物质颜料绘画的约200个图案散布在壁，虽经数千年风吹雨淋，沧桑斑驳，但同时也沐浴日精月华，而大都仍然明晰可辨，无伤其状，不失其韵。上、中、下三层所绘疑似干栏式聚落、散布的21个人众、手掌印、群牛、猪、狗、鸡、鸭、果树各具情态，栩栩如生跃然壁上。崖画内容丰富，意态清明，不但有时人娱神娱人祭祀的巫舞场景：他们舞动的节奏整齐，体态轻盈，欢快的神态呼之欲出，是史前漾濞先人舞蹈的生动写照，折射出土著古人历史轨迹的烙印；也有狩猎，牲畜、家禽驯养的场景，还有众人在巨型果树下采摘拾果的图录。苍山崖画的作者应是一位禀赋卓荦的先祖，绘画工具疑为用手指或竹木条假笔而作。崖画线条古拙稚朴，构图简洁洗练，人物、动物造型初具雏形。而每画一物，全部采用以线造型，笔触到处形象备焉。从画艺上说，与北齐少数民族画家曹仲达和唐代大画家吴道子的"曹衣出水""吴带当风"肯定有天壤之别；然唯其如此，才是历史的真和中国画艺术尚在婴儿时代的真。图案分布对散点透视艺术手法的运用、勾线、填色等基本技法都可在苍山崖画中找到中国画一脉相承的源头。映象至深的尚有崖画上方自在的群牛不同的表意。这先说第一层岩壁右上方因崖缝渗水浸蚀依稀可辨的几头牛，尤其是其中较为清晰的那一头，犄角硕长，神气十足，昂首雄视，睥睨旷野，意在向群牛宣告它刚经过角逐取得独有交配权的牛霸地位。而集中于左半部的第三层画面中，除人众、猪、鸡、鸭、狗、采摘拾果外，栅栏内用疑似粗长绳索或藤条羁养的巨牛神态安然，闲卧反刍。

联想到出土的古滇牛虎铜案以及云南一些少数民族祭祀牛首的习俗成因，可视为牛在古代云南一方面是彰显部落财富的象征，另一方面是人们生产生活的倚仗而成为图腾崇拜的神物。崖画上先民采摘拾果，驯养家禽，羁养水牛，以及干栏式构建的图录表意，窃以为图录应是漾濞先民新石器中期的一轴画卷；是漾濞先人从原始社会向牧耕社会过渡的一支序曲。经考察组一行考证后综合分析，原则上同意之前省文物考古研究所：苍山崖画是较早于滇西沧源崖画、怒江崖画，属距今3000年前新石器晚期苍洱先民遗迹的基本结论。此项文物于当年底在徐发苍厅长主持的专家评审会上一致通过。同时，在云南省人民政府公布的《云南省第五批重点文物保护单位名单》上，漾濞苍山崖画名列在榜。由此，漾濞苍山崖画从大理漾濞走向全省，走向全国，走向世界，进一步丰富了大理文献名邦活着的文化经典的积淀，这是可喜可贺的事。但是，总觉得我们在认识漾濞苍山崖画成画断代，特别是对崖画中先民采摘拾果图像的解读还存在表浅和粗疏的不足。这个心结20多年来在我心中久久萦绕，挥之不去。

再到后来，回溯在我分工主管全州文物的约6年经历中，以及嗣后忝列大理州白族学会副会长兼学术部部长的十年中涉历的云南、大理民族历史文化的一些事，让我疑云更生。因了时代局限，汉学专家、学者不通地方民族语言、唯书唯上的局限，地方民族学者自卑心理，特别是以泛大汉文化强势先入为主挤兑地方少数民族文化，"文化搭台经济唱戏"戏说娱乐历史的冲击，甚至极个别学者以一己之私利，在云南大理历史文化研究中的伪命题，不胜枚举。譬如说，至今没有任何文物考古发掘支持的"楚将庄蹻王滇"说，苍山东麓"日本四僧塔"说；又譬如说，甚至于《辞海》那样权威经典关于"洱海形如人耳而得名的诠释"，还有弥渡"南诏铁柱庙说""白子国王张乐进求祭柱禅让蒙舍诏主奇王细奴逻说""白族先民是来自青藏高原氐羌南迁说"。又还譬如说，有把本是阁逻凤在"天宝战争"后，为纪功建"京观"时，为表明祈望归心大唐建的"南诏大碑"说成"德化碑"。更有甚者，为了招揽香客游客，不顾佛典和时空的一般常识，用传说演绎历史，把宾川鸡足山说成"释迦牟尼佛大弟子迦叶守袈裟传衣的道场"等等，因敬畏前贤，为尊者讳，且恕笔者不细深赘。然吾敬畏前贤，吾更敬畏史实。综观以上提及的伪说假托，限于本文主题和体量亦不在此展开。究其根源，主要还是部分研究者有意无意但可以肯定是并非恶意的，沿袭过去边地云南蛮荒，开发较晚，少数民族文化落后的心理，先入为主沉疴痼疾的魔咒在作祟。

平心而论，我们在研究边地民族历史文化时，应遵循以历史唯物主义和辩证法的科学指导。实事求是，不自大亦不自卑，不溢美亦不掩瑜，更不可伪说假托。以少数民族为主体繁衍生息的边地是中华人民共和国不可分割的一部分，边地少数民族历史文化是中华民族历史文化不可或缺的重要组成部分。为了让读者更多了解边地云南并不蛮荒，边地少数民族文化并不落后，请恕笔者饶舌古滇西部四大文明起源，大理三大文明起源的史实。

"一个不知自己从哪里来的民族，是一个没有希望的民族，一个不知到哪里去的民族，是一个没有前途的民族。"后者不言而喻，我们正在奋进新时代，启航新征程。那么前者即孕育中华民族的摇篮在哪里呢？答案是：在云南，在古滇西部。

国际人类学和历史学界有一个迄今不可推翻的科研成果。即：生活在距今1400万年至800万年前的人类最直接的共同祖先，是已经直立行走会使用天然木石猎取食物，但还不会制造工具的"腊玛古猿"。而在世界范围内，目前只在印度境内的喜马拉雅山脉区域，非洲、欧洲个别区间和中国云南的开远、禄丰发现过它们的踪迹。因此中国云南是世界上人类最早的发源地之一。云南又是中华民族最早的发源地，而没有之一。长江上游流经大理的金沙江有一条支流叫龙川江，它流经滇西八地州区域内低洼的一个盆地，这便是举世闻名的滇西"元谋盆地"。20世纪考古学家在这里发现了生活于距今400万年至300万年前的古猿的牙化石，这种古猿被命名为"蝴蝶腊玛古猿"。嗣后我国考古学家又在这里发现了生活于距今250万年前的古人类化石，这种古人类被命名为"直立东方人"。这是迄今为止，世界上所发现的最早的人类。继而不久，考古学家又在元谋再一次发现了生活在距今170万年以前的人类化石，这种古人类被命名为"直立人元谋新亚种"，这便是大多数读者已知的"元谋人"。"元谋人"已经会制造石器工具，而且已会使用天然火，比国内发现生活在距今115万年至100万年的"蓝田猿人"还早了60万年，比世界最为著名的距今70万年至26万年前的"北京猿人"整整早了100万年。因此，我们云南开远、禄丰无愧于世界人类最早发源地之一的荣膺，而滇西元谋更无愧于孕育中华民族最早而不是之一摇篮的命题。

根据最新考古报告证明，考古工作者在大理剑川县象鼻洞发现有部分远古人类打制的旧石器工具和动物遗骨化石。经科学测定，为距今3万年前土著先民在此生活的旧石器遗址。继后不久，省、州考古专家又在鹤庆县蝙蝠洞发现了五颗土著古人牙齿化石，以及部分人类、动物遗骸化石，经科学测定为距今16万年至3万年以前旧石器晚期"早期智人"的生活遗址。把大理的土著先民早期的文明史从原先金梭岛"贝丘遗址"的距今5000年文明，一下子提前到距今16万年至3万年的文明。铁一般的科学考古证明，大理早在16万前的旧石器时代，就有土著"早期智人"活动的文明肇始。同样地，20世纪70年代末，我省考古学家在洱海东滨直线距离30公里的国家重点文物保护单位白羊村遗址，发掘到白族先民生产遗存的仓储水稻碳化坨。经国家文物局碳14测定和树轮校正，确认是距今约4000年前的家种水稻碳化物。因此，我们亦可以说，早在4000年前，苍洱先民就已经同我国发现最早水稻种植起源地的杭州湾河姆渡同步迈入了水稻文明的门槛，大理同样是世界水稻种植的起源地之一。这同20世纪80年代初宾川县籼稻单产夺得世界第一，大理县粳稻单产荣获全国之冠是历史吻合的必然。

　　2008年，同样是在国家重点文物保护单位密集的剑川县海门口遗址，同时发掘出地下干栏式中国最大的人类古聚落，以及诸多新石器、青铜器、石质铸范、碳化稻、碳化麦。在研讨会上，国家文物局原副局长、国家文物局考古专家组组长黄景略，故宫博物院原院长、教授张培忠，北京大学考古文博学院院长、教授李伯谦，北京大学考古文博学院教授严文井，北京大学考古文博学院副院长、博士生导师孙华，四川三星堆博物馆学术研究部主任邱登成等一众著名考古专家群贤毕至，专家云集。经从北京及省外专家和省州组成的专家组论证，再经碳14测定和树轮校正，确认剑川海门口遗址是距今4000多年前，全国最大的干栏式聚落遗址。在剑川海门口考古发掘成果专家论证会上的发言中，我斗胆直陈、列举若干事实批评了在过去边地少数民族区域考古发掘研究中的缺点，即面对强势的汉文化挤兑轻视边地少数民族文化的不当倾向，与会专家面面相觑无言以对。剑川海门口遗址考古发掘成果又一次向世界证实，大理白族先民早在4000年前就与中原地区先民同步开启

岂曰无衣

了稻作、麦作、青铜文明的先河，边地古滇西部的大理无愧于中华民族最早的发源地，大理先民同时也与在中原的汉族同步开启了文明的史河（见《中国剑川海门口遗址·考古发掘成果论证专家纵论》p89～92）。

现在让我的笔触涉止先前些许延宕而实际没有神离的主旨苍山崖画。历史悄悄转过了又一圈24个年轮。虽然漾濞"苍山崖画"被省政府公布为省级重点保护单位已经20多年，但我当年心存的疑云思绪仍时在苍山崖画前徘徊踯躅，历久挥之不去。虽然我不是考古学家，但科学真理的钥匙有时也在卑微者手中，根据已知的历史学、人类学的常识，结合苍山崖画的客观实际，笔者认为省考古专家对苍山崖画之前的断代年限是保守的，目前对它的比较研究尚未到位，它的历史价值、艺术价值、科学价值有待当地学者抑或需延请一流专家，运用先进的科技手段进一步揭示其历史的"千古之谜"。首先，从研究的思想方法上说，我们要建立边地学者的文化自信。既然我们已知云南是世界人类最早的起源地，特别是中华民族最早的起源地而没有之一。地处"三江并流"唯一纵贯其间的地望，以苍山洱海为中心的大理土著，早在距今16万至3万年以前就开启了旧石器时代的文明，那么，我们为什么在对史前本地新、旧石器遗址的考古断代上走不出边地偏僻蛮荒、蒙化晚开的围城呢？

众所周知，中国历史公认，中华民族的腹地中原地区，早在距今5000年前就已进入黄帝引领的农耕文明时代。同样，在距今4000年的夏代已有了青铜文明的曙光。中国汉字早在距今6000年时已有了竹简上的雏形，到了距今4000年的夏代，中原已开始将通用文字刻在牛骨和龟甲上。与中原文化同步的大理，从剑川海门口遗址出土的文物青铜器证实，同样在距今约4000年前已进入农耕和青铜文明初始。祥云大波那出土的周代重约千斤的大型铜棺，更说明距今约3000年前，大理已有了高度的青铜文明，无须再旁征博引。让我们再一起来看苍山崖画笔墨当随时代，文艺作品都是历史的写照，即便是神话也是现实社会的折射。但在崖画画面上我们却读不到任何从云南出发定居中原的华夏民族距今5000年前已有的农耕文明的任何信息，更没有距今约4000年前大理已有青铜文明的蛛丝马迹，甚至连折射的意象都无从可觅。而有的还只是新石器中期土著先民仍然处于栖息从半穴居向干栏式过渡，生活尚处于靠狩猎、采摘、驯养牛羊猪鸡鸭时期。从精神层面看，更尚处于图腾崇拜的巫文化阶段。故此，笔者可以认定，漾濞苍山崖画这件远古遗存，应是创作于距今5000～4000年前的旷古史作。由此，我又联想到距今4000年前，宾川白羊村遗址、剑川海门口遗址出土的碳化稻，与20世纪80年代初，大理同时获得籼稻单产世界第一，粳稻单产全国第一的桂冠是历史的必然一样。由此我再想到因为先有了距今5000～4000年前，大理漾濞先民创作的旷古史作苍山崖画，而到唐、宋时期，大理人的先贤又创作出了现存于日本京都友邻博物馆的《南诏中兴二年画卷》，以及现藏于我国"台北故宫博物院"的镇院之宝《大理国画卷》，这两件由大理少数民族画家创作的无与伦比的中国画巨制，同样是大理绘画艺术从苍山崖画根脉传承而吻合的历史必然。

写毕以上文墨，再读这幅犹如天籁长鸣的乐章，凝固而又活着的史诗般的远古崖画，意犹未尽不能释然。即：苍山崖画中最为醒目的那棵大果树和树下众人采摘拾遗果实的图录。由此，我又再一次联想到，我国林业科学界在坚果研究领域，对中国核桃起源的断代和定位同样失之文化自信，本地学者同样存在之前论及的文化自卑。目前乃至世界对中国核桃最早起源中心地，几乎众口一词认为是古代西亚地区的波斯。误以为中国核桃是距今2148年（或2145年）两次奉使西亚的张骞从波斯带回汉朝传播种植，固历史沿袭至今仍有"胡桃"之称。然而，历史的事实果真是如此吗？答案应该是否定的。据史记载，公元前139年，即距今2161年，西汉博望张骞第一次出使西亚访问，曾到访古代波斯、大夏等地，即今土耳其、伊朗、阿富汗诸国。然在回归途中被匈奴羁留，直到12年后的公元前126年才回到长安。张骞第二次出使西域从公元前119年奉使到公元前115年才结束，两次共18年。让我们姑且相信张骞确实曾经从西亚的伊朗带回了核桃种并在新疆和内地传播种植；但并不能认定漾濞核桃从内地引种或从西亚传入。因为，首先专家学者公认漾濞苍山崖画上硕果盈枝的参天大果树即生长于中国漾濞远古时代的核桃树，苍山崖画上史前漾濞古人采摘拾果的果实即是核桃。其次，漾濞是古代"蜀身毒道""西南丝绸之路""茶马古道"的必经之地和要冲。张骞在出使中亚、西亚诸国时，就已经在波斯、大夏见到了我国四川出产的丝绸和"笮竹杖"。那么至少早于张骞出使西域约1000多年前就已经有的中国古代漾濞先民赖以采食广种的漾濞核桃，完全有可能被大理贾客的马帮，抑或是西亚来华贸易的洋商携带出境引种西亚。然后再如本是云南梧桐由法国传教士带到法国嫁接，再出口转内销，假以名播世界的法国梧桐，种满国内乃至世界的行道树，连原产地云南人也称它为"法国梧桐"了。同样，本是早于张骞奉使西域2000年前的中国漾濞核桃，也被假冠以西亚来的"胡桃"了。

再次，如果说以上所述只是凭着对苍山崖画猜想而论，那么，以下的科学铁证就不容置疑了。36年前，新故的我州林果专家，曾任漾濞县科技副县长、林业工程师的杨源同志，1988年在当时的平坡公社高发大队罗家生产队毕那摩箐，发现了村民从地下挖掘出土的一段古木，后送到北京，请中科院考古研究所碳14测定并树轮校正，确认是距今3690年的古核桃木。科学印证了苍山崖画所绘古人采摘捡拾坚果为距今5000～4000年前漾濞先人已种植核桃的史实。用宛如活化石般的苍山崖画上土著先民采摘捡拾核桃的图录，可以推翻谬传中国核桃2000年前，由张骞从西亚携入引种的附托。苍山崖画这件5000～4000年前的稀世文化瑰宝，更是文献名邦大理历史典籍最早的无与伦比的文化压舱石。这又与漾濞境内满山遍野遍布核桃林，最早成为"中国核桃之乡"，全国核桃评比质量第一；现有百年以上古核桃树18万株，其中4株树龄为1400年，有2000株古核桃树被挂牌保护，同样契合了苍山崖画显示距今5000～4000年前，即人工种植古核桃树的史证，又是一个文明根脉5000年传承发展的历史必然。

伟哉，大美漾濞国宝苍山崖画。曾被多位游历到此的诗人隽咏，不妨录选二三以飨读者。

其一：岩画好若似宝珍，韬光养晦隐山崖。疑成岁月落花暗，经历沧桑芳草新。粗放生存遗物象，原初情状见天真。文明根脉溯源远，历史无声胜有声。

其二：神果核桃营养奇，尽言引种来西域。苍山有树四千载，已证产源是漾濞。

其三：苍山崖画四千年，中国核桃不姓胡。谬说张骞波斯引，早有漾濞种史前。

以上笔者管见，或许有尊者不屑有讥，抑或有学者质疑腹诽，但百家争鸣，是党的文艺方针，不废一家之言。况且学术之争乃君子之争，本无是非恩怨。已故中国"红学"研究会会长，曾受到毛主席嘉许的著名"红学"家李希凡先生曾说过：有争论，才能推动学术进步。人类社会对科学的认识总是在疑问、猜想、争鸣中一步步接近事实和真理，譬如说，数学王国王冠上的明珠"哥德巴赫猜想"即是。也譬如说，在苍山崖画前猜想古人亦如是。

远方的客人请到风景这边独好的大美漾濞来，我在云龙桥头等你，一起追寻埃德加·斯诺的足迹。

岂曰无衣

漾濞江的记忆

杨纯柱

一

漾濞古城边，有一条蜿蜒曲折的江水流过，这就是漾濞江，又被当地人称之为漾濞河，漾濞江源自剑川的剑湖。在剑川、洱源境内叫黑惠江，水流并不大。在境内绵延50多公里，并汇入了100多条大大小小的河流、溪水，补充了丰沛的水源后，这才造就了她洪水季节浩浩荡荡、气势磅礴的大江大河雄风，并使之一跃成为澜沧江的第二大支流和在云南境内的最大支流。

在遥远的古代，漾濞江曾是被称为南方丝绸之路"博南古道"的最重要地理分界线。由东边的四川、昆明、下关方向驿道上逶迤而来的马帮、客商和行旅，在漾濞古城歇脚后，通过云龙桥或由汪家巷下边木马搭建的水皮桥西渡漾濞江，就踏上了前往保山、腾冲，再转道出缅甸、泰国等境外，历史上被称为"走夷方"的艰难凶险之途。在漫漫岁月长河里，有的人渡过漾濞江后，就再也没有能够返回，甚至成为"望乡鬼"。因而，有古代歌谣苍凉地唱道："过了漾濞渡，阎王请上簿。"

那个年代"走夷方"的人，大多都是被生活所迫或为"红利"所驱使，穿过悬挂于滇西崇山峻岭中的崎岖驿道，辗转边境地区和异国他乡的赶马人和客商。他们长年累月来回奔走往返于这条艰险而繁忙的古道上，漾濞江成了他们生命和记忆的重要符号之一。而除了马帮和客商外，还有形形色色的人员，如马可·波罗、杨升庵、徐霞客、林则徐等官员、游人、僧侣，以及朝廷流放的罪犯等等，也不时行走在这条古道上。甚至南明永历皇帝朱由榔也曾渡过漾濞江亡命缅甸，还有元末宰相脱脱，同样经过漾濞江贬谪到腾越府（今腾冲），并被奸臣毒死在贬所。对这些人而言，漾濞江同样是他们人生旅途中必经的驿站之一。

漾濞江对漾濞的重要性是不言而喻的。江两岸集中了漾濞主要的良田和村庄。而原来的漾濞古城和漾濞建县后的县城，就坐落在这条江水"漾"出来的坝子上。漾濞古城的兴起和发展，始终与此条江河有着密不可分的关系，故有人将漾濞江誉为漾濞古城的母亲河。在漫长的历史岁月里，漾濞江成为哺育漾濞古城人的衣食父母。他们临江而居，饮用江里的水，从江中打鱼捞虾过日子，引江水浇灌庄稼，甚至烧火做饭的柴火，也依赖洪水季节江上游冲来的河柴。

作为历史上博南古道和茶马古道交汇的古代交通重镇，漾濞古城的人，多半是靠"吃路饭"为生的。他们开马店驿站，供过往的马帮商旅食宿，摆摊子做生意，赚些柴米油盐酱醋钱。漾濞江同漾濞古城，千百年相偎相依，一同走过了多少风雨岁月，历经了无数人世沧桑。滔滔东去，不舍昼夜的漾濞江，见证了漾濞古城从无到有，从两三家人的孤村野店，到万家灯火的市井，又从人欢马嘶的热闹繁荣，重归于人去城空的沉寂冷清。同样，漾濞古城也目睹了漾濞江，由碧波荡漾鱼游浅底，到混浊不堪臭不可闻；由风景如画的秀丽迷人到满目疮痍的丑陋；由人来人往的喧哗，到只有芦苇、河杨浅吟低唱的沧桑巨变。

如今，从悠悠绕城而过变为悠悠穿城而过的漾濞江，还是那条漾濞江。但"此漾濞江"，已不是"彼漾濞江"了。漾濞江变了，水质变了，生态变了，内涵变了，当地人与漾濞江的关系也变了。过去，江畔的人同漾濞江的关系是亲密的，充满了谁也离不开谁的互动。生活在江边的人，都对漾濞江有着深厚的感情，都有一肚子讲不完的漾濞江的故事。记得在我童年和青少年时代的那些岁月，当地的青少年娃娃，如果有谁不去江里游泳玩耍，一般都是身体有毛病。而时过境迁，今天倘若有谁还到江里玩水，则百分之百的是脑子有毛病的。唯一不变的，也许只有漾濞古城的老人们，对漾濞江往昔的深深浅浅的怀念和浓浓淡淡的记忆。

225

岂曰无衣

二

漾濞江作为数千年来，浩浩荡荡流淌在滇西交通要道漾川山水之间的重要江河，自然有许多可圈可点、彪炳史册的辉煌历史。

有文字资料可稽的，最早可以追溯到唐中宗景龙元年（707），唐朝将领唐九征率唐朝军队，在今天县城至金牛平坡一带的漾濞江河谷大败吐蕃军队，并在县城附近竹林寺一带立铁柱以记功。也就是清代孙髯翁所撰写的闻名天下的"昆明大观楼长联"列举的，并被历史学家称之为改变云南历史的四个重大历史事件之一的"唐标铁柱"往事。

还有在抗日战争期间，漾濞江也为我们的国家和民族书写下了浓墨重彩的一笔。开始是穿境而过的滇缅公路，作为当时中国唯一的国际战略物资运输通道的要津，漾濞江上的桥梁，将通过滇缅公路运输的国际援助物资源源不断输送到抗日前线。后来当滇西抗战爆发。随着云南摇身一变，由抗日战争的大后方变为大前方，几十万中国远征军，仿佛滚滚的铁流昼夜不息地通过滇缅公路跨过漾濞江，开赴腾冲龙陵抗战前方。此外，值得一提的还有抗日战争后期，漾濞江曾作为中国反攻部队模拟横渡怒江作战的训练基地。

据《1942—1945血战滇缅印——中国远征军抗战纪实》（方知今著，解放军出版社2005年出版）一书记载，中国远征军反攻之前，为顺利渡过怒江，曾经派部队在漾濞江作模拟横渡怒江训练。方知今写道："训练地点设立在漾濞江，由美国教官教练工兵吹气、装拆、搬运、上下船及漕行等基本动作，最后练习夜间渡河……每次集训一个工兵营，每期训练一周，至反攻前夕，共举办了四期训练班，总计约四千人，基本保证了大军渡江的需要。"

关于漾濞江的往事，就我自己的亲历亲见而言，印象最深刻的还有四十多年前，自己曾经参与过的那场所谓举全县之力"大战大沙坝"的壮举。

从地形地势上看，由县城云龙桥上溯到茂盛江汇入漾濞江口之间的，约三四公里长的江谷地带，地势开阔平坦，落差极小，江流缓慢。洪水季节，江水从上游挟裹下来的大量泥沙，往往在此淤积，久而久之就形成了老百姓常说的"三十年河东，四十年河西"的现象。这就是江水往东边流淌许多年后，慢慢堆积累高的沙石，将江水又渐渐堵回往西边冲击的自然态势。当江水向西边奔流若干年后，又因同样原因，江水又掉头朝东边冲击流窜。

大约是1977年的时候，当时县上的执政者在"农业学大寨"号召回光返照之际，头脑一发热，竟然勃发出了一个异想天开的，向漾濞江要千亩良田的"雄心壮志"。位置就在县城附近枳村下边漾濞江东岸，也就是现在白羊大桥下面与漾濞中学初中部隔江相望的地方。当时江水已经往西流淌了若干年头。江东出现一大片被当地人称为"大沙坝"的荒滩沙洲。按照当政者的"美妙"设想，只要顺江东岸一侧修筑一道拦江大坝，将江水堵往罗屯那边的江西岸一侧，就可以造出千亩灌溉条件便利、旱涝保收的高产稳产良田。

那是一个说干就干、雷厉风行的年代。执政者一拍板，便立马付诸行动。一时间约一公里长的江边沙滩沙洲上，成了人山人海、热火朝天的施工场地。每天参加会战的人员多达近千人。这些人员除各公社大队抽调组建的青年突击队外，还有县级机关的干部职工、县城中小学师生，以及县城中的社会闲散人员。当时在县城读初中的我，每个星期都必须要停课在校长老师带领下，参加一两天的这项"战天斗地，改造山河"的壮举。经过一个冬春的艰苦奋战，临江构筑起了一道长800余米、宽2米、高4米的水泥石头浇铸砌成的拦江大坝。大坝背后也果然平整出了数百亩的一片农田，随后种上了稻谷玉米，一眼望去绿油油的。

可惜好景不长，因选址缺乏科学性，大坝竣工当年的七八月份洪水来袭的时候，大坝便开始出现被洪水冲击得移动、拉裂的现象。之后数年的时间里，随着江水开始调头东移，大坝陆陆续续被大段大段损坏、冲垮，直至大部分都被连根拔起放倒。那个"誓让大沙坝变成米粮仓"的豪言壮语，犹嘹亮地回响在耳际。江东岸新开辟出来的农田，转眼变成了一片洪水涌动的水乡泽国。这样曾经投入十余万个工日，耗资23万多元——这在当时可是一笔了不起的巨款，并被排演成歌舞或花灯剧，四处演出颂扬的，轰轰烈烈的大沙坝造田运动即宣告失败。面对这个多少有些悲壮的无言结局，用一句时髦的话概括就是"理想很丰满，现实很骨感"。

岂田无衣

20世纪80年代末，大学毕业回到漾濞工作的我，曾经特意跑到当年"大战河沙坝"的地方看了一下，那时的江东岸早已经变成一片白茫茫的芦苇荡，别说当年那新造的数百亩农田，连一亩半亩都没剩下，就是所构筑的那道所谓坚不可摧的拦江大坝，也早已灰飞烟灭，消失得没有了半点蛛丝马迹。而江西岸那边渐渐显露出的大片沙洲滩涂，陆陆续续地被罗屯的村民开垦出来种上了玉米、西瓜，一眼望去，也是绿油油的……

三

关于漾濞江历史上最难忘的记忆，大约是20世纪60年代中期爆发的那场、距今已经整整46周年的惊心动魄的滔天洪水。

1966年8月间，漾濞遭逢了一场历史上罕见的特大洪灾。从8月中旬开始，漾濞阴雨连绵，全县范围暴雨成灾，漾濞江水一天天暴涨。据马厂羊桩坪水文站记载，从8月22日起，江水持续上涨，23日水位上涨到5.08米，24日，流量达到750立方米/秒。25日，水位竟上涨到7.31米，流量达1340立方米/秒，创历史最高纪录。若不是漾濞江河谷宽阔，两岸高耸，泄洪能力极强，洪水毫无阻拦地一泻千里，后果将不堪设想。但此次水害，还是造成了漾濞江上大小桥梁冲毁6座的重大损失。其中漾濞县城附近的就有三座，包括云龙桥、老滇缅公路上的下街石拱桥和河西老吊桥。

据亲历过这场可怕洪水的阮镇先生回忆，当时20岁左右的他清楚记得三座桥冲垮的那段时间，天天阴雨连绵，特别是头天晚上，几乎通宵达旦的哗哗暴雨。但早上起来雨势却小下来许多，人们顶着淅淅沥沥的细雨，纷纷到江边看洪水的看洪水，捞河柴的捞河柴。大约是江上游仍然是倾盆大雨的缘故吧，在江边捞河柴的人，突然看到江中滚滚的波涛，一浪盖过一浪，变得愈来愈汹涌猛烈，层层迭起的洪峰使江面急速上涨。接着不长时间，漾濞县城附近江上的三座大桥就先后被冲断坍塌了。

最先在这场大水中冲垮的是云龙桥。这座始建于明代，屹立于飞凤山麓高崖和古街尽头陡壁之间，至少也有五六百年历史的博南古道上的著名桥梁，终于没有在这场有文字记录以来的漾濞江最大的洪水中挺过来。临街一头的桥墩和高大雄伟的桥仓，瞬间就被排山倒海般的滚滚洪流吞没、冲毁、卷走。

据家住云龙桥头街上方的第一家，即如今的博南路1号家的闻建平回忆，发大水那年，他才14岁，眼看着咆哮如雷的洪峰一个连着一个、一波接着一波的满江激荡，那排山倒海而来的洪水一浪高过一浪迅猛上扬，江边一片汪洋。吓得临江而居的人家赶紧将家里的东西搬到远离江边的街坊邻居家，人也全部转移到安全的地带。他们家里的院子、房子，眼睁睁看着被洪水一寸寸漫过和浸泡，家里前几天捞起的堆放在院子里的一堆河柴，不一会儿即全部被洪水卷走。洪水退后，他们家的房子里到处是淤泥、水渍，还发现数条细鳞鱼、石爬子等等。

漾濞江上的石拱桥，坐落于现在火车站上方不远处的下街村，建于1960年，为空腹式三假铰浅基础，两岸各接2孔7米引桥的永久式石拱桥。阮镇先生曾回忆说，云龙桥冲垮后，附近的人们，仿佛赶庙会似的，不管老老少少、男男女女都撑着雨伞，或头戴棕帽身穿簑衣，一窝蜂地涌到被称为"漾江彩虹"的石拱桥上看洪水。石拱桥上挤满了人。上午九点半十点左右，他担任县建筑社领导的老岳父杨义忠，突然发现石拱桥主孔西岸上游桥头的地面出现纵向裂隙迹象。曾多次参加和主持过修桥建桥工程的杨义忠，马上警觉到大事不好，当即大叫起来："快跑，大桥要倒塌了！"听到喊叫声，桥上的人群立即惊慌失措地向两头奔跑。这时保山、永平方向下来的两辆车正要驶上大桥，刚跑下大桥的人群赶忙在路边示意他们紧急停下，并朝他们大喊大叫说大桥要垮了。前面的大班车却不相信仍然往前开。当接近桥头时，发现情况果然不妙的司机才一脚急刹车将车停下，就听见轰隆一声巨响，大石拱桥的两侧桥墩一歪倒，主桥孔桥台齐齐掉入滚滚波涛中，溅起冲天的水柱。脸都吓变形了的大班车司机急忙倒车后退，刚退出不远，洪水就将班车刚刚停下的西岸路面卷蚀吞塌了数米。幸好后面的大货车已经远远停下，否则不要说刹不住撞上前面的大班车，就是稍稍拖延着大班车往后倒车的速度，其灾难性的后果都是令人不寒而栗的。

229

最后，位于现在河西大桥上游不到10米，建于民国32年（1943），桥塔中距55米，主吊索每边为Φ35毫米的四根组成，横距5米，吊杆为Φ32毫米圆钢，桥面系为木料，面宽4.2米，桥塔利用昌淦桥（原坐落于云龙县澜沧江支流沘江上，1941年1月23日被日军机炸毁）捞回的钢材，高5.95米的塔柱，桥台为桩基承台，塔鞍顶主索高6.28米，设计载重为10吨的，在石拱桥修筑之前，为滇缅公路上漾濞江上的唯一通道的柔性钢索型吊桥，也在洪水中冲毁倒塌。

这场特大洪水，让由滇缅公路演变而来的昆畹公路交通因此而中断达两个月之久。漾濞县城区域一带成为对外交通完全阻绝的孤岛。依江而建的漾濞街，也受到了这场千百年不遇的最凶猛洪水的严峻考验。

四

除了洪水季节，漾濞江会变成一头狂暴的狮子，露出霹雳轰鸣、气吞万里、波汹浪恶、惊涛裂岸的狰狞面目外，多数时候，旖旎秀丽、婀娜多姿的悠悠漾濞江水，是让人迷恋陶醉的。当年的漾濞江，不论春夏秋冬，都是当地人最爱去的地方。

大约由于当年沿岸森林茂密，生态良好，水源丰沛，印象中那个时候的江水，水势虽然浩浩荡荡的，比今天的盛大充沛，但冬春季节，却碧绿如蓝，清澈见底，时不时还能看见一群群小鱼儿，在粼粼的波光里游动、追逐、浮沉。而每年从农历二月十九街前后开始，直到进入秋末初冬时节，漾濞江边洗衣服的、洗澡的、游泳的、钓鱼的、撒网的，漂了一河，散落了一岸。

当年的漾濞江县城附近游泳的地方有四处，除周家巷下边漾江独石周围的一段外，上有云龙桥下边一段，下有农具厂（今林业局）下边的一段。比较远的是河西大桥下边的一段。最热闹的，就是漾江独石周围的这段了。此段区域不只地势开阔平缓，而且西边为飞凤山右前面的柏木铺河汇入漾濞江处。由南向北流入江水的柏木铺河，涨水季节挟带的大量沙砾石块在此沉淀，年深日久积累起来的高高沙堆，阻挡住江水的去路，江水只得急促左拐，不远处又被东岸源自点苍山、北南流向的雪山河挟带的沙石堆积的高岸牢牢堵截，江水又只得再次右转，扭成S形状蜿蜒向前方奔去。因而陡然受阻拐弯的江水就在周家巷下边，迂曲成一个江面开阔、水流平缓的江湾。尤其是靠近飞凤山脚的那头，萦洄的江水还形成了一个深不可测的大漩潭。我上学前在周家巷同外婆生活的时候，就曾亲眼看见这个大漩潭无情地吞噬过一个海军军官的生命。

当时这位跟着妻子回漾濞探亲的外省海军军官来江里游泳时，当地人曾善意提醒他不能大意，他却大大咧咧地边下水边说，太平洋自己都畅游无阻的，难道还怕这点小江小河不成？话音未落，他脚下一滑，身体似乎被什么东西拽了一下，当即被江水漩入深潭中。待几十分钟后被人从江中打捞起时，已不幸成为望乡鬼。后来，我还听漾濞街的老人们说，抗日战争期间一个前来帮助修筑滇缅公路上漾濞江大桥的海军出身的美国工程师，也是不听当地人劝阻，贸然下水后被卷入波涛里就再也没有爬上来，连尸骨都没有找到。所不同的是，落水的地点在海军军官溺亡处下游1公里处，也就是今天河西大桥附近。

当地流传着一个古老的说法，漾濞江每年都是要吃一两个人的。不吃天就不落雨。因而漾濞江最危险的时间节点，是在雨季欲来未来之际。这时是漾濞江水最小的时候，大人们却反复告诫自己家的儿女，千万不要到江里玩水，以免成为龙王老爷的"下饭菜"。但这又是漾濞江最具有诱惑力的时候，炎热逼人的天气，莫说小孩子们，就是成年人，也对清凉如梦的江水，有一种情不自禁的难以抵御的向往。根本置世代相传的凶险经验教训于不顾，仍然纷纷往江边跑，把江水当作快乐无边的天然大乐园。

无论气候如何干旱，只要听到江里有人落水淹死的消息。老人们就会说，这回老天爷要下雨了。我在漾濞江边生活了大半辈子，在我的记忆里，还真的曾经无数次碰到过这种似乎有点不可思议的灵异现象。每当一个鲜活的生命不幸消失在江水中后，最快当晚，慢则三五天，滂沱的大雨果然如期而至。当然，漾濞江所吞噬的人命，不独是去江里游泳爬不上岸的大人小

岂曰无衣

孩，还有因生活琐事一时想不开，自己跑去跳江水的男人女人，或者是因各种原因不幸葬身于江水的人们。但不管怎样，只要漾濞江里的龙王一旦打着"牙祭"，也就是"开着了"我们人类的生命之荤，当地持续的旱情便会立即宣告结束。

尽管理智告诉我说，这只不过是一种纯属偶然的巧合而已，漾濞江的"吃人"与老天的"降雨"，根本就是八竿子打不着的两码子事情，是绝对不可能有着传说中的所谓"因果"联系的。然而令人难以置信的是，这种本来应当为极小概率的偶然性"巧合"事件，却一而再、再而三地重复发生。以至成为一种令人百思不得其解的神秘现象。

五

对当地人来说，周家巷下边的漾江独石前后的江面，自古就是游泳戏水的天堂。人们在江里游累了，就躺在江西岸那大片松软的沙滩上晒太阳，或在江岸沙石里翻找爬沙虫（又名夹夹虫）。当年有不少青少年，除上学读书外，一天到晚的大部分时光，差不多都泡在江里或在江边玩耍。

那个年代生活在江边的人家，男孩子个个都是戏水的高手，洪水滔天的时节，照样也有人在汹涌的波涛里钻出钻进，自由出没地"冲大波浪"；女孩子的水性，也往往令人瞠目结舌。记得那时有一个家住云龙桥头的十五六岁少女，因父母极力反对她与一个比她父亲还长一岁且拖儿带女的老倌谈情说爱，天天都与家里爆发激烈冲突。在一个阴雨绵绵的傍晚，又遭到父亲痛掌了几个大嘴巴的少女，不顾一切地冲出家门，跑上云龙桥"扑通"一声，就从五六米高的桥上纵身跃下去，消失在滚滚的江水中。其脚跟脚尾追着她的母亲，见状顿时呼天抢地地哭喊起来。不一会儿，女孩竟从江斜对面的江水中冒了出来。事后她说因听到老娘哭叫得那么凄惨，自己心有不忍才浮出水面的。父母这下再也不敢干涉女儿，不久她便如愿以偿地嫁给了那个二老倌。

虽然到江里游泳的当地人，有老有少，有男有女，不过女的多半是十三四岁以下的少女。稍大一些的姑娘媳妇，她们来到江边，主要是淘米洗菜或涮洗衣裳被单的，即使偶尔有几个想下水洗洗澡或泡泡凉的，也要寻一个僻静一点的江湾，避开众人的视线。

我学龄前的几年光阴和初中三年的岁月，都跟随着外婆住在周家巷临江边的一间黝黑狭小的百年老屋里。那时热闹的漾濞江，不知给我带来了多少快乐。白天我和伙伴们到江里游泳戏水，然后仰卧在沙滩上晒太阳或互相打闹玩耍，夜晚我就和三五个同伴们点着垃圾堆里翻捡来的废旧汽车轮胎的胶条什么的，沿着起伏的江岸捉水青鸡。夜晚江里的水青鸡都爬上岸边的高高低低的石块上蹲趴着，运气好的时候，不大功夫就可以捉到一长串水青鸡。

最让人感怀的是那时节漾濞江的鱼群。有时蹲在岸边的石头上，就可以看到江中成群的鱼摇头摆尾地在水里游动追逐。记忆里，那时漾濞江的鱼真多真大。据说这些鱼是漾濞江发大洪水的时候，从江下游抢水逆流游上来摆籽的。有的还可能来自遥远的海洋，因为漾濞江下游汇入的澜沧江出境后的湄公河，直通太平洋的南海。因而当地有一种江里的鱼为"七上八下"的说法，意思是农历七月份，江下游的鱼就沿江成群结队的逆流而上，而到农历八月份，这些摆完籽的鱼群又顺江迴游。

每当傍晚黄昏，站在漾濞江边，随时都可以看见江里的鱼跳，这些鱼跃出水面一两尺来高，大约有斤把半斤。岸上则到处都是撒网人和持竿垂钓者。他们撒上来或钓上来的有鲤鱼、蛇头鱼、细鳞鱼、草鱼等，大的有八九斤重，大多数是一两斤的，半斤以下的小鱼，不少人还顺手甩回了江里。那个年代有不少靠近江边的人家，将饭煮起后，发现家里没有菜，往往会提起渔网到江边罩上一网，收上来的鱼，一顿还吃不完。只是那个年代油荤太少，烹饪出来的鱼不怎么可口，也可能是吃得太多的缘故，那时漾濞街的人，都不是很喜欢吃鱼。现在有不少出生于20世纪六七十年代的生活在江边的人，还常常讲起当年他们那么喜欢下水拿鱼，却并不喜欢吃鱼的往事。

当年常见的捕鱼方式还有炸鱼炮。那个年头，只要听见江边鱼炮声一响，大家便纷纷往江边跑。当到达江边的时候，每每会看到一江都漂着翻白肚皮的大大小小的鱼。人们就会争先恐后地跳下水捞鱼抢鱼。当年的一句顺口溜说："公鸡叫，母鸡叫，哪个捞着哪个要。"印象最深的一次是当时县人武部的几个当兵的，往云龙桥大青树下边深水潭的石夹槽里，投下了两枚手榴弹，随着一两声闷响和溅起的冲天水柱，鱼便翻白了漂上来。周围的人迅速跑到下游的江流中去截捞。几十个大人小孩，前前后后散布在江水中打捞，一条又一条一尺长短的鱼，被捞起传运到岸上，较小的鱼则被用铁丝穿了一串又一串。这次人们捞起的鱼差不多有一百公斤左右。而捞不及或漏眼顺水冲走的鱼，还不知有多少。事后人们都感到不可思议，两枚手榴弹怎么会有如此大的威力，竟炸出这么多的鱼来。有人推测说，或许是炸着鱼窝子了……

当年人们从江里打鱼的方法，还有很多。有用徒手抓摸的，有拿渔叉来叉的，以及有用鱼篓捉捞的等等。对我而言，最难忘的，还是那时我们用核桃叶呛鱼的记忆。当四五月份漾濞江水势最小的时节，我和我的小伙伴常常将沙滩上一股股纵淌横流的小沟江水，从上段另掏掘出一条沟渠把水流撇开，然后将刚采摘的新鲜核桃叶，在石板上捣碎后揉入一个个大小不一的水塘中，随着水塘的水色渐渐变成浓绿色，水塘中就漂出许多一拃长短的沙沟鱼和石爬子。

当年漾濞江的鱼，之所以似乎是永远撒网撒不尽，捕捉捕不绝，原因就在于年年都会有鱼群，源源不断从下游的江里逆流迴游上来摆籽。当时漾濞街的鱼很便宜，只是两三毛钱一斤。如今肉质细嫩、味道鲜美的漾濞江鱼，已经成了非同寻常、十分稀奇的美味佳肴，价格一再走高，上涨了上百倍，即使扣除物价上涨因素，也上涨了几十倍。因为江下游修建了许多水电站的拦水大坝。这些大坝一般都有几十米高，阻断了江下游的鱼游上来的路线。

六

面对生态凋零、颜改貌非的漾濞江，自然是令人感慨万端，无限惋惜的。不过，对于我们这层60岁以上的老漾濞街人来说，漾濞江最让人唏嘘的，除江中成群的鱼虾已经成为远去的记忆外，还有江边风物的巨大变迁。

而最使人叹息的，就是那江岸上曾经林立峥嵘的大石头，早已杳如黄鹤。

近代的黄炳坤有诗咏曰："漾江东去入澜沧，似虎涛声日夜狂。如此乱流如此石，可堪砥柱在中央。"由此可知，漾濞江的滚滚巨石，曾给这位远道而来的广东新会人，留下了多么深刻的印象。我常常想，当年的那个漾濞江，之所以给人一种野性的、雄浑的、强悍的，甚至震撼人心的壮美，不仅是因为洪水季节那种罕见的排山倒海的惊涛骇浪，所呈现出的令人惊心动魄的力量，而且也很大程度上要得力于那满江满岸让人叹为观止、印象深刻的嶙峋巨石。

记忆中，直到20世纪八九十年代，站在漾濞江岸，一眼望去，只见江谷间巨石累累，一个接一个高低错落密布。这些挤挤挨挨，突突兀兀，大的有轿车大、东风车大的石头，有的立着，有的卧着，有的坐着，有的蹲着，有的横着，有的竖着，有的傲然挺立在江心，任凭波拍浪打。从颜色上看，有的青苍，有的黄麻，有的花白，有的紫黑。

然而，最近一二十年以来，这满江满岸莽莽苍苍、千姿百态的石头，早被我们贪婪的人类，洗劫一空了。这些遭遇到前所未有浩劫命运的石头，有的被大吊车吊起，长途贩运到下关、昆明等地，作装点城市景观的风景石，有的则被用锤子凿子破开，打成长方不一的石条石块，以作铺垫街道之用或被拿去筑墓立碑，有的还被用电锯解成石桌子石凳子。更多的则被直接运去粉碎成碎石，作浇灌地板和楼房之用。

如今漾濞江边，别说原来触目皆是的滚滚巨石早已荡然无存，就是脸盆或篮球大小的石头，都难以寻觅到几块。"乱石穿空、惊涛拍岸"的漾濞江，已经成为远去的传说。山无木不秀，水无石不灵。江河失去大大小小原生态石头的陪伴和点缀，则有一种让人几乎惨不忍睹的丑陋和荒寂。现在呈现在我们面前的"众石一去不复返，放眼四望空荡荡"的漾濞江，在暴雨连天的洪水季节，仍然会洪峰迭起，浊浪排空，重现波澜壮阔、气势磅礴的雄风，但洪水落下去后，却显得那么单调、空荡、荒凉、毫无生气、死气沉沉的……

七

当年丰富多彩的漾濞江，在带给我许多快乐，并给我留下不少美好记忆的同时，也荒疏了我的学业，浪费了自己被古人称之为"一寸光阴一寸金"的大量读书时光。那时的学校管理比较松散，我们便经常逃学旷课到江里玩耍。毫不夸张地说，那时我同漾濞街上的不少青少年一样，泡在江边的时间似乎比待在教室里的时间还多。

至今记忆犹新的是，我当时已经年近八旬的大字不识一个的外婆，见我早早晚晚都泡在江边疯玩，曾多少次唠唠叨叨数落我说："学不好好地上，书不好地读，一天到晚就是钓鱼、钓鱼，捉水青鸡、捉水青鸡！我看你将来要咋个整哦！"可惜我当时只当耳边风，以至于三年初中混毕业，考不上高中的我，只得依依不舍地离开漾濞江，穿上草绿色的军装，懵懵懂懂地奔向远方，去寻找自己的渺茫前程。

然而不到两年后，命运又将我的人生再次抛回漾濞古城，就是那段我窝在周家巷潜心复习，两度备战高考的艰难日子。在这段大约一年半的时间里，我对漾濞江又有了亲密的接触。春夏时节的傍晚，我天天都会坐在云龙桥下边漾濞江东岸那排参天的河杨树下埋头读书。当日落西山、暮霭弥漫的黄昏降临。我便丢开书本，脱光衣服纵身跃进江水里，痛痛快快地畅游起来。清凉如梦的江水一下洗去了我浑身的燥热和疲倦，同时也瞬间将我胸中的郁闷和心里的迷茫冲刷殆尽。即使在阴雨霏霏的日子，每天黄昏读书读累了，我去江里畅游一番的固定节目也从没有间断过。直到后来我又一次离开故乡到外地上学。

当大学毕业，我又重新回到漾濞江畔定居的时候，已临近20世纪80年代末了。开始那些年的夏季，我仍然会不时去漾濞江里美美地畅游一番，后来不知不觉去的次数便愈来愈少，以至数年后则完全不去了。

这几年不知为何心血来潮的我，忽然又不时地往江边跑跑逛逛。这才发现，眼前的这个漾濞江，完全貌改颜非，早已经不是当年那个曾经令我梦绕魂牵、依依不舍的秀美热闹的漾濞江了。如今早已不再人流如潮的漾濞江边，显得格外的冷清、寂静、荒凉。就是在烈日当空、气候异常炎热的正午，江里也见不到一个半个游泳的大人小孩，而江边同样亦早已没有了洗衣服的大婶大妈、姑娘媳妇的踪影。

原来近30多年以来，由于受城市和村镇生活垃圾及污水的严重污染，尤其是受前些年沿岸一条条挖沙船常年四季都天天挖掘不止的破坏。昔日清澈透亮、水浅的地方可以看得江底石块的江水，早已变得浑浊不堪，使人根本无法再下水了。空气里也时不时袭来股股死牛烂马腐尸的味道。还有过去漾濞江两边两岸和沙洲沙滩上，由于常常人来人去，人类活动频繁，草木是低低矮矮的，并不茂盛，芦苇也是稀稀疏疏的。如今长期人迹罕至，以及土壤的富营养化加速，岸边上密密麻麻的蒿草和成丛成片的芦苇，自由自在疯长，挤满了周围的空间和脚下的土地，而沙洲沙滩上，则摇曳着大片大片白茫茫的蒙秆草……

二月十九街前后的一个下午，我又一个人漫步到漾濞江边，孤寂地久久伫立在周家巷江岸高坎上那棵多少有些沧桑的大青树下，默默注视着熟悉而又陌生的江水，从远处不急不慢流来，又悠悠缓缓流向远方。遥忆当年漂满蓝天白云的清澈江水和江边新鲜怡人的空气，又回想起当年这个季节，江里漂满了红男绿女游泳嬉戏的盛况，心中不由得涌起一种往事如烟、昨日如梦的淡淡惆怅和丝丝伤感……

"圣人出，黄河清。"漾濞江治理工程已经开始启动。漾濞江的生态恢复难免一个漫长而艰难的过程，但无论如何，在"生态文明"光辉的照耀下，我们有理由坚守这样一个梦想，随着漾濞江两岸绿水青山的逐步恢复，漾濞江一定会重现昔日的清澈透明。但愿今生今世，有一天我还能像青少年时代一样，在炎热难耐的夏天，纵身跳进漾濞江水里，重温当年痛痛快快在江里畅游的旧梦。

237

苍山西面是漾濞

杨建宇

风花雪月，自在大理。随着最佳爱情表白地的打造，包括全州12县市在内，多少过客的旅途中，有一种生活叫大理。

毫无疑问，大理是无数行者期盼的一次邂逅，而苍山、洱海则是大理最醒目、最耀眼的标志。

那么，很多人认识苍山，都是从它的东坡开始的，因为东面的苍山，它以十八溪的名义，和洱海热情拥抱，亲密握手，绘就了一幅玉洱银苍的壮美画卷，在讲述大理人文故事的同时，也给了山水间的人们造就了一个和美的高原鱼米之乡。

苍山东坡的故事太多，趣味盎然，引人入胜。在这里，我暂且不说东坡，只说我所认识的苍山西坡。因为，从西坡看苍山，那种震撼的感觉，总会鼓舞着人走进它的雄奇险秀，领悟别样的苍山。同样的十九峰，却形成了更加崎岖的溪流；同样的杜鹃花，却绽放出另一种娇艳的美丽；同样的茶马古道和南方丝绸之路，却珍藏着更多的秘密；同样的绿水青山，却生长着古老的传奇……

一条江

苍山西坡的故事，先从一条江说起，它的名字叫漾濞江，江的两岸，高高低低分布着大大小小117条叫得上名字和叫不上名字的河流，每一条河流，都延伸着漾濞彝族自治县的美丽区域。

同全世界所有的古代文明一样，黑惠江流域草肥水美，到处蕴含着生机，其间聚集了大理众多的古代文明，并伴随着河流的日夜奔流，繁衍发展，生生不息。

漾濞江处于黑惠江的中游，它从丽江市玉龙县的崇山峻岭中一路走来，越过剑湖畔5000多年的海门口遗址，穿过茶马古道上最后的集市沙溪寺登街，流经洱源乔后因盛产食盐而兴隆的千年古道，汇聚了西洱河的洱海之水，承接着黑惠江流域的人类文明，顺着苍山脚下一路南流，汇入著名的国际河流澜沧江，成为澜沧江在云南境内的最大一条支流，最后从湄公河汇入太平洋。

黑惠江流经漾濞县境内的115公里，两岸土地肥沃，桃红柳绿，清风徐来，竹影依依。彝族、汉族、傈僳族、苗族、回族等民族世代友好，睦邻而居，亲如兄弟。

作为漾濞各族人民的"母亲河"，漾濞江不仅给予了两岸富饶的土地和勃勃生机，还从西洱河接纳了苍山东坡十八溪的来水，载着洱海的味道、苍山的气息，完成了东坡、西坡溪流的殊途同归，相知相遇。

包括漾濞江在内，顺着黑惠江流域，可以找到古代大理许多文明的足迹，同时也可以更多地了解大理的过去。

一道门

苍山十九峰，马龙峰高达4122米，是苍山的主峰。因其山势陡峻，状如马首龙头，所以取名马龙峰。峰顶云海四时变幻莫测，溪水纵横，喷薄而下。东面是碧波万顷的洱海，西面是漾濞的陡崖深谷，赫赫有名的漾濞苍山石门关就在山脚下。

石门关有两座高200米至500米的断崖峡谷，呈"V"字形，顶部宽约100米，形如两扇巨大的石门，成为苍山最具代表性的地貌奇观。发源于苍山马龙峰和玉局峰之间的金盏河，就是从这里形成飞瀑奔泻而出，流进漾濞江。

如果说，石门关是苍山西坡大自然的杰作，那么，距离它不远处，1994

年10月发现的苍山崖画，应该就是3000多年前，漾濞先民的传世杰作了。

苍山崖画位于石门关下的金牛村东南方向约三公里处，当地人称之为点苍山半坡吃水箐，海拔2070米。这里地形略呈交椅状，中横一缓坡，是典型的风水宝地，绘有崖画的巨石就矗立在缓坡顶上。这个面积约16平方米的大型崖画，有动物、人物、果树、手掌银、房屋、追猎、圈舞等200余图，最大的画面约达1平方米，最小的仅5平方厘米左右，全面反映了当地先民生动而丰富的古朴生活，甚至还可以追寻到先民们核桃种植和采撷的踪影。

石门关周围巉岩壁立，峡谷深邃，谷地溪流湍急，堪称鬼劈神凿、异境开天。十年前，一个叫吉小冬的北京汉子，作为中国旅游业界经验丰富的实践家和投资人，看中了这里，逐步将它打造成为4A级旅游景区。

正是这个不甘寂寞的实业家，2017年12月16日，利用石门关得天独厚的地形优势，举办中国·大理漾濞石门关国际高空扁带挑战赛，三名分别来自法国、加拿大和瑞士的全球顶尖极限运动选手，先后向最长的蒙眼高空扁带行走吉尼斯世界纪录发起挑战。

2.5厘米的宽度，400多米的长度，距地面300多米的垂直高度，在双眼被完全蒙住的情况下，赤脚行走在尼龙扁带上，创造了新的吉尼斯世界纪录，同时，也架起了石门关景区与世界户外运动文化交流的桥梁。

一念起，石破天惊；一念落，千仞壁立。或许，漾濞西坡的古今传奇，全都因石门关而起。

一座桥

漾濞江流经县城苍山西镇脚下的时候，穿过了一座古老的铁链桥，它的名字叫云龙桥。这座桥面宽3.2米、净跨39.3米、桥面高出江面约13米的铁链桥，由8条粗大的铁链子连接两岸，它是西南古丝绸之路"博南古道"上唯一幸存的古桥。

历史上，漾濞是博南古道的必经之地，在这段古道中，漾濞江峡谷地段是最为惊险的，江边栈道人马难行，江流湍急舟楫难渡。云龙桥的建成，为"南方古丝绸之路"这条古代国际商道的繁荣兴盛，发挥了不可低估的作用。

据推断，云龙桥至今已有500多年历史。明代著名旅行家徐霞客壮游大理时，曾留下"依东山西麓北行三里许，抵漾濞街，居庐夹街临水甚盛，有铁索桥北上流一里"的记载，足以证明其历史的悠久。

云龙桥名字的来历是有故事的。古老的传说中，当地的人们为了交通方便，曾多次在漾江上修建大桥，但都因江流湍急，山洪暴涌而垮塌。正当人们苦于无法建起牢固的大桥时，忽见苍山上飞起一道彩虹，似一条巨龙，飞跨于漾濞江上，供仙女们从彩虹上蹁跹而过。当地的人们就在彩虹落下的地方建桥，并得以成功，坚固美观。"云龙桥"的名字由此而来。

传说渐渐远去，云龙桥仍然以自己古老的姿势，横跨在漾濞江上，一头连着省级历史文化名城，一头通向已知和未知的远方。

一条路

2022年7月23日，是漾濞一年一度的火把节，也是彝族等兄弟民族一起载歌载舞、点燃火把、驱赶邪恶，祈求人间风调雨顺、五谷丰登、国泰民安的传统节日。

对于漾濞人来说，今年的火把节具有特别的意义，因为，就在火把节前一天，也就是7月22日10时40分，首趟大理至漾濞的C341次复兴号动车组列车缓缓驶入漾濞站，标志着大瑞铁路大理至漾濞段正式开通运营，亲朋好友可以坐着动车来漾濞欢度火把节了。

大瑞铁路是中缅国际铁路通道的重要组成部分，更是我国面向南亚东南亚辐射中心，东起大理市，西至中缅边境城市瑞丽市，全长330公里，分大理至保山、保山至瑞丽两段建设。大瑞铁路建成通车后，大理至漾濞仅需20分钟就可以到达。

漾濞火车站依漾濞江临江而建，与云龙桥、漾濞古城、滇缅公路、大漾云高速公路相毗邻，融为一体，形成一幅古老与现代交织、人文与自然和谐的画卷。

大瑞铁路，与现代史上的滇缅公路一路同行。漾濞，在其间留下了最珍贵的记忆。

漾濞境内的滇缅公路，经大波箐、四十里桥、大小合江（合江铺）、平坡、鸡邑铺、驿前铺（金牛铺），在下街子过漾濞江，再经柏木铺，翻越秀岭铺，顺太平河（九渡河）达太平铺，又经打牛坪，过顺濞河，进入永平县境，在漾濞县境内段63公里。感谢拥有家国情怀的漾濞人民，为后人保存了云南省境内最为完好的一段老滇缅公路。

据史料记载，当年修建滇缅公路的时候，漾濞所有壮劳力和大部分老人、妇女近三分之二的人都参加了修路，在崇山峻岭中，近三万漾濞人用最原始的劳动工具，修建了一条救亡图存的抗战"生命线"，留下了不朽的传奇。

一条路，留下了一段悲壮的历史。

一条路，开启了一个全新的未来。

这，就是历史和现实中的漾濞。

一棵树

漾濞有棵树，它生长在3000多年前的苍山崖画中，生长在漾濞的千里沃野，生长在石门关顶上的"云上村庄"，生长在全县各族儿女的心坎上。

这棵树，就是漾濞核桃树。3000多年来，这棵树连接着漾濞千家万户的幸福，是漾濞人世世代代赖以生存和发展的"摇钱树"。漾濞核桃不但质量高、产量大、品种多，还以其果大、壳薄、仁白、味香、出仁率高而享誉天下，是中国国家地理标志产品。1995年，漾濞县还因此被国务院命名为"中国核桃之乡"，并载入《中华之最荣誉大典》。

目前，全县种植面积达107万亩，年产量约6万吨，产值达20多亿元。这些数字是一个什么样的概念？以漾濞总人口约10万人来计算，它意味着漾濞全县，每人都拥有10亩核桃树，年产核桃10000多市斤，收入超过2万元。这

还不算精深加工带来的收益。

被誉为"云上村庄"的光明村，就是漾濞远近闻名的"核桃村"，2000多米的海拔，分布着6000多棵百年以上的古核桃树。因为和苍山石门关景区毗邻，加之自身的生态环境优势，与石门关旅游公司吉小冬总经理联手开发之后，以核桃出名的光明村，摇身变成了旅游"网红村"。

他们还突发奇想，在网络上拍卖光明村古核桃树的采摘权，让这个大山深处的小村庄走俏北上广等大城市。他们结合旅游开发办民俗、开客栈，并着手打造"核桃养生宴"。

漾濞"核桃养生宴"把核桃在餐桌上的吃法推向了一个新的极致。核桃炖羊脑，核桃扣肉，核桃八宝饭，核桃肉圆子，核桃叶炒火腿，核仁荷叶饼，核桃糕，香酥核桃，青椒煸炒新鲜核桃仁，核桃仁炖鸡蛋，核桃炖猪脚，核桃馅汤圆，核桃拌生皮，核桃粥，等等，应有尽有，还有闻所未闻的核桃"鬼火绿"，成为响当当的不二品牌。

在漾濞，关于这棵树的记忆，古老，年轻，富有朝气，蕴藏着无穷无尽的生命力。

243

一树花

在云岭大地的山山水水中，到处生长着成片的马樱花。而漾濞的苍山西坡，这种花开得最艳最美的。

每年三月中下旬至四月初，在海拔2400至3500米的漾濞苍山西坡，从马尾水、鸡茨坪、李家庄到马鹿塘、官房坪，那些成百上千年的马樱花就开始竞相绽放了。

马樱花，又名马樱杜鹃，隶属杜鹃花科杜鹃花属，树高可达十多米，花簇生于枝顶，呈伞形花序，肉质花冠呈钟形，大而美丽，喜温抗污染，全身材质皆可入药。

漾濞苍山西坡，有许多成片的马樱花原生林，比较有名且方便观赏的有苍山大花园、马鹿塘大花园、银甲杜鹃园、龙吐水杜鹃园、十竹后山等地，其中，名声最大的是苍山大花园。

苍山大花园位于漾濞西坡中段，是苍山洱海国家级自然保护区、风景名胜区的重要组成部分，涵盖漾江镇紫阳、上邑、金盏、安南四个自然村大部分林地，南起紫阳河上游，北至金盏河上游，上齐白云峰、莲花峰顶，海拔2600～3900米，面积约30平方公里。

苍山大花园的马樱花，高大挺拔，造型各异，花开时节，一树一树的满是大朵大朵的花，树上树下，姹紫嫣红，落英缤纷，染红了整个山坡。那种场面那种气势，令人震撼，叫人动容。

据民间传闻，每逢春暖季节，上古杜鹃鸟日夜哀鸣而咯血，不知不觉就染红了满山的花朵；大红而艳丽的花瓣恰似挂在山腰上的灯笼，映照着杜鹃的啼鸣，唯美凄迷，后人便为花朵取名杜鹃。就因杜鹃花开时，鲜艳的花朵映红整个山峦绿林，所以马樱花又叫映山红。

这是马樱花又名映山红再贴切不过的注释了。

马樱花一树彤红，热情似火，坚忍顽强，看见它，就如同看见了故土，看见故土之上的子民。

一群人

一群人，是漾濞县第一初级中学的师生们。

2022年8月27日，坐落在漾江边白羊村旁的漾濞彝族自治县第一初级中学整体搬迁建设项目，正式竣工并交付使用，该校的1600多名师生，在新校园中欢欣鼓舞，迎来了新的学季。

很难想象，一年前，准确地说是在2021年12月前，这里还是漾濞江边的一片滩涂地，8个多月200多天的时间，却奇迹般地立起了一座占地130多亩、建筑面积50000多平方米、可以容纳42个教学班2100名学生的全寄宿制的崭新校园。

这一切，要从一场突如其来的地震说起。

2021年5月21日21时48分，漾濞县发生6.4级地震，震中位于县城所在地苍山西镇，震源深度8千米，地震最高烈度为8度。此次地震震级高、烈度大、余震多，波及范围广、持续时间长。地震中，受灾较重的漾濞县第一初级中学面临整体搬迁。

在此背景下，漾濞县第一初级中学整体搬迁项目成了漾濞"5·21"6.4级地震灾后恢复重建的标志性工程。项目前期工作快速推进，2021年10月1日进场施工，2022年8月25日完成竣工验收。

数字和时间节点的背后，包含着多少人的责任担当、无私奉献和辛苦劳作，那些夜以继日、废寝忘食、和时间赛跑的感人故事，是漾濞精神的集中体现，需要大家用更多的方式去讲述和表达。

9月的漾濞江，郁郁葱葱，秋高气爽，江水如潮，涛声阵阵。漾濞县第一初级中学新校园里朗朗的读书声，应和着层层涛声，传得很远很远，寄托着漾濞人崭新的希望和未来。

这一群人所代表的，不仅仅是漾濞县第一初级中学的师生，还有全县的广大师生，以及漾濞全县各族人民。

苍山西坡一条江，江上一座桥，桥头一条路，崖上一石门，岭上一棵树，山中一树花，花中一群人，组成了最好的景象，在奇山异水间，展示着漾濞与生俱来的魅力，和外面的世界，亲热地打着招呼。

苍山西坡一条江，它穿山越岭，以自己固有的姿态奔涌向前，把117条溪流的歌声，汇聚在一起，留给美丽的土地。

苍山西坡草木记

杨木华

大理苍山，无数人梦想登临之地。我的一个身处沿海的植物发烧友，只要有机会都想探访苍山。而一直生活在苍山西坡的我，探访举步可达，何况我是一个花痴，苍山草木时时刻刻在心中摇曳……

一

2020年的春天来得很迟。

这天，当云南的疫情响应降到三级，各路口的卡点开始撤除，宅急了的我立即骑上摩托去苍山西坡飙水岩寻花。记得去年4月底，我在那里见到一种果已初成的报春，据说花开魅蓝诱惑无穷。我查了相关记录，说花开3到4月，虽然这才2月底，但可以查看花情同时拍摄瀑布，于是，我带了相机与脚架前来。

驻车李家庄，约四公里的平路后，我和妻子从一个悬崖边向下去看水寻花。进入河谷后，面对那个三四十米高的洁白瀑布，我拉开阵势准备慢门拍水，妻子向前靠近瀑流拍特写去了。我正低头安置脚架，突然听见她叫我，一抬头，瀑布脚下的她一边挥手一边大叫："你说的花开了！真开了！"我定睛一看，瀑布两侧的岩壁上蓝色隐约，我一把提起脚架，踩一河乱石向花而去。

果真，是蓝花大叶报春开了。一朵一朵的浅蓝，在飘飞的瀑布水汽中，开出润润的幽蓝花朵。本来硕大的叶此刻初生，用一种稚嫩虔诚的小巧，把头上顶出的花朵衬托得器宇轩昂。这里，是真正的一花一世界。这一朵，扎根在苔藓之中，一滴滴小水珠落到花瓣上，让人怜惜。那一丛，高高生长在巨石顶，用背景的空阔凸显花朵的高洁，让人羡慕。那一片，在瀑流两侧的岩壁上，挨挨挤挤仿佛从石壁中冒出来，让人敬佩。偶尔有几个骨朵，含苞欲放如紫色睡莲般娇羞，而更多的报春，用简单直接的方式，随心所欲开向高处。

其实，低处也是无尽的花。我用毛巾护着相机拍摄，可每拍一张后就要去擦镜头上的水汽。一谷的巨石清冷湿滑，我小心翼翼拍了一会，又到河对岸拍。那里，蓝中夹杂少量白色花。于是，对着那白色的变种，我又痴迷开来。直到某一次蹲下时，才惊觉脚下的大叶碎米荠正抽枝长叶，而我一不小心已踩坏了几丛，心疼自责中回身南岸，去阳光下暖一暖。是的，这个时节的飙水岩依旧很冷。暖暖的阳光下，我俩吃午饭喝热茶，然后再去拍花……

那花，每一朵都蓝得干净典雅，蓝得透明澄澈，蓝得纯粹安宁。看着看着，突然想起几年前苏老师我们几人，2月间似乎到过一次。回家后我打开电脑，找出那年在瀑布前的合影，一看我惊呆了：我们身后的崖壁上，蓝色报春开得肆无忌惮！当年的我，为什么对那些幽花视而不见？

也许，是当年心中没花。可有的花，明明见到了却又不能说。

去年夏天，在苍山西坡某个河谷中，我遇见了一株古老的龙女花。那嫩滑的叶片，那洁白的花瓣，那馥郁的芬芳，让我永生难忘。龙女花实在是一种珍稀传奇的花，活在金庸小说《神雕侠侣》和大理上关花的故事中，我当时自然不敢发图。直到秋天，我才在朋友圈发了那花，有人追问来源，我说数年前在苍山所拍。从不说谎的我为什么要说假话？我是担心有人寻踪觅迹而去盗挖。那河谷里，我只发现一树孤独的存在，若被人挖走，我们对苍山上这个极度濒危的野生种群的牵挂就永远消失了。

飙水岩的蓝花大叶报春，属于一个特定地域的小种群，植物志记载：标本模式产自漾濞。而我，也就在飙水岩遇见过。其他地方也许有，可花开时节之外，很少会注意到它的存在。其实，即使花开，不是有心人，如我那年

247

岂曰无衣

的遇见，一样会忽略它的存在。

其实，忽略也好，就悄无声息地活着，默默无闻地活着，只要活着，就好！只为，2020注定是一个不寻常的数字，饱经风雨之后我们终于明白，有缘相遇的每一朵花每一个人都是生命中的不可或缺。

二

当我跪倒在那几株盛开的马樱花下，用虔诚的视角，拍下繁花与蜂箱的和谐情境时，热泪缓缓充盈了双眸：我们和春天，被分隔得太久了！

又是一年春来到，可疫情把春天阻挡在门外，当老师的我，因为学校不能开学，从飙水岩看花回来后，就想去看三月点燃西坡的映山红，想用那些疯狂的红，冲去疫情的阴霾。西坡赏映山红的点有好多个，但我毫不犹豫直取马鹿塘。

马鹿塘占主角的马樱花和其他杜鹃最懂得和谐相处。这和谐可不是吹的！杜鹃是一种寻常的花，可终究是野花，要隔一年花才盛。而这里的马樱花和其他杜鹃的神奇之处在于会主动交错盛花期，这样游人就年年有看头。你一定会说年年盛花不是更好？可无人浇水施肥的野花，年年盛岂不要它的命！那些急功近利的狂躁，往往开不出长久的花，不急不躁才是真正的自然法则。于是，春天的马鹿塘，我读过千遍也不厌倦。而今年，马樱花盛而多彩杜鹃低潮，在过山涧时，我突然发现对面一片从没抵达过的花林，为了更快抵达，我和妻直接从陡坎爬了上去。

草甸上，马樱花一树红艳，土蜜蜂嘤嘤嗡嗡，一切都是最妙曼的人文风景。是的，那些纯粹的草木花开，若没有灵动的生命来点缀，一切都是死板的风景。蜜蜂太小，靠树而摆的那些蜂箱成了最巧妙的衬托。可若你以为蜂箱摆在这里是为了蜜蜂采杜鹃花蜜方便那就错了。杜鹃花有蜜，我也曾用草茎吸食，更多的鸟也这样做，可蜜蜂偏偏不采它的蜜。那为何把蜂箱摆到如此高远的杜鹃树下？关键是这里远离尘世，没有更多人为干扰。我俩静静地坐在花树下，看蜜蜂进进出出一刻都不停歇，我想，万物如斯，蜜蜂并不因为疫情而停下采蜜，我们的生活也不可能因为疫情而停滞不前，谨慎地复工复产正是为了生活更好地继续……

看够了蜂与花，我俩回转到大路才发觉其实根本不用爬那陡坎，沿大路绕一圈就轻松抵达。可想不到，后来的我还是犯了同样的错误。

我俩到马樱花林顶部，在又一片蜂箱群和石头屋附近玩够了，想回转马鹿塘的上草甸时发生了分歧：妻认为原路返回后再向上，我不想先下坡再上坡地绕路。我说：年年走那段路太平淡了，今天就走走陌生的路看看新鲜的风景。说走就走，我俩沿小道开始横向穿越。进入森林后，小路越走越瘦，最后竟消失了，可回头就更远了，只能硬着头皮闯下去。好在我俩都穿了登山鞋，过山箐，爬山脊，终于抵达了目标草甸。看看时间，不过半小时，可有一种历尽艰辛重见天日的感觉。忍不住感慨，再远的路都有尽头，而那些看起来很近的路反而更远。

草甸边缘，一棵满树繁花的杜鹃震撼了我。这是一棵长在岩石上的古树，不知经历多少风霜雨雪酷暑雷鸣，它的根一点点撑开岩石缝隙，一点点拓展生存空间，一点点扎入大地深处，在无声的岁月里潜滋暗长，终于成为一把巨伞荫庇了整个岩石。那些阻碍生长的岩石也渐渐溃败下来，一点点破碎开裂，一点点风化成泥，终于只剩下一个岩石骨架摆在我眼前。而那树繁花，就艳艳地开在草甸边缘，彰显着生命的顽强与华美！我把附近的一棵花树与那盘虬卧龙的古杜鹃定格在一起，虽然我们都是时光过客，但我们都要尽享生命的芳华。

下山时，我才意识到脚下的登山鞋早该丢了。这鞋穿了四年，想着干季还可以再穿，哪料今天让我的脚吃够了苦头。今晚回家一定要丢弃，是得学会舍弃一些东西，我们前面的路才可能走得更稳。

这个春天，自由失而复得，未来的路即使慢一点绕一点，也要平平稳稳不再有急刹车。我才跟妻子说完，就真的来了一个急刹车。

那是下山中途，遇到一辆挂外地牌照上山的车，在那陡的地方突然停下，伸出头来的他用普通话问我："马鹿塘还有多远？"

我告诉他：别急，不远了，顺大路走，你看见杜鹃遍野开时，马鹿塘就到了!

春天，也就到了!

三

让我们先略过四五月，走进6月，你听过幽灵之花吗？你听过死亡之花吗？

别被这些恐怖的名字吓到，因为，这两个名字指向的是同一种花，这花还另有美名：水晶兰!

一听水晶兰这高雅的称谓，你一定产生妙曼的遐想，其实，你所有美妙的想象都不过分，它是传统武侠小说里一种充满玄幻色彩的起死回生药，而我有幸在苍山西坡遇见这神秘之花。

其实，与水晶兰的遇见，缘起无心插柳。那年6月，我上苍山鹤云峰看花，在途中检查是否有蚂蟥上身时，突然发现路边碧绿的苔藓之上露几个白柱头。蹲下细看，原来是传说中的水晶兰。可那嫩茎仅一两厘米，怎么看都没高大上的气质，用手机拍了两张图就起身离开。与我那天在鹤云峰顶遇见的众多高颜值的花比起来，途中不起眼的水晶兰很快被忽略。

多年之后，我与妻再次从李家庄上苍山西坡去追寻威氏绿绒蒿时，竟然再次遇见了水晶兰，且历史惊人相似：还是那个位置，还是那样的绿苔藓，还是那样的白柱头，还是那样的一两厘米高。那天归来时，被一山绿绒蒿染成红色的瞳仁，再次与白色的水晶兰相遇，忍不住停下再看。可惜，早晚之间，水晶兰似乎毫无变化，依旧匍匐地表，毫无高雅气质可言，期待无端暗生：下个周末再来一次。

再来一次，说起简单，真要实现却并不容易。可明确的目标在，动力自然就在。一周之后，妻子有事，我约了同事苏师，两个人慢慢悠悠上山来。苏师是多年至交，我俩虽在同一个学校教书，可平时各自忙碌，很少有空一起聊聊。坡很陡，天很热，我俩干脆走走停停，说说心情聊聊生活。走着走着，天空突然乌云密布，山雨说来就来。我立马翻出雨衣穿上，带了伞的他却说要淋一下。这个夏天，雨季迟迟不来，让人和大地山野都焦躁不安，淋一下也好。可六月的天，说变就变，头发都没淋湿乌云就散了。雨过天晴温度升，我立马脱雨衣，他就一旁淡定地看我穿雨衣脱雨衣。我俩干脆停下小憩，喝茶，吹牛，反正就一个半小时的路。

我俩轻松抵达水晶兰的生长点。我有预感，今天的水晶兰应该长高长壮了。可真正进入视野时才发现，也许是干旱，长到极限的水晶兰，仅仅是一种内敛的存在。苏师说，若不是刻意，很容易忽略。

放下包，拿出相机准备拍摄的那一刻，天突然又变了。乌云重新聚拢且低低地压了下来，似乎就要把我俩吞没。我知道，进入6月后，虽然雨迟迟不来，但苍山海拔3000米以上的地方，多数时间被云层笼罩，今天我们虽然在低处，可也轻视不得，必须快速拍摄然后下撤。

在我取相机时，苏师早已用手机开拍。我试了几个稍高一点的视角，可无法表现出这花的独特。于是降低角度，把相机贴在地表，用仰视的角度拍。这一拍，终于把三四厘米高的水晶兰，拍出气势。可水晶兰该有的晶莹洁白却始终拍不出。也许是森林太暗，于是我把感光度调高，再拍却依旧缺乏那种晶莹透彻的质感。苏师说要用手机电筒给我照明。他一说，我突然想起用闪光灯试试。果真，闪光灯之下，那种晶莹剔透的质感立即出现。看了相机里的图，再看眼前的实景才发觉，水晶兰的几个名字，其实都名副其实！

死亡之花。开放的花中，有一圈浅浅的黄花蕊，可黄得极不显眼，花蕊中央却有极显眼的一团黑色，植株外在全体的白，与花蕊中的黑组合，给人一种黑白无常的感觉，黑白无常，正是生命停止的符号。

幽灵之花。这花平时毫无踪迹，只在花开时节短暂出现，如同一个白色的幽灵，在森林中偶尔闪现，让人捉摸不透，自然有了幽灵之花的称谓。

水晶兰，当然就高雅贴切了。水晶的质感，兰花的情态，自然是这奇花的完美表述。

拍完十来苗的那丛后，我在四周寻觅，可仅仅找到更微小的两丛：一丛两苗，一丛三苗。一种担忧开始无端升腾：这花，就在大路边，会不会被采挖，会不会突然死亡？

我正杞人忧天时，一滴水掉在我的鼻尖上，我一惊，抬头才发觉天都快黑了。于是立马下撤。下了一段路，雨却没有追下来。抬头，天空仅仅是乌云密布。一拍脑袋才想起，今天有日食！虽然我看不到日食，可这样暗，大约是日食最盛的时刻。

两个人慢慢下山回城。其实，苍山西坡还有一种硕距头蕊兰，整个植株与水晶兰类似，我追寻两年却一直错过，只有期待来年花开再去寻找。而水晶兰，我已经三次前来。痴迷苍山花事的我，不仅仅是为了一睹花的盛开，还有一种青春不老的梦想。

大美苍山一直蕴藏着无尽的梦，它等着你，等着我，等着一代代人的追寻！

四

这是初秋时节，我竟然遇见了象牙参开花，且不是一花独放的偶然，而是连绵起伏的一片。初见的那刻，恍惚中我以为自己眼花，揉揉眼定睛细看，确实是漂亮的象牙参。

这是在苍山小岑峰西侧支脉海拔3400米的地方，在山脊的岩石线上，竟然有这样一片浅紫色的象牙参花，开成这个时节最迷人的风景。这里，树木退开，杂草低伏，绿叶紫花，惊艳登场！乍见的错愕之后，回过神来的我大喜过望，立即拜倒花前，匍匐地面用低角度记录下这花的神韵。花高不到五寸，可在碧绿叶片之上，垂下的花瓣饱含柔情，恍若妙龄少女的垂鬈发髻，上扬的花瓣如高傲的下巴，一切都是最妙曼的组合，一切都是最完美的遇见。更烂漫的是，这里的象牙参成片怒放，有的眺望远方，有的相依相偎，有的脉脉对望，一朵成为一朵的衬托，一朵成为一朵的背景，一朵成为一朵的故事，一种紫色的魅惑生发弥漫，让这个时节的山脊，有一种烂漫的气质，也让一路艰辛攀爬而来的我，有了满满的幸福感。是的，一路上来野花寥落，奇特的高颜值花更没有遇见。到这里已是正午两点，打算原路折返又心有不甘，一种缺少遇见的遗憾缓缓氤氲之际，这花就突然出现，我真幸运！是的，这个时节，夏花开败，秋花还未起，盛大的花事恰好青黄不接，眼前这片小巧的象牙参，正好慰藉我枯寂的心。

象牙参是一种高颜值的花，我一直以为是夏花。四月中旬，我曾在苍山西坡马鹿塘潮湿处的映山红树下，见过这花悄悄地开放。那小巧的花苞，红中带紫的色泽，让人心生爱怜。五月雨后，我到马鹿塘捡蘑菇时，在平坦的草甸上见到星星点点的低矮象牙参，开着艳丽的花，努力与野草争着向上。可终究属于低矮的草本植物，几周之后，这些象牙参就会淹没在疯长的野草丛中。随着时光向深处走，苍山万花竞发，我似乎忘了这低处的花的存在。直到后来，妻子去一个叫木香坪的地方，拍到一株白色的象牙参，让我在惊诧中，重拾关于象牙参的记忆。

其实，我小时候就喜欢象牙参，只是那时不知道叫这名。我们根据花的形状，叫它"打碓花"——我们采摘花朵后，用草下压花瓣上唇的后部，唇瓣就会上翘，一松手上唇瓣就重新落下来，形似打碓的动作。可印象更鲜明的是这花的颜色——紫红，故乡松林中偏红的象牙参与我在苍山遇见的偏紫色有所不同。妻子拍摄的白花象牙参，我是第一次见到。忍不住问询了植物大神刷牙君，他说这花依旧是早花象牙参，而我在小岑峰西侧山脊遇见的紫色花是藏象牙参。

后来，不经意中我遇见了一种更高颜值的象牙参。那是8月初，和好友阿真回他老家捡菌子。阿真开车有点快，当我从车窗里看见路旁林中几朵紫色飞速掠过，我以为是鸢尾开花，没有更多在意。可中午饭后，冥冥中似乎有一种呼唤，我固执地走向那片松林。一脚踏入林中就发现，那些一晃而过的紫不是鸢尾而是一种高大的象牙参，一箭多花，且高过30厘米。多花，高大，难道是传说中的大花象牙参？理所当然，爱花的我立即跪倒花前，用低角度拍摄出这花骄傲的情态。拍完，沿着松林向前漫步，我期待更多奇迹的出现。果真，不久之后我竟然遇见了粉紫色和白色象牙参同在一处开放的奇观，于是又一次跪拜拍摄……拍完几番查询无法判断后，我又咨询了我的植物大师刷牙君，他说依然是早花象牙参——大花象牙参花葶很短，这个花箭高的依然是早花象牙参，有个别白色变种也很正常，还有一种黄色花的，只是我还未见过，抑或本地没有。

秋天了，象牙参还在开花，作为外行人的我，囿于一隅自然觉得奇怪。可是，这个世界奇怪的事情很多很多，就像进入9月了，我还看见野地里金银花艳丽地开着，那本来是五月夏花，大约是今年雨水不足，于是迟滞到秋高气爽的9月才开。

其实，人生一世，草木一秋，管它是早还是迟，只要能开花，我们的一生，就不留缺憾！

五

当那棵苍苔密布的漾濞槭真真切切出现眼前，一切古老都触手可及的时候，我终于长长地舒了一口气：漾濞槭，我终于可以用抵达的方式敬畏你的存在！

漾濞槭这个名称的出现，其实是近年的事，可作为一种树木的存在，却早已是千年之外！几年前，在漾濞县城的绿地上，我见过这种树的幼苗，当时树旁还立了个石碑，记载这树是陈又生博士在苍山西坡马鹿塘发现并命名，昆明植物所繁殖成功后引种回来。那时，我看那个纤细柔弱的树，就是寻常的枫树，并没有什么传奇色彩，但因为那个郑重其事立的碑，我还是记住了这种树，记住了这以县名来命名的物种。

可记住也就只是记住。漾濞槭，始终只是一个模糊的符号。直到后来，一个研究苍山植物的专家，和我要漾濞槭的图，我和好友苍山女神找了发给他，那后，一种亲自结识的欲望渐趋浓烈。于是，这个9月中旬，我离开嘈杂的小城，骑摩托快意上山，直奔马鹿塘而来。

是的，马鹿塘正是这树的原生地。马鹿塘这个妙曼的地名，曾无数次出现在我的文字中，春天的红杜鹃，夏天的绿绒蒿，秋天的野山花，冬日的金刚崖，每个时节，都有属于这高山草甸独一无二的魅力。于是，稍有空闲的时节，我就骑上摩托直奔季节之美，而漾濞槭和其他的风景并没有同处一线——漾濞槭在海拔略低一点的村落边，一直被我忽略了，这天，我就剑指村落。

马鹿塘自然村其实就是缓坡上的十来户人家，一家一户居住很分散，而我无法判断那树究竟在哪，于是打电话给原来在苍管局的苍山女神，她说，容易找到的有三个位置：一个是零级电站厂房前，一个是一级电站渠道边，还有一棵在村里。她还说，保护深入民心，马鹿塘的任何一家人都熟悉树的分布，都可以给我指路。于是，我进入一户人家问询。两个老人在家，我一问，那个老婆婆出门到路上给我指点。她想叫孙子给我带路，可孙子一时不知哪去了，我谢过她赶紧离开——从村落向下去电站的路，我听说过难走到"两轮摩托都需要人推"的程度，我担心下去后，载他上不来反而要他推。

向下几百米，那路果真艰险，好在我骑150摩托可以任性。到了渠道看守房，驻车沿渠道向外，去找寻那棵最显眼的树。可一路前行，据说就在渠道边的漾濞槭却不见，而一些野凤仙却疯狂地开，惹得我一次次驻足拍摄。走了20分钟依旧不见传奇树，我又电联女神。她肯定是我错过了，确认树就在渠道边。于是我原路返回。这一次，我走得慢，不时停下脚步四处张望，有一点点的怀疑，就用相机拉近了看，可始终不见那显眼的树。过了一个小沟后，渠道一转弯，再向前离我的摩托就百米之遥了。就在这个时候，我不经意向上一瞥，就看到那传奇的树。

那直立灰白的主干，那深绿色掌形的枫叶，早已映在心中多年，加上那显眼的外搭铁架台（保护监测用），不是传奇的漾濞槭是什么！爬上陡坎，抵近观察，那些传奇，其实只是属于植物研究专家属于环保属于地球，至于对喜欢植物花朵的我来说，就仅仅是一棵寻常的树。可我自己也觉得奇怪为什么刚才没看见。一直说在渠道边，我以为是渠道的低处，总往低处看，自然发现不了高处的风景。

拍了树干拍枝叶，拍了枝叶拍这个时节最靓丽的果子。据女神说，这个时节的漾濞槭，种子如一只只展翅欲飞的蝴蝶，是槭树最美的秋天。她也说，监测的这棵"老是发挥不正常，不一定挂果"，确实，我就只见枝叶。再次电联女神，她说最大的一棵在村口，一定可以拍到种子。

255

岁田无衣

骑上摩托，我立即去寻觅最大的漾濞槭。

回返果真无法任性，好几个地方，我一人骑摩托竟然打滑上不来，几番折腾后退冲坡，差点跌翻才终于上来。回到进村路口停车，却怎么也不见那棵所谓"依旧在路边"的最大漾濞槭。我就小憩，等待过路的人。不一会。来了个骑摩托的妇女，我伸手拦车问，她果真知晓。跟她返回不远，她手一指说：就在路下边！

我下了两级梯地，终于看见陡坡下的林中，似乎有五角叶铺展。用相机拉近一看，果真是漾濞槭，主干隐在林中，不知是否够大是否挂果。可那个时候，我的注意力转移了，我被眼前另一棵高大的树吸引——关键的不是树，而是树顶竟然开着淡红的莲花，更神奇地是还有一树红色的条状果实，花果同现实在少见。可惜树太高，我的拍摄仅仅是一种记录。后来，我问询了刷牙君，他说是红花木莲，可秋天才开花特奇怪。也许是今年雨水太少，这些花错过了春夏，可实在不想错过一年，于是在这个秋天开出了夏花——其实，做一朵花也不容易，不开比开更难，于是不顾时节地开，于是花果同秋！我查询后，觉得奇怪的还有生长的海拔线，马鹿塘近2300米的海拔，早已不是记载中红花木莲的生长线。可解释都是专家的事了，我就不管了。

拍完木莲，我一步一挪下陡坡去看漾濞槭。那坡约有80度了，每一步都小心翼翼，踩稳拉好，若失足就会滚到山下深箐中。终于，看清了那树挂满了果子，心中一喜脚步一快立即滑倒，滑了几步我抓住了一丛杂草稳住身形，有惊无险，可早已一身冷汗。向下自然更小心了。终于靠近，对着那一串串翩翩起舞的有着蝶翼般果翅的种子，我拍下最浪漫的图片——我用稍微过曝的光线，让四维杂景消失，为果子的飞舞腾出空阔。那一只只蝶果，立即起飞，从苍山西坡高处，飞进更多人的眼里心里。原来，果子比花要美得多！拍完果，我抵达树脚下。这树，长在一个坎上，出土部分很粗壮，大约要两人合抱，长高半米后分权，一权一权苍苔密布，古韵悠然。看着这穿越千年而来的古树，一种敬畏之情油然而生，我虔诚地鞠了一个躬，然后离开……回返才发现有路可以绕过那陡坡，大约是我表达不准，指点的人以为我只是远观，才弄得我下来时的惊险——原来，沟通是避免摔跤的一个有效手段!

膜拜一棵树，敬畏的，不只是一棵树，更是对苍山的整体敬畏。我知道，苍山西坡的人，已经懂得珍惜拥有的美好环境，更重要的是，更多人一直在努力。你看，这么偏远地方的树，苍管局依旧给它挂了个保护牌。看看保护牌上"极危"的标注，我知道，我们可以做的还有很多，也一定有很多——

更多的漾濞槭幼树苗，在政府主导下，在民间保护组织的实施下，已经开始回植到苍山西坡以及漾濞更多合适的地域，开始茁壮成长！

六

多年前失眠厉害的时候，妻子刻意到中药店开了五味子让我泡水喝，久治不愈的失眠竟神奇地消失了。

失眠消失之后，我开始留意五味子的踪迹。一直居住在苍山下的我，听说苍山东西坡都有五味子，可我不识庐山真面目，直到几年前在普映山深处，侄儿带我认识了五味子的真身。那是国庆假期的第一天，本来要回城的我，听侄儿说牙齿酸后追问，原来他是吃了野生五味子，我决定留下让他第二天带我去采摘。于是我见到可以像葡萄架一样容易采摘的野生五味子，也饱尝了鲜果的曼妙，更关键的是，在摘果的时候竟然还拍到几朵迟开的花。由那黄色的曼妙花，也确定了这五味子的品种是重瓣五味子——当然，研究名字也是后来的事。当时我以为五味子就只有一种，是后来向刷牙君求教才知道有多种，爱屋及乌，我由果爱上了它的花。

可是，苍山的五味子一直秘藏。去年5月间，我去马鹿塘拍摄威氏绿绒蒿，归途中发现地上落一朵仰慕已久的五味子花，那白花瓣中围红蕊的俏模样，早已在心间念过千万遍。低头拾起花朵，一个鲜活的花精灵就在手中悦动。一抬头，原来顶上就是一树繁花！对着那花，我的镜头倾尽热爱。恋恋不舍离开时，心中默念我还会来！是的，我一定会来！国庆长假，憧憬着满树果子红透，一山木叶金黄，我如期抵达马鹿塘。到了拍花的树下，可朝思

岁月无衣

暮想的五味子果却踪迹不现！在树下徘徊彷徨，对枝条望眼欲穿，可惜，本来一朵花就一串果的五味子，却一粒果子也不见！在附近找了又找，可惜所见都是空藤！

空花，空藤，空了我的心。我知道山野中的五味子不可能年年挂果，会空一年甚至两三年才挂一次果。开花容易结果难！某些美好，其实仅仅是浮在表面的烂漫。于是，我就一遍遍复习那视频——那天在普映山深处抵达五味子盛境时，面对一树树爬满的藤蔓，面对藤蔓上大串大串的红果子，完全超越了我冥想的挂果画面，胜过所有庭院的葡萄架，于是请妻子录了一段视频，我快意解说"我家的葡萄架"，在朋友圈中着实显摆了一回。

今年4月间，我去登苍山白云峰途经马鹿塘时，刻意搜寻五味子的踪迹。果真又发现了一片，见花开正艳，我自然又遥想10月的果海！可红尘滚滚俗世匆忙，我一直抽不出时间去查看果情，期待一点点累积，想着哪天给自己一个惊喜，可后来的9月苍山黄草坝之行，让我对五味子的曼妙期待又一次幻灭！

黄草坝有五味子，是我一直隐藏的秘密。今年5月间，我去黄草坝拍杜鹃花，向上攀登时，不经意中发现一藤五味子开着零星的花。花太小，挂得又高，我爬到树上拍了又拍，在树下等待的妻子说：也许前面更多！果真，当我们继续向前，在一个山包上，竟然遇见了五味子花海！

那些灌木丛上爬满了五味子的藤蔓，每一条藤蔓上，都开满了红白相间的花，不是一朵又一朵，也不是一藤又一藤，而是一树又一树，一恍惚，眼里全是一树树火红的果子。拍累了，我就坐在花下小憩，五味子藤的幽香乘机钻入脑海，我缓缓进入了微醺的状态，似乎陷入喝了一杯五味子酒后杂念消尽的安宁。是的，这段时间，不停登山的我却出乎预料失眠，多么期待能像几年前一样，在这个秋天用五味子再次治好我的无眠。于是，九月初我刻意去黄草坝查探五味子果情。抵达才发现，花海仅仅是花海，梦想中的果海消失无踪，偶尔发现零散的几个果吊在绿叶间。遍寻不见可以作为模特拍摄的果子，失落在心中缓缓堆叠。植物有植物的生物钟周期，凭什么一定要来改变人？把睡眠寄托在一种植物身上，也是我的悲哀。下山中途，在5月最初发现零散花的藤上，却挂出了几串饱满的果实，对着那油绿鲜嫩的五味子，我拍下秋天的祝福：花开，果成，让我们一起走一段圆满的旅程！

那之后，我对马鹿塘五味子的期待就更盛了。这个国庆长假，好友苏师问我念叨很久的五味子何时去摘，马鹿塘五味子花海立马浮上心来，是到拜访的时节了。长假第二天，我一个人直奔马鹿塘，去查看一山花海后来的故事。黄草坝的五味子繁花之后果稀疏，自然更期望马鹿塘能给我一山红透的浪漫。可惜，马鹿塘连续两年让我失望，甚至是绝望：5月一山花开，可10月迎接我的，却是没有任何一粒果子长成的空落！

我查看过几百条藤，都是空空如也。

原来，不是所有的花开都能结果，不是所有的付出都有回报。一年又一年花开绚烂，五味子本身早已不再纠结能否挂果，唯有逐利而来的我无端感慨失落。那些预期的美，都不会等在原地，我们应该珍惜的，也不止五味子这个物事！

明年，带苏师去苍山寻觅，也许能满载而归，抑或空空如也，只是，和知己在一起，做什么都开心，能否摘到早已不再重要。

什么是神果？

神果就是不在你预料之中的果！苍山西坡五味子，就这样给我出乎预料的故事，更给了我无尽的期待！

七

从没想到，大理苍山的秋天，会是蓝色的！

如果你在今天之前问我，苍山的秋天是什么颜色，我一定说金黄，而此刻的我一定会告诉你，苍山的秋天是蓝色的——且是一种幽秘的蓝，是一种妖媚的蓝，是一种高雅的蓝。

一切的转变，缘起10月的遇见。

国庆长假过半，蛰居故乡的我，骑摩托上苍山西坡大花园拜访一朵细叶蓝钟花。秋天的大花园，没有了春天马樱花烧红一山的华美，喧嚣的游客消

259

岂曰无衣

失，草木重新成为这里的主角，各种缤纷的秋花开始上演自己的专属味道。那些清香，把洁白的云，一朵一朵顶在头上。那些马先蒿，把艳丽的红一朵一朵开到高处。那些遍布的獐牙菜，把浅蓝色的团花，一朵一朵开成绝对的主角。那些椭圆叶花猫，干脆玩起了变色的戏法，从初开的浅蓝到盛放的粉红，让每一丛花都不重复开过的故事。面对这遍野秋花，我早已迈不动脚步，可简单拍摄之后依旧向前，只为，今天的我是追寻一种幽秘之花而来。那花，我几年前的秋天在海拔4000的米苍山小岑峰东侧拍摄过，幽蓝的花让我一眼难忘，后来多次登苍山，却再也没有遇见那幽蓝。直到去年初秋，在海拔2600米的大花园见到似曾相识的枝叶，那是伏地延伸的紫红色细小藤蔓，大约半厘米的嫩绿椭圆叶围着枝节轮生，叶缘及藤蔓上白色绒毛密布，我认定要开那幽蓝花，可不见花苞。今年，恰好我有空，却不知那花是否开放。路过无穷的秋花，我很快抵达那花的生长地域。可最初的遇见，却依旧上演失望的故事，那些绿毯似的叶上，并未如约伸出幽蓝花。是的，如果开花，伸字，才是最妥帖的形容语。继续向前，在一棵映山红树下，一朵硕大的幽蓝钟花（半厘米不到的叶，五六厘米长的钟形花，这样的对比之下花自然异常惹眼），从绿毯上伸出来，稳稳地把喇叭状开口向天，吹响了秋蓝的集结号。果真，顺着那些藤蔓向前几步，更多的幽蓝小号，一把一把伸向天空，齐声奏出苍山秋天幽秘的蓝色之歌。对着那花，我先俯拍，五瓣幽蓝的狭长瓣子，把中心的蓝色绒毛与浅白花蕊轻轻环绕，有一种均衡之美。降低视角，匍匐在地后镜头中的花竟然有预料之外的曼妙：花身并非一个色度的蓝，而是蓝得有层次有色调。花的基座是先浅蓝然后深蓝，花瓣分开处是浅蓝，弧形伸开后再次深蓝。你看你看，一朵本来用幽蓝就可以表述的花，写到最后，我都不知道如何形容。其实，也不用形容，这幽蓝的苍山花，只需一眼，就入了我的心，再也无法割舍分离。细叶蓝钟花，苍山上最幽秘的蓝色秋花！

看了细叶蓝钟花，我开始念叨苍山另一种幽蓝的龙胆花，那是一种妖媚的蓝色秋花。记得那年国庆长假我在白云峰半腰遇见，可惜那天跟队登山，只用手机简单拍了几张。于是，在这个周六我准备上白云峰寻觅那幽蓝的龙胆。可没料到的是，在马鹿塘驻车启程不久，我竟然遇见了另一种幽蓝之花——乌头花！乌头花是死亡之花。多年前还不认识这花时，就听过它的厉害。本地人叫它小黑牛，秋天采挖它的根块回来泡酒，其蕴含的乌头碱是舒经活血的良药，故乡曾有人误吃丢命，临近的地域多次发生煮食猪脚炖乌头中毒丧命的事件。而我认识这花，也不过三年时间。前年登白云峰，看到这幽蓝的妙曼之花，正想亲近时，却被向导喝止：有毒，不能碰！乌头花，原来是一种可远观而不可亵玩的幽蓝妖花！这天，从马鹿塘上山不久，在草甸边缘，我就遇见了两种幽蓝的乌头花。一种草本，名为保山乌头。走过的那一刻，朝阳恰好斜斜地穿过花瓣，让幽蓝更加纯净澄澈，仿佛未经沾染的孩童眸子，让我忍不住拜倒在那一米多高的茎秆之下拍摄。这些幽蓝的花，不少是几十棵长在一处，可同长一处竟然会变色，有的偏幽蓝，有的偏紫红，还有的偏白净，与椭圆叶花猫的固定变色相比，它简直是一个戏法专家。曾咨询过行家是否为变种，却说单纯的色变还不到认定变种的度。另一种是藤本的，叫马耳山乌头。在马鹿塘上段的草甸边缘，牵牵连连的藤蔓，把幽蓝挂满了枝头，且不是一株，而是沿着草甸边缘的林带，众多的藤蔓一直往高处疯长开花。拍了这几朵，那几朵更妙曼，拍完那几朵，更多背景纯净的幽蓝目不暇接，一串接一串的紫色魅惑迎风摇曳，亲近，不敢，离开，不甘！是的，那一刻的我，就是心有不甘却不得不继续向前——我的目标花还在更高处！

　　我追寻的，是高雅的女娄菜叶龙胆。高雅二字，只是对这花颜值的简单概括，可我实在想不出更妥帖的词语来描述，在见到的那一刻，我说：此花看后，再不念想苍山的其他秋花了。是的，女娄菜叶龙胆之后，我早已忘记其他秋花。这天，才到海拔3500米，路边已经有这幽蓝零星出现，妻子一见挪不动脚步，开始各种拍摄，我告诉她：前边有大片幽蓝，不要耽误时间了。可她依旧一次次与花缠绵。继续向上，一脚踏入蓝果杜鹃林，我就看见了林下大片的幽蓝在绽放！大声呼叫妻子后，我放下包，开始驻足检阅这片迎接我的幽蓝。层层叠叠的绿叶之上，大朵大朵的蓝密集出现，在秋日寂寞的林下，铺成纯净的蓝色地毯，可我不忍踩踏，我就观察挑选拍摄点，同时等待妻子的抵达。很快她来了，惊喜至极中和我一起挑了一个岩石表面的幽花拍摄。那些幽蓝，被我俯视拍了侧面拍，远景拍了特写拍，每一个角度，随意组合几朵花，立即成为韵味独特的蓝调图景。没有一种蓝可以超越这龙胆的色泽，没有一种花可以蓝得如此的畅快，没有一种词汇可以说尽眼前的独特，我只一次次按下快门记录。是的，我只用记录，构图早已天成。拍了一阵，我才发现一些花瓣的边缘，不知被什么虫子啃出均匀的小洞，成为一种妙曼的装饰，给我们无尽的联想。拍够了，想着就此回返，可时间尚早，且上不远还有一山的幽蓝等待，于是继续向上。

向上，在那一岭幽蓝的龙胆中，竟然还有预料之外的收获。

两年前在更高处遇见过一株苍山蔓龙胆，当时忙赶路就只用手机拍摄。回来确定种属之后才知道它的珍贵——植物图库中只有其名而无其图！那之后，我就有了再去拍一次的想法。想不到今天在海拔3500米处就遇见了它。对着那藤蔓上满挂的浅蓝钟花，我拍了图片拍视频。虽然稍稍过季，可黄叶黄藤之下的微败蓝花，更有一种历经风霜后王者归来的沧桑豁达。

当我拍完苍山蔓龙胆下撤时，在一个巨大的岩石上，又发现了数丛幽蓝的喉毛花。再向下，上山时不知何故被我忽略的紫色翠雀花，成片开到眼前……

10月，苍山秋色开始丰盈，无尽的幽蓝秋花吹响了集结号，正在苍山高处等待那些有缘的人。来吧，接一段蓝色的秋花情缘，读一个蓝色的隐秘故事，享一种蓝色的人生状态！

八

当我喘着粗气爬上陡坡走出三岔河怀抱的那一刻，夕阳暖暖地笼下来，一种冲出地心重回人间的感觉顿生。三岔河深处本来就没有日光，加上丛林遮天蔽日，每分钟都刺骨寒冷，每一秒都如年漫长。在河谷中，老觉得天快黑了，一看手机却才四点。身穿两重保暖衣服的我依旧抵不住冷的侵袭，是离开的时候了，就把故事都留给三岔河吧！

这是惊喜与遗憾交织的11月初。清早骑摩托直达苍山白云峰下的马鹿塘，然后徒步向三岔河进发。三岔河是紫阳河在上游分岔处的名字。紫阳河是一条故事丰盈的河流，多年前我与一群文朋诗友抵达过中游，那时只对苍山花着迷，对苍山水不屑一顾。多年后用单反相机对慢门下丝绸质感的瀑流着迷之后，我开始迷上水。这些年，我走遍苍山西坡大大小小的河流拍瀑布，而紫阳河上游我一直没有抵达过。

今年8月中旬，我曾沿一条极度危险的小道，抵达过紫阳河深处。那天，是独自一人前行。在一个千丈绝壁上，我看见了脚下层层叠叠的瀑布群，只一眼，本不恐高的我头开始晕脚也接着软，立马收回目光专注于脚下的路。一步一步终于抵达河谷。沿河向上，我发现山崖北边有一个高瀑垂挂，可湍急的河水却阻绝了我靠近的渴望。那时，想着等枯水期再来涉水过河拍摄。后来多方问询，我打听到一条小路可以从马鹿塘一路向北，直抵紫阳河上游的三岔河。今天，我终于开启了朝思暮想的三岔河之旅。

可出师不利。从马鹿塘徒步不久，遇到第一条小河时，陪我同行的妻子一不小心摔在水中，人没事可鞋子裤子湿了。8月的独过悬崖让我心生畏惧，10月发生的苍山失联搜救，让我彻底放弃了独行。今天一波三折之后，我俩继续向三岔河前进。山路一转，开始向下进入这个远处看不见的V形河谷低处。回环往复的羊肠小道，遮天蔽日的古老阔叶林，给人一种暗无天日的绝望之感。不见鸟兽人迹，只有震耳欲聋的水声一直冲击着耳膜，一定是落差巨大的瀑布！我提出去河边看大瀑布。妻子同意了，我俩穿竹林，钻荨麻，爬巨石，终于抵达河边。可惜，预想中的大瀑布变成了三五米一跌落的小瀑布群。原路折返时，发现对面山崖上有两个高高的瀑布次第悬挂，可惜水量小没有拍摄价值。低处的那个，大约就是我8月从绝壁进无法抵达的那个，当时想枯水期来拍，今天才知道枯水期早没水了，应该流水丰盈时来，只是需要换一条抵达的路。某些触手可及的曼妙，其实都高挂此路不通的牌匾，可它们从不拒绝另一条道路换一种方式的抵达。

无功而返。吃午饭修整后再不敢偏移主路，就规规矩矩向前。很快，前方山谷中，一条小溪流跳跃着下山去。翠竹，瀑布，小道，组合出妙曼的意象。背了半天的脚架，终于派上用场。相机一支，才发觉不好拍。瀑流窄，连续的跌落却很远，即使竖构图也无法容纳。几番折腾，没有达成理想，于是继续前行。小路上上下下，期待起起伏伏，半小时后终于到了三岔河。一溪清流翻腾向前，两岸苍山静谧幽深，美得清澈单纯却没有冲击眼眸的拍摄亮点。有些遗憾，为避免遭遇猛兽一路吹口哨喊叫而来的我，停下才后知后觉，这里除了水声没有任何其他声息，单调枯燥中某种遗憾悄然生发——平日厌恶城市的嘈杂，恨不得关了耳朵拒绝所有人声，可此刻却多么希望遇见一个人说说这些纯净美好。可空山不见人，秋叶飘自落。回返还是前进？看看时间才三点，于是决定继续深入。

沿河前行，惊喜突现。

一个微型瀑布闪亮登场。苍苔密布的山涧，一股清流从碧绿的水苔上一丝丝滑下来，向下一层层扩张开，到低处差不多有两米宽，一种柔性秋水的境界开始生发。我支脚架，妻子也忙开了，一路走来，她不断捡拾叠好放在背包中的黄叶红叶此刻终于派上用场，天成的苍苔瀑流一经红叶点缀，秋水的况味立即丰盈。苍苔溪流无法设置，但秋叶却可以人为装点。在这个石头上放几片黄，在那边苍苔上插两叶红，经过人工审美点缀的瀑流，秋水韵味氤氲，我用相机开始了慢门拍摄。横构图便于在文本中插入，竖构图便于全屏欣赏，横横竖竖，远远近近，我忙得不亦乐乎。妻子在旁边，也用手机的专业模式拍摄丝状流水。不知不觉，天空渐渐暗了下来，我们的玩水兴致还高，却不得不收拾装备踏上归途。

穿越河谷丛林时，妻子在一片淤泥地上，发现了一个大型野生动物的梅花状脚印，我俩又开始吹口哨前行。上完陡坡，终于走出幽暗河谷，重见天日。

苍山西坡河流众多，可被重山包裹深藏不露的三岔河，却极少为外人知晓，依旧是一条原始野性的河流。

九

五点半前，请你抵达马鹿塘。

这是马鹿塘悄悄告诉我的。是的，你没听错，马鹿塘是一个地名，它说这话时已下午四点半，我立马骑上摩托一路狂奔。久雨初晴，抬头就是洁白的苍山雪，我用自己能掌控的最快车速，飞向马鹿塘。

红尘中忙忙碌碌的我从没这样急切过。当老师的我，工作生活总是按部就班的单调重复，突发的在某个时间一定要抵达某处的唯一记忆，是一年前因工作岗位的一点调整而临时出现的领导谈话，身在苍山深处的我收到通知后匆忙回城，可没有催促的命令且下山路越走越易，自然无须急切。可今天上山，路却是越走越难，且五点半必须抵达，某种焦躁自然缓缓升起。

果真是欲速则不达。骑二档过一片烂泥地时后轮打滑，不得不把脚踩到泥水里稳住后挂了一档上才冲了出来，可皮鞋进水让我不得不停下收拾。我知道，停顿并非都是坏事。记得多年前参加汉语言文学专科自学考试，那名为"外国文学史简编"的科目成了拦路虎。我第一次考得52分，第二年想着有了考试经验，应该可以轻松通过，可第二次考试的结果竟然是惊人的58分，一步之遥，死在医院门口。第三年当然背熟了每一个知识点，顺利通过后我也就拿到了专科毕业证书。当时不知道，我咬牙切齿憎恨万分考三次才通过的学科其实是一笔财富。我接着开始本科的自学考试，第一年考过八科，有三个学科仅仅看完一遍课本就顺利通过，幸运其实来自考了三次才通过的那个学科的积淀。

在抵达的过程中，快慢之间的哲理变化奥秘，其实多年后的我也未曾真正明白。可如今，历经沧海的我，怎么会突然就急躁了呢？只为，我去马鹿塘是为了拍摄映山红衬托下的雪山金刚崖，若迟，冬日的夕阳将收过雪山顶，所有的期待将为之失色。差点跌倒之后，骑行终于慢了下来，马鹿塘并不遥远，我一定可以如期抵达。

马鹿塘的草甸上有万亩杜鹃，每年3月盛开时游人如织。山腰有一个形似电影《金刚》中的巨型猿猴金刚的石崖，是网红打卡点。这才12月，可前几天我看见马鹿塘的庄主在朋友圈发了映山红已开的消息。今天我的抵达，正是为了拍红花衬托下的雪落金刚崖。

五点半，我如愿抵达了马鹿塘。

果真是雪落金刚崖。整座山都晶莹洁白，往日严肃强悍的金刚消失，转而成了慈眉善目的白胡子老头。映山红果真开出东风第一枝。草甸边缘的几棵盘虬卧龙的古杜鹃树，把大朵红艳的花顶在枝头，成为洁白世界里最烂漫的故事。我没有故事，身背的相机却想把所有故事吃掉。我用一棵开花的树作前景，以金刚崖作主体，可不管怎么换角度，始终没有理想的画面出现。于是放弃红花，只拍雪落金刚崖。

那刻，夕阳西下，淡黄的光懒懒地斜射在金刚崖上，日照金山的情景出现了。举起相机时，山顶的白云刚好散去，天空中的半个月亮刚好露脸，从没预设过的日月同辉金刚崖出现了，我立即用多重曝光的方式，把月亮拍得更大，且把月亮放在金刚崖右上方的空中。拍完一看，月朗山明金刚显，若其他时段来，哪里遇得到这样的曼妙！于是开始玩拍月，把那半个月亮放到不同的雪山顶成像。这一玩就着迷，等天空暗下来才惊觉，夕阳已沉入天际线，立马收了相机一溜烟回城。

第二天，我想把图片分享给学生看，于是带了相机到学校。晚读的时候，站在五楼走道上，本来云封雾绕的苍山马龙峰恰好露脸，夕阳的余晖恰好照到，明月也恰好升起，无心插柳柳成荫，日月同辉的妙境不经意间再次定格……

我如期抵达马鹿塘收获的美图，其实没有我在小城五楼走道上拍摄的曼妙，可人生都在路上，我们在意的不只是结果，更在意快乐的过程。

马鹿塘是一个象征。生活是无数个马鹿塘的无规律堆叠，我们的人生其实一直在打卡，只要你启程，一定会有预料之外的美好生发。

十

是的，这是一群住在树上的小仙女。她们那倾国倾城的容貌，那高雅华贵的气质，那深山幽谷的居所，加上一年只现身几天，世间少有人能发现她们的踪迹。而我机缘巧合，竟然在苍山一睹仙容。

让我们回到4月，回到浓烈的春天深处。

那天，我是想拍一地落红而上苍山西坡。从山脚开始，那些最早开放的马樱花下，一地的落红早已成为深紫色，即使是最轻微的触碰，干透花瓣的嚓嚓碎裂声瞬间就刺入心尖。林中路就那么一条，若练得一身轻功，我一定从花瓣上飞过去。可惜我不是草上飞，虽然脚步一轻再轻，可回头时，身后的花瓣已碎了一地。无限怜惜中我抵达了高处的马樱花林带。这里的花正落，一地的花瓣润泽鲜嫩根本不像凋零，更像是主动停歇地面。我把镜头贴近地表，古老遒劲的树干昂扬向上，层叠厚积的落花恣意横展，那种开得倾尽全力，落得无牵无挂的任性，深深震撼了我的心，颤抖的手逆着朝阳按下快门，妙曼的落红成为这个时节最入心的风景。拍完第一处，向前几步竟然又有类似的情境，我的目光被牢牢锁定，一棵又一棵，一林又一林，每一场落红，都把消逝轮回的主题，升华出震撼人心的力量，让我一次次虔诚地跪倒花前……

中午，在落红前摸爬滚打很久的我俩，准备找一棵花还盛的树，在花下安心吃午餐。是的，是午餐。我和妻节假日一起寻花很久了，每次出门都用保温饭盒带炒饭，用保温杯带茶水。中午选个喜欢的地点，吃吃饭，喝喝茶，有时聊几句无关情爱的话，有时切磋一下拍摄的图片，有时就闭目假寐，反正是老两口，很多默契已经成为习惯。可是，这一天的野餐却极不寻常，我发现了隐居在树上的小仙女。

那时已到达荒草坡高处，从山脊一转，进入一块稍微平坦的林下，准备在那里野餐。那个地方，我俩下雪时来过一次，在厚积的雪面上留下过两行深深的脚印。这是微热的4月，雪早已成为记忆，一棵不知名的白色花正在开，我放下包，把镜头对准花朵拍摄，拍完就站在树下等妻子的到来。妻子也喜欢花，拍起花来比我还痴迷。今天她留恋满地落英迈不动脚步一直落在后边，午餐当然要等她。终于，听见妻子从山脊上哼着歌走来。我一抬头，突然看到头顶上有几个小仙女，正笑眯眯地望着我！

啊啊啊！我连发三声大叫！还在山脊的妻子以为出事，赶紧跑过来。我指着头顶的树干说：你看你看，小仙女！

妻子一下子没有反应过来，说："大惊小怪，哪有仙女！"

当她顺着我手指的方向，抬头看到近在咫尺的花时，终于也叫出声了——啊！黄花独蒜兰！那也是她期待已久的花。

那是一从寄生在杜鹃树上的黄花独蒜兰，一朵已谢，三朵正艳。开放的，高贵典雅；开败的，竟然也闭月羞花。乍见之下，除了小仙女这个词语，再多的词汇也无法形容那花的曼妙。看着看着，我开始使劲鼓掌！啪啪啪，啪啪啪，直拍得掌心生疼，直拍得葱郁的森林回声隐隐，直拍得巍峨的苍山风生水起！

这是最美好的相遇——恰好我来，恰好花开！我曾多次上苍山寻八角莲不遇，觅兜兰不得，只为，除了花期它们都极不显眼，即使遇到也会错过。而今天的遇见，却只有这句话能够完美形容！这黄花独蒜兰，整个冬春季都蛰伏不动，在暮春3月萌发花芽，在4月突然就开放。花开时，叶片还毫无动静。要等到花谢后的五六月雨季如期而至时，叶片才渐渐长出来。其实，即使长出来，也只是孤孤单单的一片叶，在绿色浓稠的盛夏森林中，这叶一点不显眼，而很快9月到来，秋色起后叶也就落了，只留下一个蒜瓣样的果子藏在苔藓中，若不是凑近树干仔细搜索，你是无法判断出哪里有仙女隐藏。而花开时节，那高贵的金黄色，即使是飘过的眼角余光，也能瞬间发现她与众不同的存在。因为色泽金黄，因为花开高雅，因为稀有少见，我一眼之后就给她取名为"隐居在树上的小仙女"。是的，这是误入凡尘的仙女，一身仙韵氤氲，一身高雅四溢，一身孤芳自赏！

不对，不是自赏，此刻，多了我这个闯入者！

是的，我是闯入者，但小仙女们却不恐惧，只为，她们早已知晓我是一个至情的爱花人！看见花，我这花痴的第一反应不是挖回家自己拥有，而是如何保护它们的未来。于是，遇见花的我除了拍照，还是拍照。

而今天遇见的黄花独蒜兰，似乎专为我而生，就长在我头顶的一棵古杜鹃树干上，一举手刚好可以拍到。我在树下相机拍完手机拍，图片拍好拍视频，可面对这么妙的花，这么好的位置，地面拍摄似乎不过瘾。于是，我放下相机，顺着树干小心翼翼往上爬，我要来个俯拍！

可终究是要五十的人了。离地面不过两米高，我顺着树干，爬到花旁坐稳就累得气喘吁吁。记得年轻时候，爬上高高的核桃树顶，站着就能打核桃，还很享受核桃树飘摇起伏的韵律。如今爬这低矮的树，一点点的风吹草动就胆战心惊，就立马抱牢树干不敢轻举妄动。在地面仰视时，觉得俯视角度拍摄才是最佳机位，千辛万苦爬上来才知道，俯视之下，看不到花朵美妙的内部，只看得到一袭黄袍垂挂，俯视反而失去了细腻温润的质感，根本没有树下仰视的完美。爬上来唯一的好处，是可以把花的生长环境完整地拍摄下来，给那些专业的研究者提供此花生存环境的完整版。

回到地面才觉得肚子饿。看看手机，我俩对着这小仙女一拍就是两小时，说好的早饭变成了晌午。相视一笑，我俩摆开阵势，在小仙女温柔的目光中，开始了独一无二的野餐……

小仙女的陪伴加上热茶热饭，幸福感缓缓弥漫。饭后，我以那棵树为中心，开始寻觅是否还有其他小仙女躲在树上偷笑。可惜，寻遍四周树木，再不见一朵花开，我俩就慢慢下山来。其实，与小仙女这样无心插柳的遇见，去年我就有过一次。

那时，我还没有叫她小仙女。那天，我与妻子上苍山看花，在一个叫三台坡的半腰，看到山脊北侧有一林古老的杜鹃开着艳丽的花，在一山的枯黄中异常夺目，我的相机焦距不足，于是一个人越过山脊抵近拍摄。在拍完古杜鹃后的一低头时，发现脚下的岩石上有一朵小巧的黄花，看看再无其他，拍下就离开了。晚上回家，与微友刷牙君交流，才得知这花名为"黄花独蒜兰"，是珍稀物种。他还说，植物学家秦仁昌90年前采集这花标本记录的地点就是苍山三台坡。那时我就感慨，生存地域90年不变，这个物种的生命力，有一种骨子里的坚韧。同时也充满担忧：当时我左看右看只发现一朵，这花未来堪忧！可又安慰自己，莽莽苍山十九峰，也许这花还有，只是隐秘在时光深处，等待有缘分的人。想不到今年我就有了新发现。去年在三台坡，我与小仙女相遇时妻子没下山脊而失去了遇见的机会，久仰花名的她，

269

今年一眼就叫出了"黄花独蒜兰"这名字。

今年第一次遇见小仙女后，我把图片悄悄分享给一位植物爱好者小风车。因为去年我推出过三台坡的微信文章，配了黄花独蒜兰的图片，有人看见于是叫我带他们去寻访，我故意说路很远去不到，其实担心是我带他们去一次后，他们悄悄再去把花挖走。据说，有人在朋友圈贩卖这个花，我自然更加担心。这些珍稀物种，低调的隐居才适合，高调只会害了她们。就像写到现在，我也不会透露这些小仙女究竟隐居在那座山。小风车看后说，这个花，应该是有群落的，附近应该还有。附近也许有，但都没有开花，若开花，那天我的仔细搜寻一定有所发现。去年在三台坡巧遇，今年我在另一座山发现了她们的存在，苍山西坡其他地方一定还藏着小仙女。

那后，我被一种矛盾的心理困扰：想发现，也怕发现！同时，也有一种隐隐的预感：我和小仙女，还有遇见的缘分！

果真，4月底的一天，在我看凸尖杜鹃的行程中，竟然和小仙女再次相遇，且遇到了真正的仙女群落！

在朋友圈看了很多凸尖杜鹃的图片之后我也想拜访，几位朋友热心推荐了好多看花处，我选择了苍山西坡的一个点。原谅我不说具体，为了我的小仙女不被打扰，地点只能保密。其实，从苍山西坡海拔3000米左右马樱花分布的上限起，凸尖杜鹃就承载花开的接力棒，继续向山顶蔓延开去。很多山都可以看到这凸尖杜鹃，每座山的地形也极为类似，你若去猜我看花的地点，纯属大海捞针。

这天，在马樱花林的尽头，一些凸尖杜鹃和它杂生在一起，正开的白色大花，让我一见倾心。那硕大的伞形花序上，每一个钟花都似一个大酒杯，盛满甜蜜的梦幻。可我终究来得有些迟，花期稍过，那些骄阳下开败的花，呈现为一种浓浓的白，而背阴处的花却有一种淡淡的黄。可无论偏黄还是偏白，都给人以端庄典雅的气质。更关键的是叶子，一片叶就是一把大扇子，用硕大这个词汇，不足以体现凸尖杜鹃叶片的大气。我把手往叶片上一放，嘿嘿，只占了六分之一的叶面。花开一季，叶绿四时，这是一种观赏价值极高的杜鹃。放眼望去，西坡4月的山都有这花成片绽放。拍够了，我俩继续向上，想去高处遇见花期正好的凸尖杜鹃。可竹林段还不到，时间已到正午两点，于是转身向下。想不到这一转身回返，竟然拉开了与小仙女群落相遇的神奇大幕。

回到阔叶林带，一次偶然间抬头，我发现一棵大树半腰，有一朵黄花在密密麻麻的枝叶间隐约闪光。那黄似曾相识，心一动，立马举起相机拉近了看，果真是小仙女。可惜小仙女住得太高，我用相机拍下的只是一个小黄点，那树之高大也不是我能爬得上去的，只好在树下仰望慨叹。感慨之余，灵光一闪，群落，也许有群落。我在林中游目四顾，缓缓寻找开去。仔细搜索之下，果真在几步之外发现了小仙女。

这几个小仙女的居所不高，在苍黄的苔藓之中，几朵金色花静静开放。仔细查看，在花上边一米多处，有几个不开花的蒜头，花下边半米处，也有几个没花的蒜头，这是小群落的表现。妻子忙着拍一种荚蒾的白色落花，我就继续搜寻。继续向下，在一棵枯死的古树桩上，我又发现了分散的五朵花。我依靠旁边的小树爬上枯木，拍下小仙女们妙曼的身影，再用手机拍摄了视频，然后靠在枯木上遐思……

回返下段，妻子又去拍凸尖杜鹃，我就在附近的阔叶林中乱逛。哪料我这一逛，竟然又有神奇的遇见——在林中，我又发现了一些小仙女，且分布在邻近的五棵树上。自然是拍了又拍，拍完出林一看，其实，与高处遇见的第一个小仙女隐居处不过百米之遥，这些花，应该都是一个群落！

终于，我真正理解了群落。高处的花开果熟后，种子飘飞遇到合适的地方就长成，多年的发展后，一个群落就形成了。而我，是多年后遇见了她们。遇见她们真好！随着苍山保护力度的不断加大，这些小仙女一定可以继续发展，群落可以不断壮大，从此再不用为这物种的消亡担忧！

其实，在海拔更低处，我曾遇见过红花独蒜兰，那花充满喜气，可终究没有成仙，是属于凡俗的花，只有这黄花独蒜兰，在苍山3000米处的树上一站，就自然而然成为小仙女。

如果你也喜欢，那就在人间四月，随意走进苍山，也许会巧遇这隐居在树上的小仙女，成就自己的一段仙缘传奇！

十一

巍峨十九峰，缠绵十八溪，大理苍山的故事丰盈着时光，而无数次登临苍山的我，在与花缠绵之余，也和一些动物发生过交集，成为一次次寻常登山中预料之外的插曲。

若你以为我遇见了什么大型动物，出现对峙险情，那你就错了。这些年来，无数次登山过程中，我都没有遇见什么大型动物，传说中凶猛的老熊野猪踪迹杳无，当然我也不想遇见——于是，每一次在山间行进，我都装作很嚣张，吼叫，唱歌，吹口哨，用各种夸张的方式告诉那些猛兽：我来了，让开！我知道，若不是突然之间的狭路相逢，野生动物都会主动避开和人的遭遇。这几年，猛兽本来不多，加上我一路凸显自己的存在，自然就没有遇见。不仅大东西没有遭遇，连危险的动物也少见，我遇到过小蛇，除了气温低不想动弹的一条之外全都飞速滑远，别人口中传说的大蛇估计是没有了——食物链就摆在那里，苍山已经缺少可满足大蛇生存的捕食对象。可是，20世纪80年代，上苍山采药换学费的我，却有过真实的心惊肉跳。那年冬季，我们到苍山西坡半腰，挖一种叫"三颗针"的木本中药，在厚厚的雪地上，突然看见直径超过半尺新新鲜鲜的熊脚印向森林黑处延伸而去。定睛再看，似乎还发现了脚印中央缓缓升腾的热气。小心脏一紧即刻轻轻后退，等退出森林，才一屁股瘫倒在地，再一低头，才发现冷汗早已湿透全身。在山间虚张声势表达我的存在，就是那次惊吓之后养成的习惯。第二次遭遇的，不是熊而是野猪。熊只是看见脚印，野猪群却是实实在在近距离遇见。那天，依旧是莲花峰半腰挖一种叫龙胆草的中药，我们几兄弟一起在疏木林下采挖。中午时分，头顶十米之外的断崖上一群野猪轰然而过。长嘴边伸出白森森的大獠牙与密布钢针样长毛合成的凶神恶煞样，吓得背靠树干的我们大气都不敢喘，担心野猪群一生气冲下来……

当然，那些往事早已成为故事。如今，那些凶险的大型动物，更多的消失在时光深处。前几天，听到一个苍山熊已经王者归来的消息：莲花峰半腰野放的牛群，被野生动物吃了两头，只剩下一堆白骨。能吃掉两头黄牛的，估计是熊，且是带崽的熊。但如今我遇见的，都只是一些小小的动物，有些还很可爱。今年春天，在莲花峰下的深谷中，我们去看巨型冰凌回来时，一只小熊猫突然从林中窜出来，在路上停了几秒，看清我们后立马逃入深林。在它停顿的那两三秒，我看到那顺滑的橙红白点夹杂的皮毛，那圆溜溜的警惕眸子，以及那浑圆有力的长尾巴。当它入林后，我才想起挂在胸前的相机，可惜，一切都恍如一梦。看看空落的路，使劲一跺脚，似乎什么也没有发生过。我曾惊起过野兔，逃跑时和小熊猫一模一样，会中途停下回头看，判断是危险分子后才再次开跑。可是，任何一次，我都来不及拍下那些遇见如梦似幻。

小熊猫躲着人，可有些鸟，却一点不怕我。我每一次骑摩托上山，都会遇见一些斑鸠在公路上玩，直到我的前轮即将压到，它们才一只只起飞离开路面，也不飞远，就停在路边矮树上，乱叫一通表达对我这闯入者的抗议。而路边的斑鸠们，就简直当我是空气，我的清脆喇叭似乎成为它们深沉鸣叫的衬托，它们懒洋洋地不动声色在苞谷地中玩耍。最初我忍不住停下来，试探它们的反应。见我停车，它们开始收敛嚣张，全侧身偏头看我。

若我不下车，它们试探之后依旧旁若无人。若我下车，它们就往地深处漫步。这些我们平时叫作"憨斑鸠"的鸟，其实一点都不憨，它们看穿了不会伤害它们的我，就故意逗弄我。而那些体型更小的在公路上玩的鸟儿，即使我骑着摩托呼啸而来，它们连起飞这个动作都懒得做，而我当然只能由它们任性！可苍山鸟，始终是灵性动物，多年来，我受制于相机的焦距，没有拍摄到快意的鸟图。苍山血雉、长尾雉我遇见多次，可一次都来不及拍摄，就眼睁睁看着那漂亮的鸟儿大摇大摆而去，留下空感叹的我们。我的苍山图库中，更多的是各种花草，只为，花草可以任我拍摄由我亲近。而鸟，即使是那些憨斑鸠，若我一掏相机，还未举起它们就警惕飞远。只有一些微小缓慢的动物，可以任我拍摄。前不久我就拍摄到一只不肯飞的大蚂蚱。

那蚂蚱黄色的斑点，肥胖的躯体，只会爬到叶尖静静停下。当我举起相机的时候，飞不了的它就转身尽力隐藏，不让我拍摄完整的躯体。无论是俯拍还是仰拍，它的回避让我恼火，可我不忍伤害这些毫无抵抗力的昆虫。因为我知道，某些微小的动物，更让人防不胜防心惊胆战！

蚂蟥。山蚂蟥，是苍山最恐怖的小动物。那些老熊野猪等大型危险动物，更多时候生活在传说里，而蚂蟥却实实在让每一个登山人吃够苦头！

出生在苍山西坡的我，从小就知道山蚂蟥的厉害。可多年远离苍山之后，似乎忘记了对付它们的招数，忽略了这种微小动物的可怕。当中年之后，生活归于平静，重新开始热爱苍山，蚂蟥又从记忆深处重回我的生活。

向一伙年轻人吹嘘如何预防蚂蟥叮的那回，最具自我讽刺！那天中午，无所事事的我骑摩托到雪山河一级电站的前池，准备从那上山，去一个叫大坪地的草甸闲。抵达前池，遇到一伙户外装扮的年轻人，我以为是翻苍山三阳峰而来的驴友，主动搭讪后得知是云南大学的老师带着学生来采集植物标本。他们问询的八角莲我不知道分布情况，另一种指点他们去一个叫大浪坝的地方采集。边说边看见有人拍打脚上的蚂蟥。于是叫他们全体查看，一看，不少人的手臂大腿被叮，我就装大佬，指点他们如何预防蚂蟥叮咬。是的，我多次上苍山，最猛的一次，雨季去飙水岩，路过背阴地时遭N条蚂蟥袭击。那天把裤脚塞在袜子里，再搽上清凉油风油精。可蚂蟥依旧闹得很凶，需要几步一查看，迅速打落以免后患。可同行的向导水利专家杨季身上，却没有一条蚂蟥光顾。奇怪至极的我们，甚至抓了一条顺裤脚爬上来的蚂蟥放到他身上，更神奇的事情出现了：蚂蟥竟然主动滚落。当时找了各种理由，可后来再三反思，才明白事情并不神秘：他中午喝了一杯高度白酒，是随汗液散发的酒气在驱赶蚂蟥。那后，我开始带白酒防蚂蟥。眼前的这群学生缺乏野外防蚂蟥的经验，我就倾囊相授。可那天最讽刺的事情，接着就发生了。

与他们挥手道别后，我漫步向大坪地走去。不一会儿，本来晴朗的天下起了小雨，再走一程小雨变成了大雨。我也就把雨伞换成了雨衣，两小时后我终于抵达大坪地。那时雨也停了，脱下雨衣才发现，我手臂内侧，已经喂饱了五条蚂蟥，更关键的是蚂蟥一掉，血就止不住地淌，悲摧接踵而来：我的两只手臂都被咬了，无法采用按压止血。想起包里有创可贴，拿出绷紧了贴上，一番折腾终于止住血的那刻，一山的浓雾散开，苍翠的山体开始呈现。我立即拿出相机，拍下那些云开雾散苍山现的妙境。云开也许只是因为我的虔诚，转眼间峰顶重被浓云笼罩，一山的黑雾压了下来。见状不妙的我，重新全副武装下山。等回到家换衣服才发现，我的脚踝上竟然带回来一条蚂蟥……多年登山，被咬得最惨的就是这次一个人的大坪地之行，也是最有讽刺韵味的自吹自擂之行。

都说吃一堑长一智，但不可能因为被蚂蟥狠狠咬了一次就不再上苍山。都说好了伤疤忘了疼，可也就两周之后，蚂蟥伤疤才刚刚封口，我就和妻子经大坪地上苍山。根本料不到，这竟然是惊心动魄的一天，也是发现蚂蟥终极秘密的一天！

这天出发有点晚，上午八点四十才从一级站前池启程。一路天气很好，自然也就不担心蚂蟥——阳光之下，蚂蟥都躲在背阴处，我们一路安全上山。中午两点，抵达鸡冠石。再向上两小时可以登顶三阳峰，可随性随心而来的我，已有了返程的念头，拍完巨石自然就下山来。这条路上山很陡，下山自然也不容易，一步一步都得踩实。我估计两三步就下降了一米的海拔，可到山脚看手机，我下降了400米的海拔，而微信运动计的步数竟然只有600多步，想想也是好笑。有一次我坐车，可下车看手机，我的步数早已过万，其实那天我走了不过几小步。我俩讨论这个问题的时候，身后来了两个采药归来的村民，一见他俩我大喜过望！在半山腰，我看见山下北侧山涧中，有一个瀑布高悬。我的相机焦距不足，很想靠近拍摄，可又不知路途。村民一来，我可以问路，拍水的愿望就能实现。这么高远的地方，暂时不可能再来一次，可雨季一过水就小了，今天时间早正好前去。

那两个村民很热心，指点路后还叮嘱：蚂蟥多，要小心！他们这样说的时候，我看了一眼鞋子，竟然有蚂蟥爬了上来，自然又是一番检查扑打。打完看看那两个村民，竟然没有穿袜子，裤脚就随意扬起。我问：不怕蚂蟥？他们说：蚂蟥吸完血自然会掉落呢，怕常不有。我们心惊胆寒的蚂蟥，在他们眼里根本不在意。

在岔道口，他俩再一次叮嘱我要原路返回后下山去了。我和妻子上了那条去往瀑布的小道。平缓的小道上，并没有故事生发，可向前穿林的时候，

可怕的事情终究发生。我俩三步一查看，可每一次查看，顺裤脚爬上来的蚂蟥，竟然从最初的三五条到后来连打落都忙不过来，登山杖上也一条接一条爬上来，恐怖的蚂蟥似乎疯了，不知从哪里来，可似乎都收到了我俩将要经过的信息，都如传说的飞来叮人。拍打完裤脚，我才想起后背。一看妻子的背上，竟然也有N条在爬。我帮她打，她帮我捉，几番折腾，终于穿过那片茂密的森林。古木散开，映山红树站在草甸中央，阳光懒懒地射下来。我终于长长地舒了口气，放下包再次检查全身，好在没有一条蚂蟥得逞阴谋。

喝了杯热水，定下神来才想起，那两个村民说这里叫"蚂蟥窝"名副其实。于是决定不再前行，妻子在草甸上休息，我到草甸边缘查看能否拍摄到那瀑布。我不得不再次入林，终于找到一个林木缺口，可瀑布却依旧在远处，且角度不好，可不敢再前行，就拍下留作纪念。这里是白沙河的上游了，拍下这个瀑布，白沙河已在心中完整流淌。

回到草甸，再次把裤脚塞进袜子，原路回返，又一次踏入蚂蟥窝。

这一次，小心翼翼前行的妻子，意外发现了蚂蟥的秘密！

蚂蟥根本不会飞，而是一直等在路边。路边的树叶上，枝条上，石头上，树桩上，都有一条又一条的蚂蟥，一头吸住固定物张开躯体，伸向路一侧，舞动着等待路过的血主！在一个树桩上，竟然聚集着二三十条蚂蟥在张牙舞爪。妻子大叫着说不能碰路边的任何东西，边心惊胆战地继续前行。我却忍不住停下来，用手机拍下那些伸长的躯体，且拍摄了视频。可终究不敢放下包拿相机拍了，只为地面上依旧有蚂蟥在等待，我停下用手机拍的时候，登山鞋上已经有四条蚂蟥一拥而上。打落后我们极为小心地向前，出林才安下心来。

我以为，这样谨慎应该平安无事，可回到家换衣服时才发现，我的袜子里来了一条，应该是中途的擦碰，吸着血的它死了。可它吸血的口器，断在我的肉里，一直又痒又疼，又要三个星期之后才会好。现在你明白了蚂蟥的可怕了吧——发现蚂蟥叮肉了，不能直接打落，必须用酒用火用盐巴，逼迫它主动掉落，这样它吸血的口器才不会留在肉中创口才不会发炎。

上苍山不得不与蚂蟥交锋，主动防御依旧经常打败仗，我安慰自己：这就是爱苍山的代价！可直到后来，我才明白，什么才是真正的爱的代价！

无论哪个时节上苍山，每一次都能遇见的动物大约就是牛了！莽莽十九峰，山山草木深，苍山西坡的每一座支脉，当海拔接近3000后，阔叶林开始退让，除了少数沟壑，更多的地域被各种野草占领，那些草坡，成了牛群的天然草场。山下村庄里，一些村民把牛群野放山间，偶尔得空上山用盐巴哄牛群聚拢和主人亲热一下。你登苍山途中，遇见的那些平坦光滑的石头，大多是牛群舔食盐巴的固定场所。当然，因为十天半月才见面一次，那些牛也会错认主人。有好多次我从西坡李家庄上山，喜欢乱吼的我一到干塘子，附近的牛群就跑过来，以为主人呼唤他们了。可我没有食盐，我背着的相机一次次把它们定格。有时去得早，我们上山牛群还在那些避风的地方卧着没有起床，等我们下山牛群早就睡下了。想吃就吃，想睡就睡，想到哪片草坡玩就到那里闲，我一直觉得，没有比苍山野放的牛群更自由的动物了，每一次遇见我都会羡慕很久很久，直到后来。

这天，我和妻子骑摩托到光明村后山，徒步上小岑峰西坡支脉。其实，也没有一定要登顶的预设目标，我俩的行走历来随性随心。那天回返到一个叫大堆子的地方，一大群野放的黄牛正从森林中出来，到草坡中间的山坳歇息。那片草坡，本地人叫放牛山，是牛群惬意的休闲地。面对吃得圆滚滚的牛肚，看看心满意足的牛，我当然又开始了拍摄，边拍摄边羡慕牛群的无所羁绊与自由自在。身边的妻子突然说："自由都是有代价的！"顺着她手指的方向，我把镜头拉拢一看，那些牛的大腿根部，竟然都叮着圆滚滚的蚂蟥！

蚂蟥！又是蚂蟥！又是我恨透了的蚂蟥！

那些吸饱了血的蚂蟥，一条条足有手指粗四五寸长，可竟然依旧紧紧叮在牛身上不掉落。大约找到一个宿主，就想长久相随。牛当然知道疼，当然不喜欢蚂蟥的存在，可牛无法回避蚂蟥的存在。若是家养的牛，牧人一定会及时清除那些伤害，可这些都是野放的牛群呀！

其实，我羡慕的牛群，且不说风餐露宿的艰辛，依旧有这身不由己的故事，只是，它不说！抑或者，说了我没听懂——

更多我们看见的自由，其实不是真正的自由！更多我们认定的自由，其实不是真正的自由！更多我们享受的自由，其实也不是真正的自由！

也许，这个世界上，万物的存在都有无法言说的不自由，只是有的言不由衷，有的闭口不提，有的视而不见。我们不用活在羡慕里，做好自己的事情，快乐接纳自己的平凡，我们也可以活出与自己和解后的点滴自由！

也许，真正的自由，就是不自由——为了自由，我们一直在不自由的路上狂奔，只有停下的那一刻，是短暂自由的时光！

十二

苍山西坡有无穷无尽的物事，说遇见了最美，是对那些隐藏在我视线之外事物的蔑视与辱没，可我终究只能囿于一隅。平生心愿是踏遍西坡人未老，可苍山更多的沟壑依旧在脚步之外，而年华渐去老之将至。无可奈何中，就只有和那些我没有遇见的花说一声对不起！春去春来花又满山冈，祝福苍山，祝福草木！

我在西坡等你

杨晓洁

多年前的一个初春，我们一群人在洱海边遥望苍山喝茶，有朋友邀约说："哪天一起去爬一次苍山吧，苍山的杜鹃应该就要开花了。"坐我身边的朋友说："爬苍山应该到你们那儿去，西坡是苍山的脸，在东坡看苍山感觉只是看它的背影。"

的确，苍山西坡原始森林遮天蔽日，植物生长茂盛，有壮观的雪山冰川、险峻的峡谷急流、开阔的高山草甸、明澈的高山湖泊，是一个天然的植物宝库。生长着2840多种植物的原始生态领域。这里以云、雪、花、瀑、石著称，千峰竞秀、百溪激荡，一层山水一道景。阳春三月，山头白雪皑皑，山中杜鹃灼灼，山下春水澜澜。

这几年，随着苍山西坡几条防火通道的开通，进山更加便捷。一到花开季节，山中人流如潮。神秘莫测的苍山中，一个个天然花园被户外爱好者和摄影家们发现，微信、抖音、快手、美篇，便捷快速的传播方式，在网络世界为苍山掀起一波又一波的信息潮。来苍山看花成了这个季节最热门的话题。

笔架峰下的苍山大花园是最早被发现的赏花点。因其所在地归当时的脉地乡（今漾江镇）管辖，外地游客都叫它"脉地大花园"。当地人则更习惯叫它"官房坪"，据说附近村庄里有一户姓官的人家，曾经在那片映山红集中生长的坪子里建盖庄房（用于生产、放牧的临时性住房）放牧牛羊，大家后来就一直叫那个地方为"官房坪"。

后来山下新建了金盏河电站，修建电站时修了一条到半山腰的简易的

279

进山公路，可以少走很长一段路，由此"官房坪"成了最早被发现的秘境。二十多年前我第一次上苍山，徒步十多个小时，去的就是人称脉地大花园的官房坪。那是我第一次走进这座我每天抬头就见，却依然神秘莫测的大山。

从漾濞县城出发到脉地大花园，从海拔1500余米的河谷到近4000米的高山，一路峰回路转，温暖与寒冷交替。让人感受到什么是"一山分四季，十里不同天"。

在金盏河电站的蓄水池后驻车，步行上山。穿行在遮天蔽日的原始森林中，厚厚的地衣和苔藓覆盖的林间，一阵山风吹过，会有淡淡的清香袭来；长满苔藓的老树桩上，会有一两株兰草忽隐忽现。在原始森林里穿行一个多小时后，登上高坡沿着山脊前行，眼前突现一片开阔的高山草甸；其间一丛一丛、灿若云霞的映山红，以极其自然的姿态，热烈地布满了目光所能及的每一寸空间。向导说：这便是大花园了。所有的人都欢呼雀跃起来，一路跋山涉水的辛苦劳顿顷刻间荡然无存。

这是一个原生于陡坡之上、足有千亩大树杜鹃的天然植物园。缀满鲜红娇艳花朵的大树杜鹃，从容、自然、优雅地点缀在芳草萋萋的荒野之上。大树杜鹃，学名马樱花，当地人叫它映山红，四川凉山和贵州的彝族分布区叫它索玛花。我觉得所有名字里，映山红这个名字最贴切。满山满坡红艳艳的花儿，肆无忌惮地绽放，硕大的花朵堆在一起，一片接着一片盛开，整个山野像是着了火，映得群山一片红。有些老树桩看上去该有几百年了吧，一样花团锦簇，每一树足有成百上千朵花，那浓艳的花朵衬着黢黑的枝干，媚艳中又透着庄重。

去的前夜，刚刚有过一场春雨，落红满地。我们躺在树下休息，躺在一地的花瓣上看那天上仿佛可以抓进手里的云朵，陶醉于杜鹃花美轮美奂的情韵之中。一阵风过，卷起落花无数，如羽化成蝶在空中轻舞飞扬，盘旋升腾。赏花，若单独地看一株花，纵使繁花满树，它的美艳也多少有些孱弱。看苍山映山红就不一样，无数株同样顶着满树繁花的大树汇聚到一起，铺天盖地尽情绽放。撼人心魄的群体之美，媚艳中透着磅礴大气，浓烈夺目。

稍作休息后，再往上走，一大片草甸中间，一块像人工规划过的圆形的杜鹃林，白色的、淡黄的、粉红的、粉紫的和紫色的杜鹃花竞相绽放。紫杜鹃正好在盛花期，林间有清泉，花开得更加娇艳。高山草甸，水肥草美，鲜花遍地，牛羊悠闲。比起刚刚看过的一坡一坡的映山红，平坦的林子里素雅很多的花色让这里一下子变得温顺平和。无端地想坐下来歇歇，细嗅花香。

向导跟我们说，其实这块圆形的林地才是当地人特指的"大花园"。因为有水，在苍山上放牧的牧人常常到这里找水喝，吃晌午饭。林子边顺山而上的这条大路在不通公路那个年代曾经是一条繁忙的马道，苍山这边很多寨子里的人，赶马驮着木料和山货翻过苍山到山那边的洱源凤羽和大理一带去交易，换油米和日用品。这里地平、有水、又避风，很多赶马人会选择在这里休息或过夜。据老一辈说，"大花园"这块地原来有很多大树，几个人都抱不过来的大树，坎坎边上都是映山红，多数是上个世纪六七十年代才被砍伐。可惜了。苍山映山红在这座山上就长到这里，再往上就没有映山红了。

继续向上，气温明显低下来，风里夹杂着彻骨的冷。软乎乎的草甸，枯草下的冰碴慢慢融化，嫩绿的草芽开始萌发。远远看去黄色的草窠窠里一块块只有枯草一般高的粉色植物，细细一看竟也是杜鹃。一树的花朵，每朵花只有米粒大小，却依然不屈不挠地开，给枯萎的草甸一片靓丽的色彩。背阴处和杜鹃树下小堆小堆的残雪，依稀可见。能想象整个冬季，在厚厚的积雪里，一株看似弱小的杜鹃，一个顽强的生命，如凤凰涅槃一样孕育这样的绚丽。这个过程，足以让人心生敬意和感动。

苍山野生杜鹃花品种众多，这里是目前全世界保留最完整、存活面积最大的原生大花野生杜鹃生长区域，现存数十万株野生杜鹃，有41个品种。据说，全世界所有园艺杜鹃花的母钟超过60%来源于苍山杜鹃花。

随着海拔的增高，像阶梯一样地分布着粉红、大红、粉白、粉紫、大紫、粉黄、金黄等各色杜鹃，五颜六色，一片锦绣花海。几万亩的杜鹃林，一个海拔段一个品种，依次原生于山坡。一棵接一棵，一片连一片，让人目不暇接、叹为观止。从遮天蔽日的原始森林，到三五米高的灌木林，再到一人多高的矮灌木林，最后到几乎匍匐到地里的小灌木，每登高一段植被就明显不同，让每个来苍山赏花的人真切感知立体气候的魅力，真实体验到什么

281

岂曰无衣

是"山高一尺，水冷三分"。

第二次上山是专门去看乳黄杜鹃的，遗憾的是，我们此行还稍稍来早了一点。最接近苍山雪线的乳黄杜鹃刚打着花骨朵，密密匝匝的花苞，也倒是能让人想象得出花开时的景象。怀揣遗憾在山顶体验了一把山风的狂野和"高处不胜寒"的滋味，看一团一团的乌云压过来，不敢久留，匆匆下山。

为了能多看一眼不一样的风景，我们没有原路返回，而是选择了另外一条从官房坪大花园直通桃树坪的道路。下山就开始下雨，雨不大，星星点点的小雨落在树叶上，集成大滴大滴的水珠落下来，打在雨伞上，咚咚响。山里开始起雾，苍山在云雾里。身边高大的映山红，一树树花凋落成满地落红，穿行在树下。苍劲的树枝，毛茸茸的青苔和几朵残花，在白白的浓雾里成就了一幅会动的水墨画。用相机拍了几张，感觉一片灰，不及看到的美，觉得有点可惜。这样的美景只能看在眼里，记在心里了。

烟雨苍山，云里雾里，如同仙境。美是真美，脚下却不轻松。能见度很低，二三十米之外已经看不清人。看不到远方的路，心就会莫名的慌，大家时不时各自呼唤已经不在视线里的朋友，听到的也会大声应答。幽深的山谷里清脆的鸟鸣伴随着朋友间的声声呼唤紧紧跟随，同我们一起下山。还好我们一群人中有土生土长的本地人，熟知进山出山的每一条路，老马识途，很轻松带我们下了山。

这些年，进山的人越来越多，苍山神秘的面纱逐一被揭开。银甲大花园、官房坪脉地大花园、石钟马鹿塘苍山大花园，一个个苍山赏花秘境地相继被驴友发现，很多人慕名而来，有了一个个动人的故事。更多喜欢户外的凡夫俗子，在孜孜不倦的求索中，将大山深处最真实、最纯美的自然一一揭秘。那里的树木、花朵、雪山、溪水、白云、峡谷，不再是猜不透的谜、醒不了的梦。

亲近自然，看一朵花与世无争地开放。你来或者不来，我一直就在这里。你看或者不看我，我一直就这样开。看这种有别于人工园艺的花园，会无端让人心生禅意。就像做人做事，不必太在乎别人怎么说，怎么看。做好自己就好。做最好的自己给自己看。

文友杨木华老师说，上苍山是有瘾的，因为苍山的每个季节都会给你惊喜。他还说爬苍山很苦很累，但"苍山虐我千万遍，我爱苍山如初恋"。他拍花、拍树、拍水、拍雾、拍雪景，然后发美篇、发美图、写公众号，很多人沿着他的足迹而来。

这些年，我自己也不知道我去过多少次苍山，每到杜鹃花开的季节，就有一千个一万个理由上苍山。花开了吗？不看怎么会知道，要去。花开好了，那么漂亮，要去。盛开的拍到了，落红没拍好，再去。朋友相约，要去。同学相约，要去。同事相约，还去。亲戚来了不认得路，做向导。文友来了去采风，得陪同……看了映山红，还等紫杜鹃；去看紫杜鹃，粉杜鹃才打苞；粉杜鹃开花了，乳黄杜鹃还不开。总觉得苍山一年去几次都不够，去得越多遗憾越多，遗憾越多，再去的理由就越多，但每年忍不住一定要看的还是映山红。很多人跟我一样，来西坡看花，更多是奔映山红而来。特别是对喜欢摄影的我而言，映山红是摄影者最容易找到自信和成就感的题材，不用太多技巧，真实地记录那种大气、那种张扬、那种豪放，咋个拍都好看，随手就能出大片。一朵，一支，一树，一林，一坡，各有各的风度，各有各的味道，各有各的气场。

时光匆匆，苍山不老，每到花开的季节，我依旧会踩着节点如期赴约，然后第一时间在朋友圈发信息："苍山花开了，我在西坡等你。"

岂曰无衣

点苍西　漾水滨

杨义龙

一

烧开水，洗净紫砂壶，撮了茶叶正要沏茶，猛然间，客厅却上下簸动，令我跌坐。迟疑片刻，我意识到地震了，不是普通的地震。我喊："快跑！急速打开房门，打开单元门，让孩子和妇女先走！"在我家歇息的几个亲戚跑下楼，邻居们四散逃逸。众人散落在西洱河畔，回头看着身后的楼群仍在夜色中摇晃。

看手机，获悉震中在漾濞，震级6.4，震源深度8公里，时间是2021年5月21日21时48分，伤亡数据尚未显示。

其实，当日已发生过两次地震。第一次我在西洱河畔散步，接到家人电话说地震了，我没有感知。路上车来人往，偶有颠簸，稀疏平常，我说别大惊小怪。生活在滇西地震带，我从小便经历各种地震。小时候防震，菜园里搭窝棚，看着透过茅草顶的星光入睡。最惊险的那次是耿马地震，大理震感强烈。那晚我们在教室里上自习，猛抬头便见顶上悬挂的白炽灯左右摇晃，不知谁喊了声"地震"，便有学生咿哩哇啦大呼小叫起来，接着是文具和书本落地。很快学校的高音喇叭通知我们到足球场集合，当晚便在那里露营。再后来经历的众多地震，便不再觉得心惊。有时躺在床上，地震了也不管，转个身又睡去。

此次漾濞地震却不同寻常，不是左右摇晃，而是上下颠簸，据说是破坏力最强的。那晚在西洱河边稍坐后回家，立刻余震又起，知道不能在家待着了，便到地下车库开车，准备往开阔处疏散。车上路，却是一团乱麻，北边的车往南开，南边的往北开，堵得水泄不通，人们像大雨将至前的蚁群，在路上团团转。这时读高中的女儿在学校打来电话要离校，于是开车挤到北区，又返回南区。想想别的去处也少，便返回单位停车场，在车里蜷着。夜间又是余震不断，翻开朋友圈看，漾濞的房子倒塌不少，建筑毁坏甚多，有人死伤。而在下关街道两侧的绿化带上，横七竖八地睡着人，幸好是初夏，若是冬夜，怎能挨过？

据报道，截至2021年5月22日6时，倒塌房屋192间；8时，漾濞6.4级地震序列共发生421次；至22时，地震造成大理州伤亡35人：死3人，伤32人。

地震数日后，我到漾濞。刚到县政府坐下，地震又起，茶杯晃动，我赶紧起身到院里。漾濞的朋友说，天天震，早已麻木了，面色自如，约我去吃鸡汤米线。沿途房屋墙体开裂的甚多，很多墙面钉着显眼的蓝牌：危房，不得使用！其中也包括县政府大楼。看到漾濞文友杨木华发的微信，说他刚买的商品房墙体开裂不能使用，只能住帐篷。含辛茹苦几十载积蓄的数十万元打了水漂，真是欲哭无泪。我问他能否索赔，他说卖房的那家公司倒闭了，投诉无门。后来再联系他，得悉修整后还能住，心稍安。

时隔一年，我再次去漾濞，又惊又喜。惊，不再认得漾濞，眼前是个新城。沿着雪山河两岸，生长着钢筋混凝土的丛林。众多高档住宅小区在雪山河两岸延伸，还有几座高耸的酒店拔地而起，县级办公区也依次向苍山西坡展开。重建推进速度之快，让人始料未及。喜，震后易地搬迁小区建在规整平坦的山坞里。据县里介绍，是将良田拿出来建设新的小区，用以安置地震搬迁户。漾濞一中初中部新址搬至河西，施工正如火如荼，地基可抗震十级。大保铁路过境站也雄踞于漾江畔，大漾云高速公路施工进入后期。可以想象，震后的漾濞重焕生机，进入全面提速期。

清晨，王华植约我去雪山河畔散步，空气中弥漫着雨季特有的湿润，还有来自森林的甘甜气息。耳畔是潺潺的水声，眼前是如银练般的跌水瀑布。河岸是铺过沥青的健身步道，还有轻钢栈道架设在河床上。岸边绿柳红花，远处山林蓊郁，我们俨然桃源中人。雪山河发源于苍山雪人峰西麓，属漾濞江支流，流经美翕、密场、金星、上街、下街5个村，穿过县城汇入漾濞江，全长17.4公里。2022年6月的漾濞之行，雪山河并未纳入线路，但这条飞珠溅玉的河流，却是漾濞水系的灵魂所在，我更愿意将之作为行走之始。

初识雪山河，应始于"雪山清"酒。云南酒名不盛，大理也是，唯有鹤庆乾酒和漾濞"雪山清"声誉颇佳。十多年前，我到漾濞，诸文友小聚于漾濞江畔的餐馆，听着滔滔江水痛饮"雪山清"。此酒用雪山河之水酿制，带着来自苍山积雪的冷冽与清寒，口感绵和清醇。那时亦是暑日，雪山河从餐馆旁汇入漾江，潺潺清流淌过河床上的白石汇入浑浊的野水。夏日的漾濞江呈现红土高原的底色，江流中还挟带着上游漂下来的朽木和杂物，有些树被连根拔起冲进河床，树枝上的绿叶在红色的浊流中浮沉。唯独雪山河仍以清冽身姿投身于这条如怒蟒般的江水，在汇入的瞬间，便被吞噬和消解。在吞噬和消解的瞬间，又有清流激湍涌入。在浊流翻滚间，我想到与我长相厮守的洱海。倘若多有几条如雪山河般清澈的流水投入洱海的怀抱，保护的压力要轻很多很多。如今点苍山东坡的十八条溪水已有数条断流，注入洱海的水量日益减少，这是个严峻的现实问题。洱海来水河流减少的现实已无法逆转。

雪山河将漾濞县城分为南北两部，中间横跨几座长虹般的混凝土大桥，漾濞江如新月般将县城纳入臂弯。这有点像洱源县乔后镇，那里有名扬滇西的乔后盐矿，曾经是滇西"小上海"，在上个世纪80年代，就有着丰富的夜生活。乔后盐矿的工人告诉我，昆明流行什么，乔后就有什么。乔后有条清水河，从罗坪山中潺潺涌出，将乔后小镇分为南北两块，北为灶城和北坡，南为营头和南江登。黑潓江从西山脚下奔流而过，清水河一路欢笑汇入其中。黑潓江是漾濞江的上游，也是这条河流的正式名称，只是在漾濞县境内称为"漾濞江"，到了巍山和南涧境内又称黑惠江。河岸边有多少像漾濞县城般的小镇，我不知道。

我曾溯雪山河逆流而上，经过美翕村到雪山河电站，再顺着山坡迂回而上，爬山数里，便至百丈崖桥。那是炎炎夏日，我与同学罗成方爬了半晌，汗滴便从额头沁出。在核桃树的荫蔽下，我们坐在赭色岩石上小憩。抬头望，有株梨树上挂着稀稀疏疏的几粒果子。罗成方从地上捡起块石头，起手处，果子应声坠落。想不到那几颗瘦弱的梨子却酸甜可口。啃完，神清气爽，便仍沿着屈曲盘旋的小径步行至崖桥，却颇为失望。桥太小太窄，毫不起眼。罗成方说，这是个断崖峡谷，从此处到谷底有百丈之多。我俯下身从桥上往峡谷里看，不甚清晰。谷中幽暗，而我们披着阳光，视线不佳。我直接扑倒在桥沿上俯瞰，见峡谷仿佛是整块石壁被撕裂，中间是窄小的石缝，故又名"一线天"。罗成方把我拉起说："小心跌下去，那真就碎为齑粉了。"我有些怅然，爬那么远的山，却只看到这座小桥。后来返至谷底，蹚水而入，却似进入另外的世界。从雪人峰跌落的幽碧雪泉在峡谷里如丝绸般铺展，双足踏入其间，却是彻骨的冰凉。谷底的圆石上布满苔藓，滑腻柔软。站在谷底舒缓的水流中仰望，两边裂开的崖壁似向内挤压，却有股神力死死拽住它们。岩石上生长着野芭蕉和蕨类植物，苔藓等地衣植物自不可少。瀑布从崖壁跌落，分成细碎的条缕，闪耀着银色的光泽。顺着崖壁仰视，似有一线天光泻落，那应当是崖桥所在的位置。如此险绝清幽之境，旷逸与忐忑并存，清凉与神秘同在。面对世间万象，人类的文字和语言确有难以抵达之处。从自然而来，到自然中去，这便是个体的终极命运。

2022年6月16日，我们去看金星村易地搬迁点，这也是雪山河流经的村寨，离县城近。漾濞县城处于山峰与河流间的缓坡，老城区建在河流冲积扇。金星村易地搬迁点居县城东坡，却坦荡如砥。县里狠心将良田拿出来安置受灾群众，为的是让老百姓放下地震的余悸，重新焕发生命的激情与渴望。远远看去，搬迁点在蓝天下矗立着，如新开发的高档住宅小区，规整方正的村落像列队的士兵。房屋通体泛着乳黄的光泽。走近小区，看见墙体上还有红黑相间的彝族彩绘。房屋整体两层，却打下了三层的基础。如果居户有余力，可自行加层。这个点占地63亩，安置了苍山西镇上街、下街、金星村和仁民街社区的72户人家，投资5332万元，安置地震灾民户数最多、规模最大。此外还有18个集中安置点，共安置303户。

上街、下街和仁民街都在漾濞老城内，这些地段我熟。那些狭窄的小巷、古老的民居，承载着漾濞小城的记忆。我曾带着女儿走街串巷买卷粉吃。漾濞卷粉口感绵软、爽滑、清凉。在下关老镇，就有一家"漾濞刘记卷粉"，生意特佳。卷粉是种米制品，是从越南传来的美食。其制作方法有些烦琐，要将上好的白米在水中浸泡6小时后磨成米浆，然后在蒸笼每格内垫上蒸帕，倒入薄层米浆，摊匀上笼蒸熟，便成薄饼状的卷粉，外形洁白细嫩，薄如蝉翼。将粉皮摊开，抹上姜末、蒜蓉、芝麻、核桃酱、花生面、麻油、食盐、酱油、葱花、木瓜醋，然后卷成筒状，用刀切成几段，即引用竹签挑食。核桃和花生的香，麻油和姜末的辣，木瓜醋的酸，使人胃口大开。卷粉能做的地方也多，唯有漾濞的好吃，与大米的品质、苍山的水质，还有漾濞核桃的鲜香有关。几乎每周，我都要给孩子买几份漾濞卷粉解馋。

曾经有很长时间，我从漾濞江上游的炼铁到下关求学，乘坐总站的大巴车，到脉地街时，总在"好常来"饭店打尖，然后才经漾濞，过平坡，到下关。大巴经过上街、下街如羊肠般狭窄的道路，遇上街天便寸步难行。这种境况持续多年，直至我成为乡村教师，还坐大巴经过漾濞，依然要在这段街道上拥堵很久。有次居然看到多年未见的女同学，她热情邀约留下，可惜我有事竟没停驻，直至十多年后再见，已是儿女绕膝。漾濞地震后，我也去过这段街道，残垣断瓦、满目疮痍，而且余震不断。频繁的地震，考验着漾濞人的处置能力和心理承受力。我打了几个电话，都说没事，生活还得继续，心下稍安。漾濞人的坚韧超出我的预期，换作我，必作惊弓之鸟。

离开金星村，我们到了漾江西岸，见到漾濞一中初中部的整体搬迁点，几栋大楼架构已然成形，披着草绿色的防护衣。主楼已近完工，脚手架尚未拆除。小青瓦覆顶，白色屋面。几名穿戴着红头盔红马甲的工人正在安装管道，管道也呈火红色，像消防管道。新建的漾濞一中是云南省首家实施《建设工程抗震管理条例》和《建设隔震设计标准》的学校，抗震水平全国领先，以后就不必担心普通地震的威胁。新建的漾濞一中初中部规划用地160亩，建设面积5万平方米，总投资2.39亿元，可容纳42个教学班，2100名学生。这对于总人口10万多的漾濞小县而言，算是规模空前。在地震中受损严重的37所学校也已维修加固。漾濞教育，可谓如霞似锦。

此刻，城际列车已经驶入漾濞到保山。时值正午，火辣的阳光从峡谷上空倾泻而下，白花花一片。火车站脚下，是浊浪翻滚的漾濞江。红色的江水击打着灰白的混凝土立柱，溅起几尺高的浪花。火车站的形制与别处没有太多不同，只在装饰上体现了红黑色的彝族元素，在现代建筑中融入民族特色。这与我到过的彝族村寨有些类似，房屋建筑绘有彝族图腾，哪怕是路边的灯杆都漆成红黑相间。火车站横跨漾濞江，与县城隔江相望。短短几年，高速铁路网遍布全国，高原动车站亦如雨后春笋。云南的火车站中，我经过昆明南、昆明站、广通北、楚雄、南华、祥云、大理、巍山、丽江、永平，均在城市与旷野之间。唯有漾濞站雄踞于江水之上。脚下浊流咆哮，背靠如黛高山，隔江相望1公里处，便是车水马龙的县城。火车经过漾濞，使苍山西坡与省城的距离变近，与东坡的城邑与洱海在咫尺之间。前几天偶翻微信，看到漾濞的文友说，近日大理游客如织，儿子返回堵车数小时，想不到却坐着动车回家，又惊又喜。其实动车修到家门口，方便、快捷、安全、经济，这些都是看得见摸得着的福利。高原动车，改变着人们的生活。倘若没有疫情的影响，动车几乎成了出行的首选。小城漾濞，插上了腾飞之翼。

二

　　云龙桥，以慈悲的目光凝视众生。

　　6.4级地震后，云龙桥仍横跨漾江两岸，连接西东。过云龙桥，经文殊院，斜行两里，便至望江亭。亭有五层，覆黄色琉璃瓦，在郁郁青山中显得金碧辉煌。登上望江亭，可俯瞰漾水环行，将县城揽于臂弯。桥东则是博南古道上的老街子，乱石铺阶，屈曲盘旋，地上的石头被千年往返的人马踩得黝黑发亮。街道不宽，大概也就三四米，两旁是老屋，还有鳞次栉比的店铺，如今大都不再经营，紧闭的窗户像迟暮的老人。古道上的店铺常开着数尺宽的窗口，有向外延伸的窗台，便于过路的人放置物品。清晨，店铺主人便将竖立在窗前的数块条形木板移开，露出店铺里的百货。食物和生活用品就在木架上随意陈列。香烟、白酒、食盐、米面、香油、雨衣、毡帽、羊皮褂，甚至藿香正气水、去痛片、克感敏等常用药。作为马帮的必经之地，马掌铁、马料、马鞍、马铃、皮索，甚至刀具，这些东西也是常见。入夜，店铺的窗口挂着灯笼，或是玻璃罩的马灯，为行人照亮前方的路，也在黑黢黢的暗夜中平添几缕温情。古道上的马锅头，与店铺中的女人情投意合，这也是影视剧中的常设。临街的院门，仅容一人一马进出，倘若两人相向而行，必得侧身方能避让。穿过狭长的甬道，眼前豁然开朗。有些庭院大气，有的进深很长，有几进院落。漾濞博南古道上的院落与弥渡马食铺、祥云云南驿、大理龙尾关两侧的院落都极其相似。我去过苏州的拙政园，大门朴实无华，及至入院，方是亭台楼榭，别有洞天。复旦大学老校区的大门，也很朴实。这让我想起那句口头禅：做人要低调！白族村寨却完全不同，大门修得气派，飞檐斗拱、五彩描金，进入庭院，却也稀松平常。

这段博南古道的古老，是刻意保护的结果。倘若不如此，可能很快便被混凝土路面所代替，两侧的庭院，也将很快换成钢混的楼房。我至少有十多次来过这段博南古道上的小街，却没想到这竟是1912年设县的县治所在地。宽不足三米、长不足千米的小街，令我无法与"县城"相联系。后来县城逐渐向东和北延伸，此处渐趋老旧。不过相对于地震后雪山河两岸迅速生长的楼群，县城核心区也已呈现出历史的沧桑。漾濞入列"省级历史文化名城"，使得老街、老巷、老民居得以保留原貌。博南路、北门巷、平政巷、来龙巷、文化巷、周家巷、汪家巷、云龙桥、雪山河桥、漾江大桥都得到了保护，还划定了两级保护区。走了几次老城，常会迷失在那些鳞次栉比的房舍中，没记住那些巷道的准确方位，却记住了房舍的白墙朱门，还有房顶的青瓦和飞檐。有些墙面直接以红泥抹平，呈现红土高原的本色。潺潺流过街巷的清泉，来自苍山西坡的馈赠，消解着夏日的炎热，在古城中九曲回肠，又汇入博南古道下的漾濞江。

"汉德广，开不宾；渡博南，越兰津；度兰仓，为他人。"这首录自《后汉书》的《通博南歌》证实了博南古道的久远，唱出了筑路劳工之苦。关于博南古道，不必展开叙述，我们知道它是蜀身毒道的一段，被称为南方丝绸之路。蜀是四川，身毒是印度，从四川到云南大理、保山、德宏进入缅甸，再通往印度，直至地中海沿岸。这条古道与博望侯张骞有关，与汉武帝有关。公元122年，张骞九死一生从西域归来，向汉武帝禀报了他在大夏国（今阿富汗北部）见到了蜀布和筇竹杖，得知是从身毒来。官方未曾通商，四川民间商人却能通印度，令汉武帝大惊。如果西南能打通西域，其价值不言而喻，不仅能赚钱，还能开疆拓土。于是汉武帝派遣四路使者分头探索，甚至不惜举兵攻伐西南夷、夜郎、古滇等国，斩首数十万，但仅打通了成都至洱海地区的道路。到东汉明帝永平十二年（69），哀牢人归降，始通博南山，渡澜沧水。从此，驮着蜀布、丝绸和漆器的马帮始发四川，翻越高黎贡山抵达腾冲，与印度商人交换商品；亦可继续前行，直抵印度平原。蜀身毒道分南、西两道，南道分为岷江道、五尺道，由成都至宜宾，再从昭通、曲靖、楚雄到大理至保山、腾冲，后从缅甸至印度。五尺道由宜宾至下关，其中昭通盐津豆沙关一段，保存完整。2021年初冬，我冒雨抵豆沙关，感受秦修五尺道的艰辛，还看到了唐袁滋摩崖石刻。此碑与大理渊源极深。阁罗凤主政南诏时期，唐朝攻伐南诏的天宝战争，使生灵涂炭，亦使南诏脱离大唐投向吐蕃。至异牟寻为南诏王时，重向唐朝俯首称臣，史称"点苍会盟"。此后，唐朝派出袁滋册封异牟寻为"云南王"。被唐德宗擢升为礼部郎中兼御史中丞的袁滋远涉千山万水来到豆沙关时，感慨万千，写下了使团成员名单，其中有"奉恩命，赴云南节册蒙异牟寻为南诏"的句子，点明其使命。盐津县的文化学者介绍此碑时，特别提到了其史料价值之重。蜀身毒道之西道则是司马相如从成都经西昌、盐源、大姚至祥云的路线，抵下关（现大理市下关街道）后与南路汇合。两条古道都通向漾濞，经云龙桥进入博南山。博南古道正是蜀身毒道在漾濞至永平境内的一段。

云龙桥，正是蜀身毒道越过漾濞江的关隘，当地人称"链子桥"。"铁锁云龙"便是漾濞十六景之一。据《董氏家谱》载，桥始建于明弘治年间。明嘉靖十二年（1533），明代状元杨慎便从此桥经过，流放永昌。崇祯十二年（1639），徐霞客也从桥上走过，踏上博南古道。《滇程记》和《徐霞客游记》都写到了云龙桥，使得这座桥的文化积淀更为深厚。后来，虎门销烟的林则徐也从此桥经过去永昌（今保山）。清康熙十三年（1674），提督诺穆图重修，光绪二年（1876），腾越总兵蒋宗汉又修。1966年8月24日，漾

291

澜江暴涨，滔天洪水冲毁东岸桥墩，后又修复。直至现在，云龙桥仍是博南古道的襟喉之地。1993年，云龙桥被列为省级重点文物保护单位。桥为东西向，两岸并列8条长铁链，上铺栗木桥板。桥面长40米，宽3.2米，高12.7米，两侧各有两股铁链为扶手，桥墩有桥亭，便于行人歇息。

云龙桥头曾悬挂一副古联：秀岭孤松东西南北风债主，漾江独石前后左右水冤家。联撰得巧，据说也有来历。相传道光二十七年（1847）秋，有举人宿于古镇，遥望秀岭孤松傲立，寒风猎猎，由景及情，想起自己身世飘零，前程茫茫，便脱口而出"秀岭孤松东西南北风债主"，举笔书于粉墙，却再也想不出下联，只好怅然而去。次年夏，时任云贵总督的林则徐途经云龙桥，见漾江中独石雄踞，清流激湍，浪花如雪拍打着江石，即刻对出下联："漾江独石前后左右水冤家"。总督大人还挥毫书丹，令人镌刻悬于云龙桥头。时光荏苒，物是人非。林则徐写的对联踪迹难觅，而今悬挂的对联是大理书法家杜武所书。此事没有史料佐证，是确有其事还是后人附会已很难说清，不过仍是佳话。

每次去漾濞，我都要去云龙桥发呆，想想来处，捋捋去处。看看清幽的江水在峡谷中哗哗流过，看看远山近树、西面的佛塔、东边的民居，走走那段幸存的古道，让节奏慢下来，让心静下来，把那些名缰利锁全打开。有时会有雨，在淅沥的雨声里，眼前的事物皆变得模糊不清。偶有马铃声，从西畔的小径上传来，渐行渐近，马掌铁敲击着桥面，走过我的身旁。马身上的驮子，覆盖着雨披，隔着雨，看不清驮着什么。赶马的人，小心翼翼地跟在马后，戴着毡帽，身着雨衣，脚上的皮靴想必早已湿透。我幼年时有过赶马的经历，能感受赶马人的辛苦。他们将货物驮到漾濞，或是下关，能换回点什么？是给妻子的衣服，还是给孩子的糖果。但愿都有吧！

有时是在月夜，倘若我在漾濞，我会来到云龙桥边。此时月笼轻纱，如梦如幻。潺潺的水声比白天更为透明而朗润，能分辨出声音的高低起伏。偶有滚动的石头，在江流中发出沉闷的声响。夜鸟撕破沉寂的啼鸣，会在瞬间击打着古桥，更显出夜色之幽。溶溶月色，使得山峦、古木、桥亭、古道、寺院、民居都蒙上了乳白的光芒，恍若披了层薄雪。有时，牛乳般的晨雾笼罩着漾濞江，房舍、古道、云龙桥都被裹挟在其中，及至走近，方能看到数尺内的物体。耳畔听到人们谈笑的声音、寺院的钟声、鸡鸣之声、马铃声，但恍若隔世，眼前如蒙上了灰布，等到大雾散去，方才明朗起来。而在旭日初升之晨，则是另一番景象，眼前熟悉的物事皆明艳生动，缤纷的色彩使古道焕发生机。碧涛、白石、绿树、红花、灰褐色的桥梁、苍青色的道路、土红的院墙、金色的匾联，在桥头扎堆"谝壳子"的老太太，爽朗的笑声敲打着江面。此时马帮从桥上走过，黑马、青鬃马、火红色的马，列队过桥，头马的脖颈上挂着响亮的马铃，脑门还系着红花。我不止一次在摄影家的镜头或是视频里见过这样的影像：近景是向南北延伸的漾濞江；中景是云龙桥如长虹般横跨江面，桥上有马帮走过；远景是两岸青山白屋，还有湛蓝的天空。这样的景致，随手一拍便是美图。有时是一群羊走过云龙桥，呈现出别样的美。有时是村里的小伙子驾着摩托，从桥面上驶过，使得这座桥有了现代气息。

2009年，我以漾濞为题材的长篇小说《喜鹊窝的秋天》出版，其中有两段唯美的爱情，都在云龙桥上演绎。彝家女人沙务枝用箩筐背着小猪走在云龙桥上，百褶裙在桥面上旋转，她与刘秋山在云龙桥头相拥痛哭的凄婉，至今在我眼前回放。来自省林科院的梅晓川，也在云龙桥上与李林春互诉衷肠。在去美国之前，她在云龙桥上与李林春依依惜别之景，使我泪流满面。这部小说得到了全国政协等六部委"关注森林文化艺术奖一等奖"，虽不是专业奖，但我仍以为荣。我曾几次三番拟将《喜鹊窝的秋天》改编为电影，却机缘未至。如果将云龙桥拍入影片，那种直抵人心的美，想想都会心醉。

三

"苍苍竹林寺，杳杳钟声远；荷笠戴斜阳，青山独归远。"

甫至竹林寺，我的耳畔似响起此诗的吟诵声。此诗为唐代刘长卿所作，诗中所写的竹林寺在江苏丹徒，漾濞竹林寺只是同名而已。寺庙所在山岭名长竹山，过去山中尽是竹林，取名竹林寺自然贴切。此行竹林寺，是要去看著名的"唐标铁柱"遗址。

孙髯翁撰写的大观楼长联里，"汉习楼船、唐标铁柱、宋挥玉斧、元跨革囊"等史实都与大理有关，其中的"唐标铁柱"遗址经学者考证就在漾濞竹林寺内。关于"唐标铁柱"，史料早有记载。唐中宗景龙元年（707），唐朝派将领唐九征为征讨使，击毁了吐蕃在今漾濞境内的城堡，拆除了吐蕃在漾水、濞水上的铁索桥，切断了吐蕃与大理洱海地区的交通线。唐九征为纪功，立铁柱。《大观楼长联》里写的"唐标铁柱"便是此事。《大唐新语》记载较为完整："唐九征为御史，监灵武诸军。时吐蕃入寇蜀汉，九征率兵出永昌郡千余里讨之。时吐蕃以铁索跨漾水、濞水为桥，以通西洱河，筑蛮城以镇之。九征尽刊其城垒，焚其二桥，建铁碑于滇池，以纪功焉。"不过这段话中说的是"铁碑"，是否就是铁柱，不得而知。"建铁碑于滇池"，与漾濞竹林寺中的遗址大相径庭。而在《光绪永昌府志·杂记志·古迹》中记载："唐中宗景龙元年六月，吐蕃与姚州蛮寇边，姚巂道讨击使唐九征败之，于漾濞立铜柱之纪功。"此处又点明"铜柱在漾濞"，而"铜柱"与"铁碑"是笔误还是两件重器，只能留待学者探讨。今人云南大学教授林超民指出："铁柱建于滇池，前人早已持怀疑态度。清人高奣映《铁柱诗序》中说：'唐九征驻漾濞，毁蛮铁绖，不令于西洱河通，遂大胜之。作为景观，盖以铁绖以也成。诸家记载，皆曰铁柱建于滇池。何以战胜于漾濞，而纪功远在他焉？'全祖望《昆明池考》也说：'唐九征战胜于大理，不应建柱于千里而遥之滇池。'……史籍说，唐九征进至邓赕、浪穹，'果战皆捷'，大破吐蕃势力，焚漾水、濞水二桥，'遂于其处勒石纪功'，'勒石纪功'当与'立铁柱'为同一事。可见铁柱就立在漾水、濞水附近，也就是今漾濞县境内。"（《林超民文集》第四卷，云南人民出版社，2010年，第299～300页）在此书中，林超民教授还提到了明代李元阳和徐树丕的作品记载"唐标铁柱"就在漾濞雪山河畔，但也没有指明具体地点。漾濞本土学者黄志忠、范忠俊、邢晓彤《关于"唐标铁柱"遗址在漾濞竹林寺的探讨》一文中，引用了清代诗人韩锡章《道经漾水求唐九征之铜柱处》的诗句"湍溪之南绳桥侧"，认为"湍溪"就是现在的雪山河，"绳桥"的位置据《徐霞客游记》记载在河西镇下街村古吊桥。所以"唐标铁柱"应在漾濞县城雪山河东南方向下街村北方圆一公里内。文章以递进阐述，佐以田野调查资料，提到漾濞百岁老人李秀峰的讲述。李秀峰生于1907年，曾任民国漾濞县政府副参议长，中华人民共和国成立后任县人大副主任。他考证，"唐标铁柱"的确切位置就在竹林寺内。李秀峰说，他幼时常随母亲到下街村的竹林寺念经。见到寺内有个圆形深坑，周围是青石板，里面有水，像水井，而寺里的僧人却不用。做饭用的水都到寺外的山箐里挑。他问住持为何不用井水，年过七旬的住持回答说那不是水井，是柱坑，坑内积水有铁锈，不能喝，也不能洗衣。后来他到昆明读书，看到大观楼长联中"唐标铁柱"的注解说铁柱在漾濞，又翻阅了史料，认为铁柱就在竹林寺内。那个柱坑就是铁柱取出后留下的遗迹，柱坑后来被改造成吊井。文章再次强调竹林寺位于下街村东北方的山上，山呈圆包形，背倚点苍山，地势险峻，易守难攻。蜀身毒道从山下50米经过，是个战略高地。这与李元阳游记、韩锡章诗中有关铁柱遗址的记叙相同。

山路盘旋而上，向着苍山的方向。路旁修竹枝叶扶苏，将暑气尽数驱散。约半个时辰，路转溪头忽现，已至竹林寺。寺院坐落在圆形小山上，比起云南高原常见的危峰耸峙，这小山包倒像平原地区的山丘。但这山并不因小而视野狭窄。站在寺前平地上俯瞰，西岸的飞凤山，山上金色的望江亭，山下呈半月形环抱小城的漾濞江，新建的火车站和高速路，以及鳞次栉比的屋舍，皆一览无遗，顿觉野旷天低。住持吴鹏，将众人带到院内，指着圆形水井状的深坑说，这便是当年铁柱的柱坑。至于铁柱踪迹何在？却成了谜团。吴鹏还说，寺院周围的山坡，翻开泥土中间都有红色的铁锈，说明这是铸铁柱的地方。当然，众人都不是考古者，不会举起锄头去勘验。但既然在别的地方没有新的遗址发现，铁柱应当就在此处。

唐九征当年大破吐蕃于三浪（今洱源），并拆除了漾濞江上的铁索桥，立铁柱纪功，唐史有记载。战争总是残酷的，生灵涂炭，尸横遍野，自是常事。洱海流域常是兵家必争之地。今日清澈的洱海和漾濞江，在历史上常被鲜血染红。但战事消耗之后，效果并不佳。唐九征破吐蕃没几年，吐蕃又

岂曰无衣

卷土重来，控制了龙首关以北地区。公元738年，南诏在唐王朝的扶持下崛起，统一了洱海流域各部落，实际上也摆脱了吐蕃的控制。然而，不久之后的天宝之战再次将南诏拖入了旷日持久的抵抗，也让盛唐从此风雨飘摇，吐蕃再次控制了洱海流域。直到"苍山会盟"，南诏方重为大唐的附属国。洱海流域总是大唐和吐蕃的争夺之地，万顷碧涛总被战士的热血染红。1253年，元世祖忽必烈率兵从漾濞翻越苍山灭了大理国，从此，大理正式纳入元朝的版图。在苍山东坡的龙泉峰下，元朝统治者同样立了一块"元世祖平云南碑"。

孙髯翁虽为一介文士，其洋洋洒洒的《大观楼长联》却使"唐标铁柱"名扬全滇。这根铁柱毁于何时？何人所毁？尚无定论，但明代李元阳到漾濞就已寻找遗址，可见明代之前铁柱就不见了。

民间常将"唐标铁柱"误为"南诏铁柱"，在此应甄别之。"南诏铁柱"是祭祀铁柱，立于弥渡县城西的铁柱庙村。柱身上有阳文正书："维建极十三年岁次壬辰四月庚子朔十四日癸丑建立"。"建极"是南诏第11世王蒙世隆的年号，建极十三年，即唐懿宗咸通十三年（872），可知此柱也是唐代遗物。为何建南诏铁柱？明代郭松年在《大理行记》中载："（白崖）甸西南有古庙，中有铁柱，高七尺五寸，径二尺八寸，乃昔时蒙氏第十一主景庄王所造。……南诏铁柱庙或以为武侯所立，非也。"这篇文章明确地说南诏铁柱是蒙世隆（即景庄王）所立，不是诸葛亮所立。徐嘉瑞先生也在《大理古代文化史稿》中，排除了几种说法，一是白王张乐进求所立，邀请洱海流域各部落首领祭铁柱，蒙细奴逻参与祭柱时，有只五色鸟先飞在铁柱上，又飞在细奴逻肩上，作人语"细奴逻、南诏王"，张乐进求知是天意，便将王位禅让给细奴逻，将三公主许配给他；二是说此柱是诸葛武侯立，后来坏掉，白王进求重铸。徐嘉瑞认为这两种说法都是错误的，没有事实依据。铁柱上很明白地写着是蒙世隆所立，就不必附会诸葛亮了。另外，徐嘉瑞认为，南诏铁柱是佛教纪念柱，当时佛教极盛。现在铁柱庙殿门两侧李菊村作的对联，也是对南诏铁柱的另一种诠释："芦笙赛祖，毡帽踏歌，当年柱号天尊，金缕翔环遗旧垒；盟石掩埋，诏碑苔蚀，几字文留唐物，彩云深处有荒祠。”

唐标铁柱，南诏铁柱，或在历史烟云中荡然无存，或仍屹立于彩云之乡。正如孙髯翁所言，只赢得：几杵疏钟，半江渔火，两行秋雁，一枕清霜。

站在竹林寺门口，望着绵延起伏的十万大山，俯瞰百转千回的漾濞江，沉吟良久。风烟激荡的历史已经过去，愿天下苍生太平。

四

太平铺，我喜欢的地名。这条线上还有柏木铺、秀岭铺、打牛坪、黄连铺，都是明代状元杨慎流放之路，也是徐霞客的旅行线路，是林则徐平定"永昌惨案"的往返之地。而滇缅公路在此修建，则创造了人类史上的奇迹。倘若没有这条血肉筑成的"动脉血管"，第二次世界大战的历史将重新改写，这绝非妄言。

我去过柏木铺，那是一次休闲旅行，坐在村口的香樟树下，看看天上的流云，想想杨慎流放时的愤懑与无奈，想想徐霞客的旅途劳顿。我去过秀岭铺，那里有梨园芬芳四溢。2005年，有幸陪同著名作家阿来到此。我去过黄连铺，那是去永平的必经之地。我没去过打牛坪，却在《徐霞客游记》里看到："相传诸葛丞相在此，值立春，打牛以示民者也。"意思是教当地百姓鞭牛耕田。而太平铺，却去了几次，都是去看滇缅公路。路旁那扑入眼帘的硕大石碾，每次都压在我的心头，使我喘不过气来。如今压路机用的滚筒形状与石碾相似，但那是用机械动力驱动，当年修路时用的石碾子，却是人力拉动。看到石碾子，我的眼前便浮现这样的场景：数十名衣衫褴褛的筑路工，瘦如枯树，颧骨高耸，面如金纸，他们肩上勒着粗硬的皮索，抻直了脖子，像一群老鹅般奋力向前拽着石碾，将新挖出的路面压平。汗水湿透了背部，沁透了身上的粗布衣服，豆大的汗珠从额头上溅落到地，"噗噗"有声。蓦然间，有个头发花白、身形瘦小的老头软绵绵地倒了下去。筑路的人群中冲出几人，大喊着他的名字，将他抬到路边的草席上，掐人中，灌凉

297

岂曰无衣

水，很久，他才悠悠醒转……

滇缅路上的石碾子，只是当年筑路常用的工具之一，锄头、棍棒、撬杆、铁钎、十字镐、铁锹、粪箕都派上了用场。1939年春，著名作家萧乾从香港经越南河内采写了报告文学《血肉筑成的滇缅路》，其中写道："九百七十三公里的汽车路，三百七十座桥梁，一百四十万立方尺的石砌工程，近两千万立方尺的土方，不曾沾过一架机器的光，不曾动用巨款，只凭二千五百万民工的抢筑，铺土、铺石，也铺血肉，下关至畹町那一段一九三七年一月动工，三月分段试车，五月便全路通车。"如此神速，即便在机械化作业的今天，也是个奇迹。在这篇记录当年修筑滇缅路的作品中，萧乾将修路的民工喻为"罗汉"，他们弯曲着腰，在炽热的阳光下劳作，亚热带古怪的藤蔓植物盘缠在硕大的木棉蜂桐上宛如梁柱。在他的笔下，秃疮脑袋上梳着小辫的，赤裸着脊背戴着草帽的，端着水烟筒的，盘坐着捉虱子的，扶着锹镐的，还有头上包着帕子、脖子上拖着像葫芦般的瘦瘤的，他们构成了筑路民工的群像。这些民工老的七八十、小的六七岁，还有没牙的老媪、花裤脚的闺女，确实是男女老少齐上阵。这样全民动员的筑路队伍，在今天是难以想象的，为了把日本军队拒于国门之外，云南的老百姓付出了巨大的牺牲。

架桥，是修筑滇缅路的硬骨头。滇西北常是高山大川，河流湍急。即便在机械化程度极高的新世纪，修桥都是大工程，更何况纯人力的时代。胜备桥又称顺濞桥、清涟桥，桥头是漾濞，桥尾是永平。此桥于1938年建成，是3孔单跨10米的石台叠梁桥，桥面的钢架据说是从美国运来的。1944年，改成全长66米，宽5米的单孔承式钢架桥。如今建了新的混凝土公路桥，胜备桥已停止使用，但作为二战时修建的钢架桥，它依然被保留下来。桥头还有安全提示："该胜备钢架桥修建于1944年6月，设计通行荷载为10吨，车货总重10吨以上禁止通行。"

胜备桥的修建，付出了惨烈的牺牲。修胜备桥的桥基时，先要筑坝把江水拦住，然后用数十双脚踩水车把水淘干，之后筑围坝，最后下桥基。下桥基时，正遇上暴雨如注，桥基一次次被江水冲垮。接着，山洪暴涨，一千多桥工住的窝棚全被泛滥的江水淹没。他们来不及撤离，只能手牵着手，对抗越来越高的洪水，洪水涨到胸口，又涨到喉咙，大多数孩子已没了顶。人们哭着喊着，依然紧紧地牵在一块。早晨清点人数，已被洪水卷去了四十多人。

惠通桥是滇缅公路上著名的桥梁，远在施甸与龙陵分界的怒江上。1937年，滇缅公路经惠通桥而过，缩短了去往缅甸腊戍的里程，节省了时间和工程量。滇缅路修通后，惠通桥便成了天堑上的咽喉，多次被日机轰炸。1942年5月4日，日军侵占了龙陵，即将由惠通桥过怒江，如果日军进入保山、大理，必将直逼昆明、重庆，抗日大后方不保。5月5日，大批难民涌向惠通桥向东逃难，日军的先头部队400多人也乔装改扮，混杂于人群中。也是天佑华夏，恰巧有名商人的汽车突然掉头，挡住了逃难人群，现场混乱不堪，守桥士兵只好鸣枪示警。混杂在人群中的日军以为行迹败露，立刻拔枪开火向桥东冲来。守桥士兵无奈，只好拉响了事先填埋好的炸药，将桥炸毁，把日军阻挡在怒江西岸，改变了滇西抗战的战局。

萧乾先生在文中提到的"二千五百万民工抢筑"我觉得是个笔误，云南民族大学教授谢本书的《滇缅公路与南侨机工研究的几个问题》印证了我的判断。他说，1937年12月开工后，云南省政府要求公路沿线二十八个县和设治局分别派出人员施工。滇缅公路西段（下关到畹町）修筑高潮时期，要求各县出工人数为：凤仪四千人、大理五千人、蒙化八千人、漾濞六千人、顺宁五千人、昌宁七千人、永平八千人、云龙一万人、腾冲八千人、镇康五千人、潞西八千人、梁河三千人、陇川一千人、保山两万八千人、龙陵七千人、莲山一千人、瑞丽一千人，加上桥涵等工程雇佣的石木工人，共约十四万人。当时龙云为首的云南省政府发布了《非常时期法》，对沿途各县县长、设治局长以"鸡毛信加手铐"的方式严责。各县惊恐，派出民工数大多超过了计划数。所以龙云说："每天出勤不下数十万人，轮班夜赶修。"每天最多时超过二十万人，九个月累计出工人数，应不下于百万之众。

滇缅公路，这条中国抗日战争的生命线，是由数十万民工用最原始的劳动工具和血肉修成的，仅用了九个月即通车。英国传媒将之喻为"中国的万里长城一样的奇迹"，美国媒体称其"可与巴拿马运河相媲美"。这条公路穿越了中国最坚硬的山区，共翻越六座大山，穿过八处悬崖峭壁，跨过五条大江。这里气候恶劣、地势险要，修路生活艰苦、劳动强度大，致使伤病死人数剧增，平均修筑一公里路死六个人，不少于三千人的筑路者献出了生命，其中还有八名工程技术人员。萧乾在其文章中说："你可别忘记听听车轮下面咯咯吱吱的声响，那是这条公路捐躯者的白骨，是构成历史不可少的原料。"

滇缅路在我的视野中向远山延伸。我看到数十万民工赤裸着肋骨历历可数的瘦弱身躯挥汗如雨；我看到无数的军车载着物资如甲虫般在公路上蠕动；我看到胜备桥畔，那些手牵着手抵御洪峰的民工，以及被冲走的孩童；我看到惠通桥一声巨响被炸，桥上的难民掉入了咆哮的怒江；我看到日军乘着皮筏渡过怒江，叫嚣着冲击守军，守桥官兵全体殉国……

离开滇缅路，我们到了漾濞石门关下的福国寺，看了重立的抗战诗碑。1945年春，福国寺内的牡丹花灿然盛开七朵，漾濞官民大为振奋，认为是抗战即将胜利的吉兆。时任县长曹子英即刻赋诗三首，其中一首为："七七抗战近八年，我军到处息烽烟。寺里愿凭花力报，胜利必定在眼前。"看罢诗碑，在滇缅路上沉闷的心绪稍为平息。

晚风吹来，寺内的竹叶飒飒摇动，飞檐上的角马悦耳。抬头看，一抹红色的云彩，正斜斜地挂在山尖。

五

石门关，在婀娜秀逸的苍山洱海间，显得尤为雄肆。

苍山东坡与洱海相依，即便有十九座海拔三千米以上的高峰手挽手站立，还是显得秀挺。在大理的山岭中，鸡足山灵秀、罗坪山宏阔、石宝山瑰奇、水目山温润；在大理的峡谷中，黑潓江峡谷像根细瘦的绳索，蜿蜒数百里走向澜沧江；天生桥峡谷险峻却短促，像匕首般插在苍山斜阳峰和哀牢山之间。唯有石门关，像巨灵神挥舞着天斧，硬生生将苍山劈为两半，壁立千仞，相向对峙。赭色的峭岩像两尊天神般守护着苍山，被人称为"苍山之门"。两座山峰间自然拉出向苍山纵深行走的峡谷，峡谷里潺潺流淌的河流像碧玉般清澈。记得2005年著名作家阿来至石门关，看见石门河便甩掉鞋子卷起裤脚跳了下去，在水里嬉戏。晚上在石门关吃烤羊肉，酒意正浓时，他将眼镜向头顶一推，用筷子敲打着碗沿唱起了川戏，真是率性。

我来石门关的次数太多，已记不清。有时是在雨季，两边高耸的峭崖上缠绕着游动的轻云，似给两名武士系上白色的丝巾。石门关峡谷里云雾蒸腾，看不清里边的山石和树木，一切皆很静谧。只听见溪流之声潺潺，雨滴敲打着房檐，发出"滴答"之声。天晴的日子，我会一直往里走，顺着峡谷边的石径，缘着溪流的声音向峡谷纵深处去。道路转折处，有座小石桥，看似平实无奇，却是张纪中《天龙八部》的一处外景，乔峰一掌将阿朱打下深谷，就在这座小桥上拍的戏。那是令人肝肠寸断的一幕，以乔峰大侠的掌力，阿朱定已筋脉俱断。那是个夜晚，又有很多浓雾，看不清眼前人。那一幕是后期制作的效果还是峡谷里天气本就如此，从电视剧中我看不出来。不过走到峡谷里，若遇天气骤变，浓雾升起，山峰便会隐没，连石径也变得模糊不清。有时，我会寄宿在石门关下的村庄里，听雨滴敲打瓦片，偶尔有核桃从枝头坠落，空气是湿润而甘甜的。那些静寂的雨夜，我枕着雨声和石门河的水声入梦，沉入酣眠，一觉至天明。这样惬意的夜晚，在我经常失眠的日子里是不可多得的。我渴望拥有这样的山居生活，却再也回不到从前。

石门关的雄秀，石门关的险峻，石门关的奇崛，同样吸引了无数先贤。

徐霞客自然是来过石门关的，《滇游日记八》中记载，崇祯十二年（1639）三月二十一日至二十二日，他在石门关待了两天，饱览石门关风光。远眺："矫首东望，忽云气迸圻，露出青芙蓉两片，插天拔地，骈立对峙，其内崇峦叠映，云影出没，令人神跃。"近观："惟望石门近在咫尺，上下逼凑，骈削万仞，相距不逾二丈，其顶两端如一，其根止容一水。盖本一山外屏，直从其脊一刀中剖而成者，故既难为陆陟，复无从溯溪……"进入石门："上眺则石门两崖劈云削翠，高骈逼凑，真奇观也。但门以内则石崩水涌，路绝不通……"次日，徐霞客又攀登了玉皇阁后山，考察了山势，

301

"始知苍山前后，共峰两重：东崎者为正峰，而形如笔架者最高；西环者南从笔架、北从三塔后正峰，分支西夹，臂合而前，凑为石门……余从峰头东瞰笔架山之下，有水悬捣涧底，其声沸腾，其形夭矫，而上下俱为丛木遥罨，不能得其全，此即石门之源矣。"他在游记中说："盖遥望峡后大山，上耸三峰者，众皆指为笔架峰，谓即东南清碧溪后主峰。"我觉得这笔架峰应是玉局峰、马龙峰和圣应峰三山相连，所以叫"笔架"，其中马龙峰是苍山十九峰中最高峰。徐霞客不愧为地理学家，他不仅到了石门关，还爬了石门关后山，游览了玉皇阁，考察了石门之源。我来过石门关很多次，竟从未探过究竟，只随意走走，随意看看，实在浅陋。

李元阳被誉为古代大理第一文人，官至监察御史，在荆州知府任上发掘了张居正。他罢官回乡后，畅游大理山川，石门关也在其中。他写过《石门山行》《游石门关记》等诗文："石门倚天千仞青，花源崖夹春冥冥；芝墙瑶洞杳莫测，羽衣金节藏仙灵；仙人乘鸾从此去，石扇千年永不扃……"明朝状元杨慎流放云南永昌（今保山）时，他开始悲愤难平，后又哀怨忧伤。走到石门关时，他的心境渐趋恬淡："为爱石门关，归途日已斜。隔江闻犬吠，灯火两三家。"

石门关的雄奇险峻，也是兵家必争之地。历史上几次重大战役，都与之有关。

公元1253年，元朝忽必烈再次对大理国用兵，派出东、西、中三路军，意在灭大理后从大理派兵吞南宋。忽必烈率领的中路军跨革囊、渡金沙，与西路军合并，很快破了龙首关（今上关），却在羊苴咩城下遇到了劲敌。国王段兴智和相国高泰祥引兵出战，双方势均力敌，羊苴咩城久攻不克。忽必烈心生一计，亲自率军向南绕到苍山西坡，从石门关一带翻过玉局峰，居高临下攻击羊苴咩城。西路军在北与中路军形成了合围之势，羊苴咩城不保，段兴智只好弃城逃往姚州。如今苍山玉局峰与龙泉峰交界处的洗马潭，相传即是忽必烈翻过苍山西坡后的休整之地。苍山兰峰下无为寺旁有"驻跸台"，相传忽必烈曾在此扎营。

明朝将领沐英灭元朝大理路时，同样用了此法。而元军似乎忘了他们是如何攻破大理国都羊苴咩城。徐霞客《滇游日记八》中探寻石门关后说："沐西平出大理，出点苍后，立旗帜以乱之，即由此道上也。"《明史》载："独大理倚点苍山、洱海，扼龙首、龙尾二关。关故南诏筑，土酋段世守之。英自将抵下关，遣王弼由洱水东趋上关，胡海由石门间道渡河，扳点苍山而上，立旗帜。英乱流斩关进，山上军亦驰下，夹击，擒段世，遂拔大理。"《明史》虽是清朝张廷玉等人修撰，但其中对沐英攻伐大理的记载，与徐霞客的说法是一致的：从石门关内的小道登上点苍山，立旗帜，山上山下两军夹击，才攻破了龙尾关（今下关）。漾濞石门关，成了元灭大理国的捷径，也是明军攻破元朝大理路的"后门"，历史总是惊人的相似。

今年再去石门关，已大为不同，旅游开发的介入，使旅行变得更为便捷且富有趣味性。石门峡谷深处新建了人工水池，置身此处，天光云影共徘徊。两侧虽是高耸的绝壁，此间却可顾影自怜。石壁之上，新建了玻璃栈道，仰望甚为险绝。我曾走过张家界的玻璃栈道，至今回想，仍是惴惴不安。走这样的栈道，考验的是胆气，图的是刺激吧！石门峡谷内如今还有温泉汤池，是养生沐浴的佳所，石门关口更是餐馆客栈林立。此外，玻璃外墙的旅游公厕，与别处大为不同。如厕，还可瞅瞅高耸的山峰、蓝天上游走的轻云、山下林木掩映的村庄，一切皆似梦幻。入夜，篝火燃起，彝族打歌跳起，游客们加入其间，驱散旅游的疲惫。这样的情景，楚雄彝人古镇和丽江四方街都有，不过石门关却又不同。这里不是闹市，只有山水田园，周围都是沉沉的暗夜，山水田园中的篝火，更像是夜的心脏。

年轻时游历石门关，仰望其雄关险峙，悠游其清流激湍。如今再游，常发思古之幽情。石门依在，古人已杳。沿忽必烈走过的路翻越苍山，恐怕自己已没有强悍的体力；不过，沿着徐霞客的行踪，再走一次石门关，已在计划之中。

六

云上村庄，原来叫光明村。这里有个自然村，叫鸡茨坪。

岂曰无衣

云上村庄，颇为诗意，也很时尚。光明村，有人说这名字是革命时期的产物，我插了句："王阳明说'此心光明，亦复何言'！"众人皆沉默，意思是难以认同。其实我更喜欢鸡茨坪，古朴、自然，不加修饰，这或许与我的出生地在溪登坪有关。

这个村庄，于我而言，熟悉而又陌生。

从2005年开始，我就断断续续地到光明村去。有时是县里的邀请，有时是朋友聚会，有时是我带家人到光明村闲逛。有次，则是带着电影公司的摄制组去。我曾开玩笑说，我百去不厌的，除了巍山古城，便是光明村。后来这个遍地生长核桃树的地方改为云上村庄，开始收费，我便去得少些。

光明村似乎早已刻在我的心上。路边长着牵牛花的赭色石墙、金黄的麦田、油绿的核桃树、树荫下的人家，还有昂首挺立的公鸡，领着一群母鸡，迈着方步，骄傲得像个国王。

我常去老查家，我叫他老表，他也叫我老表。老查笑眯眯的，抽着水烟筒。个不高，头发又密又黑。其实老查已奔古稀之年，儿孙绕膝。老查家有棵弯脖子核桃树，斜斜地伸到院中，老查砍了根木头，立在院内撑着树干。我们常在核桃树下支张矮方桌，坐着喝茶聊天。茶一般，但有苍山溪水，茶味特佳。佐茶的常是核桃蘸蜂蜜，有时是苦荞粑粑蘸蜂蜜，都是绝配。漾濞核桃个大皮薄，一捏即碎，我们叫它纸皮核桃。这核桃仁白、油多、个大，吃在嘴里满口生津。刚采摘的青核桃，剥去核桃仁上的外皮，配木耳炒吃，装盘黑白相间。木耳嫩滑、核桃甜脆、营养丰富，无论从外观还是口感，都堪称菜中上品。这菜既可出现在寻常百姓家的餐桌，也上得豪华酒店的宴席。还有核桃花，也是难得的菜肴。将核桃花放在清水中浸泡半小时，再在沸水中煮五分钟，去掉涩味，便可食用；凉拌亦可，炒肉丝亦可，炖入鸡汤中亦可。核桃花降血脂血糖，可谓药食同源。这里要说明，我们吃的核桃花都是雄花，也就是核桃树上的穗状花序，有花粉，给雌花授粉。雌花授粉后是要坐果的，不能吃；雄花授粉后就完成使命，可摘下来吃掉。这让我想起雄蜂，雄蜂与蜂王交配后，就要被蜂王吃掉，让蜂王补充营养，繁衍后代。三五好友相聚，我们常会在老查家的弯脖子核桃树下吃饭，喝"雪山清"，吃核桃蘸蜂蜜、凉拌核桃花、苦荞饼、锣锅饭，大菜是腊肉炖土鸡，也叫"赶马鸡"。当然，漾濞还新出了"核桃宴"，有好多菜品，没吃过，不妄语。

此次再去老查家，已经改为高档民宿，名"云上老查家"。与公司合作使收入倍增。清风明月核桃树，远山近水野人家。城里人用金钱换一夜诗情画意，老查用大自然的馈赠换得豪宅香车，各得其所吧！

光明村从卖核桃到卖风景，这是个转型。不过核桃仍是光明村的根本。这里有古核桃树6000多株，挂牌保护的就有600株，单株产量可达500公斤。有株"核桃神树"已有1160年，每年9月的漾濞核桃节都要祭祀这株神树。现在光明村核桃种植面积已达12000多亩，人均百株，年销售核桃800多万元，人均万余元。2017年9月27日，"大理漾濞古树核桃果权慈善义拍"在上海举行，光明村22株古树核桃果权现场拍卖价突破51万元。1号古树核桃卖出了10万元的高价，单株年均价突破万元；8号古树核桃卖到了每公斤297.14元。光明村还有支活跃在全国的核桃嫁接专业团队，有600多人，遍布广西、四川、重庆、西藏等省区。

我曾在漾濞深入生活四个多月，走遍大多数的村庄，光明村之外还有苍山西镇和漾江镇的几个村落。有个村叫"喜鹊窝"，因其喜气，后来成了我长篇小说的地名。有漾濞的朋友见了我，自我介绍说，我就是你长篇小说里那个村的。其实我小说里的"喜鹊窝"是漾濞村寨的集成。正如鲁迅说的"杂取种种人，合成一个"。喜鹊窝有个嫁接大户，姓刘。那个时候，他就带着自己的核桃嫁接队伍到怒江、曲靖、楚雄等各州市。经他手嫁接的核桃遍布全省，他成了致富带头人。有天夜里，我寄宿在他家，听着雨点敲打瓦片的声音，滴滴答答的节律像钟摆般均匀而绵长，偶尔还有核桃叶上滑落的雨滴间杂其间。在这种天籁之音中睡去，沉入深沉的梦乡，那是无与伦比的安然。在漾江镇脉地村，有个姓李的小伙子，大学毕业返乡创业。他以核桃科技见长，在他的房前屋后，都是矮化密植的漾濞大泡核桃。他告诉我，经过矮化密植的泡核桃，可以一年挂果，三年丰产。他通过剪断其生长枝的方式，使核桃快速进入繁育期。那几年，正是核桃价格高时，他迅速带动周围的村民脱贫致富。双涧村原来是乡镇建制，后来与脉地合并，归漾江镇。我到双涧时，看到高山鱼塘边长着株树冠几十米的大核桃树，树干几人方能合抱，树龄至少也有几百年，因为没做过鉴定，只能妄测。那株核桃树的枝条长长地垂到水面，周围的山坡只有茅草。那株形如华盖的核桃树，一直在我的梦境中出现。后来在我的长篇小说中，男主人公总是在核桃树下独坐，或是在月光下跳入水潭中裸泳。我记得双涧中学是在一座山坡上，我在夜里到学校里去，月光洒下，静谧无比。教室里，还有学生在安静地写作业。有几个夜晚，我和镇上的文化专干合卧在村委会一间小屋里，暑热难耐，蚊叮虫咬。白天，依然精神抖擞，深入农户采访。那段时间，使我对漾濞的山水人文、经济发展，群众的生产生活了然于心，后来写起小说很顺手。那部小说名《喜鹊窝的秋天》，获全国政协等六部委"关注森林文化艺术奖"一等奖。

漾濞是国务院授予的"中国核桃之乡"。1980年在平坡镇高发村出土的古核桃木，经中国科学院C14同位素树龄测定，确定漾濞核桃的出现可追溯至3500多年前，比张骞出使西域带回的"胡桃"早千年以上。史载千年前的宋代大理国时期，即有商品核桃交易。康熙年间《云南通志》卷十载："核桃大理漾濞者佳。"清檀萃编撰的《滇海虞衡志》载："核桃以漾濞江为上，壳薄可捏而破之。"如今漾濞依然存有古核桃树18万株之多。

如此，漾濞应是核桃的故乡。

当我的目光再次穿越历史的天空，我看到唐九征破吐蕃，在漾江畔铸铁柱纪功；我看到忽必烈率军从石门关翻越苍山，奇袭羊苴咩城；我看到沐英翻越苍山西坡，结束了元朝在大理的统治；我看到杨慎、李元阳、徐霞客经石门关、过云龙桥、走博南古道，写下瑰丽诗篇；我看到六千名漾濞民众扶老携幼，用血肉筑成滇缅路，与全国军民一道，将日军逐出国门；我看到，漾濞漫山遍野的核桃树，在迎风欢笑；我看到，经历地震劫难的崭新漾濞，正崛起于红土高原。

小记三厂局

姚 静

一

遗址，最易唤起痛惜。毕竟面对残破去想象簇新、面对败落去遥想辉煌，是一件伤感的事。

三厂局遗址在苍山西坡金盏河边的一个山谷里。几道断垣、几面残壁静立山间，任流岚凭吊、山风轻抚，百年千载。

兴起，存在，流逝，消亡，这是世间万事万物的轨迹，但多少总会有一点痕迹留下来，变成一条通向过往的线索，缀满旧事。

站在岁月的光影里，面对几道断壁，半截院墙，黑乎乎的石缝里湿漉漉的青苔。是怎样的一群人在此活过、爱过，只能猜想。

地名，常常浓缩着一个地方古老的信息。

关于"三厂局"这个地名的起源，《漾濞地名志》上解释说：清代曾于此地设盐厂、铜厂和银厂，同为一局所辖，故名"三厂局"。熊玉祥老人是在三厂局土生土长的人，他告诉我们：早年间，这里有盐厂、铜厂和铁厂，设一局管理，因此而名。另有一种说法是，这里曾有三个盐厂和一个保盐局，由此得名。说法略有不同，但大致可以确定这里曾经有三家工厂，并设了一个管理局。

这里曾有盐厂，应该是确凿的。因为熊玉祥老人说，村子背后的山就叫"盐井山"，山里有盐矿。人们在这里凿井制盐想来不虚。老人又说，有人在山谷中捡到过铁渣，说明人们曾在此造炉炼铁。至于曾经有过银厂或者铜厂的说法，尚未有佐证。

位于苍山深处的三厂局没能在浩瀚史书里占据一小行字，缺失文字记载，靠口耳相传的故事终究会有散佚的一天。

我愿意相信，从前的三厂局是一个富庶的小山坳，有山有水有矿产。

三厂局兴起的由头、衰落的原因沉潜在岁月的河底，无人知晓。就像潺潺而去的山溪不再重来，那些遗失在山谷里的故事也不能复制。四季轮回，万物有序生长，但终究是不同了。眼前一川山溪，一瞥之后，也是无期。

熊玉祥老人的父辈于1944年从宁蒗迁移至此，落籍生根。1946年生下了他，他是出生在三厂局的第一个孩子。据他介绍，他家现在的住宅就是建盖在当年局房的位置上。"局房"便是管理三家工厂的管理局所在处。熊家的住宅在金盏河边的一个高坡上，视野开阔，站在大门口就可以把整个山谷尽收眼底，这里看得到金盏河和三厂局河一左一右在山谷里流淌，它们在寨子下方交汇，携手继续往前奔涌。此外，对面人家的房屋、院落里的花木也都看得清楚。当年局房于此选址，果然是一方风水宝地。

在熊玉祥老人家附近，便是三厂局遗址：几道断垣残壁，在蔓生的杂草丛中横七竖八，皆由石块垒砌而成。年代久远，那些倾圮的墙壁，残存的地基，被青苔掩蔽的石台阶已然黝黑，但能清晰看出来哪里是宅子、哪里是院墙、哪里是大门台阶……层层垒砌的石块间苔痕深深，那是时光成千上万次的累积，是日月一年又一年的叠加。它们便是从前的矿厂所在地，是制盐或者炼铁、炼铜、炼银的车间。

那时候，三厂局应该是忙碌而热闹的。制盐的忙着熬煮，炼铁的忙着锤打，炼铜的忙着锻造……叮叮当当的响声伴着山溪潺潺的流淌声，喧腾温暖。工人们起早贪黑地干活，他们面色黝黑，双手粗糙，肩上扛着一家老小的平安喜乐。

那年月，三厂局与外界的联系是一条毛草小路，生意人、官员、赶马人……许多人在这里来来往往。生产出来的盐、铁或铜，人背马驮着运到山外，络绎不绝，承载着人们的生计和发财的梦想。

他们每个人身后都有一段故事。欢喜和悲伤一定都有过，在山花的开落里，在冷风的哀鸣中。

直到矿厂衰败，工人四散，只留下几间空房子，风吹雨淋，慢慢倒塌风化成残垣断壁，成为遗址。

那些人——工人、师傅、官员、商人、赶马人，仿佛从来不曾来过；那些事——制盐、炼铁、炼铜，仿佛从来不曾发生过。只留下"三厂局"这个地名和1944年以前的故事，让后人去揣测猜想。

那些关于三厂局的故事在寂静的山谷里，长成了一朵朵野花。

二

1944年成了三厂局的一个时间节点。之前三厂局是三家工厂和一家管理局所在地，之后它是一个傈僳族村寨，现在有五十多户人家，有熊、海、罗、杨、王和朱六个姓氏。

《漾濞彝族自治县志》记载，三厂局的傈僳族于1944年由丽江永胜、宁蒗两地迁入，落籍生根，慢慢繁衍出一个村寨。

岂曰无衣

三厂局浓密的山林里，不止长着野草野花，还有野菜、野蘑菇、野兔、野鸡……它们是丰富的食物之源，给长途迁徙而来的人们提供了生存保障。

这支远道迁徙的队伍应该不大，就三五家人吧？他们的迁徙没有目的地，拖家带口，像一把植物的种子，跟着风走。何处为家？随遇而安便处处是家。三厂局成了他们最终抵达的地方。生命里的风雨止息了，挨着苍山厚实的山坡建一间小木屋，开挖一块山地，撒上小麦、玉米的种子，再点上两窝南瓜，家园的模样就渐渐有了。

从此，傈僳族人在这个山谷里辛勤劳作。穿着红色斜襟褂子、蓝色百褶长裙的傈僳族女子，就像是从这个山谷里长出来似的，与山林、溪涧格外融洽和谐。她们在这块土地上生出了儿子，儿子又生出了孙子。三厂局成了出生地，他们的血脉和这块土地融为了一体。

到三厂局去。过了脉地街往西北走，岔上一条乡村简易公路，车窗外的林子渐渐密了，便有了进山的感觉。

五月正是草青叶茂的时节，山上桤木、栗树、野竹子，还有许多不知名的树，一律青绿繁茂。枝干是树的骨骼，冬天它们会裸露出来，此刻繁密的树叶轻柔地将它们覆盖，树成了一柄柄巨伞，一团团绿雾，阔叶的、针叶的，高的、矮的，漫山遍野。其间夹杂着一株两株残花未尽的杜鹃花树，花色如血。野蔷薇东一丛、西一丛，开出半山坡的雪白。

正是山野最茂盛的时候，草、树、藤蔓都往疯里长，青绿得逼人眼眸，清爽得透人心扉。

三厂局就在林深草密处，盈盈的绿围裹着它；金盏河和三厂局河一左一右从苍山上奔流而下，环抱着它。有山有水便是好地方。

金盏河上修建了一座水泥桥。桥下有14个桥洞整齐排列着，清澈的河水从桥洞里奔涌出来，水声哗然，翻卷成雪白的浪花，像14匹白纱挂在那里，随风舞动。这座桥被称为"三厂局网红桥"。桥下方是一段穿河而过的老公路，枯水季节可以通行，雨季河水漫过路面形成一道起伏的水瀑，自成一景。

跨过金盏河桥，就到了三厂局村民活动中心：一幢小楼和一方小广场。

广场一侧长着一棵高大的大青树，枝叶青碧成墨色。三厂局村民活动中心的前身是三厂局小学。

文友邱润芬家离三厂局不远，隔着一道山梁。小时候她每天翻过山梁来三厂局小学读书，这里是她的启蒙之地。学校原来的校舍已经拆除。她急切地给我们介绍当年小学校的样子，教室、球场、球场边的野花……她儿时翻山越岭读书的艰难经历在回忆里披上了一层怀念的纱，那所小学校在她的讲述中很美很甜。

过了村民活动中心，往前走，只见一条山溪从箐沟里潺潺而下，河水清浅，看得见河里的石头、沙粒和苔藓。这是三厂局河。苍山上这样的小溪流众多，它们沿山箐而下，七弯八拐汇入漾濞江去。它们似乎也知道单凭自己的水量，流不了多远就会干涸，百川归海，方能永恒。三厂局河在寨子下方汇入金盏河。

一块水泥板铺搭在三厂局河上，便是一座简易的桥。水泥板灰扑扑的模样倒也和长了野草和苔藓的河岸相宜。我心里却希望它是一座小木桥：几根粗壮的圆木，简简单单往河上一搭，粗陋却洋溢着素朴之美。日晒雨淋之后，圆木发黑，长出了青青的苔藓，在雨季，还会长出野蘑菇来。那样的桥是从三厂局河里长出来的。

小桥边长着一棵三层楼高的山楂树，树形别致，枝丫交错，开着满树白色小花。山楂树主干粗壮黧黑，根部已然空洞，想来树龄不浅。这棵山楂树是有表情的，它的树干向小桥倾斜着，枝叶拂过小桥上空，整个姿势含情脉脉，既像在眺望，又像在目送。它在眺望，等待从山外归来的村民，满树叶子都在欣喜地簌簌颤动；它在目送，看着远行山外村民的背影，片片叶子都在依依不舍。

这棵山楂树不知道在这里站立了多少年，它是否目睹过制盐人的辛苦？是否迎接过第一户傈僳族人的到来？它黧黑的树皮里包裹着多少不能吐露的传奇与故事？

当地人说，到了秋天，这棵山楂树会结满金红的果子。我不由对那个未到的秋天心生向往。我太贪心了，竟想把一棵树从春天看到秋天去。

小桥过去是几户人家，用石头垒的墙壁，用石头砌的院坎，用石头铺的小路……金盏河和三厂局河的河谷里堆满大大小小的石头。人们就地取材，用河石垒墙建房，铺路砌院坝。石头房子成了三厂局的一个特色。那些用大小不一、形状各异、颜色不同的石块垒建起来的墙壁有一种朴拙天成的艺术气息和含而不露的风韵。石头房子让整个山寨浪漫起来。

三厂局五十多户人家散落在山谷里，家家房屋整齐，院墙大多是石头垒砌，古朴自然。我们沿着一条碎石小路转了一圈，山幽壑深，小桥流水，自成一番世外风雅。

山林里不时有鸟声传来，嘀啾嘀啾。鸟是我最不熟悉的，因为眼睛近视，我从来没有看清楚过一只飞鸟的模样。它的喙、它的翅膀、它的尾羽……在我眼前就是一团迅疾消失的影子。不同的鸟有不同的叫声，我便知道三厂局的山林里有各种的鸟，长着颜色迥异的羽毛，拖着或长或短的尾巴。不由得羡慕住在这里的人们，每天早晨醒来，晨光落在窗棂上，鸟儿清脆的鸣啼也跟着落了进来。

三厂局的夜晚，也让我神往。月亮从山尖升起来，月光无遮无挡地洒下来，像抖落一幅亮晃晃的绸缎。鸡回笼，狗进窝，山村静谧得只剩下金盏河和三厂局河哗哗的水声。来自大自然的天籁之声，不会给人喧闹之感，相反，它们让寂静更寂静，让清幽更清幽。当所有人家都关灯歇息，这一道山谷盛满月光，心里便起了念头：什么时候寻个机会，到某户人家借宿一晚，让疲累的身心与深山的夜全然融在一起，酣畅淋漓地睡一觉。

在内心世界里，我们常常会有两个自己。一个想出逃到深山，看清风朗月，饮山溪吃野菜；一个却抵挡不了物质诱惑，身陷红尘，不能自拔。短暂的出游解决了这对矛盾，到三厂局转转，暂时满足我们对归隐的渴望。

站在山楂树下，我看到三厂局傈僳族的祖辈，赶着像云朵一样的羊群，辗转而来。

三

除了山景和水韵，我还想说一说三厂局的火草布衣、打歌和刀竿节。

三厂局的傈僳族虽然是异地迁徙而来，但他们传统的火草织布技艺和打歌、过刀竿节等风俗习惯却没有丢弃，且代代相传下来。

火草织布是傈僳族传统的纺织技艺。在远古时代，住在深山里的傈僳族人没有衣服穿，聪慧灵巧的傈僳族妇女就发明了火草织布的技艺，解决穿衣问题。她们从山上采来火草，把草叶背面的一层膜状绒毛撕下来，捻成火草线，又把火麻秆的皮剥下来捻成火麻线，然后把火草线和火麻线交织在一起织成火草麻布。纺织的时候，主线是火麻线，火草线是配线。火草线轻软，火麻线结实，二者掺杂在一起织出来的火草麻布洁白柔软，保暖耐磨，可裁剪成衣，缝制鞋袜。

火草线的制作很麻烦，从山上采回火草，洗净，晾干，然后一点点把草叶背面的膜状绒毛撕下来捻成线，绕到纺锤上，再一卷卷挂到房檐下风干。火麻线的制作过程也不简单，要经过割采、撕剥、浸泡、漂洗、晾晒、缠绕等多个加工环节，最后才能上架纺织。火草麻布是纯天然原生态的手工产品。

让丝成线，让线成布，让布变成衣服、袜子和鞋子，其间无数道工序，全由傈僳族女子一双纤纤细手来完成。火草麻布的制作过程就是傈僳族女子勤劳一生的缩影。

从前，每一个傈僳族姑娘从小就要学会织火草麻布，因为长大嫁人后她要负担起一家人的衣服鞋袜的缝制。"傈僳女儿不勤快，傈僳男儿无衣穿"，纺织、裁剪和缝补是一个傈僳族姑娘必修的功课。小小年纪的她们就会坐在织布机前，用低语般的歌谣和嗒嗒的纺织声吟唱出对生活的期许。

随着时代的进步发展，科技产品普及到傈僳山寨，现代机器纺织的布料取代了工序烦琐的火草麻布，时尚的服饰取代了民族服装。色彩斑斓的傈僳族衣裙只在节日和盛大活动时穿着，但是三厂局火草织布的技艺依然代代相传着，几乎每户人家都有一台火草织布机，不同的只是从前的火麻线换成了棉线。

三厂局村民活动中心有一个民族文化展厅，里面最醒目的是一台火草织布机，还有织好的火草布和成衣展品。

火草织布机看上去非常简单粗陋，由几根木杆搭在一起，上面安装着几把光滑的梭子和一个方形木框，千丝万缕的火草线和棉线就在其间穿来穿去。还有四根小木棍上面分别缠绕着火草线和棉线，两根朝上吊起，两根与地上的两根木棍牵连在一起，织布时要不时踩动地上的两根木棍以带动缠绕着火草线和棉线的线框，与梭子里的线一来一往，一寸寸布就织出来了。看似简简单单，我却弄不懂其中的原理，看着织布机上穿来绕去的火草线和棉线，完全理不清头绪，只能赞叹傈僳族妇女的聪明与灵巧。

刀竿节是傈僳族的传统节日。

传说刀竿节是为了纪念明代兵部尚书王骥。他受朝廷派遣到傈僳族居住地区平定叛乱，收复失地，并带领傈僳族青年习武强身，保家卫国，却不幸被陷害至死。傈僳族人民就在王骥的忌日农历二月初八这一天举行祭祀活动，用"上刀山、下火海"等仪式缅怀他，后来慢慢演变成了一个重要的节日。

"上刀山"是刀竿节的主要内容。人们把36把雪亮长刀，刀刃朝上，横着捆绑在两根长木头上，形成刀梯，再饰以红绸扎成的花朵和青绿的松毛。捆绑着长刀的两根木头竖起来，就成了一座高耸的"刀山"。表演者赤脚踩着雪亮的刀口爬上去。爬到刀竿顶端，还要依次表演开天门、挂红、撒谷等一系列有祭祀祈福含义的动作。

"上刀山"是与"下火海"连在一起的。"下火海"仪式就是让表演者赤着双脚，从燃烧的火炭堆里踩过去。

民族节日总会从一定程度上体现出民族精神，从刀竿节"上刀山，下火海"的仪式中，我们可以感受到远古时代的傈僳族祖先游牧围猎、刀耕火种的艰辛生活，以及由此养成的吃苦耐劳、坚忍顽强的精神。

如今刀竿节的祭祀色彩淡化了，它成了一个纯粹的节日，欢庆祖国繁荣昌盛，欢庆山寨富庶安康。

傈僳族打歌又叫"打跳"，是一种世代相传下来的集体舞蹈。

三厂局傈僳族打跳据说有13种跳法。人们手牵手围成圈，夜晚围着一堆篝火，在一把芦笙或是一支短笛的伴奏下即可起舞。舞蹈动作主要在双脚上，有踢踏、跺脚、跳跃、蹉步、闪躲、腾挪等，舞姿欢快，气氛热烈。

傈僳族对歌舞的喜爱是源自骨子里的。三厂局老老少少都会打跳，在广场上，在院落里，在田野的空地上，随时随地都可以聚在一起打跳。他们的婚丧节日都离不开打跳，生也打跳，死也打跳，欢乐时打跳，悲伤时也打跳。打跳成了一个宣泄情感的出口，幸福时光、痛苦时刻都在打跳中慢慢成为过去。

作为管理机构的三厂局早已沉潜在岁月的长河里，几道断垣残壁任凭风吹雨淋，人们记不记得？知不知道？但这又有多重要呢？消亡会让一切归于平等。

作为傈僳族山寨的三厂局经过脱贫致富的拼搏，走在乡村振兴的路上。它秀丽的山水，独特的民俗将被更多的人认识，将会越来越好。

关于三厂局，我还有许多未知。每一次采访，我总会落下一些重要的细节，比如熊玉祥老人的父母最初落脚三厂局时，是不是只剩几间将塌未塌的空房子？最初有几户人家？他们停止漂泊，是因为累了不想走，还是三厂局多情的山水扯住了他们的衣袖？

以上是我下一次到三厂局时想弄清楚的问题。

岩田无衣

生 命 之 诗

赵建钧

苍山西坡，古崖画。

时间的蝼蚁爬过古奥的黑色之岩，玄色的岩石镀上太阳古铜色的光芒。月亮的光辉亘古清冷，星星眨着神秘之眼。鹰声划过山梁。雪线之上的生命群落静静生长。雪水经年哗哗，灌溉山下绕山而筑的麦田。今天的村庄在千年前的阳光下婚丧嫁娶，生儿育女，生老病死，如一串麦穗在阳光下的成熟……

空中。神灵的目光慈祥，笑容玄虚。

阳光下。石壁上。草顶木桩的木屋、牛吼鸡鸣、跳动的野兽、弯弓搭箭的猎人、高高荡起的秋千，定格在几近虚无的时间里。神灵出没的村庄在时光深处闪耀土色的光芒，通向山林的小路布满野兽的足迹，误入村庄的野兽在一个清晨套牢在设定的栅栏内而被驯化，飞禽的翅膀被石质的箭头撞击而告别飞翔。飞禽、走兽和那些栅栏内远古的先人组成了一个家园的梦。梦中，飞禽、走兽、人和神出没的灵魂游走在开满淡蓝色花朵的山冈。山间的松针和松果静静飘落，精灵般的松鼠眨动着黑米粒般的眼珠，正预示一场山火抑或一场大雪的来临。一群黑色鸟翻过山梁，鸣叫声掠起一阵山风，催动林涛阵阵，震动天上的云朵和山顶千年的积雪。

彝人的祖先在静谧的阳光下，甩动牧鞭，采摘野果，追逐野兽，迈动粗糙的舞步，亮出野性的嗓门。牧鞭下的家畜、石质箭镞追逐下的野兽、高高的野果树、劳作的人影，让我们想起粮食的概念，想起饥饿，让我们看到村庄上空袅袅的炊烟。炊烟让我们有了咀嚼的欲望，咀嚼祖先手中的一捧金黄麦粒，让物质丰厚、食不知味的现代人尝得祖先手中麦粒的清香。石壁上的舞步腾不起现实的黄尘，洞开的嗓门吼不出撩人的情歌。从山冈上追逐野兽回来的赤脚，从高高野果树上采摘野果回来的赤脚，跳动的是激烈搏斗后生命延续的一种喜悦，舞动的是一种生命旋律外化的毫无规则的动感。只要动，生命就还存在，生命存在就还有再一次的搏斗。与野兽的吼叫相差无几的嗓门是拽住生命之绳的一只手，野兽在吼叫声中逃遁或陷入猎捕的罗网，同伴在吼叫声中将生命的绳结拉得更紧。这些原始的抬腿踢脚和闪亮的嗓门与娱乐无关，但与生命的延续水乳交融。在这与山水同驻与野兽同存的舞步和歌声中，我们的祖先在同性与异性、人与兽、人与神之间熔铸着天堂和地狱的永恒。

苍山西坡古崖画，黑色的岩石底板，褐色的构图线条。几幅儿童式思维的古拙画面。

一条黑色的生命之河从远古流来，我们的祖先举着生命的火把，从河流深处向阳光明媚的村庄走来。那点火光如豆，如灯，如莲，如一只大红的灯笼……咕噜一声冒出水面。阳光灿烂。阳光下是明媚的村庄，时间之河河床高高……

我们把时间蝼蚁爬过的距离称作历史，不断吟咏，作为涵养现代的水源。

岂曰无衣

石 门 关

赵继梅

一

天下石门多，唯有漾濞的石门，才能让苍山开口说话。

一座山开了口，腹中的秘密就再也守不住，杜鹃、戚、云猫、白腹锦
鸡，就连石缝里的鹿茸草和悬崖边的仙子草，也保不住。既然保不住，就彻
底抛出去，包括白雪和流云，村庄和古树，寺庙和岩画，还包括茶马古道上
留下的诗词和歌赋。

苍山开口说话，就得先说石门关。

说说它的雄：只因有了喜马拉雅山的基因，它就傲视苍穹，立顶亿万年风雪。

说说它的险：元世祖忽必烈爬了三次都不过，噪鹃飞了三次也不过，好友阿福看三眼就头晕。

说说它的奇：那么美的悬崖，尘埃站不稳，草木站不稳，飞累的鸟儿站不稳。是怎样的一把神斧，劈出了如此决绝的门。

说说它的秀：坚硬的外表下，藏着柔软的水。它动是珍珠，静是美玉。

二

看石门关，要在清晨，要走古道，要沿着林则徐、徐霞客、李元阳走过的路，踏着金牛屯的牛筋草，抚着福国诗的钟声，还要沿着芭茅、芦荻、野葵、野牡丹、野丁香葳蕤的地方往上。

清清的潭水会在关口等你，等你尖叫，等你狂欢，等你一头扎下去，露出一脸童真。

冷冷的绝壁会在关口等你，等你眩晕，等你心跳，等你抒情，等你叹为观止。

圆圆的石头也在关口等你，等黑了头，上面长满了岁月的斑花。最大的那块一半埋入尘土，最小的那块带入河流，形如明月的那块，旁边长了菩提树，适合留影、抚摸，适合把心中的话，放进去。

三

过了风雨桥，光会暗下来，峡谷越来越静，秃鹫飞来时，像刀子，又像闪电。旧年看过的一部片子，里面的鹰也像刀子一样，让人许多年都不能忘。《天龙八部》火遍大江南北，享誉海内外，阿紫跳崖的地方，就是漾濞的石门关。

岂曰无衣

过了七星池，水的内力越来越大，像胸中有火的男人，怒吼之声震耳欲聋，把河里的石头震得七零八落。那些飞起来的水，落在行人脸上，丝丝的凉凉，冰冰的爽爽，像面膜，像冷敷，又像蜻蜓点水的吻。

一些水入了定，一些水成了禅。板板桥下的那潭水藏着天光，水中凸起的石头像白莲，诗人刘年在上面打坐，学一滴水入世。于是，一些水就长了翅膀，飞出了滇西高原。

石门关的水有命，也有使命。流出石门后，水去了村庄，去了远处，去了远处的更远处。

石门关的石头有命，也有使命。石头顺水而下，去筑坝，去修路，去远方，去更远的远方。

四

尘去尘来，石门关越长越大，栏桥、栈道、观景台、度假村、温泉，春笋一样长势喜人。

去石门关，要慢慢走，走不完就住一晚，听听虫鸣，听听鸟叫，看看花开，闻闻青草的芬芳。放下名利，放下杂念，放下疼，放下爱，让自己成为自己，让别人成为别人。

去石门关，要摸一摸石头，才知日子是圆的，看一看草木，才知流水是长的。

去石门关，要像去朝圣，要虔诚，看景要像看经文，一页一页翻。喜欢

就细细地品，默默地念，不发声，不惊动飞鸟。

去石门关，要走一走栏桥，爬一爬栈道。不要怀疑透明就易碎，怀疑悬空就会掉下来，心有温暖，佛光自然普照。不要怀疑风，那是山的问候，不要怀疑雾，那是水的拥抱。不要怀疑苍山的真诚，山下的子民可以作证，不要怀疑土地的凉薄，山下的村庄可以作证。

五

相信一方水土的真诚，伸出的手掌，都能种植太阳。

相信土地，相信汗水养大的五谷、汗水养大的核桃、汗水养大的人，他们深深眷恋着这片土地。

相信牛羊，相信吃了仙草的漾濞黑山羊，烤出来的全羊，味道才那般鲜美。

相信守山人，相信他锲而不舍的坚持，石门关才成为绿芙蓉，年年岁岁长青，岁岁年年花开。

六

那一年，好友老沈来访，去了石门关。对着俊秀的石门和玉珠般的流水，她感慨："如果我那边也有这样的美景，每天，我必定去朝圣"。

记得住的，都是美好的，会扎下深深的根。

岂曰无衣

石 门 雄 关

赵利斌

滇西丝绸之路上群峰逶迤，石门关雄踞其间，成为千古奇观。

——题记

一

您横空出世时，时光应该追溯到公元前，那时人类应该择洞而居。
那时，您还是岿然屹立的山峰……

二

是谁凿开您开启天门的雄关？

是谁诠释您屹立千年的雄伟？

又是谁，将那千百年来彝山人民刀耕火种的历史锁进了大山？

哦，我的石门——您回答我。

为了人们在您强健的脊梁上生存，为了核桃和苦荞花疯狂生长，我们等了多少年。

三

幸福的人民在山头建好庙宇。在烟火中，我们见识众生，也深刻体会中国共产党的恩情。日子在晨钟时响起，在晚钟中逝去。望东南西北都是民生大事，国之大者，更关乎民生小事。此时，核桃和苦荞花在疯狂生长。有智者说，佛站起来是山关，佛顺起来就是语言。

四

石门关两面刀一样的绝壁，涧水溪流却没有罔顾风险，面向美好一直冲刺。当我流连于苍山漾水间，许多传说如潮，我听见历史的评论在风声里翻滚，也听见刀枪剑戟的撞击声。

五

山脚下，牧羊女清澈的眼神令我一振，我瞬间觉悟，这才是我灵魂的归宿……

岂曰无衣

白竹山：禅意悠远药草香

赵枝琴

一

寻着初秋的雨，终于和白竹山来了个亲密约会。

无数次远眺，无数次幻想，无数次在梦里，踏进庵里听主持敲木鱼、诵经。醒来，强烈的诉求，要去找寻这一方圣土，哪怕风雨都不畏惧。

相传，白竹山顶有座尼姑庵，遁入空门的主持原是大户人家的女儿，有三个非常疼爱她的姐姐。家道中落后，都落发修了行。宾川鸡足山的是大姐，巍山巍宝山的是二姐，永平钟灵山的是三姐，漾濞白竹山的是四妹。就这样，她们用烽火报安，木鱼寄情，经书托思。无论是《心经》《地藏经》还是《无量寿经》，血脉在香火绕梁间相连，直到坐化成舍利子。

钟灵毓秀的白竹山，曾香火旺盛，护佑着几方山水、几方人。据县志记载，大水箐西面的山神庙岭岗分水岭立有两块石碑。褐红色交界碑上刻着：

永蒙　山神庙岭岗交界碑
左属蒙地　右属永地
上至观音庙水井横过晏姓火山仙
鹅抱蛋为界

道光二十九年十月

经查对，交界碑立于公元1849年，"蒙地"指当时的蒙化府，今巍山。"永地"就是永平。

庵在海拔2610米的山顶，放眼，四面都是祥和景象。庵里的姑子们日日都为百姓诵经，祈愿一方安宁，香客络绎不绝。距庵堂一百米的山腰，还有一院客房，方便来往的香客歇脚。如今，荒墙外已白竹成园，曾经也只是曾经。庵堂也只剩半截土墙大门，昔日恢宏的庙宇早已掩埋在岁月的落叶里，深一脚浅一脚。青苔似绿草，装点着沧桑的断墙。古树破损的腰间，两朵酷似灵芝的菌子惹人眼，一大一小重叠着，那不是佛光普照下的众生么？庙宇虽毁，灵气犹存。历代主持冢依旧守护着这一方净土。木鱼声仍在，《佛说大乘庄严宝王经》回荡在山顶，荡气回肠。断壁残垣，孤凉荒冢，罅隙里的每一段故事，无不透出那年那月那日血染了那片古老的杜鹃林。

土匪张结巴的出现，彻底打破了这片宁静。匪首张梁，小名春生，由于说话结巴，后来就被喊成了张结巴。下关七五村人。传说，此人生性凶残，不但喝人血吃人肉，还剥人皮做马鞍垫。殊不知，他也曾是柔情似水的痴情郎。一年一度的三月街上，对歌台边结识了蒙化府（今巍山）好女秋妹，你一唱来我一和，苍山脚下私订了终身。春生答应秋妹，中秋佳节来迎娶心爱的女子。与佳人有约的春生对未来充满了憧憬，每天早出晚归努力挣钱，出海打鱼时，心爱的姑娘总在平静的海面出现；下田耕作时，花一般的少女在稻香里穿行。有了牵挂的爱人，做什么都有盼头。思念至极时，春生也会跑到昔日牵手的那棵大橡树下，痴痴傻傻地笑，也会黯然神伤。日子在美好又煎熬中到了八月，春生准备好了一切，去迎娶他心爱的姑娘。到了秋妹家，才知秋妹被恶霸老财霸占为妾，父母哥嫂为了护她，也惨遭了恶霸家狗奴才的毒手，好好的一家死的死伤的伤。

一口鲜血喷在旧墙的石沿上，春生昏迷七日醒来后性情大变。原来清亮的嗓子变得低沉沙哑，竟然说话也结结巴巴。昔日谦下温和的他变得脾气暴躁、易怒。笼络了附近的地痞流氓、无业游民，开始了烧杀抢掠的土匪生涯。后来，匪众逐渐壮大，有失意军官，有不得志的书生，匪地扩展至漾濞、洱源、云龙、兰坪。听说漾濞白竹山原始秘境有棵树王，只要爬上树梢

325

就可以把蒙化府尽收眼底。张结巴便亲身前往找寻那棵参天大树。来到白竹山山顶，发现此地真如传言般有"会当凌绝顶，一览众山小"的气势。于是，张结巴赶走庵堂里的尼姑们，庵堂成了匪窝。树王也惨遭了毒手，树身被砍出了天梯，只为一睹蒙化府，祭奠未过门的刚烈妻子。树身上深刻了"春生、秋妹"四个大字，意生生世世在一起。

自从失去爱人后，张结巴非常憎恨有钱有势的地主大户们，所到之处都被他洗劫一空。政府出面多次剿匪，可由于匪窝占据地理优势，都以失败而终。如今白竹山的三台战壕，枯叶落满战坑，"野火烧不尽"的树桩，黑黢黢的炭头似乎还冒着硝烟，满目疮痍又浮现眼前。毛栗树长满壕沟外围，壕中心那朵黄落伞，仿佛是孤独无助的张结巴。后来的张结巴，有人说死在了富恒石竹，也有人说靠着树王饮下了一颗去见秋妹的铁壳子。

隐约可见的土火车道，斑驳断墙下香火旺盛的庵堂，禅意悠远的主持冢，后人求姻缘的树王，硝烟未散的三台战壕……白竹萧萧，秘影重重。

二

置身白竹山，云海翻滚。正所谓"雾锁山头山锁雾，云缠树梢树缠云"，大抵，仙境就是这般。

由于特殊的地理环境，白竹山原始秘境处处透着神秘感。山顶一株开得正欢的白杜鹃，好似新娘的头纱。一场雨落了一地秋殇。丝丝凄楚上心头，人生不过是一场花事，落地成尘。一朵七缺八牙的黄落伞，盛满了无根之水，仿如观音遗落的济世玉瓶。在这里，石头和朽木傻傻分不清楚，因为它们穿着相同的衣服——青苔。迫使你想去揭开谜底，菌类究竟是长在木头上还是在石头上？红菌成片，只是外行人分不了真假。食五谷，却不知五谷事。肥壮的牛肝菌偶有出现，路人忍不住低头嗅嗅馋人的香味。无孔不入，形容这里的菌类是贴切的；不管活树、枯树，只要有罅隙，总有奇迹再现。要是在夏天，野生香菇一串串地镶嵌在朽木上，大小不等，·肥瘦相当。无论是哪种菌，只要是没毒，它都充盈着这方儿女的腰包，丰富着万家餐桌。舌尖上的清欢,赐予人生一程美好。

得天独厚的动物家园。"哥哥,莫来。哥哥,莫来。"或许,这是山下的苗族儿女才能翻译得出来的妙音。这是一种叫箐鸡的啼鸣,即学名"白腹锦鸡"的雌鸟在遇到危险时发出的叫声。这也是非法盗猎者惯用的伎俩。雄鸡以为雌鸡遇到危险,循声去营救,却不知猎人的陷阱正等着它上钩。自从白竹山设了哨所,每天都有护林员巡山,还了灵山一片安宁。白腹锦鸡除繁殖期成对生活,或一雄多雌活动外,都是4到10只一起行动。秋冬季节,成群群居,一起觅食。

成片低矮的竹子,像小草样铺成绿毯,与高大的古树相辅相成。想问问识花君它们叫什么美名,可惜原始森林公园信号若有若无。固执地认为熊大熊二会出没,可不知它们是否会喜欢小草样的竹子。吉吉国王时常带着他的子民微服私访,毛毛已被这方山水养育成跟肥波不相上下,连它最爱的藤条它都吃力。蹦蹦再也不用屯粮食,毛栗子应有尽有。森林公园里来了很多新朋友,麂子、兔子、蜗牛、旱蚂蟥……它们惬意地散步,在森林任何角落烙印下心中的诗,在树王怀里冥想梦中的远方。

无数次令人驻足停留的青苔瀑布,不仅诉说着这一程山的古老,就连最幼小的灌木都在书写着这方圣土的神秘。树花开得正欢,等雨晴天干,枯枝随风飘落林间,勤劳的媳妇背上竹篓恣意地采捡,尽兴而归。酸辣树花凉菜那是彝家桌前的下饭菜。蜗牛懒洋洋地伸出头,看猴群在"瀑布"间飞舞。看到尽兴时,两对触角就乐成了两颗紧紧相依偎的心。记得李智红老师在《此刻》一诗中写道:"如果相思是一只蜗牛,从那朵盛开的木槿开始,顺着木梯,一直努力地往上攀爬,当她的凝望,最终高过,那棵枇杷树的时候,我的荒原,一定已经落雪纷纷。"

原始秘境,人间仙境!好一幅"子规声里雨如烟"。

三

细雨悱恻,薄雾缠绵。初秋的白竹山是丰满的。

　　熟透的蕃香果散发出淡淡的药香。深蓝色的果子，成串地互生在叶间，一层果一层叶，层层叠翠。果味甜中带涩，是雀鸟的美食。由于与野生蓝莓有几分相像，如果人不幸误食，会出现头晕、呕吐等症状。蕃香树属于低矮常年绿植，分雌雄，可提炼蕃香油。雌株开花结果，叶片更肥厚，叶片背面有少许绒毛，成熟的果子若置于火上，会发出噼噼啪啪的声音，因此也叫炮仗果；雄株相对纤细，叶片更薄。蕃香树叶片边缘呈锯齿状，常入药，祛湿效果尤佳。农村女子生孩子，风湿骨痛，配以透骨草、九连瓜、骨节草等，大锅大火煮透，渣叶一起熏洗之。

　　野百合的秋天，倒卷着的莲花瓣形成圆形的灯笼。咦！那不是鹅蛋黄的娇羞么？黄色的花末，引多少蜂蝶竞折腰。野百合，属百合科，耐寒，适应性强，喜湿润也耐旱，喜阳光也耐阴。根有小锤状果实，可入药。润肺止咳，多用于肺阴虚的咳嗽，也是美容养颜的佳品。如久咳不愈，可用百合熬煮成糊状，冬蜜入引，早晚食之。百合肉圆子，是老人小孩都钟爱的药膳。

　　连翘，俗称打破碗盏花。黄色花朵通常由四片莲瓣花瓣组成，像一个个小碗倒挂在绿叶间。绿色花柱，黄色花丝，黄色花药。三五朵一组，依次开放。让蜜蜂专情一生的理由，不是花本身的艳丽，而是精炼的那一杯浓情蜜意。连翘光滑的叶片呈椭圆形。它的花、叶、茎、根，都可以入药，清热解毒，消肿散淤，针对蚊虫叮咬、荨麻疹的止痒效果特别好。连翘茎、叶子泡水喝，有淡淡的药香，水微涩。

　　翻百草，蔷薇科多年生植物。根粗壮，味苦涩。花茎微微铺散。叶片背面有白色绒毛，叶片边缘呈锯齿状。花苞通常有五片花叶包裹，黄色小花，花蕊、花丝、花瓣都呈黄色。聚伞花序有多朵，疏散。临床上多用于调治糖尿病。它有抗氧化的功效，清热解毒，可治痢疾、月经不调等。海拔两千以上的高山草甸，连翘和翻百草通常是互生的。秋季花期，绿色草甸上下都铺满了黄色的花，各自妖娆。

　　和蒲公英的约定，是春天开始的。它带着多少人的寄托，从遥远的故乡来到他乡，落地，生根，发芽，等着下一世轮回。药食两用的蒲公英，浑身都是宝，富含大量的蒲公英素和蒲公英醇，根茎叶花都有不同的功效。就说细碎有序的花朵，每天煮水洗脸，抑制痘痘，美容养颜。叶子里含有绿原酸，杀菌消炎效果极佳，尿路感染、口腔溃疡时可泡水服用，清绿的汤里还有淡淡的香气。嫩叶期，可炒菜食用：加两瓣大蒜，三节干椒，少许生抽和盐，一道翠绿的炒蒲公英就生成了。但凡肝中郁热，都可以拿蒲公英根泡水喝来改善。它是口苦口干口臭、烦躁不安时的不二选择。

植物宝库，药材大花园的白竹山。在白竹山，说一脚踩三棵药、一屁股坐的全是药草一点都不为过。重楼、天麻、龙胆草、刺黄连、黄刺果、黄芪、黄风、黄精、黄草、抽筋草……一些知名的不知名的药材，等着有识之士去探索发现。

烟雨散尽，湿未去。暖阳渗透，潇湘意阑珊。

岂曰无衣

白竹山，那一片净土

朱应旭

　　我的老家就在漾濞龙潭白竹山下，但我始终未曾真正意义上认识或感受过白竹山的魅力。丙戌年季秋，应家乡友人的盛情相邀，我和蒙、杨二位老师专程去了一趟白竹山。

　　行在山间茂密的栗树林里，遇见蝉鸣、鸟欢、蝶舞、鼠窜。嗦果、映山红、山茶、水冬瓜、龙胆、山菌等在栗树的庇荫下，以它们特有的姿态和方式参差有序地生长着，或独处或群生，或花或果，或萧瑟或蓬勃，或蜷曲或舒展，或偎依或缠绕，或悲愁或欢悦，或坚韧或超然。特别在一片鸡嗦果树林里，有的含苞欲放，有的果子青青，有的硕果满枝，有的落叶纷下，仿佛是相互间的约定，要把一切美丽留在人间。

　　一路上都是郁郁葱葱的原始森林，隐约可闻山下秋种的牛歌，循声望去，星星点点的青瓦白墙掩映在核桃林中。微风吹来，星状阳光在林间摇曳，呼吸到的全是大自然的气息。脚下是海绵般松软的泥土，间或有色彩斑斓、自然散落的乱石群。捡一块仔细端详，就会在那五颜六色的沙粒间读出这里曾经的沧海桑田。上山时就听友人介绍，这里可拾到贝壳，有的贝壳有钵头大，可惜我们没碰到。站在峰巅，从林缝间极目远眺，云烟氤氲中万重山峦，环绕四方，并能辨出哀牢、博南、点苍、紫金等诸山。真可谓"会当凌绝顶，一览众山小"。俯视山下，榕树根状的山脉自峰顶缓缓伸向漾濞江边，一头扎进了大地深处，展示出它无尽的生机。

　　峰回路转，眼前豁然开朗，白竹山寺观遗址群的残垣断壁现于眼前。遗址左前方建有一幢简易房屋，是一些热心人捐款集资修建，免费为路人提供方便的。听说我们要来，两位乡亲步行十余公里来此，为我们备好了餐食。

休息片刻之后，陪同前来的几位友人如数家珍般给我们讲起了关于白竹山的逸闻趣事。

相传，经鸡足山高僧点化的一只灵虎，在高僧圆寂后继承其衣钵下山，越点苍，经博南，沿绵延南来的山脉寻觅可供修行悟道的灵秀之地。灵虎先驻永平金光寺，次经钟灵山，再寻至此。忽见一竹状彩云从山顶徐徐升起，是为师魂显灵。灵虎成了开山始祖，潜心修行，赐福人间。灵虎修炼成佛后，人们就在峰顶建庙供佛祭拜，香火甚旺。

据考，清朝咸同年间，白竹山寺观遭兵燹被毁，后择峰下三里处开阔地重建，塑有释迦牟尼、十八罗汉、观音、弥勒诸佛，并由附近的十二个村庄轮流组织和主持每年农历三月十五日的民族歌会活动，盛况空前。新中国成立前，寺被匪占，歌会中断。1958年，庙宇瓦木被拆为公益事业之用，众多泥塑彩绘佛像自然毁坏，此后便少有人来。近几年，歌会活动逐步恢复，森林植被得到较好保护。

闲谈间，两位乡亲还分别给我们描述了一碗水、脚落有声、栗树王等景色和春眺日出、夏沐灵雾、秋观晚霞、冬赏茶花的韵致。

因事在身，我们婉拒了友人关于留山次日观日出的邀请，炊毕即返回了县城。当夜，我做了一个梦。梦见凌晨我登上白竹山顶，只见曙光初露，朝霞夺目，万重山峦，云雾缭绕，时隐时现。蓦地，一轮火球从地平线喷薄而出，我和群山一同沐浴在朝阳之中。

荞味里的乡愁

字旭东

银色的犁铧，在一块撂荒多年的黄土地上匍匐徐行，一路发出噗噗噗的声响，大地随之裂开一道道嘴唇，露出久违的笑容……

是的，这是我儿时，跟随大人们在大山深处种植苦荞那段往事最深切的记忆。那垅荒地自是高兴了，而开荒牛的眼里却布满了血丝；在野外半劳作半撒欢的孩子们自是高兴了，而大人们的脸上总是挂着难言的酸楚，额头上板结着连牛都犁不开的疙瘩。

苦荞，从开荒、烧荒，到耙土、撒种，一共要经历大小几十道工序。然而，这种作物就其味道而言，却远不如玉米小麦好吃。小时候的我一直不理解，为何大人们放着身边的常耕地不好好种些苞谷小麦蚕豆，偏要每年都到深山里去种又苦又难吃且产量不高的苦荞。时至今日，问村里的长老，这个问题他们依旧答不上来。可是遇到问题必钻牛角尖的我，怎耐得住"且听下回分解"之折磨？但也没办法，这似一道斯芬克斯之谜——无解！直到有一天，我听了爷爷的故事，心中才有了一个懵懂的答案。

我爷爷字宁祯生于清光绪二十八年（1902），生得一副虎背熊腰的身材，更有一副暴脾气，年届七旬还曾吊打过我的叔叔。但爷爷也是村里最受敬重的一个大善人。爷爷的母亲，即我的曾祖母，在我爷爷才十来岁时就过世了，过世的原因即是苦荞！在那个饥荒肆虐的日子，曾祖母在罗里密后山种了一片苦荞，每隔几天，她都上山去照料这块苦荞地，直至收割前一天，她还看到这块地里的苦荞长得好好的，心中充满欢喜。第二天一早，曾祖母请了几个姐妹一起去收苦荞，到地里一看，傻眼了，苦荞全没了！原来是昨天夜里突如其来的一场大雪雹把苦荞给打没了。两天后，曾祖母也随那片苦荞失踪了，人们漫山遍野四处寻找，却不见她的踪影，后来发现曾祖母居然就在自家的房门背后悬梁自尽了。

也说不清这世上究竟是黄连苦，还是苦荞苦？我心头暗忖，幸亏还有爷爷这个孤儿，不然我们祖孙三代都得跟苦荞去续写《西行漫记》了。

罗里密，彝语意为"老虎出没的地方"，位于漾濞、云龙、永平、洱源四县交界地。因人烟稀少，这里森林茂密，生态完好，时有老虎出没，故而得此称谓。旧社会时，这里是四不管地带。未曾想，这么个四不管的地带却在新中国成立前一度上了"热搜"，成了土匪流寇的乐园。据说那几年，但凡能见到冒烟的村子都被各路土匪给洗劫了，罗里密村的长辈们很厉害，暗中告诫村民把所有的粮食都藏在地下，深夜做荞粑，白天偷着吃，使人看不到烟火，这才躲过一劫。然而，匪患侵扰的后果依旧非常严重，由于他们的"功劳"，往日来来往往的马帮已在此绝迹多年，全村因此连年闹盐荒，怪病频发。爷爷在少儿时期那段没娘的日子里，受乡亲们东家一口饭、西家一口菜的接济才熬过时艰，他印象中吃的全是苦荞杂粮，真是成也萧何，败也萧何，爱也由它，恨也由它。

眼看村里深受盐荒之苦，爷爷自告奋勇，赶着村里仅有的两头牛外出寻盐。出发前，奶奶在火塘边烤了十几个苦荞粑粑，算是给爷爷备的盘缠。在寻盐的路上，爷爷竟一个多月没生烟火，每当饿了，就从马驮上取下褡裢，掰一块苦荞粑粑，就几口山泉充饥。奇怪的是，这样一路走来，居然没把肚子吃坏，身子骨照样硬朗，力气还满满的。

说到这，也许大家都跟我一样，对之前那个"为何放着好田好地不种好吃的作物，而偏要到深山种又苦又累又难吃的苦荞"之问有了自己的答案。其一，苦荞作物适应贫瘠的土壤条件。其二，苦荞是自然界里唯一的一种抗逆性药食同源作物，富集营养元素，越吃越健康，在古代被誉为五谷之王。其三，与其他粮食作物相比，苦荞有金刚不坏之身，不仅隔夜能吃，甚至隔十天半月还能吃，所以苦荞虽然不救穷，但在关键时候，它能救急还救命！

是的，这就是答案，而且是唯一的标准答案！

333

　　长大后，逐渐淡忘了儿时对苦荞的那种憎厌，随着人生阅历的增长，不知不觉中还增添了对它的几分好感。只是对苦荞这种作物为什么不会发酵、不易变质，总想刨根究底，弄个明白。

　　当然，在知识匮乏、信息闭塞的年代，这个问题是不可能有答案的。如今不同了，我们迎来了比孔老夫子还厉害百倍的老师——谷歌和百度。孔夫子说"知之为知之，不知为不知，是知也"，百老师却说"知之为知之，不知百度知，是知也"。且看人们对苦荞的评价：

　　日本科学家称苦荞为"长生不老的食品"，是"人类自己能种植的植物胰岛素，健康长寿之秘方"。

　　韩国科学家称苦荞为"神仙的食粮，珍贵之药品，上层交往的高贵礼物"。

　　德国科学家称苦荞为中国高原上生长的"东方神草"。

　　中国科学家称苦荞是"五谷之王""预防衰老之良药"。

　　听如上所言，你是否觉得苦荞的作用够厉害呢？传说，两千多年前的秦始皇称赞苦荞为"仙丹之灵气，老参之功力"！

　　得，就此打住！

　　不得不佩服古人的睿智与洞见。然而，我的苦荞情结与上述那些先知圣贤们可不太一样，他们也许光说不练，而我却从小到大天天练，刻骨铭心地练。不说别的，就说这位高高在上的大秦皇帝，他一辈子吃过的苦荞大概还没有我一个年头吃得多。

　　虽同是苦荞，可也有不同的味道，小时候，最盼望吃到的一道美味佳肴是苦荞粑粑蘸蜂蜜。关于它的美味可用三句歇后语来概括：

　　句一：苦荞粑粑蘸蜂蜜，苦到嘴边甜到心。

　　句二：苦荞粑粑蘸蜂蜜，又苦又甜又伤心。

　　句三：苦荞粑粑蘸蜂蜜，有苦有甜有回味。

　　民间文学总是很接地气，也很生动。细细玩味，这三句"苦荞粑粑蘸蜂蜜"的歇后语中，最耐人寻味的是"又苦又甜又伤心"这一句。此中三味，苦的是荞，甜的是蜜，伤心的是蜜蜂。而又有谁能懂得，这苦这甜与这伤心，又何尝不是我祖上几代人的人生经历与心中况味呢？

我母亲字润美是十里八乡中最有名的酿酒能手，尤其是她酿的苦荞酒，堪称一绝。我母亲亲自选种、亲自播种、亲自收割、亲自酿造的苦荞酒，喝着不打头，喝多不伤胃，喝醉如神仙，醉醒似场梦。我把它概括为：不打头、不伤胃、醉得舒服醒得快。通观天下名酒，凡是上乘的好酒都是精酿而成，并非酒精勾兑，所以不打头。所谓的"醉得舒服"，就是喝过苦荞酒后，肠胃暖暖的，身子软软的，脚底有种飘飘欲仙之感。而所谓的"醒得快"，是指喝苦荞美酒哪怕喝得酩酊大醉，好好睡一觉，第二天早上醒来身体自会恢复如常，就像没有醉过一样。俗话说大醉如半死，说明酒醉是一种很痛苦的事，就像害了一场大病，身体得过几天后才能恢复。而苦荞酿的酒则不一样，它给你的醉是一种恍若神仙般的陶醉，哪怕酩酊一场，也不妨碍你第二天正常上班，既不影响身体，又不影响感情，还不影响工作。这等好酒，天上有没有我不知道，这地上，我知道只有罗里密村的字妈妈那里有。

漾濞县地处"三江并流"世界自然遗产的纵深腹地，这里的山多得出奇，不像平原地带一望无际的宽广。大自然是和谐的，但它绝对不是公平的，比如中东有石油，南非有钻石，巴西有祖母绿，而这里则有一望无际的山。这山你爱也好、恨也好，它就扎堆在那里，既撼不动也吆不走。它们的由来一定是中原大地的一次深呼吸与扩胸运动，才把它们挤压到我们这个地球的胳肢窝里来的！

将横断山脉比作地球的胳肢窝，别误以为我不喜欢这里，错！实话告诉你，我非常地喜欢这些大山！正是大山的起伏褶皱，造就了高高下下树、重重叠叠景、弯弯曲曲路、叮叮咚咚泉。

人们说我是一位山村逆行者。也就是说，但凡从山村走进城市的人都不愿再回来，而我却与众不同。我喜欢大山，也很喜欢"山村逆行者"这一称谓，因为它将我与大山紧紧地连在一起。世有"智水仁山"之说，那是古代贤达之人的志趣爱好，与我无关。我爱山的理由很简单，因为我从小在那里生长，老家就在大山深处，那里寄存着我的童年梦想，也寄存着我对苦荞的深切记忆。说句掏心窝的话，要是哪天我离开了这个世界，我的灵魂只会回

岂曰无衣

到自己熟悉并热爱的地方，绝对不会跑到别人的山头上去！

当然，我喜欢大山，还有一个深层次的原因，那就是比起城里的规矩方整、一切存在都有边界，大山里不仅少了一些框框套套，还多了一些无边无际。这里，目之所触皆是无边无际，比如：蓝天白云无边际，青山绿水无边际，鸟语花香无边际，乡音乡情无边际……当然，还有诗和远方也是无边际的。远方，到底有多远，以至于人们都在寻找，而无人找到它。这答案我也不知道，但我想它肯定不在大平原，而在大山深处！一个广袤无垠的地方或许有"诗"，但不可能有"远方"。远方是一个更远更渺遥的地方，也许风才能到达，但风在大山深处行走也会觉得累，于是在它歇脚的地方就成了风景，成了世人心中的那个诗和远方！

在众多深山里，有一个地方叫"佬婆山陬"，是彝族佬婆部落居住的一个山野村落。陬者，山之角落也，所以这里也被称为"岩羊摔跤的地方"。它在哪？它在祖国的大西南，在滇西，在大理的苍山西，在漾濞的最西北。电影《心花路放》的主题曲里有一句歌词叫"一路向西去大理"，如果你到

了大理还不停下脚步，走着走着，也许有一天，你会冷不丁地和它相遇。

不可否认，一个人所处的环境，就是他内心的化现。我说的这个地方，可称之为现代生活的"遁世园""人的精神加油站""时间的拐点"，幽居于此，能让匍匐在骨子里、血脉里的灵魂重新站立起来！倘若有一天，你要路过这里，别忘了提前给我打个招呼，不然我担心你会错过。

这地方虽然偏远、闭塞，但它有我、有荞、有酒，还有我一直在心灵深处守望的那块苦荞地。到那时，你我闲坐，一同追忆那些过往岁月与如烟往事，尤其是在荞花盛开的时候，我们什么都不想，而是默默地欣赏风在吹荞的叶，荞在结它的籽，云在过它的天，溪在寻它的路，鸟在唱它的曲……花影过处，蝶儿蹁跹，荞麦一浪接一浪，送来阵阵芳香。人在此间，或是杯盏在手，低酌浅饮；或是围炉烹茶，林间长啸。舒眉望，心醉处，满目尽是山外青山……

噢，说了半天却忘了问：你，在吗？

在 云 上

左中美

一

晨间可读雾。

深夏时节，又历经了久旱之后的连日多场雨水，在苍山西坡漾濞县的云上村庄光明鸡茨坪，满山的云雾便如丝如缕、如幔如帐地升起来了，晨起看山，一山云雾，看云雾间隐映在古核桃林下的村庄，缈缈生出远古和仙灵的气息。

雾缓缓向上，人便随着这云雾，从鸡茨坪上玉皇阁。路先从村东侧的那道和缓岭岗向北盘环而上，两侧核桃树将浓密的枝叶伸展到路上来，几乎一路擦着车顶。约三里，路抵村后岗头，眼前山峰从这里忽地变得峻陡起来。路便在此弯过一道大箐，转而向东，一路切山东行。人坐车中，望路之上山势高峨、林密云缈，而路之下坡陡壑深，几不敢探目。独缥缈云雾凭险为逸，在满目陡峻的深青之上缓缓飘移。望身后，来路已渐被白雾弥漫，村庄被那道岭岗挡去大半，只露出西面的部分，但见浓翠的核桃林全都被云雾轻笼着，只偶尔见出隐在林中的一两户人家。人居林中，村在云上。

行未几，逢着先已听闻的那道塌方。连日雨水，沿路石多土松的侧坡坍下百多米的一大段来，在前面挡住了车子的去路。人开门下车，举目向路上望去，但见塌方的口面参差嶙峋，土石岌岌，眼看着随时都有可能再坍下新的土石来。站在路埂上，小心探看塌方的路下，见一面坡上的植被已被坍下来的大量土石从上往下、由厚渐薄铺盖住数百米，赫然显出几近七八十度的陡坡来。一望之下，头顶顿生寒意，心下不禁一惊。如此上下张望、稍稍停留之间，却见浓雾已向着人包抄过来，细微的白色颗粒细密可见，缓缓地在人眼前漂移、环绕。

而更深更浓的云雾尚在前面。于是扶石探土、手脚并用地艰难蹚过这段路。在塌方的前头，已有一辆皮卡从另一条山路上来等在前面，余下路段，车子可直抵玉皇阁下的金鞍寺。随着路向前延伸，身后先前被岭岗挡住大部的鸡茨坪开始更多地显露出来。满目的核桃林，远望若一艘巨大的绿舟，轻浮在如梦幻般的云雾里。

不止鸡茨坪。从鸡茨坪往下几乎布满整面山坡的核桃林、核桃林下隐约可见的座座村庄，在这七月雨后的清晨亦都轻浮在漫山或浓或淡的云雾里。而从鸡茨坪往上，云雾便随着渐渐陡峻的山势开始爬高，继而如絮如团，如泊如湖。直至近山顶处，终于汇聚成一片肉眼无法探入的、似是从天空倒挂而下的白色云海，轻柔地包含住苍山深青而潮润的芒峰。

路看似平缓，及至金鞍寺，位置已比鸡茨坪所在要高了一些，潮湿的空气里明显地多了寒意。忆起多年前的那个十月，第一次来到这寺里，寺门下十余级石阶的右侧，一小片波斯菊开得明媚，颇得禅意。从波斯菊过去，有一米见方的敞口的水池，壁上生了碧绿的青苔。一支管子不知从何处引来小指粗的一脉清水，日夜汩汩淌入池中，池满而溢，清水复顺着池下小沟向下流去。池畔两棵并生的高树蓊郁苍古，枝干上被人系了许多祈愿的红丝线。"如能明心何须别求南海，果能见性此处即是西天。"不必踏阶入寺，这寺里殿前大柱上的那副佛联，我多年来一直还记得。

高处的玉皇阁多年来也曾数次登临：绕过金鞍寺里那一方长着碧苔的池畔，一路沿石径穿密林，向东北斜上，近二里，抵阁外山门。阁中殿舍比起1639年徐霞客来时所述古旧了不少，眼所见石阶斑驳，耳听闻木门吱呀，殿宇及内中供像皆有些错杂，凡常人不能一一辨识，不过有神意在尔。出阁侧后门，有数百级宽不盈两尺的着苔石阶，一路攀登向上，抵千寻塔（又名玉峰塔）。塔之下有仙人洞，长数十米，在当地，长久以来流传着春节期间大人孩子上山拜玉皇、钻仙人洞求吉祥的传统。塔侧临崖一无盖亭，坐于亭内，身下是深壑绝谷，眼前则是众山。即便不是雨雾之季，亭上亭下、峰头壑间亦常萦绕缥缈云雾，如仙似幻。

此际，看饱含雨意的云雾向着寺前缓缓逼近，是故打消了再次登临之意，只与二友在金鞍寺侧同样临崖而筑的醉仙亭内候留，眼看着众人上山。从亭上望，可见出高处玉皇阁的一侧红色寺墙。寺下凌崖有一小亭，据说为早些年开发石门关景区者所筑，彼时，从山下的石门关峡谷内一路攀木栈而上，可至此亭而登玉皇，今木栈已废，留亭在此，却闻得因险禁入，只剩遥观。

因被寺外山峰挡住，鸡茨坪这时候已看不见，但见弥漫的云雾笼着眼前金鞍寺，笼着寺下的高树、水池、数间参差阁宇并寺侧的果园及菜地。这之间有一株青脆李，个大味甜质脆。有一年来时也是七月，曾得食数枚，此刻却已不辨所在。坐于亭中，身下石门关深峡满谷云雾，眼前的小路上不见当年徐霞客在山中曾遇的负桶老叟，嘁嚓脚步声中却穿云破雾走来了数位身着迷彩服、肩扛长镜头的男子。他们至亭前停下脚步，将肩上所负歇于亭中，人于亭外向亭下箐中、对面山林及玉皇阁所倚之高处张目探望。待问所以，才知是鸟类摄影爱好者。相询之下，他们将手机上数千幅拍得的照片予我浏览，并指图夸赞苍山实乃鸟类天堂，多种珍稀鸟类唯苍山可见。复又让我试举那支长镜头，待小心接到手上，发现沉重难荷，知实不易。俄尔，一迷彩男子复从林中钻出，捧出数枚青李相赠，入口之后，发现恰是那年滋味不差。

药师寺，玉皇阁，花椒庵，并玉峰寺、极乐庵遗构，那年徐霞客在这石门山上，一路逢庵遇寺，又遇雨迷路。在玉皇阁，应药师寺僧性严之邀作《玉皇阁募缘疏》。近午雨住离寺，性严披毡相送。是日，抵漾濞城，渡漾濞江，由柏木铺上秀岭坡，山间遇舍茶寺而饭。盖自来山高云绕，则多筑寺宇；石峻水远，遂常滋清意。今玉峰寺、极乐庵、花椒庵并秀岭坡上的舍茶寺皆不闻，唯玉皇阁中于正殿设药师像以供。上，千寻塔峨峨映青苍；下，金鞍寺花叶自成佛。

约二时余，远远听闻寺后林中石径上传来隐约人声，知是先前上山的人下来了，于是起身离亭穿径，意欲相与会合。只是人声所来处的深林及石径，仍被云雾笼罩着。

来时的那一片村庄，仍隐在看不见的云雾深处。

二

午后可读书。

读经史太正，读诗歌太浓，读武侠太硬。伴一壶茶，在云上光明夏日午后的核桃林下，饶有趣味的，是读关于这面山坡、关于这个古老村庄的那些带点仙气的民间口述史。

比如山下石门关外的那面苍山崖画。这绘有众多人物、房屋以及猪、鸡、鸭、狗、牛、羊等赭红色图案的巨大岩石，因其顶部的石沿向外悬空伸出，远望去宛若一个戴着草帽的人，故而在当地村民中有着一个可爱的称谓：草帽人。又因此石顶部石面宽绰，而被村人们称为"仙人下棋处"，并流传着一个村中牧童曾在此观仙人下棋，待看完一盘棋，发现自己已然成为皓首老叟的传说。若依如此，仙人若是对弈三天三夜，人间想必已是千年。

千百年后，仙人不知何处，空遗巨石在此山间。巨石之下常供山下村庄放牛打柴的人们避雨，而石上的赭色崖画千年如故——据考证，崖画形成于距今约3500多年前的新石器时代晚期，作画所用的是一种矿物质颜料。在上面，人们劳作、歌舞、收获、祭祀，稚拙而生动的画面，记录下3000年前这片土地上人们生活的原初模样。里面一幅清晰的采果图，数人攀树采摘，更多人于树下围绕拾捡，欢乐的场面，恰若今天人们收获核桃的美好情景。

从石门关外窄窄的公路蜿蜒上山，约七八里，抵达云上村庄光明鸡茨坪。一路上，除了稍下一段在依山而垦的层层梯田中回环，往上进入光明村境，梯田从身后退去，公路两侧便见出片片茂密的核桃林，直至从两侧若搭手臂般笼住了公路，路面上只漏下点点光斑。一时，坡行渐尽，脚下的路面变得和缓，林下渐闻淙淙水声，车子已进入了鸡茨坪。与山下仙人下棋石的传说遥相应和，村庄所在亦有一段传说。传说亿万年前，村庄所在是一面海子，粼粼碧波，倒映着长天万里；鱼跃龙翔，应和着日月辉光。忽有一日，身后巨大的苍山轰然塌下一大块来，填住了整片海子，将这里变成了苍山玉驹峰下的一面山坡。又过了不知多少年，开始有人来到这山坡上居住，人们选择山上相对平缓的地方修建居屋，逐渐聚成村落。怎奈这新生的土地多刺少产，耕牧不易，使得居住在这里的人们生活多艰。有一日，观音驾云从村庄的上空路过，看到这片土地上人们生活的艰难情形，心生悲悯，于是向着村庄所在的这片土地撒下一把核桃来。自此后，核桃便在这片土地上茂盛地生长起来，成片成片的核桃林掩映着朴素的村庄，一年一年收获的核桃果滋润了村庄人们少油的日月。而位于最上面的这座因曾遍生蓟草鸡茨根而得名的鸡茨坪村名却一直沿袭了下来。

　　古老的民间传说带着苍山云雾的缥缈仙气，而忽必烈过石门山却是有史籍记载的。蒙古宪宗三年（1253），忽必烈率军攻伐大理，本欲从上关进入，攻取大理国都，却不想关守险固，久攻不克。不得已，元军改而绕道苍山背面的漾濞石门关境内翻越苍山，攻占了大理。而历来民间对于所谓正史的演绎，往往要比历史本身生动得多，也柔和得多。比如苍山东坡位于玉驹峰与龙泉峰交接处的洗马潭，传说是元军翻过苍山后曾在此洗马而得名；又比如苍山兰峰东麓无为寺里的那株古柏，传说为忽必烈手植，后列为寺中三宝之一。元军"从石门关境内翻越苍山"，按可行走的路径看，想是途经了光明的。而今鸡茨坪村庄里一株最古老的核桃树，据测已有千年的历史。如此说来，元军过石门关时，这株核桃树已在这片土地上春华秋实生长了一两百年，浩荡元军翻越苍山时的那一片刀光剑影、人喊马嘶，该是以最民间的方式，印进了它生命年轮的深处。

　　在鸡茨坪以及整个光明村，每一座院落都掩映在葱郁的核桃林下。漫步在村中路上，随处可见树龄数百年的核桃古树。一度春来，一度花开；一度秋黄，一度收获。匆匆数十年过去，一茬人已从出生到年老；再匆匆数百年过去，核桃林下的山坡上便安详地长出了几茬墓碑。在过去，光明村还有另外一个名字：二墓碑。尤其是在山下江边的老漾濞城里，许多人在提起光明的时候，习惯把那里称呼作二墓碑。当他们在说起这个地名的时候，一座长满核桃的山坡，便在他们的内心里直向着苍山的高处长去。

而村庄自身最民间的历史，却一页一页收藏在村庄那些"先生"们的日月里。

村中人家要建新宅，首先要请先生择定地基，当中包括居位、房向等等，以祈这屋子在人们居住的数十年甚至上百年间顺利安好。择好地基，待动工之时，仍要请先生择吉日吉时。之后，房头封顶之日、房屋进火（入住）之日，亦然。一个村庄男子的一生，至少会盖一次房，能干一点的两次，至多三次不得了了——至此，数十年的生命也就如一枚熟透的核桃果，就要落回脚下的泥土里。

盖好房屋，娶进媳妇。其间，定亲，迎娶，乃至迎亲之日从女方家出门和在男方家进门的时间等等，都要请先生择定吉日良辰。屋顺人安，子嗣绵延，如此，一二十年之后，再盖一回房屋，培植长大的儿女们成家。又若干年，送父母亲上山，在山环水合、千山远望的向阳坡上为他们立坟树碑。一个人，一户人家，一个村庄的几乎所有重要的时刻，总有先生的在场以及见证，若不然，生活便没有名分，活的人便活不安心，死的人便死不安宁。

有人家家境不顺，人不安畜不旺，要请先生请神，为家中消灾解祸，招财纳福。这样的仪式，最终大多会落脚于两件实物：一方绘了八卦图的一尺见方的红布，钉于中堂门头；一只风水（封水）罐，以纸封口，以红绳系住，倒悬于红布头上正中。罐中之水受命于某种秘密的指令，以纸封口而不溃。如此一番化解，一家人便又度过了数十载，一茬孩子便又长到了中年。

这些多为世家传承的先生，手握一把神秘无形的钥匙，承担着与天地之灵沟通的职责。而在绝大多数时候，先生以一个普通村民的身份居住在他的村庄里，和村中所有的人一样，饮食起居，耕种劳作，邻里应酬，赶集上路。

没有生，没有死，没有灾厄需要化解，路旁核桃树下新起的房子正盖到一半，先生作为一个普通的村民，坐在自家的院子里逗着他的孙子——此际，在这个七月的下过雨的午后，核桃林下的风清凉适宜，杯里的茶还没有喝淡。你可以慢慢踱着，去凑拢一个坐在核桃树下手杵拐杖、须发皆白的老者，听他讲一讲这方他生活了一辈子的村庄的老历史、老古本。

夜来可读月。

在我的意念里，有两桩物事，最是与月光相配。

一是收获的谷堆。幼年时在老家，秋天稻谷收获之后，要在家后面村中学校的操场上晾晒。家里楼上地方有限，稻谷要在这操场上晒干之后，才装袋收回家中。操场是泥巴地，为此，打谷之前两三天便先要在操场上择地方摊一片牛粪地：将新鲜的牛粪兑上适量水，用脚踩匀后，用木耙像摊粑粑那样均匀地摊到地上。摊好的牛粪地晒干后，呈现浅浅的草绿色，上面干净清新，不会有泥沙掺到稻谷里面来。田里的稻谷收回来，在干净的牛粪地上晾晒开，若是太阳好，四五天便能晒干，多一点到七天。为了省去晒谷期间来回搬运的麻烦，到了夜晚，家人只将稻谷收堆，在上面盖上塑料布或是麻袋防露水，吃过晚饭，母亲忙完家里的事务后，便带上一床草席，一个枕头，一床轻薄被子，到操场上守谷。守谷的夜晚，我总要跟着母亲到操场上去睡，一为不离开母亲，二图月下睡在牛粪地上的新鲜。这时节的夜还不是很凉，月色大多总是好的，同场守谷的多户人家，几乎家家母亲都带着孩子。我们在堆堆稻谷间游戏、笑闹，最后在月下的草席上依偎着母亲入睡。身旁的谷堆散发出幸福的谷香，干牛粪地的清气若有若无，明月照着谷堆，照着尚未老去的母亲。

二是盛开的荞麦花。这许多年，读过关于月色的文字也不少，而最喜欢、留下最深刻印象的却是作家鲍尔吉·原野的《荞麦花，月光光》。那片在月下广袤如雪的荞麦花，惊醒了半夜起溺的守地人，且在读这文字的人的心里投下巨大的、不能抹去的美。想起那年，第一次上玉皇阁，小中巴车从石门关外蜿蜒的公路上山，努力向着高处的光明爬上来。应该是快到鸡茨坪的时候吧，隔着中巴车有些带灰的玻璃窗，一片盛开的荞麦花突然撞入眼帘，在秋天的山坡上，显出安静的、惊心的美。

344

后来这许多年，光明每年总上去几次，大多数时候便去到鸡茨坪。从石门关外上山的老公路两旁梯田里的秋色亦曾多次路过，尤其是渐上到梯田的高处，从上往回望下去，一丘一丘黄熟的稻田，一弯一弯明媚的秋色，真个有着一种天地静好的壮美。那些稻谷，在被收获回家后，或许也会在场坝上晾晒。只是而今到处有干净的水泥地，再不会有人为晒稻谷而专门摊一片牛粪地了，自然，母亲们也不会在夜晚带着孩子携着草席睡在谷堆旁的水泥地上。

那年在这路旁看到的荞麦花却是再没见过了。而今从漾濞县城上光明，除了石门关外的那条老路，从城外不远的马场坝子那里又新修了一条，比石门关老路宽阔许多，平日走得也便多一些。逢着秋天的时候上光明，不论是从哪条路，渐上到高处的时候，眼睛总会多注意路旁的山坡，却再寻不见那年盛开的如满地月光般清美的荞麦花，只偶尔会在村中的篱下路旁见到一丛两丛的野荞花，花粉叶绿，显出季节纤细的纹理。

一些事物在旧的月色里转身。在鸡茨坪，先前每年三四月间来，总会遇见一片一片的麦地在挂满绿色穗子花的核桃林下明媚地黄着。麦子有多种，一种麦芒较长，细密的芒刺在阳光下看闪动着细碎的光芒；一种麦芒极短，穗实饱而拙，俗呼为光头麦；还有一种饲草燕麦，秆极纤细高挑，顶上的穗子单薄而芒长。这时节的麦地是村庄春日的主色调，有着一种自带的镜头感，故而常被拍照的人们作了背景。想着，这些麦地，它们在清辉如银的月下，该有着怎样一番柔美的模样，应和着春夜初起的虫声，以及村中远近传来的几声狗吠。

又有夏末入秋红缨初吐的玉米地，它们在月下，显出一种朦胧的油画般的质地——我所见过的关于玉米地的油画，往往有着那种月色笼罩的朦胧感。夜风吹过，玉米地发出一片安静的沙沙声响。在玉米地之外，临路的竹篱上缠缠绕绕爬着牵牛花，紫色的花朵在月下显出梦幻的迷蒙。

——这些事物，它们转身。然后，另一些事物在新的月色里向着这片云上的村庄赶来。

比如大片大片的绣球花。现今村庄核桃林下的土地，几乎全都变成了花园，按照花品的分别，分隔成春、夏、秋、冬四园。其间的夏园，里面便全

345

是绣球花。粉、白、蓝、紫、红、绿、黄，深夏七月，园中的绣球花开得如火如荼，一带沿路的古朴的青石墙几乎关它不住。似是石墙稍低一些，那绚烂的色彩便要翻越了石墙流溢到青石的路面上来，然后，顺着斜坡的路面，如溪水般流淌到村中各处。果不然，行在村中，但见那绣球花这里那里地开在人家檐下，环绕着长满碧苔的古核桃树根，片片丛丛。

又比如一间透出柔和灯光的咖啡馆。木的墙壁，木的窗子，木的吧台，木的桌椅，木的地板，木的楼梯。墙上木的相框里不是名家油画，却是各种好看的飞鸟相片，后来在金鞍寺遇见的摄鸟人说，这咖啡馆墙上的鸟图，正是他们拍摄的苍山鸟类。木门外的檐下风台上，临栏一条高的白色长桌，桌前一排白色高脚小凳。咖啡倒在其次，坐在桌前，可以看眼前的核桃林浓绿欲滴，看远处天空里的云朵如一团棉花缓缓地从核桃林外飘过。

在村中各处，又有新设的银杏园、兰园、玉簪园，以及帐篷屋、爱情石等。云上村庄的土地潮润，可育养万物生长；云上村庄的月色深阔，可容纳人们关于这座村庄的种种想象。就像那对爱情石，它们曾经只是普通的泥土，沿着人们关于爱情的想象，它们从地上一路向着头顶的天空里生长，直到长成两柱坚硬的、布满苍苔的高石，传说般的面影，在每一次日升月落间不变地相互凝望。

它们应该会一点一滴地融入这面山坡的月色里吧——直到有一天，那些所有远道而来的事物，变成这面山坡、这片月色、这座村庄的四季的一部分，像曾经的麦地、玉米地、竹篱以及牵牛花那样，在人们想起这座村庄的时候，自然地在心里浮现出一种不再有分隔感的背景。

在位于村庄的高处，种植着高山杜鹃的冬园里今有一面圆圆的太阳湖，相隔着一条路，在另一边的秋园里有一面弯弯的月亮湖。日月相对，和合成"光明"的原初意义。眼下方是月初，离着月圆还有大约十日。就等着，等着一个月辉如倾的夜，看一天清明月色，照着太阳湖和月亮湖，照着绣球花和银杏园，照着这漫山的核桃林，照着核桃林下古老的村庄。踏着村中石板路上斑驳的核桃树影，循着数声远远近近的狗吠，望村庄在岁月深处，谷香如梦，荞花如雪。